南极：金乌之战

[美] 钟拓奇 著

新星出版社 NEW STAR PRESS

图书在版编目（CIP）数据

南极：金乌之战 /（美）钟拓奇著. -- 北京：新星出版社, 2012.5

ISBN 978-7-5133-0629-4

Ⅰ.①南… Ⅱ.①钟… Ⅲ.①科学幻想小说－美国－现代 Ⅳ.①I712.45

中国版本图书馆CIP数据核字（2012）第057062号

南极：金乌之战

[美] 钟拓奇 著

责任编辑：东 洋
责任印制：韦 舰
装帧设计：朱 利

出版发行：新星出版社
出 版 人：谢 刚
社　　址：北京市西城区车公庄大街丙3号楼 100044
网　　址：www.newstarpress.com
电　　话：010-88310888
传　　真：010-65270449
法律顾问：北京市大成律师事务所

读者服务：010-88310800 service@newstarpress.com
邮购地址：北京市西城区车公庄大街丙3号楼 100044

印　　刷：北京佳顺印务有限公司
开　　本：910mm×1230mm 1/32
印　　张：13.25
字　　数：320千字
版　　次：2012年5月第一版 2012年5月第一次印刷
书　　号：ISBN 978-7-5133-0629-4
定　　价：30.00元

为爱乐，灵感的源泉

目录

序

十月，一场磁暴袭击了运行在地球同步卫星轨道上的所有卫星，致使绝大多数的通信卫星失去了作用。这场磁暴来得古怪，似乎是人为制造。各个航天大国互相猜忌，相互指责，国际局势陡然紧张。

紧急时刻，李古力的墨龙小组奉命前往上海寻找学术界泰斗张大明，试图从张大明那里得到磁暴的更多信息。抵达上海后，他们却发现张大明已经失踪，并在张大明的家中遭遇两名行踪诡秘、身份不明的外国人。心存疑虑的李古力顺着张大明留下的线索，不期而遇水文专家禹红。

从禹红口中，大家得到了一个远比卫星磁暴事件更严重的情况——格陵兰岛的冰川正在急速消融，海平面正在飞速上升，上海市乃至全世界所有的沿海城市，都将在几天内全部被淹没。而李古力发现，不管是卫星磁暴，还是冰川融化，似乎只有张大明一个人能够解释这些反常现象。因而，必须尽快找到张大明，或许才有可能解除危难。

李古力带着队员辗转来到杭州，根据张大明的女友口中得到的信息和其他种种迹象，李古力推断张大明应该在失踪的第二天去了格陵兰岛。联想到格陵兰岛冰川正在融化，李古力决定赶赴格陵兰岛寻找张大明。但是刚恢复不久的通信卫星突然又遭到不明来源的磁暴袭击，机场导航系统失效，民航飞机无法起飞。无奈之下李古力只能动用墨龙组织的力量，调来私人飞机，在没有卫星导航的情况下，在黑暗中强行起飞。

令人意想不到的是，私人飞机在起飞十分钟后，便与地面失去了联系。与此同时，飞机上的机长和墨龙小组所有队员全部失去了知觉……

“这是在哪里？”李古力揉了揉还在隐隐作痛的脑袋。他努力睁开眼睛：银灰色金属光芒映入了眼帘，头顶上是弧形的、银灰色金属圆顶，身边竟然也是银灰色弧形带金属质感的墙壁。

这里是哪儿？为何如此陌生？自己不是在前往格陵兰岛的飞机上吗？怎么会莫名其妙地出现在这里？他努力回忆起最后一个画面，飞机上，窗外一团白云裹了过来。

刺眼的银灰色光芒令李古力忍不住地眯起了眼睛，他朝四处望去，这里全部被银灰色的弧形墙壁包裹着。听不到引擎的轰鸣声，肯定不在飞机上了，他无法判断出身处何处。

篇一
南极

章一

这是一个巨大的圆弧形银灰色空间，仿佛是一个银灰色的“蛋”。不远处，有几个人悬浮在空中。李古力定睛细看，不禁大吃一惊，悬浮在空中的竟然是关凯、王贵华、高雅妮和禹红。他下意识地去摸自己的身下，竟发现自己也悬浮在空中。李古力一个侧身，脚下一使劲，令他自己也吃惊的是，他一下便站直了身子。

关凯等四人胸膛起伏着，似乎在昏迷或者是沉睡中。李古力放心了，大概自己醒来的前一刻也是他们的样子吧。但是，他心中产生了一个疑问，是谁用什么方法把他们弄到了这里？这是什么地方？

等到眼睛逐渐适应了周围的光亮后，李古力又是一震，不知道什么时候，圆弧形的密封金属墙壁上忽然多出了一扇半透明的窗。

窗外，一个瘦小的人平静地看着他。

“李先生，欢迎来到我们零号基地。”一个有些沙哑的声音说道。

李古力霍然一惊，下意识地便伸手向腰间摸去，他的手指刚触碰到腰间的腰带，便意识到自己并没有带任何武器。

面对窗外的人影，他暗暗地握紧了拳头，双脚分开，摆出了一个防御的姿势。

“李先生，不好意思，因为要将整架飞机都传送到我们零号基地需要一定的能量，所以在传送的过程中会对你们的大脑造成一些负面的影响。因此你和你的同伴可能会有一些头疼头昏的感觉。不过请放心，头疼只是暂时的，以你们人类大脑的意识强度来说，用不了多久就会完全恢复的。”

李古力谨慎地盯着这个身影，审慎地问道：“你是谁？为什么我们会出现在这儿？这里又是什么地方？”

那个身影发出一声得意的笑声：“李先生，你们不是一直在找我吗？”那扇窗竟然一点点变大，几秒钟后窗子变成了门的大小，紧接着，那个瘦小的人走了进来。

看清楚来人的样子之后，李古力失声道：“张大明教授？怎么会是你？”

张大明的样子李古力在照片上看到过很多次了，瘦小的身材，乌黑的头发，炯炯有神的双目中闪烁着睿智的光芒。他的笑极有感染力，让人有种如沐春风的感觉。

张大明伸出手来说道：“很高兴见到你，李古力先生。”

李古力犹豫了一下，还是和张大明客气地握了握手。

李古力看了一眼还在昏迷中的队员，皱了皱眉，问道：“张教授，为什么他们还没醒？”

张大明歉意地解释道：“这完全是个人问题，每个人意识强度不同，李先生的意识强度超过了他们，所以李先生才能比他们先醒过来。”

李古力迅速判断，如果张大明对自己的小队有敌意，他不会让自己醒过来。这说明，张大明可能并不是威胁。想到这里，李古力略微地放松了自己紧绷的神经，这个张大明教授，并不像是资料上写的那么简单啊！

此时，身边传来几声低沉的呻吟，李古力立即转头看，原来禹红、关凯、高雅妮还有王贵华，都已经先后醒过来了。原本浮在半空中的几人，似乎都被一股奇怪的能量推站了起来。

李古力走了过去，关切地问：“大家都没事吧？”

王贵华揉着脑袋说：“队长，有些头疼，这是怎么回事？”

关凯则问道：“我们这是在哪里？”

张大明有些歉疚：“很抱歉，诸位。因为我发现你们走错了方向，不得已才用这种办法请各位来到这里。”

王贵华一愣，顺着声音他看到张大明的容貌，大叫道：“队长！这，这不是张大明教授吗！你怎么找到他的？”

李古力摇摇头淡淡地说道：“这个问题你得自己问问张教授了，怎么来的我也不是很清楚。”

王贵华一怔，不解地搔搔头，充满疑虑地问：“啊，张教授，这是怎么回事？我们睡了多久？”

为了找到张教授，李古力的小组从上海跑到杭州，又从杭州回到上海，几次与张大明擦肩而过。而现在，张大明活生生地就站在大家的眼前，这一切来得太突然了。

张大明看了王贵华一眼，回答道：“这里是我们南极人的零号基地。如果要问你们睡了多长时间的话，呵呵，我也不知道怎么跟你们解释。因为在零号基地，和在地球上的时间流动是不一样的。”

王贵华惊叫道：“这不可能，时间、空间是统一的，怎么可能会存在时间流动不一样的概念？”

张大明微微一笑：“这位就是王贵华先生吧？我知道你是电子方面的天才，但你所说的只是停留在人类知识层次的认知。”

李古力暗自骇然，他说道：“我们人类？张教授，您这话是什么意思？难道您不是人类？”

张大明点了点头，收起笑容严肃地说道：“的确，我不完全是你们人类。虽然我们生活在地球上将近四千年了，但是我们仍然无法融入人类社会。所以，严格来说，我虽然有着人类的躯体，但依然不是人类。别惊讶，我是一个外星人。”

章二

“外星人？”

面对这匪夷所思的事情，众人选择了沉默。茫茫宇宙中，竟然真的有外星人存在，而且就站在自己面前。

为了打破沉默，张大明看着李古力，说道：“李先生，想必您应该有很多问题要问我吧！”

李古力强压下内心的惊讶，表面上保持着往日的镇定，冷静地回答：“你说的没错，张教授。我们找您是为了解决卫星失踪的问题。”

一直没有出声的禹红接口道：“还有格陵兰岛冰川融化的事情，海平面不断地上涨，这个问题不马上解决，上海就不复存在了。”

张大明看了禹红一眼，说道：“你们两个的问题实际上是同一个问题，这也是我让你们过来的原因。”

李古力不明白，说道：“还请张教授解释。”

“既然你们通过我的考验，证明了你们的实力，我就应该把一切真相告诉你们。”

关凯极为不悦地问道：“这么说，一切的一切都是你故意安排的？”

张大明听出了关凯语气中的恼怒，解释道：“关于这一点，我很抱歉。因为一些原因，我不得不这样做。我们南极人不希望让人类政府牵涉到这件事中，我才找到你们的。我给你们留下线索，让你们找我，也算是考验你们的能力！”

关凯哼了一声，对张大明的解释回报了不满。

张大明苦笑道：“我知道你们有些不高兴，但是，我们也有我们自己的原因。在这里我郑重地向各位道歉，其实我这样做也是为了你们人类好。因为我们都有一个共同的敌人，金乌人。”

高雅妮疑惑道：“金乌人？又一种外星人？”

张大明说道：“对，因为这个种族崇拜的图腾是金色的大鸟，所以我们一直以金乌人来称呼他们。”

王贵华的脑海中立即将所有的事情穿在了一起，他脱口而出：“张教授，难道这一切都是金乌人搞的鬼？”

张大明赞赏地看了王贵华一眼，说道：“的确，这一切都是金乌人搞的鬼。磁暴，格陵兰岛冰川融化，还有利用粒子束摧毁人类的通信卫星，一切都是金乌人做的。他们的目的很明确，引起地球内乱，同时用海水摧毁地球设施，然后控制地球并掠夺地球资源。”

王贵华脸上却露出不相信的表情：“张教授，金乌人既然有能力摧毁通信卫星，能制造磁暴，甚至能融化冰川，那金乌人为什么不直接进攻地球？以人类目前的科技水平，是无法反击的。”

张大明看着王贵华，说道：“王贵华先生，您说的都没错。虽然在金乌人对地球同步轨道上的卫星进行破坏时，我们阻止了，但金乌人是一个奇怪的文明，他们拥有强大的武力，但从不正面进攻。我们也无法理解他们。”

关凯的表情有点不自然，说道：“张教授，照你这么说，你们一直是在帮助我们人类了？”

张大明点点头：“是的。但是因为金乌人对格陵兰岛冰川的大规模融化，并且现在已经开始对南极冰川进行融化，用我们现有的能源要保住南极冰川，已经有些力不从心。预见到金乌人的到来，我们已经将储存在缅甸的能源全部运到南极来了。但我们也不能支持很久了。”

李古力马上想到上次的缅甸之行，想到那古怪的天坑，还有奇怪的能量晶体，他恍然大悟，原来那些奇怪的能量晶体是南极人的能源。

张大明继续说道：“所以说，我们这样做也是为了自保。金乌人一旦将地球征服，我们南极人也不得不再次寻找新的生命星球。我们在地球上生活了四千年了，已经熟悉了这里的一切，不想再次迁徙外星。所以，领袖决定邀请地球人一起来做最后的尝试，打败金乌人。”

李古力反问道：“那你们为什么不和政府合作？政府的能力比我们要强大得多，无论是战斗人员还是科学技术，都不是我们这个小队所能企及的。您为什么偏偏找上我们？”

张大明看着李古力，他的表情忽然变得严肃了起来：“李先生，对于地球来说，我们毕竟是外来者，我们不想与地球人政府扯上太多的关系。我希望你能理解。”

李古力默然无语，他心里很明白，张大明说的是事实。不管哪一个政府，如果知道了地球上隐藏着这样一批外星生命，而且这些外星生命所掌握的科技远远超过地球人的话，很难想象人类政府会采取怎样的行动。

张大明见李古力沉默不语，说道：“李先生，你大概也看到一些了，我们所掌握的技术能力远超你们地球人，武器的威力也更强更大，如果是简单的军事作战的话，你们地球人事实上是帮不到我们的，而且你们人类近一百年的行为也很差强人意……”

大家马上想到，“一战”，“二战”，还有可以毁灭地球上百次的核武器，如果人类掌握了更加先进的武器，真的很难说会发生什么。

唯独关凯没有感觉，他问道：“既然你们这么厉害，为什么还要找我们来？”

张大明笑了笑，他显得有些无奈：“对于我们南极人来说，金乌人就是我们南极人的克星，所以我们才需要人类的帮助。”

李古力问道：“好吧！既然张教授这么说，我们能做些什么呢？”

张大明点头道：“李先生，我想还是先为你们引见一下我们的领袖吧！”

李古力略一思索，说：“好。那麻烦张教授了。”

章三

张大明挥了挥手，他身后的房门静静地打开了。他说道："各位请跟我来。"

众人跟着张大明走出了房间，外面是一个明亮的通道，全金属制成的通道给人带来一种极其现代化的感觉。淡淡的蓝色光照在众人的身上，让众人感到精神一振。

王贵华对基地产生了兴趣，问道："张教授，这个基地是在地球的什么地方？"

张大明头也不回，说道："这里是南极洲。零号基地是建造在冰层下面两千米深处的地方。基地已经建成四千年了，这还是第一次有地球人来到零号基地。"

众人面面相觑，南极洲？冰层下两千米深处？四千年前？这些外星家伙的科技到底发展到了什么程度？

王贵华忍不住嘟囔道："很多国家在南极洲建立了那么多的考察站，居然都没有发现冰层下还隐藏着这么一个庞大的基地。真是……"

走在前面的张大明发出了一声轻笑，说道："王贵华先生，人类也是很强大的，特别是近一百年，你们的科技发展飞速，在整个宇宙中都是一个奇迹。不过人类的历史还太短，只有不到一万年的文明，这在浩瀚的宇宙中只是一眨眼的时间而已。若是给你们足够的时间来发展，你们或许还能超越我们。"说到这，他又笑了笑，"当然，前提是你们没有先毁灭自己。"

毁灭自己？众人若有所思地想着张大明的这句话，仿佛明白了点什么。

众人都不再说话，沉默地跟在张大明身后。只有王贵华不时地四下张望，对这些弧形的金属墙壁十分好奇。

关凯低声说道："队长，这里的一切我们都不熟悉，处处透着古怪，我们还是小心点好。"

李古力做了个手势，示意自己明白。他的表情凝重，一直保持着警惕。

张大明转过头来，冲着李古力笑了笑，然后对众人说道："我们到了。领袖已经在里面等你们了。诸位，请进。"

他伸出手来，对着面前的墙挥了挥手，有门在墙上缓缓朝两边分开。

里边仍然还是一个银灰色金属质感的蛋形的空间，没有任何家具或是装饰。

一个跟张大明差不多身材的人似乎是"飘"到刚进入这个空间的众人面前的，从张大明的眼神可以看出，这个就是他们的领袖。

与张大明不同，领袖的样子十分古怪。他的脑袋像是一颗光滑的鸡蛋，米黄色的皮肤上没有一根毛发，并且无法辨识他的真实年龄。

张大明走上前去，用大家听不懂的语言与他的领袖简单地交流了几句，领袖热情地朝李古力伸出手："李先生，你好，我是摩罗沽，欢迎来到我们零号基地。"

高雅妮忍不住嘀咕了句："摩罗沽，好奇怪的名字……"

看到摩罗沽伸出的手，李古力先是一愣，随即微微露出礼节性的笑容，他伸出手来："您好，我是李古力，这些是我们小队的成员……"

这时候，他们身边不远处的地面上忽然升起了几张银灰色金属质感的椅子与一张同样是金属质感的会议桌。摩罗沽客气地引着大家向座位走去。

高雅妮判断他应该只有一米五左右的身高。他那短小的脖子缩在衣服里，他的手臂像是猩猩一样垂在膝盖。而他瘦弱的身躯，似乎一阵风就可以刮走。当然，这个空间里的空气好像并不在流动。

走到桌前大家落座，这时候，每人面前出现了一只银灰色的金属质感的茶杯，杯子里已经倒满了茶。

张大明微微一笑："这些茶是我从上海带来的，大家品一下。"

"一路上辛苦了。"摩罗沽说道。他虽然在讲话，可是，他的嘴却没有动。他的嘴巴很小，说话的时候有一条小缝，几乎看不到嘴唇。再加上他说话的声音像是在低哼，而且不时有点嗡嗡的回音，让人联想到他好像只是一台机器在做着什么似的。

王贵华仔细观察着他，不知为何，他有一种似曾相识的感觉。眼前的这个人，似乎是在哪里见过。

王贵华走神的时候，摩罗沽嗡嗡的声音又响起："对于我们的这次合作，我们南极人是有着两种不同的看法的。"

"怎么回事？"李古力问道，他突然感觉事情没有想象中那样简单。

"是这样的，我们南极人有一部分人对此次行动持有怀疑态度，他们是相当反对和人类合作的。"摩罗沽说道。

李古力"哦"了一声，他心里不免有些担心。上海的水还没退，卫星的事情还没搞清，现在好不容易到了南极，也接近了事情的真相，眼看问题就要在南极人的协助下有可能得到解决，却突然横生枝节。

摩罗沽似乎看出了李古力的担心，道："你放心好了，这次的事情是必须要解决的，因为这些金乌人不但是地球人的敌人，更是我们南极人的敌人。只要有任何可能，我们决不能让他们成功。"

未等李古力等人开口，摩罗沽继续说道："至于那些持反对意见的人，他们的观点也不无道理。"

摩罗沽说完，眼睛在众人身上一扫而过。

"他们有什么道理？你刚才也说了，金乌人更是你们南极人的敌人，所以还不知道是你们帮我们，还是我们帮你们？"听到摩罗沽的话，关凯不由有些不高兴。

“话虽如此，但是他们的意见我们也不能完全忽视。而且地球人在很多方面还是需要注意的。”摩罗沽缓缓地回应，语气中带着不容置疑的威严：“你们应该知道，地球上的资源被大幅度地消耗，环境被污染、人口无控制地增长、森林被砍伐、土地沙漠化……这所有的一切，都是人类对自己的家园所做的！如果我们保护了你们，你们反过来继续加害地球，这样的话，我们所做的努力值得吗？”

这些话把关凯问得无言以对，其他人也一时语塞。不可否认的是，人类在破坏环境这一方面，的确做得很过分。

“是的，我们人类中的一些人的目光的确很短浅。”李古力若有所思。

摩罗沽听到这话，会意地点点头。

“当然，我们现在最大的敌人是金乌人，其他的问题可以暂缓。”摩罗沽说道。

王贵华喝了一口茶，细细地打量着摩罗沽，边打量边在脑子里搜索着相应的影子：他的眼睛占据了脸上太多的位置，并且他的下巴很尖很窄，使得其他的面部器官没有地方放，只好挤在了一起。

“你看他有没有耳朵？”王贵华小声问坐在他和摩罗沽之间的高雅妮。

高雅妮先是愣了一下，在摩罗沽脸上停顿了几秒钟，随即白了王贵华一眼：“当然有！”

王贵华继续打量着摩罗沽。在摩罗沽和李古力握手的时候，王贵华隐约记得他有两长两短四个细长的指头。他下意识地低头去看摩罗沽的脚，但他的脚没有裸露在外边。

“高雅妮，你说这个摩罗沽会不会是罗斯维尔人？”王贵华说出这句话后，顿时把自己也吓了一跳，他也不知道自己是怎么冒出这个想法的。

章四

“开什么玩笑！”高雅妮小声嘀咕了句，她不再理睬王贵华。她正被摩罗沽和禹红的谈话吸引着。

“金乌人现在在哪儿？”禹红问道。现在她急切地想要解决的，是上海水淹的问题。

“在南极上空。”摩罗沽回答道，并同时特意看了一眼禹红。

“不会吧？如果在南极上空的话，我们地球人一定会知道的。”关凯插话道，还特别强调了“我们地球人”五个字。

摩罗沽没有在意关凯的口气：“金乌人的飞船有很先进的隐形防护罩，普通的雷达或是肉眼都不能够在空中发现他们。”

“你们能够看到？”

“是的。而且，我们还能进入金乌人的飞船中去。”

“为什么不直接发射导弹击落金乌人的飞船？那样岂不是一劳永逸？”

张大明插口道：“关先生，事情并非你想象的那么简单。事实上你所说的我们已经试过了，而且我们的武器比人类的爆炸物从技术上讲还要先进许多。但是金乌人的防护罩确实非常厉害，我们所有的爆炸物在他们的防护罩面前都失去了作用。”

李古力说：“如果我们能进入金乌飞船的话，我们或许能从内部破坏它。”

摩罗沽说道：“对。这正是我们所想的。事实上我们已经有把我们的人送到金乌飞船上，但是他们都没有能够在预定的时间内回来。如果他们遭遇战斗，也会回来的，因为他们收到的指令是有任何不利情景出现就立刻返回基地。”

“那会是什么原因？”高雅妮问。

“我们推测，金乌人的飞船中有对我们南极人致命的东西，这也是我们想请求你们合作的一个很重要的原因。在你们人类中居住了很久的张大明先生觉得你们地球人很可能不会受金乌飞船的环境影响，从而能发挥出应有的战斗力。”

禹红问：“这需要多少时间？按现在的推算，几个小时内，上海就要被海水覆盖了。即使我们能行，但救得了上海么？”

“应该能行的。”张大明回答道，“按照我们的判断，金乌飞船上的时间与我们基地中的时间是一致的，大大慢于地球科学家所认定的地球时间。换句话说，我们这里的十个小时，按地球人类的时间概念，就只有几分钟。”

“嗯，这样的话，我们是不是应该马上准备进入金乌人的飞船？”李古力问。

“是的，传送装置正在准备中。”摩罗沽回答。

其实王贵华是李古力小队中最擅长技术细节的，但今天他却一反常态地几乎没有提问任何技术问题。他的脑子里总是萦绕着一个影子，他觉得在什么地方见过摩罗沽这样的人，那会儿说到他们是罗斯维尔人的时候，被高雅妮一口否决了，他想问一下摩罗沽，但是迟迟没有机会开口。

“我有个问题……”王贵华终于开口问道。

王贵华这么一说，众人的目光齐刷刷地扫了过来。

“请讲。”摩罗沽说道。

“啊，没什么，我想问下，我们可以去南极表面看看吗？”王贵华说道。本来想问摩罗沽和南极人的背景，但说出来却变成了另一个问题。

李古力很赞同王贵华的问题，因为目前他们被告知的位置是在南极地下，而他们所看到的只是银灰色金属质地的室内空间。他也以征询般的目光看着摩罗沽。

“当然。”摩罗沽回应道，并朝坐在他对面的张大明示意。张大明看到，便起身离开。

当张大明再次出现时，离李古力等人二十几米处的弧形的墙壁忽然打开，一个银灰色的小“蛋”出现在众人的眼前，小蛋侧面的“蛋壳”缓缓地打开。

王贵华立刻站起身来叫道：“这是一个飞行器！”

“是的。”张大明招手让大家过去，微笑着说，“请大家乘坐我们的飞船，一起来参观南极吧。”

李古力等人走进蛋形的飞行器后，“蛋壳”便慢慢地合上。忽然，李古力等人只感到身体一晃，紧接着蛋形飞行器的外面一下子亮得刺眼。众人意外发现蛋形飞行器的四周已经变成了玻璃一般的透明，那些刺目的光亮，却是南极表层白茫茫的一片。

“哇，这，这也太厉害了。”看着飞船下面的南极冰川，王贵华忍不住赞叹道。

“是啊，这里的风景真美！”禹红也情不自禁地说道。

话音刚落，只听高雅妮惊呼道：“这里怎么会有峡谷！”显然，她是被眼前这样的景色给震住了。

“这个你就不懂了吧，这是南极特有的地形。在冰海中拔地而起的长达二十多千米的山峦，组成了眼前这些壮观的海上峡谷。”王贵华解释道。

“但是，总感觉这里的冰川跟想象中的很不一样。”高雅妮说出了自己的新发现。

听到高雅妮这么说，王贵华伸长了脖子：“哪里不一样？”

“看，那里……”高雅妮朝一个地方指去。

顺着高雅妮指的方向，众人看到那里的冰川呈现一种奇异的深蓝色。

“这个也是南极的特色，本来冰川是白色的，但是因为阳光和它的折射，就变成这样的深蓝色。”王贵华解释道。

这个观点还能讲得通，而且快速飞行的飞船外的景色在不断地变换，众人目不暇接，便不再问问题。

这时，飞船突然停了下来，但大家却没有感受到应该发生的身体惯性。王贵华正要问这是怎么回事，却听张大明已经开始他的风景介绍。他指着众人脚下说道：“我们脚下，就是南极的‘魔鬼湾’。”

章五

“这里就是魔鬼湾啊！”禹红忍不住惊叹道，想象着下面海上的波涛汹涌。在高中的时候，她就迷上了南极的魔鬼湾，现在终于亲眼目睹了。

魔鬼湾是南极著名的海湾，这里几乎聚集了太平洋和大西洋的所有飓风狂浪，所以大小风暴天天有。这里的海底因此聚集了不少万吨大船的遗骸。

对于王贵华来说，站在平稳的飞船上看着脚下远处似乎平静的魔鬼湾，唯一能够做的便是感慨南极人如此先进的技术。

飞船快速移动起来。当飞船飞过威廉敏娜湾时，几艘老旧的船停泊在平静的海面上，船头飘动的“太阳旗”表明了它们的身份，高雅妮皱眉道：“这些是捕鲸船？”

张大明回答说：“没错，这里是重要的捕鲸区，你们人类总是喜欢征服块头比你们大的家伙。”

飞船经过扎沃多夫斯基岛上空时，大家看到地面上很多的黑点，王贵华小声地对高雅妮说：“看见那些黑点了吗？那些是企鹅。”

这时候，关凯在一旁似乎是恍然大悟道：“原来南极也有裸露的地面啊，我还以为都是雪和冰覆盖着呢！”

禹红解释说：“南极有百分之二的土地没有冰雪覆盖，动物们一般都栖息在这部分土地上。”

“是吗？”关凯有些疑惑地看着禹红。

“你看，”禹红指着地面上一个凸起的山头说，“这里有一座活火山，火山口和烟洞喷发出来的热量使冰雪无法在山坡上堆积，所以就露出了地面。”

“南极会有火山，这真是太不可思议了！”关凯赞叹道。

“哇，这是哪里？冰山离飞船好近啊！”高雅妮惊呼起来。

“这是玛丽·伯德地的文森山，南极的最高点。这里海拔五千一百多米。冰层平均厚度有一千八百八十米，最厚有四千米以上。”张大明像个导游似的说着解说词。

“哦，难怪这么高……”高雅妮道。

“但是，这些数据都是两年前的了。现在的文森山比以前要矮了……”张大明说道。

“是不是冰川融化掉了？”高雅妮问。

“是的，现在是金乌人刚开始对南极的冰川融化，以前则是人类对环境破坏的后果……”张大明说道。

高雅妮有些不解：“是吗？”

张大明面无表情地说着：“即使没有金乌人的到来，按照人类现在对资源的利用态度，到公元 3000 年的时候，这里西部冰原将完全融化，山地冰川和冰帽的体积将缩小百分之十五到百分之二十七。地球上整个海平面也将上升四米。”

“冰川的大规模损失也会对区域水文和水供应产生重大的影响。”禹红若有所思。

“这些是毋庸置疑的，只是，就目前的状态来看，情况比这个还要悲观。”张大明摇摇头。

“是啊，地球母亲需要保护，南极的冰川也需要我们的呵护，这样才能够让资源生生不息。”李古力问道，“如果冰川融化，温室效应是不是会更明显了？”

张大明皱了皱眉头：“是的，地球表面平均温度那时会升高到三十摄氏度。”

“这么说，还会有更多的城市将会被淹掉了，就像现在的上海？”高雅妮说道。

张大明没有直接回答她，继续说道：“温室气体具有惯性效应，化学燃料和毁林排放的碳分子滞留于大气中，经过许多世纪才能分解掉。即使所有此类排放在2100年都停止，气候升温机在未来数百年仍将继续发挥作用。”

“你是说现在的温室效应是20世纪人类活动的结果。这样的话，现在的工业和生活排放量远远多于上个世纪，那么等到下个世纪……”高雅妮有些惊骇。

“是的，在今后上千年，气候变暖将继续下去，而不是停止或逆转。”张大明回答。

李古力叹了口气：“可惜，现在许多人还在无节制地浪费和破坏我们自己的资源。”

“是的，其中的一个后果就是臭氧层受到破坏的程度越来越严重。臭氧层是地球最好的保护伞，它吸收了来自太阳的大部分紫外线。”张大明说着抬起头看了看天，叹息道。

“南极的‘臭氧洞’是怎么回事？”关凯问。他知道这个词很久了，但一直没有机会真正了解。

“南极‘臭氧洞’是在南极春季特殊的温度和环流状况下由极地平流层云参与和非均相化学反应而引发产生的特殊现象。”张大明顿了一下，又加了一句，“事实上南极，包括地球的生态，都是相对脆弱的。我们现在最大的敌人是金乌人。一旦赶走金乌人，我们就要真正地思考如何延续我们共同的地球资源。”

张大明一句话意味深长，众人都不知道该说什么好。

突然，一个飞船模样的机器出现在大家的视野中。高雅妮惊呼：“张教授，你们南极人为什么把飞船放到南极的冰川上来了？”

听到这里，不只是张大明，其他人都笑了。王贵华笑着说道：“这不是飞船，是南极的科学考察站，看上去，这个应该是英国的哈雷 6 号科考站吧？”

“是的。”张大明说道，顺便摁了一个按钮，飞船迅速运动了起来。张大明边操控飞船边解释道：“虽然它们外貌像飞船，但是实际并不是那样。你看，这是美国的阿蒙森 – 斯科特南极站，这个是德国的第三代南极纽梅因站，这个是法国和意大利的协和站，这个是比利时的伊丽莎白公主站……”

“我们在它们上空，他们不会看到我们？”王贵华问道。

“不会的，虽然金乌人的隐形和防护罩比我们的还强，但我们的隐形技术完全高过人类的监测水平。”张大明解释道。

此刻，飞船渐渐地慢了下来，低头看去，下方的维多利亚港的海面平静，深蓝色的海水犹如镶嵌在这雪白世界里的一块蓝宝石，这是人类对坏境大肆破坏后仅存的净土。

突然，飞船上仪器的响声将众人的目光和思绪拉回现实。张大明迅速摁了几个键，对众人道：“基地说传送装置已经准备好了。”

“好，那我们回去吧。”李古力把目光从纯净的南极大陆收回，对张大明说道。

张大明瞥了李古力一眼：“李先生，请相信我，我们会尽我们所能配合你们的。”

李古力明知故问道：“是吗？哪一方面？是保护地球还是对付金乌人？”

“两方面都是。”张大明回答道。

章六

飞船在快速移动，透明的船体外场景在飞速地后移。不一会儿，这蛋形的飞船已经平稳地降落在基地里。高雅妮正在等待飞船的门打开，没想到的是，那透明的船舱竟然突然消失了，他们一下子就站在了基地银色的地面上。他们乘坐的飞船，像是泡沫一样消失了。

南极人的领袖摩罗沽还在原来的地方等着他们。在他的身边，又多了几个身材与外貌和他相似的南极人。

张大明介绍道："除了领袖，我们的几位长老也想和大家见面。我们一起再确认一下所有的细节。"

众人走到原来的位置。李古力向领袖点头示意后，和队员一起坐了下来。

摩罗沽开口道，语气里是十分的自信："李古力先生，我猜你一定会喜欢外边没有被污染的地球的样子，是吗？"

"是的。的确很漂亮。"李古力回道。

"想象一下，我们在这里已经有地球时间几千年了，但我们却完全没有破坏我们周围的环境。技术的发展和环境的保护需要很好的平衡，金乌人就是一个很好的例子。”

“金乌人怎么了？”王贵华插话问。

“据我们所知，金乌人是一个技术非常领先的种族。他们似乎也很注重保护他们所居住的环境，但他们对技术的追求超过了环境所能提供的支持，因而即使他们对环境十分在意，但生存环境被破坏也只不过是一个时间的问题。”

禹红问：“这和金乌人融化南北极冰川和冰盖有什么关系吗？”

“是的。金乌人在消耗完他们居住的星球上的所有资源后，选择了地球。”

“但是地球没有受到任何攻击啊？”关凯也问。

“事实上，北极冰川的消融以及目前他们对南极冰盖的融化就是他们的攻击手段。”

禹红有些激动地问：“他们是要淹掉整个地球？”

摩罗沽看了一眼在一边没有吱声的李古力，平静地回答道：“我认为他们要做的，是用水对地球做一次彻底的，用你们的语言说，一次彻底的荡涤。他们要独占地球的资源，而不是和任何其他种族共同享有资源。”

“你们的技术也非常了得，为什么不直接把他们消灭了事？”关凯又问。他对刚才飞行在南极上空的飞行器佩服之至，因而忘了先前他已经对摩罗沽提过要用导弹攻击金乌人的事。

“嗯。”摩罗沽看了看关凯，同时扫视了一下所有人，“我们并没有你们想象的那样强大。”他顿了一顿，接着说，“我们是占用了地球的一些资源，但整体来说，人类对地球资源的依赖度大大超过我们对它的依赖度。所以，我希望我们共同来对付金乌人。”

李古力这时接口道：“摩罗沽先生，我们一定会配合你们的行动的。在行动前，我想以你们对金乌人的了解，能否给我们介绍一下你们所知道的历史，以及过程中的主要细节，这样我们可以更好地配合你们的努力。”

在李古力说话的时候，摩罗沽一直注视着李古力，很难看出他脸上的表情，但张大明却明显在点头认可。

摩罗沽回答道：“李先生过谦了。你们并不是配合我们的行动，我们是一起努力。”说罢，他朝他右侧的一位南极人说道，“莫拉沽，你来介绍一下背景吧。”

“是。”一直在一边注意着大家对话的莫拉沽站起身来。他的个子和其他南极人一样，所以即使他站着，也不比坐着的李古力他们高出多少。他朝对面的李古力看去：“李先生，我先介绍我们所知的金乌人的历史，然后再讲目前的对峙处境，可以吗？”

“当然，谢谢。”李古力点点头。

莫拉沽弯腰前倾，手掌向下把手放到他身前的桌面上，大家眼前蓝光一闪，桌中央很是突兀地出现了一个蓝色底色的全息图像。这是一个和地球相似的深蓝色星球，和地球不同的是，这个星球上的陆地面积，比地球还要小得多，也零散得多。

“这是我们的星球，她有一个很美丽的名字——天缘星。”此时，莫拉沽的声音中透出了一种悲伤，仿佛是一个孩子丢失了自己最美好的东西。

他盯着眼前的星球，仿佛是看到了曾经的美丽家园。他就这样呆呆地看着，似乎忘记了他应该做什么。

没有人忍心打扰他，过了一会儿，他缓缓地抬起头，声音里明显地多了力量：

“我的家园和你们的地球很相似，但比地球要大二十倍。那里也有美丽的蓝天，宽广的大海。我们很爱我们的家园，绝不忍心对她造成半点伤害。虽然我们的技术能让我们得到更多的物质上的享受，但我们一直控制着所有形式上的能量消耗，因而我们的天缘星是我们所知道的最完美的地方。

“但是，地球时间的一万多年前，金乌人来了。那些可怕的恶魔，霸占了我们的星球，让我们成了一群失去家园的流亡者。”

眼看南极人莫拉沽的思绪又将再次沉浸在遥远的回忆中，李古力的声音适时地响起：“很抱歉打断了您的思绪，我想问一下，他们是如何霸占你们的星球的？”

“最初的时候，和现在地球上正在发生的完全一样。”莫拉沽看了看李古力，手指向全息星球上的蓝色区域，“他们将我们星球上的所有冰川和冰盖都融化，淹没了我们所有的土地。”

“你们不是应该能居住在地下的吗？”王贵华想起自己所处的位置，好奇地问道。

“是的。事实上金乌人用我们的水荡涤了我们的星球，消灭了我们星球中的所有生物后，把水又从陆地上退去了，然后他们降落到了我们的土地上。”

“啊？那你们和他们打了一仗吗？”关凯问。

“有，也没有。”

“什么叫有也没有？”关凯急不可待。

“我们试图炸毁金乌人的飞船，但没有能够成功。但金乌人并没有攻击我们。他们向我们发出通牒，让我们离开自己的星球，说是不然就要像消灭我们星球其他的生命一样消灭我们。”

“啊？那你们怎么选择的？”高雅妮惊讶道。

“我们选择了离开。”莫拉沽讲到这里，语气和眼神中都带有明显的不满。他看了一眼摩罗沽。

摩罗沽没有理会他眼神中的不满，解释道：“我们的离开是为了保存实力。当时是想等到我们有能力反击时，再和金乌人决战。”

“是的，”莫拉沽接口道，“但没有想到，我们还没有开发出我们认为能够和金乌人决战的武器，我们星球的资源已经被耗尽了，而且，金乌人还追到地球来了。”

章七

莫拉沽细细的手指在桌面上慢慢转动的蓝色星球上轻轻一划，蓝色的星球陡然变成了一颗土黄色的星球。接着，他又点了点土黄色星球上的某一处，在圆形的星球旁边，多出了一个长方形的立体图像。这个立体图像明显是双向的，坐在桌子两边的李古力的队员们看到的是同一个立体画面：

这个逼真而又非常清晰的图像上，是一片荒漠，没有植被，没有生命，一片静谧。

莫拉沽细细的手指又指向圆形星球的不同地点。他的手指指处，立体图像在不停地转换，但除了土黄色的荒漠还是土黄色的荒漠。

“这是我们星球现在的样子。”他一字一顿，声音中充满悲怆。

“真的很遗憾。”李古力表达了他的同情后问道，“刚才您说你们还没有开发出能和金乌人决战的武器？因为我们如果能战胜金乌人，起码我们可以保护我们现在共同依赖的地球。”

莫拉沽没有立即回答，他把手掌又放到面前的桌面上，收起了天缘星的全息图像和它边上的立体图像，同时在离桌子尽头不远的空旷处，出现了一个巨大的长方形立体图像。

画面上，无数闪耀的光柱刺破蓝色的天空，而天空中什么也看不到。莫拉沽把天空拉近后，在什么也没有的蓝色天空中，有时会出现些许波纹，像是空气在颤动。

莫拉沽开始解释："目前，地球人能量最大的武器是氢弹。而你们看到的光柱，却含有比氢弹还要高百倍的能量。很明显，金乌人的飞船完全没有被我们破坏。"

众人能很明显地感觉到，莫拉沽的语气中有着明显的气馁和不甘。

莫拉沽稍稍整理了一下自己的情绪，接着说道："我们选择离开家园后，经过漫长的星际旅行，找到了地球。起初这里的环境非常让我们满意，我们也发誓要像爱护我们自己的星球一样爱护地球。但没有想到的是，最近一百多年，我们通过不同的途径帮助你们拓展自己的知识，但你们地球人却开始奢侈地糟蹋地球，使得我们不得不开始消耗我们的能量，来维持地球环境的平衡。现在，金乌人又来了。我本人是比较怀疑，地球人是否值得我们帮助。"

一直在倾听的高雅妮问道："你是说你们可以离开地球，再去别的地方寻找下一个落脚点？"

"是的。但现在已经不可能了。"莫拉沽小小的嘴中吐出一声细细的叹息声。

"现在怎么了？"李古力问。

莫拉沽有些不满地瞥了一眼静静地坐在座位上的摩罗沽，转过身去手指轻轻一动，立体图像切换并定格在一条长条状的晶体上。

"各位一定见过这个。"莫拉沽问道。

"是的，四月的时候我们在缅甸见过。"李古力和王贵华同时看出来那是在缅甸山洞里的那个晶块。

"这是我们从自己的星球带来的能量晶体，你们在南亚看到的是我们如今仅存的了。如果不能很快地消灭金乌人，那么这些能量也会很快消耗。一旦消耗完，地球南北极的冰川与冰盖将完全消失，后果也就不言而喻。"

“你们有这些能量，为什么不用它们支持你们的星际旅行直到找到你们下一个归宿呢？”高雅妮又问。

“事实上因为领袖的决定，我们已经在维护地球的环境平衡上投入了大量的能量。前些天金乌人到达地球之后，我们又投入了大量的从南亚运过来的能源在北极和南极同时抵抗金乌人对冰盖的融化，试图延缓融化的速度。而现在，我们已经没有了足够的能量让我们的所有人口寻找并转移到下一个星球了。”

“莫拉沽先生，我想问一下，你们有没有在地球上找到这种能量，或者合成它们？”鉴于南极人极端发达的技术能力，王贵华有些不解地问。

“我们曾经在地球上做过大范围的探测工作，但还没有找到这种晶体的存在。合成它们，我们也想过，但这也不容易做到。它形成的条件十分苛刻，我们这方面的努力还没有成功。”

“所以，”摩罗沽这时说话了，“我们和你们人类，只有一条路，就是共存亡了。这也是我邀请大家到这里来会面的原因，商量如何一起战胜金乌人。”

李古力又想到他先前提出过的方案：“你们不能够从外面破坏金乌人的飞船，但能够把人送到飞船里边？”

“是的，”莫拉沽顺着李古力的思绪说道，“其实，我们在金乌人刚来到地球的那天，就派出了我们南极人中最精锐的战士，用我们的传送技术把他们传送到金乌人的飞船里，但他们上了金乌人的飞船后一会儿，就都失去了联系。我们怀疑金乌人船上有我们南极人不能适应的环境。”

莫拉沽顿了顿：“于是，我们想到了人类和我们的不同。”

“有什么不同？”王贵华看了看一边的张大明，有些为他骄傲。

“很长时间以来，我们就已经利用地球人的基因和我们自身的基因培育出以我们自身的基因为主体的新型人类，坐在你们旁边的张大明，就是其中之一。”莫拉沽的表情似乎是有些不屑，他朝张大明看了一眼，而此时，李古力小队无一不露出了原来如此而且敬佩的表情。

“我们就在昨天才将张大伟，一位和张大明一样的新型人类，送上了金乌人的飞船，但是他未能在限定时间内回来，我们猜测他已经遭遇不幸。

因而，很有可能，只有你们这些纯地球人能够在金乌人飞船的环境中生存下来，并击败金乌人。”

“如果不成功呢？”王贵华小声地嘀咕了一句。

“那就让我们和你们人类一起消亡吧。”此时摩罗沽淡淡的声音，深深地印在了李古力小队的脑海中。大厅内的众人陷入了沉默。

稍许，李古力一字一顿地说：“我们上。”

章八

这时张大明站起身来，他的手指在身前的圆桌上慢慢地滑动，随着他手指的移动，桌面上升起了许多红、绿、蓝、黄四种颜色的旋转着的立体小光球。他看着李古力说："谢谢你，李先生。事实上我们原先也没有考虑邀请人类参与这个任务，但我们已经没有其他办法。但我们有充分的理由认为你们能胜任这个任务。请看这里。"他说着，把手指向那些光球，而这时那些旋转着的四色光球逐渐拼合成了红、绿两条螺旋状的线条。线条逐渐在延长，同时在螺旋体的中间生出横向而对称的枝节。

高雅妮看到这里不禁脱口而出："天！人类的基因序列式！"

"是的，高雅妮博士，这就是人类的基因。人类的科学把基因解释为DNA 分子上具有遗传效应的特定核苷酸序列，是具有遗传效应的 DNA 分子片段。你们一直在破译着你们自己的基因，并试图从中寻找对自己认知和医学上的突破。但许多信息你们尚未理解，而我的存在就是我们把自身的基因和人类基因进行组合后的一个新的生物体。看，这是我的基因图。"随着张大明的声音，桌面上的螺旋全息基因序列瞬间变得比人类的基因序列图有更多的枝杈。

高雅妮惊讶地张大了嘴，还没有等她说话，大家面前的基因图又变成了一个比人类基因图更为简单的序列："这是我们南极人本身的基因组合。"

"怎么可能？"高雅妮终于找到要说的话，"你们的基因组合怎么会这么简单？"

"你是说如此简单的组合不可能支撑像我们南极人这样的生物现象？"张大明似乎知道她在想什么。

"嗯。是的。怎么可能？"

"基因并不能涵盖生物现象或是生物遗传的一切，它只是整体中的一个部分。人类有些科学家尝试用基因来解释一切生物现象，因为基因的本质是 DNA 或是 RNA，但这事实上是一种急功近利的表现。"

"当然，不是所有的基因都能为蛋白质编码……"

看到他们开始讨论纯技术的细节，李古力打断了高雅妮的话："对不起，张教授，能否简单地说明一下我们人类基因和现在的任务的关系？"

"好的。李先生。"张大明说着，把桌面上的基因图转到人类的序列图，他指着其中的一个枝杈说："你看这个枝节，我们南极人，还有我本身，都没有这个枝节。而这个枝节所代表的生物功能中包含着抵抗辐射的能力。"

"但人类并没有抗辐射的能力啊？"王贵华不禁插嘴。

"人类的日常生活中充满辐射，比如微波炉，比如手机，等等。人类能够抵抗这种辐射，而我们基因组合中缺少这个枝节，因而我就不用手机。"

"你是说金乌船上可能存在某种辐射？"李古力问。

"是的。我们分析的结果是指向这个原因。"

关凯看李古力没有马上接话，便对他说道："队长，不管怎样，既然我们来了，我们理所当然要拼死一搏。你说话吧。"

看到关凯的态度，张大明马上说："我们有很好的防护服，能够有效抵抗各种辐射。"虽然嘴上这么说，但张大明心里也有些没底：和他有着同样人类基因的张大伟，穿着防护服上了金乌飞船，却再也没有回来。如果李古力他们不来，张大伟的弟弟已经要求再上金乌船了。他正要解释这一点，看到李古力站了起来："张教授，谢谢你的介绍。我们尽快上去。还有什么其他要注意的事项吗？"

"没有了。当然，我们有一些武器和爆炸物，可以用来防御和摧毁金乌飞船。"

"太好了。我就等着这句话呢。"说着，关凯也站起身来。

这时，摩罗沽也站起身来："各位朋友，如果大家没有其他的意见，那么请跟张大明去选择你们的装备。我的朋友们，祝你们好运！"

"谢谢。"

没等李古力等人说更多的话，摩罗沽和莫拉沽，还有其他一直没有说话的南极人便悄然"飘"出了大厅。

他们走后，张大明招呼道："跟我来吧。我带你们去准备上飞船的必需品。"

众人起身紧随着张大明离开了会议桌，一会儿就走出了大厅。

"张教授，我有一个疑问。"王贵华快步走到张大明的身边。

"请说，王贵华先生。"

"为什么是我们这几个人，而不是人类中的其他人来做这个呢？是你做的选择吗？"

张大明停住脚步，他抬起头盯住王贵华的眼睛，意味深长地说："王贵华先生，对于你这个问题，第一，有些事情，从你生下来就是注定要去做的，我想这也就是我们所说的使命；第二，我之前的失踪，我知道会引来非常有才能的人来追踪我。事实上追踪我的人不止一批，而是四批。所以不是我选择了你们，而是你们选择了你们自己。"说完张大明微笑了一下继续向前走。

王贵华有些惊讶，自言自语道："四批？还有谁？"心里想着，脚步跟了上去。

章九

众人离开大厅后，没过多久便来到又一个银灰色金属蛋形建筑前，这个横放着的“蛋”大约有三层楼那么高，三十多米宽。

张大明走到近前，用手触碰“蛋”壁。接着，“蛋”的下方射出一道淡蓝色的光芒。大家定睛看，光是从一个开启的门中发出的。

“我们到了。”张大明说完便走进了光线里。

“我们进去。”李古力回头看了一下小队的其他人，跟着走了进去。

建筑中淡蓝色的光芒里，一条和缅甸山洞里一模一样的台阶通往一个中央平台，沿着台阶的左右，悬浮陈列着各种武器和爆炸装置。

跟随张大明的步伐，大家缓慢地走向平台。关凯认真地打量着所看到的一切，眼里满是兴奋。

王贵华一眼就看出了这里和缅甸山洞里的相同点，那些让生命悬于一线的台阶，只是这里没有那些发光的玉雕。他想回头一定要和张大明好好聊聊。

高雅妮和禹红对武器不感兴趣，因此只是好奇地打量着四周，奇怪这些东西怎么会悬浮在空中。

待大家都走上了中央平台，张大明开始介绍道："这些武器中，有一些是从人类的军火市场来的，其他则是我们南极人的。"

关凯正在仔细地打量着平台周围各式各样的武器，一时不知道从哪里选起。同时，他又向下面台阶两边看去，怕漏掉更好的款型。

"张教授，不如你给我们做个推荐？"李古力看着四周的武器问道。

"那些是人类的还是你们的手枪？"关凯说着用手指着身体右侧的前方。听到关凯赞叹的声音，李古力顺势看过去，一排崭新的不同型号和制式的手枪映入眼帘。

"嗯，抱歉，那些不是人类的手枪，那些是我们南极人的枪。它们的威力巨大，发射出的不是子弹而是极光。它可以瞬间穿透五十厘米厚的钢板。"

"极光？"王贵华问，"北极光的那种极光？"

"算是吧。"没等张大明给王贵华做更具体的解释，关凯又问："咦，那是什么？矛吗？连这个都有。"他惊奇地看到前面有两个长约一点五米的矛竖立在空中。

"你说的是？哪里？那个吗？"张大明刚刚注意到关凯所看到的矛，"这是矛，但它的尖头是我们的特殊材料制造的，从柔韧度到坚硬度都比普通钢材要好出许多。"

"现在是火器时代了，这种冷兵器还有什么用？"

"我们这里没有刀具，所以我倒是建议你们带上。有时候最原始的可能也会是最实用的。"

"好，我们带上。"李古力在一边说。

张大明接着说："我们的主要目的是炸毁金乌飞船，所以你们需要带上高能量的爆炸装置。"

"你是说 C4 什么的？"关凯问。

"你是说 C4 塑胶炸药？这个不如我们的 N7。看那边。"张大明指向他的左边。

众人的眼光朝张大明指的方向看了过去，十几个拳头大小的白色方块整齐地排列在不远处。关凯看到后问道："这个 N7 小方块的威力能有多大？难道比 C4 还厉害？"

"是的。不但厉害，而且厉害很多。每一块 N7 所释放出的能量是氢弹的二点五倍。你一定知道氢弹的威力！"张大明回答道。

这次轮到王贵华感叹了："啊？一个氢弹爆炸产生的热能能够摧毁十公里或更大范围内的所有建筑。它比普通原子弹的热能还要大几千倍。而你说这个 N7 的热能比氢弹还要大二点五倍？"

"是的。"张大明点点头继续道，"除了 N7，我们还有 S9。"

众人看过去，白色方块的后面，是一排金属银灰色的直径大约只有二十厘米的圆球。

关凯很是好奇，想伸手过去取，但离得太远了。他问道："这个 S9 比 N7 还厉害？"

张大明解释道："它们属于不同类型的武器。N7 是爆炸物，它的能量是向外扩展，而 S9 不是能量向外扩展的爆炸物，而是消灭能量的吸收器。一旦启动，它可以把周围一千米以内一定重量的所有物质都粉碎并吸入其中，并在完成后自动消失。"

"这不是创造了一个黑洞？"王贵华又一次惊讶。

"也算是的，但这是一个可以控制的黑洞。"张大明回答道。

"那我们带上矛，N7，S9。"李古力说。

"我们也可以自己选择一些吗？"关凯紧跟着问张大明。

"当然。"

"武器距离我们远了点，能让它们离我们近一点吗？"关凯还在惦记着刚才台阶上看到的那些武器装备。

张大明微微一笑。他把手轻轻一挥，平台上出现了一个仓库的全息影像。张大明说道："关先生，你可以选择了。你用手指触摸你喜欢的武器后，系统会自动分辨你选的武器能否对付金乌人。如果可以使用，我们离开时会在门外得到这些武器。"

"太棒了！我现在就选。"关凯兴奋地在全息图上选择起武器。

章十

待关凯选好武器后，大家便跟着张大明走出了武器库，刚出大门就看到不远处齐胸高的地方悬浮着四个背包，其中三只是银灰色金属材质，似乎是柔软的金属制作而成。悬浮在背包旁边的，是那两支长矛。另一只背包是白色的。

张大明介绍道：“这些银灰色的是武器包，里面有关先生选的武器装备和其他一些武器。每个武器包里有四十八点二公斤重量的武器装备。”

“好的，谢谢。关凯、王贵华，我们每人背一个。”李古力说完便走过去取包。但王贵华却没有移动脚步，面有难色：“队长，这……”

张大明似乎看透了王贵华的心思。他拉过一个背包到王贵华面前：“虽然装备是重了点，但我给你们选了我们的行军包。南极行军包是特殊材料制作的，它能让你感觉不到里边装备的重量，因此完全不会妨碍你的正常行军和动作。”

王贵华将信将疑，最先把面前的包挎到背后，惊讶道：“真的没有重量啊！”

李古力看着两支矛，询问关凯："你先背上？"

"好的。"说着，关凯拿过长矛在手里掂量了一下，笑道："我还是喜欢有重量的感觉。"

这时高雅妮走到张大明跟前问："张大明先生，我想我应该需要一些急救用品。不知你们这里有吗？"

"有的，高博士。我已经为你准备了。"张大明说着，拉过了那只白色的背包送到高雅妮面前。

高雅妮接过背包，蹲在地上把它打开。背包里边有用中文标注的创伤敷药贴，绷带，胶带，消毒棒，生理盐水，镊子，剪刀，体温仪，还有一堆小瓶，等等。其中，还有一把手枪。她有些不解："这个手枪是做什么用的？"

"那不是手枪。它是纳米注射器。"张大明蹲到高雅妮身边说道。

"嗯，纳米注射器？"高雅妮不解地问道。

张大明从背包里取出一个装有白色液体的小瓶，递给高雅妮说："这枪是一个多用途注射器，而背包里的这些小瓶是纳米修复剂，它们可以修复被破坏的皮肤组织，可以修复被破坏的人体内脏器官，具体的功能在不同的瓶上都有标识。"

高雅妮这次仔细地看了一遍那些小瓶，心里记下了它们各自的用途，然后问："那如何使用呢？"

"你把针剂瓶，比如这个骨骼蛋白针剂瓶，嵌到这个注射器的把手里。如果需要修复断裂的骨骼，你只要把枪口对着骨骼断裂的区域，紧贴皮肤，扣动扳机，骨骼蛋白针剂就会雾状进入皮下。然后针剂里的纳米复位固定器和骨骼蛋白就会自动对碎骨进行修复，整个过程只需要十分钟左右，换句话说，如果谁的腿断了的话，注射后十分钟他就又可以走路了。"

高雅妮不由"啊"了一声，一方面佩服南极人的医疗水平高超，一方面心里也没有底，十分钟修复碎骨，这可能吗？普通的医院里，十分钟还不够拍一个 X 光片子呢。

这时，李古力在对禹红说话："禹工，这次任务危险性极高，你就不要去了。”

禹红回答道：“李队长，我既然来了，不可能就在这里等你们的。多一个人多一份力量。”

“但是这很危险的。你之前也没有这样的经验，我认为你还是留下。”

禹红有些激动，坚持道：“刚刚张大明对王贵华说完成这件事是有些人天生的使命，我既然跟着你们来到了这里，这也应该就是我的使命了。”

此时关凯走了过来，说：“队长，让她和我们在一起吧。”

禹红感激地看了关凯一眼，李古力不悦地瞪向关凯，似乎有些责备的意思。

关凯忙说：“队长你放心，我会照顾好她的。”

张大明这时也走了过来，对李古力说：“我想你们会需要她的，她说得没错，多一个人多一份力量。这也是她的使命，所以她需要和你们一起去。”

张大明为什么一定要禹红冒险参加这次行动，李古力有些费解，但既然说到这个地步，他只能点头表示同意。

张大明看李古力同意了，走到王贵华身旁，对他说：“你在电脑这方面是天才，我送你一个我们南极人的‘冰川’，或许你上去后能用得着。”说着他把一支大约十厘米长、一厘米直径的银灰色圆管递到王贵华的右手中。

王贵华愣了一下，接过这个银灰色圆管，没有明白张大明的意思。

张大明笑着说：“你用左手拿它，用拇指稍稍按一下它的任何部分。”

王贵华把这个银灰色圆管换到左手，拇指在它光滑的表面稍稍一按，眼前顿时一亮：一个透明的平面屏幕从圆管中延伸出来，一个他熟悉的电脑界面。

“我做了些修改，在‘冰川’上装了你们的电脑系统和中文环境。这样你就能很容易地使用了。”张大明解释道。

“哇，冰川。这太棒了！”王贵华一边用右手手指在透明屏幕上滑动着，一边赞叹。随着他手指的滑动，透明的屏幕不再透明，上面是一群栩栩如生的南极企鹅在休憩和摇摆着行走。

“呵呵。你再用拇指按一下。”

王贵华按了一下，屏幕一下就被收进了圆管。还没等他再次发出感叹，张大明又对他说：“这次，你换到右手，用拇指轻击两下。”

王贵华很是有些好奇。他没有马上就做，他把“冰川”换到右手，放到眼前仔细打量了一下，没有看出什么特别，于是就用拇指轻击了两下。刹那间，刚才屏幕上的那些企鹅，一下变成了立体的全息影象，扑腾在众人的眼前。

大家“啊”的一声一下子都围了过来。王贵华拿着冰川的手稍稍一晃，企鹅们不见了，代替它们的是一块蓝白色的冰川矗立在大家面前。

张大明说：“你先收起来吧。希望在金乌船上能派上用处。”接着他对大家说：“大家准备好了的话，我们现在去传送点。”

“张教授，你所说的传送是什么意思？”高雅妮问道。

“这是我们的定点传送装置。它的原理是将你们瞬间从一个点传送到设定好的另一个点。”张大明解释道。

“好的，我们知道了，现在出发吧。”李古力微笑道。

“各位请随我来。”说完张大明带领着李古力一行人来到又一个“蛋”形建筑前。这里的门已经开着，门口站着一排南极人，像是在等待他们的到来。

进入“蛋”内，李古力并没有发现有什么不同。

“李古力先生，请穿上防护服。”一个南极人说着递给他一件防护服。

这时已有其他的南极人在帮助小队成员穿上有些笨拙的防护服。

待大家都穿上了防护服后，张大明拿出一个红色按钮给李古力一行人看，同时说道：“这个按钮是你们来回的传送器。你按一下这个按钮，”说着张大明按了下按钮，霎时一个蓝色的光圈出现在大家所处的位置。他继续说道：“这个蓝色光圈出现后，你再按一下按钮，你们就会在金乌船上。如果在金乌船上，你按两下，你们就会回到这里。一定要记住的是，你们必须站在这个蓝色光圈内，才会被传送。这个光圈的直径是五米。”说到这里，张大明静静地看了一眼大家，见大家没有疑问，他把按钮递给李古力，说：“李古力先生，祝你们好运！我等着你们的好消息。”

李古力看了看张大明，又转身看了一眼他小队的队员，看到所有人都已经站在蓝色光圈内，他没有犹豫：“关凯、王贵华、高雅妮、禹红！我们出发！”说着他按下了按钮。

瞬间，刺目的蓝光闪过，紧接着李古力等人消失得无影无踪。

篇二
外星飞船

章十一

失去知觉的时间非常之短，李古力睁开眼睛时发现蓝色光圈不见了，他努力想象自己现在在什么地方。尽管南极人基地的庞大与复杂让他相信他和他的队员们应该已经是在金乌船上，但他还是不能轻易接受如此神乎其神的空间传送。李古力抬起头四下打量周围。

其余几人也都一脸迷茫，空间传送产生的不适应让他们还没能从刚才失重的感觉中挣脱出来。

李古力忽然惊醒，随即沉声喝道：“注意四周，小心敌人！我们应该已经在金乌船上了！”

通过耳麦的放大，李古力的声音一下把大家拉回了现实。大家立刻移位，展开了防御队形。高雅妮和禹红夹在队伍中间，高雅妮手持从南极人那儿拿上来的环境监测仪，淡绿色的屏幕上几组数字正在变换着。

王贵华已经从背包中取出一支步枪挎在手上，他不忘回头瞟了一眼高雅妮手中的仪器，说：“这个仪器有那么厉害？看它上边标识的型号貌似很有来头？”

高雅妮先前并没注意到这个仪器也有型号，经王贵华一说她才注意到仪器的左上角有“NB01”几个字样。她一边盯着屏幕等读数稳定一边说：“这个东西应该只是南极人把我们的一些技术融合到了一起而已。”

这时监测仪上的最后一个数字跳了一下，终于稳定下来。高雅妮说：“氧气指数正常，气压正常，温度二十一摄氏度，无异常辐射，无有害气体。”她顿了顿，对着李古力的背影说，“队长，我们不需要防护服了。”

李古力转头看了看她，又看了看关凯，说：“好，注意警戒。”

大家松了一口气，防护服让他们很不舒服，虽然不影响行动，但还是给人强烈的束缚感。

由关凯警戒，其余四人迅速脱掉防护服。趁这个空当，王贵华说：“真不敢相信，我们就这样上了外星人的飞船？”

李古力脱掉防护服，立刻抓起枪警戒，让关凯从防护服里钻出来。

王贵华这时正仔细地上下检查自己的身体，并不停地用手摸着自己身上看不到的地方。好一会儿，他才如释重负地松了一口气。

关凯看他表情有点奇怪，忍不住问：“你干吗？”

“不管南极人的技术如何，我还是担心他们把我们传送过来会让我们少条胳膊缺条腿呢。”

“你这是什么意思？”关凯说。

“南极人的这个传送技术应该叫量子传送，就是把我们的身体分解成量子，再利用量子远距效应把我们身体的信息传送出去，到了这里再把我们重组起来。”王贵华又看着自己的手捏了捏自己的拳头。

一听自己刚才被分解了一遍，大家都下意识地检查自己的全身上下。

“科幻片中都是这么演的。”确定自己仍然是完好无损后，王贵华有些兴奋地说。

“你就别发感慨了，”高雅妮说，“我们今天的经历说出去已经是科幻片了。”

这时李古力低声说：“大家注意，我们现在是在金乌船上，说不定他们已经发现我们了。”

一听这话，大家又全都集中注意力，开始四处张望着打量飞船的内壁。

他们正站在一个宽大而空旷的金色、明亮的舱体中。让人惊讶的是，走廊中什么也没有，甚至没有任何监控设备，或者任何照明装置。

“怎么回事？这里的光是哪里出来的？”王贵华疑惑地想。

确实如此，舱中看不到任何发光体。

章十二

从李古力他们站的地方，舱体向他们两边延伸，像是一个有弧度的走廊。走廊宽得有点不正常，足有二十多米，舱顶也很高，足有三米多。舱壁上刻有凹凸不平的线条。王贵华走上前用手抚摸了半天，也没发现什么规律，只好作罢。

关凯把枪挂在身上，从后背取下从南极带上来的矛，用矛尖在舱壁上用力地划了一下，说："这飞船的材料有点奇怪，看上去有点像是铜，但它的硬度却远比铜要大得多。"

王贵华点头道："这应该不是地球上有的金属。"

李古力朝两边走廊看了看，发现它们几乎完全一样。他想了一下，从背包中取出一个蓝色方块，放到自己的脚下。

高雅妮疑惑道："队长，你这是？"

"这是我们传送点的标记，我们回南极的时候需要回到这个传送点。"说完，李古力看了看右边的走廊，道，"我们向右边搜索，大家注意警惕，不要掉队。"

大家点头表示明白，除禹红外其余四人都手握武器展开搜索队形。

这时李古力似乎想起了什么，他从身上掏出红色的传送器递给禹红，说：“如果一会儿发生战斗，我带着传送器可能不安全，这个由你来保管。”

禹红觉得这个责任重大，本想说什么，但当她看到李古力坚定的眼神时，便小心翼翼地接过了传送器，放进自己的口袋中，并合上了口袋开口处的尼龙搭扣。

大家沿着走廊向右边搜索过去，但一路上所看到的都是前一分钟所看到的景象的重复：永远是一样的走廊，一样的舱壁和一样的舱顶。

走出十多分钟，李古力心中的疑惑越来越重，这一路上实在是太平静了，按照南极人所说的信息，他想象这艘巨大的外星飞船一定有着良好的防御系统，一旦有外人闯入，金乌人一定会察觉，并发生冲突。即使不能在他们一上船就给他们来一场伏击，现在他们已经走了有十多分钟，也一定会有一场遭遇战。但为什么直到现在还是什么动静也没有？难道金乌人想把他们引到某个地方，来一场诱杀？

李古力越是这么想，越是不敢怠慢。他让大家继续保持警惕，同时自己更加注意周围的动静。

又过了几分钟，还是一切平静。王贵华已经按捺不住自己的疑惑了：“你们不觉得不太对劲吗？”

“你是说我们到现在都没碰到麻烦吗？”关凯看一眼王贵华说。

“不不，”王贵华摇摇头说，“其他的，我也说不上来。”

高雅妮被王贵华一提醒，立刻反应过来，说：“是的，这里的空气太干燥了。”

“对对对，”王贵华恍然大悟，说，“这太不正常了，我的嗓子都要冒烟了。”

“小高，你的监测仪能测量湿度吗？”李古力边走边警戒着前方，说。

“我看看，”高雅妮拿出监测仪，看了一眼，说：“环境湿度……”

“多少？”王贵华急道。

“百分之一。”高雅妮自己都难以相信。

“这有什么问题吗？”关凯问。

“这意味着这里的湿度比沙漠的湿度都要小，但在二十一摄氏度的温度下，这太不正常了。”高雅妮眼睛紧盯着监测仪上的读数，她还是有点难以置信，以至于她觉得可能是“NB01”坏掉了。

很明显，监测仪的其他读数都是很正常的，这就排除了仪器坏掉的可能。

高雅妮十分费解，只能猜测说：“或许金乌人喜欢干燥的环境吧。”

王贵华想到张大明告诉他们说南极人一来到金乌人的飞船上就死亡的事，说：“会不会这里干燥的环境就是南极人不能上飞船的原因？”

高雅妮摇摇头说：“不太可能，南极人的环境气候也很干燥。”

王贵华挠挠头，他也有点不太明白了。

“我倒认为南极人之所以不能在金乌人的飞船上生存是因为这个飞船的材质。”高雅妮指了指走廊的墙壁说，“很可能这些金色的墙带有某种辐射，我们假设这种金属叫G金属，它带有的辐射叫G辐射，那么G辐射刚好是南极人所不能抵抗的，而我们人类的身体却可以很好抵抗住G辐射。”

“假如是这样的话，人类为什么可以抵抗住这种辐射？”禹红问。

“不知道，”高雅妮说，“一种可能是南极人对辐射的敏感度大大高于我们人类，另一种可能是我们的生理结构恰好能抵抗这种辐射。当然还有一种可能，就是我们地球充斥各种辐射，我们已经习惯了。”

“不对啊，”王贵华说，“南极人不是说他们和地球人的结合体，比如那个叫张大伟的，上来了还是没能回去吗？”

“按照基因图，张大伟的基因仍然和人类不同，或许只要含有南极基因，就不能抵御这种辐射？”高雅妮似乎是自言自语。

大家继续向前搜索着。就这样大约走出了两公里，还是什么也没有发现，两边还是一成不变的画满线条的墙壁，耳边也只有他们自己的脚步声。

大家心中的疑惑更浓，这艘飞船实在是太安静了，安静得让人心里没底。大家不由得有些放松起来。

走在队伍最后的关凯忍不住说：“这船上到底有没有人啊？这会不会

是一艘死船？”

王贵华也附和道：“是啊，会不会是一艘死船？”

队伍中唯有李古力和禹红还保持高度警惕。高雅妮见身边的禹红高度紧张的样子，便安慰她说：“禹姐，不用担心，不会有问题的。”

禹红看一眼高雅妮，她的心中充满了难以言表的感觉，说：“高博士，我有种很不好的感觉，我总觉得周围有很多眼睛在盯着我们。”

这句话在空旷而安静的走廊里说出来有些惊悚的味道，王贵华不由自主地握紧了手中的步枪。

关凯见状用枪身蹭一下王贵华的小腿，说：“怎么样？害怕了？”

王贵华撞一下关凯的胳膊，说：“谁怕谁？”

高雅妮刚想对禹红说点什么，突然李古力压低声音说：“别出声！”

大家立刻高度警惕起来，但出乎意料的是，并没有什么特殊的情况出现，大家不由都把目光聚集在李古力身上。

这时李古力的脚步加快起来，他的眼睛紧盯着不远处的墙壁，大家也紧紧跟了上去。

来到近前，大家看到一个宽有四米、高两米的类似玻璃材质的平滑屏幕镶嵌在墙壁上，令大家惊奇的是，这个屏幕和四周的墙壁完全融合在一起，接合处连一点缝隙也没有。整个屏幕散出淡淡的金色光芒，上边有一些看上去杂乱的线条。这个屏幕的最底端跟李古力的胸口齐平，所以已经走到它下方的王贵华不得不仰着头打量这个屏幕，说：“这是什么呢？”他又朝屏幕两边看了看说，“上边这些奇怪的线条是怎么回事？”

王贵华没有得到任何回答。他试着伸手触摸了一下屏幕，又冷又硬。

章十三

正当王贵华对着这个奇怪的屏幕纳闷的时候，一旁的高雅妮发出了一声惊讶的声音。大家顺着高雅妮的目光望去，只见旁边走廊的壁上刚才还是毫无规律的线条，现在居然排列成了似乎是有规则的图形。这些图形看上去很抽象，但倒不是很陌生。比如那个四周围满线条的圆圈可能代表的就是太阳，而另外一个由几条波浪线组成的图形或许就是水了。

高雅妮指着壁上的线条惊叹道："看，那个太阳，还有那水！看来外星人对宇宙中这些永恒事物的认知都是相同的，都习惯用最简单直观的图形来表现。"

王贵华有些不屑地反驳道："这个金乌人来的地方有没有太阳我们还不知道，你怎么知道那就是太阳？"

李古力看了他们一眼，说："刚才的线条变成了现在的图形，是金乌人在给我们传达什么信息。"他顺着舱壁看过去，舱壁上现在已经都是这样的图形了，这些图形还在不断往舱顶的方向延伸。李古力抬起头，这时他发现在他的头顶上方，有一幅要具体得多的图案，这个图案明显能看出是一只鸟，这是一只身体比例失调的鸟，它的身子很短小，但两只翅膀却相对要大很多。它似乎更像地球上的蝙蝠。

“这只难道是外星鸟？”跟着看过去的关凯自言自语。

“有可能这就是金乌人，”李古力说，“别忘了，‘金乌’本来就是鸟的意思。”

“我们的敌人是一群鸟？”关凯顿了一顿，又笑着加了一句，“还是一群鸟人？”

李古力没有理睬他的玩笑，沉声说：“都有可能。”他抚摸着身边墙壁上图形的线条，这时其中一幅图案吸引了他的注意。这幅图上用了大量的波浪线条，在这些线条之下，各种形状的多边形凌乱地堆砌在一起。

尽管画得抽象，李古力还是从中看出了一些端倪，他不由得皱了皱眉头。

“怎么了，队长？”高雅妮关切地问道。

“你看，如果这些波浪线真的代表水的话，这些多边形就可能是建筑物了。这会不会寓意着用水荡涤文明世界？”

高雅妮盯着这些图形，不能否认，李古力的推测很有可能是正确的。她担忧地说：“地球会不会也变成这个样子？”

“不知道，”李古力移开视线，说，“我想我们要加快速度了。大家保持队形，跟着我继续前进。”

这时王贵华已经确认自己完全无法参透屏幕上那些稀奇古怪的线条，他把挂在身上的步枪摘回手中，一言不发地回到队伍中间。

大家加快速度向前边搜索着边行进，这样又走了大约十分钟。李古力首先看到了他们的防护服。蓝色方块的标记也在不远处。

紧跟其后的王贵华怀疑道：“我们又回到上船的地方了？”

没有人回答他。李古力又往前走了几步，仔细地打量了一下蓝色方块标记，说：“没有人动过。我们回到起点了。”

高雅妮“啊”的一声后，没有再出声。

李古力说：“这个飞船的外围是个圆环形，我们应该是沿着它的外围，绕了一圈又回来了。”

王贵华看了一眼手表，说："是的。我们刚才走了四十三分钟，大约有三公里的路，如果这个飞船是个正圆的话，它的直径起码有一千米。"

"一千米的船，真大。"高雅妮不禁说道。

"也挺奇怪，这一圈下来我们一个外星人也没碰到，门也没看见过一扇。"关凯说。

"肯定是被我们吓得躲起来了。"王贵华打趣道。

"我想我们刚才走过的这圈应该是金乌人这艘飞船类似城池一样的外围。也许在什么地方有机关通往飞船的内部，但我们忽略了。"李古力分析说。

"会不会是我们刚才经过的那个屏幕那里？这一路上奇怪的地方就只有那个屏幕和它的周围。"

"我也觉得那里不太对劲。"关凯说。

"我也这样想。"李古力说，"我们回去那边再看看，大家这回更仔细些，希望能有什么发现。"

十分钟后，李古力等人再次来到屏幕前。因为屏幕高的原因，他们站在离屏幕稍远的地方，这样不用仰视就能看到整个屏幕。

王贵华立即发现了问题。

他眼睛盯着屏幕，招呼李古力道："队长，你看。"

李古力从左向右又看了一遍仍然在散发出淡淡金色的屏幕，问道："怎么了，小王？"

"队长，这些线条和我们刚才经过时不一样了，你看那条线，还有那条。"王贵华指着屏幕上的线条。

李古力仔细地看着王贵华所指的线条，努力在回忆："好像是有点变化？这是什么原因呢？"

王贵华很干脆地说道："不知道。"

"你也会不知道？"一旁的关凯没有看出有什么不同，以为王贵华看花眼了。

"我敢肯定。的确是不同了。"

"真的？我倒要仔细瞧瞧。"说着，关凯大步走向屏幕。

关凯刚跨出两步，王贵华大叫一声："停！"他的喊声把所有人都吓了一跳。关凯顿时停下了脚步。这时李古力也注意到了不同：屏幕上的线条不但显得凸凹起来，而且沿着凸凹的线条还有细微的蓝光闪现。

"队长，你看到蓝光没有？沿着那些线条？"

"是的，我看到了，这是怎么回事？"

"我真不知道。"

"会不会是关凯说话引起的？"李古力想了想，对关凯说，"关凯，你把刚才那话重复一遍！"

关凯不确定自己是否领会了李古力的意思，试探着问："你是说我再说一遍'我倒要仔细瞧瞧'？"

"是的。"但李古力已经有了答案：这次，屏幕上没有显示任何不同。他对王贵华说："可以确定，这个屏幕不是声控的。还会有什么其他原因？"

王贵华皱着眉、斜着头看着屏幕，慢吞吞地说："难道它是定时变换的？"

刚才站在一边被王贵华一声大喊吓了一跳的高雅妮，听着他们的讨论，插嘴道："或者这些线条是因为感受到我们的存在而变化的？"

这次轮到王贵华觉得不可思议了。他问："你是说？"

"我的意思是，也许这些线条就是生命体！"

"那你是说这些线条是金乌人了？嗯，我觉得不是很像。"身为科学家的禹红不认可这种可能。而且，虽然一上金乌的飞船她就觉察到某种怪异的感觉，这是种似曾相识却又说不出来的怪异感，但这个感觉却没有告诉她说这些线条是金乌人。

"也不一定，也许这些线条不是金乌人，但会不会是这个飞船上的某一个物种呢？"高雅妮为自己的想象力辩护道。

章十四

李古力觉得高雅妮猜测的也不是毫无道理。他斟酌了一下用词，说道：“我们现在对金乌人一无所知，也不知道这些线条是不是金乌飞船上的一种生命体。不过小高刚才的说法倒是提醒了我们，这里是金乌人的飞船，是他们的世界，这里存在着无数的可能。在不能彻底得到验证之前，什么都可能会发生。我们得随时接受和应付我们从来没有经历过的事件。”

“是。”大家应声道。

王贵华这次虚心地问道：“高姐，如果你的理论成立的话，那它们是感受到了我们的存在而变化。如果是那样，照理，我们也应该能感受到它们的存在？”

“这个，”高雅妮犹豫了，“我倒是没有感受到什么。”

“我也没有。”王贵华道。

看到这个情景，李古力命令关凯道：“关凯，你退回我这里，再走到屏幕面前去。”

尽管关凯不明白李古力的意图，但是他马上按照李古力的命令退到原地，再次走向屏幕。

这一刻，李古力和王贵华死死地盯着屏幕。

这次的屏幕却没有丝毫异样。

“关凯，你走到屏幕的最左边去。”李古力又指挥道。

大家不知道李古力葫芦里到底在卖什么药。但他们知道，李古力心里一定有了一个很明确的想法。

关凯听命走了过去。到了最左边，他不自觉地转身向屏幕看去。仍然没有异常。他正要说话，只听李古力又给他指令：“你向外退回三大步，然后直线走到屏幕的最右边去。”

随着关凯走过，屏幕上的线条突然就全部消失了，取而代之的是一段明亮的蓝色横向线条，准确地说，是一条线段，这条线段长约五十厘米，散出深蓝色的光线，在淡淡金色背景的屏幕上格外显眼。

大家一下都惊呆了。王贵华大大地睁着眼睛，不敢眨一下，生怕错过什么新的异常现象，而禹红和高雅妮也是惊呼了起来。

禹红吞吞吐吐地说道：“这……这……这到底是怎么回事？难道它们真的是生命体？”

此时屏幕上的线段又发生了新的变化，只见在原来线段的左端又出现了一条一样长短的线段。这两条线段组成六十度的角，同时发出蓝色的光线。

李古力见到第一条蓝色的线段时，也很惊讶。虽然他当时认定这屏幕上的线条受移动的人体或者他们所带的物件的影响。第一次在屏幕下屏幕上的线条没有变动的原因应该是他们离屏幕太近，这是为什么他让关凯退后三步走过去的原因。

但是，他并没有料到新的蓝色线条会出现。他问王贵华：“你怎么看？”

王贵华盯着屏幕上的两条线段，头也不回说道：“也许它们真的能感受到大关。”

大家立即把眼光都向关凯看去。关凯立即不自在地说：“别这么看着我，好不好？我和你们没有不同啊。”

高雅妮说道：“是不是老关身上有什么东西吸引了它们？”

关凯摊开双手说道："没有啊，要么是我身上的冲锋枪和长矛？"

李古力说道："你把长矛和枪放下来，再走一遍。"

关凯照着又走了一次，这回屏幕上没有立即出现什么变化，李古力正要说与武器无关，只见禹红睁大了眼睛，指着屏幕上方惊呼道："李队，你……你看！"

李古力他们顺着禹红的指向看去，只见在屏幕上方出现了九个立体的三角星，这九个三角星整齐地排列成一排，都发出深色的蓝光。如海水一般的蓝色光芒出现在这金黄色的通道内，极为醒目。

此时大家的注意力已经从关凯身上转移到了屏幕上方的三角星上了，等待着新的奇迹的出现。

大概过了三分钟，这些闪着蓝光的三角星没有任何变化。王贵华想着刚才发生的这一切，若有所悟地说道："队长，你注意着屏幕，我试试。"

说完，王贵华按照关凯走的路线走了一遍。李古力说道："没什么变化。"

王贵华这回走到屏幕正前方停了下来。他看着屏幕，高高地举起两手，挥舞了两下。

屏幕又出现了奇特的景象。王贵华每挥舞一次，三角星的下方就出现交织成六十度角的两条线段。王贵华挥舞了八次，出现了八个和前面相同的线段，并且都散发着蓝光。王贵华再挥舞了一次，但屏幕上却没有了任何反应。

李古力也搞不明白，问道："怎么回事，小王？"

王贵华走到大家身边，解释道："队长，你看大关和我比起来有什么不同？"

李古力、高雅妮和禹红再次把目光聚集到关凯身上，没有发现什么特别的。

高雅妮说道："没什么不同啊。"

王贵华得意地说道："你们没有发现吗？"

高雅妮急了，说道："讨厌鬼！别卖关子了，赶紧说。"

"哎呀，这么明显，你们都没有看出来。大关是我们当中个头最高的一位。”

“那又如何？”高雅妮问道。

“你想啊，大关个头最高，只有他才能让屏幕上显示出刚才的线段，这说明只有关凯的高度才能感受到这个屏幕，也不对，准确地说是这个屏幕像是一个感应器，只有达到一定的高度才能使线条在屏幕上显示出来。所以我刚才走过去，举起双手挥舞了一番，屏幕上也显示出来了。”王贵华解释道。

“你刚才怎么不说？浪费这么多时间。”

王贵华听出高雅妮的不满，略带歉意地说道：“我刚才不是也没想到嘛，要不是队长提醒让大关多走几次，我也不会发现这些小秘密。”

李古力皱起了眉头，思考着这里面到底有什么玄机。

他看了看前方的屏幕，问王贵华：“你觉得那些三角星是什么？”

“嗯，我觉得它们像是触摸键。说不定这屏幕就是一大电脑呢。我去试试。”说着，王贵华就朝屏幕走去。

李古力摇摇头，和关凯一起跟了过去。那些三角星足有两米五高，王贵华是够不着的。

他们几乎同时到达了屏幕跟前。王贵华一到屏幕下方，就傻眼了。

“呵呵，站到我的肩膀上来吧。”关凯走过去，笑着说道。

“不好意思啊，关哥，只能借你的肩膀了。”王贵华扶着墙，站到蹲着的关凯肩上。

他们俩一上一下从屏幕的左边移到屏幕的最右边。王贵华依次按了九次三角星。按完后，他在关凯肩上等了三十秒，看到什么也没有发生，不禁有些失望。他对关凯说：“放我下来吧。”

他的脚还没有落地，屏幕上的图案又发生了变化：在原先的线段的基础上又出现了一条长度相同的线段，三条线段组成了一个等边三角星。稍远处的高雅妮和禹红比屏幕下方的李古力他们看得更真切。高雅妮喊道：“小王，快看！”

关凯闻声也立即要站起，而王贵华有一只脚还在他的肩上。王贵华不由身体一倾，就要倒下。这时关凯已经意识到了变故，一转身，右手去接王贵华，而李古力也同时赶到把王贵华斜倾的身子接住。

王贵华没有来得及开玩笑，待身子稍稳，他和李古力、关凯立刻从屏幕下方退后，睁大了眼睛看着屏幕上还在持续的不可思议的情景。

这时，九个三角星的位置发生了变化，两端的三角星慢慢地向下移动，接着两端的第二个三角星也跟着移动，它们的移动轨迹都画出一道弧线，蓝色的光线随着三角星的移动而移动，留下一道逐渐变淡的尾巴，直至完全消失。

章十五

大家惊奇地看着三角星的变换，不敢眨一下眼睛。

屏幕上的九个三角星的中心这时已经连串在一起，形成了一个圆。突然间，这九个三角星开始旋转起来。李古力大声说道："大家注意退后！"

大家听到喊声，下意识地便往后退。而禹红没有接受过专业训练，却还在注视着屏幕。

李古力在退后的途中一把将禹红拉起："我们退后一些，保持安全距离。"

退到一定距离后，大家又转回身来，看大屏幕上的情景。

九个三角星围成的圆圈旋转得越来越快，当它们快到已经不能单独地分辨时，它们所形成的圆圈开始变小，并逐渐向屏幕右下角靠拢。

关凯问道："怎么回事？"

李古力冷静地说："等一下，看看等会儿会发生什么。"

不一会儿，三角星的旋转速度转缓了，最终慢慢地停了下来。这时它们的大小也比先前小了几乎一半。但它们仍然围成一个闪着蓝光的圆圈。

这时，整个的屏幕又恢复了先前的平静。

又过了几分钟，屏幕上仍然没有新的动静。

王贵华询问地看向李古力：“队长，我们向前看看？”

刚才九颗星的快速旋转让李古力担心会有意外发生，但显然担心是多余的了。他点点头说：“好，但还是要小心。”

到了屏幕面前，三角星组成的圆圈已经在屏幕的右下角，已经触手可及。王贵华想都没想就伸手向屏幕上摸去。关凯见状喝道：“住手！你想干什么？这东西不明不白！小心点！”

王贵华转过头，对着关凯笑了笑：“看来金乌人刚才的动画表演已经结束，我们碰碰它，也许还有新的动画出现呢。”

李古力提醒他道：“你还是小心点。它似乎真的是有智能的。”

听到“智能”二字，王贵华立刻想到：“的确，也许它就是金乌飞船的控制器。我倒要来试试这些触摸键一样的星星。”

章十六

他还没有来得及伸出手去，眼前骤然又发生了变化，深蓝色美丽的光芒突然渐渐变浅至淡蓝色。看着这屏幕上不断地变化，大家不由得更加小心起来。在这个古怪的外星飞船内，还会再发生什么离奇的事情？

王贵华叫道：“怎么回事？谁碰到什么？怎么会突然又发生变化？”

没有任何人答应他。大家都茫然地看着眼前。

王贵华对此也是束手无策，眼见蓝光渐渐消失不见，王贵华急得几乎要跳脚，这些星星他费了半天力气弄出来的，还指望着通过这些星星来找到其中的秘密。

李古力说道：“小王，冷静。”

小星星们和蓝色的光最终都从屏幕上消失了，高雅妮看着这个奇怪的已经恢复原状的没有生气的屏幕，叹了口气，说道：“队长，我们现在怎么办？”

李古力隐隐有些焦躁，来到金乌飞船上已经有两个小时了，他们没有见到金乌人，也没有任何其他的进展。虽说这里是外星人的地方，不能以常理来看待，但是李古力仍然觉得有种挫折感。

王贵华很有些不服气了，说道："我再来试试！"也不等李古力同意，就从屏幕下方向外退去，然后又是蹦又是跳的，希望让屏幕对他的动作有所反应。

这次他失望了，似乎这个屏幕被切断了电源，对他的蹦跳完全无动于衷。

时间一点点地过去，整个金乌飞船内依然静悄悄的，除了王贵华的脚和地面发出的碰撞声。

突然，一直在端详着屏幕的李古力对他身边的关凯说："关凯，给我一支长矛。"

关凯不明所以，但马上从背上解下一支长矛递给了李古力。

李古力接过长矛，用矛尖指着屏幕上方两条线交会点的一个凹点，转头问还在不远处蹦跳的王贵华："你看这个像什么？"

王贵华顺着李古力所指的方向看过去，的确有一个凹点，说道："有个凹点。对啊，用矛尖捅一下看看呢？"

李古力双手举着长矛，矛尖轻轻地向那个凹点按了下去。

顿时，几道淡蓝色的线条重新闪现，纵横交错地移动在屏幕上，极是美丽。

但是很奇怪的是，这一次蓝光线条却没有像期待的那样组合成星星。在大家看得有些发呆的时候，它们已经在屏幕下方错落有致地组成了一个蓝色透明的四方形平台，横在大家面前。

高雅妮惊叹道："哇！真美！"

王贵华止不住自己的好奇："这是什么东西？难道它才是真正的控制中心？"

禹红心细，她注意到平台上面有不少特殊的符号，奇怪地问道："这些符号，金乌人的文字？"

经禹红的提醒，王贵华也注意到这些奇怪的符号，他满脸兴奋："哈哈！每一种符号都代表着不同的意思，不管它们是不是金乌人的文字，它们肯定都有一定的意思。如果我能破解的话，我们就有希望了。"

关凯有些怀疑："你，行吗？"

王贵华一副跃跃欲试的样子："我来试试！我还没有用过这个'冰川'呢。队长，给我十分钟时间！"

李古力点点头，说道："好，你尽快。"

王贵华使尽了浑身解数，却无法破解金乌人这些看上去构造极为简单的符号。

他愤愤地说："什么东西嘛！南极人的数据库中居然没有任何关于这方面的资料！"

李古力问道："无法破解？"

王贵华收回"冰川"弹出的透明屏，沮丧地说："无法破解。看来南极人对金乌人的了解也不是很多。南极人是有一个强大的信息库，但却没有任何关于这些文字的资料。队长，我们还得想别的办法。"

关凯脸上露出不耐烦的神色："队长，依我看咱们直接炸掉这里就行了！这次我们带来的炸药有 N7，还有 S9，都不是普通的炸药，炸毁这个金乌飞船肯定绰绰有余。"

李古力看了看关凯，问："大家还有什么建议？"他同意关凯的建议，但仍然希望回去之前，再多一些了解金乌人。

没有等大家说话，王贵华说道："队长，再给我十分钟。我再试一回。"

李古力点头道："好。"然后对关凯说，"关凯，你开始准备炸药。"

篇三 生与死

章十七

王贵华又走回到蓝色的平台前，端详了一会儿上面的符号，开始迅速地按不同序列和组合触碰起来，看得高雅妮眼花缭乱。她不禁赞叹道："小王，你真厉害，这么熟练。"

王贵华听到这话，有苦说不出。只有他自己知道，他现在基本上完全是在胡乱地触碰，在试着自己的运气。这个平台应该就是一个操作平台，上面的符号很可能就是输入指令的装置。王贵华觉得只要这些符号，或是这个平台，或是平台上的屏幕在他的触摸之中出现任何变化，就有可能找到解决问题的下一步。他没有告诉高雅妮他的想法，只是头也没抬地"嗯"了一声。

七分钟过去了。关凯已经把炸药从背包中取了出来，堆到了一起。李古力正注视着眼前的一切，希望王贵华某一个动作能引出新的发现，而王贵华已经几乎绝望得要放弃了，他手上的动作也开始缓了下来。

突然，平台上有几个字符忽然自己闪动了一下。随即，王贵华手下的平台，以及构成平台的淡蓝色光线一下全部消失了。

一块深蓝色的水幕开始从墙上的屏幕上向外缓缓凸出。蓝光在这块水幕上闪动着，犹如流动的蓝色水流一般。蓝光中还偶尔夹杂着一缕金黄色。蓝金两色交相呼应，比刚才的蓝色线条更是美丽。

所有人都没有看到过这么漂亮的水幕，连对“漂亮”这个词很少关心的关凯也在这似乎流动着的水幕前目瞪口呆。

王贵华赞道：“好漂亮啊！”他没有多想，伸手便朝这块水幕摸去。

李古力见状，急叫：“慢！”他觉得直接用手去触摸这个完全没有认知的水幕不是很妥。

王贵华一惊，但是已经晚了，他的一只手已经伸进了水幕之中。

王贵华突然意识到自己犯错误了，他下意识地想缩回手来，却蓦然发现水幕中传来一股强劲的吸力。

王贵华只感觉到身子不由自主地被水幕吸去，顿时吓得魂飞魄散。他大声叫道：“这东西有古怪！”

章十八

关凯离王贵华最近，他想也没想伸出手去抓住王贵华的左手。

关凯的力气极大，但看似柔和的蓝色水幕产生的吸力却丝毫没有被关凯的拉扯所阻挡。一时间，王贵华的半截胳膊已经被拉入了水幕。

王贵华此时脸色苍白，身子努力往后靠，想把右手从水幕中拉出来，但是无济于事。而且，关凯拉住他的左手之后，水幕的吸力一阵强似一阵。

高雅妮和禹红同时喊着："小王！"也赶上前去，但她们却什么也做不了。李古力已经甩掉手中的长矛，腾身上前拉住了王贵华的左胳膊。

事情越紧急，李古力反而越镇定。他叫道："小王，你能感觉水幕里有什么东西吗？"

王贵华仍然在惊恐地看着面前的水幕，叫道："没，没有，除了这莫名其妙的吸力，这里边什么也没有。"

李古力喝道："冷静点！你再感觉一下。"说话间，李古力又看了一遍周围的情景，思索着有什么办法可以消除面前这个水幕。

王贵华要展开右手的手掌，按李古力的话去感觉水幕里边是否有任何可以控制水幕的东西，但突然发现，右手已经完全没有感觉，右手的地方空空的。他更是惊恐：“队长，我的右手没了！被水溶了！”

关凯看自己拉不住王贵华，又听到他说右手没有了，心里着急，咬了咬牙，对着李古力就喊：“队长，我们把他的手砍了。我们拉不住他的。”

李古力一怔，喝道：“胡说什么！这水幕不会就溶了他的手，不然他怎么还在被往里边拉？”

关凯没有听他解释，仍然急叫道：“那也总不能眼睁睁地看着小王去死！”

李古力回道：“别慌！这个水幕是不是南极人送我们上金乌船一类的东西？或许一旦开始，就不能回头。再说，你用什么砍他的胳膊？”

关凯突然意识到他们没有任何刀具，于是再不做声，只是拼命地试图拉住王贵华。此刻，王贵华的上半身已经贴近屏幕上涌出的水幕了。

听到李古力的话，王贵华若有所悟，他忽然咬牙切齿地说道：“好！我就拼这么一次了！大关！队长，你们放开我！既然出不来，那我就进去看看里面到底是个什么样的世界！”

关凯看了一眼李古力，似乎是在征求他的意见。

李古力沉声道：“小王！一切小心！”就要放手。

“队长！”高雅妮立即反对地喊道。

王贵华却点头说道：“放心！金乌人想要我的命，恐怕还没那么容易！”

关凯有些尴尬地安慰道：“放心！小王。队长的推测一般都是很正确的。你小心就是！”

王贵华露出一丝苦笑，道：“你们放手吧！”说着，他瞥了一眼几乎就要落泪的高雅妮，强做笑脸道：“高姐，若我死了，为我收尸。”

高雅妮一下子没忍住情绪，带着哭声说道：“不要瞎说！”

这时，一股巨大的吸力从水幕中传了过来，没等李古力和关凯来得及反应，王贵华整个人飞了起来，“嗖”的一下湮没在水幕中。紧接着，水幕慢慢地退回屏幕，直到完全消失。

一时间大家沉默无声。

过了好一会儿，李古力依然脸色铁青。

一旁的关凯焦躁地搓着手，狠狠地低声说："这见鬼的金乌飞船！原本还指望上来大打一场！没想到金乌人却是个缩头乌龟！队长，我们把它炸了吧。"

李古力何尝不想？只是现在王贵华消失在水幕之中，他还心存一线希望，希望奇迹发生。他下令道："关凯，你开始布置炸药，小高你负责警戒，我和禹红再查看一下周围是否还有其他异常。"

没有人讲话，关凯开始把 N7 和 S9 交替地放到屏幕下方，他觉得比起其他部分的舱壁来，炸弹放到这里可能会更有效果一些。李古力在周围搜索的过程中看到了关凯的布置。他并不认为所有炸弹都放在屏幕下方是最好的布置，但凭 N7 和 S9 的威力，他觉得把它们放在这个飞船上的任何地方，所能取得的效果应该是完全一样的。

正想着，左边的走廊传来一阵快速的脚步声。

章十九

听到脚步声响起，关凯一下放下手中的活，迅速从背上拿下冲锋枪，打开枪上的保险扳把，对着脚步声的方向，心想："你们终于来了！"

李古力几乎同时也提枪在手，并轻声招呼道："小高，禹红，你们去我们的后边。"

运动中的高雅妮突然低喊道："队长，像是小王的脚步声！"

听到高雅妮的低喊，李古力和关凯同时注意到了随着脚步声逼近而传来的熟悉的呼呼喘气声。关凯不禁大声叫道："王贵华？"

随着走廊里气喘吁吁的声音，王贵华的身影出现在大家视线内："队长！大关！高姐！禹姐！哈哈！你们果然还在这里！"

王贵华的语气中充满了兴奋，他急速地跑到大家跟前。关凯一巴掌拍到他的肩上，语气中充满喜悦："好小子，我还以为你死了。"

王贵华一面笑一面喋喋不休地说道："队长！我真是太佩服你了，你的猜测果然没错。那东西的确是一个传送设备。"

高雅妮几步冲到王贵华的面前，兴奋地笑着说："啊？你被送到哪儿去了？怎么这么快又被送回来了？”

王贵华心有余悸地看了一眼墙上的屏幕，说道：“呵呵。说起来还真不能相信。进去后只一瞬间，我就回到走廊里了。一回到走廊里，我一眼就看到了队长留的地点标记，还有我们的保护服。这不，我一下就又回来了。”

李古力心中一动，难道这是金乌人给他们的一个信号，一个让他们离去的信号？

关凯又拍了拍王贵华的肩膀，笑道：“好小子！挺有福气的啊！幸亏没有刀，不然你现在就少了一条胳膊了。”

王贵华想到当时关凯说要砍自己胳膊的情景，不由打了个冷战，他干笑两声，说道：“幸亏没有刀。还真要感谢张教授没有给你刀，不然我一只手怎么玩电脑。”

李古力这时问他：“你在被传送的瞬间，有没有什么发现？”

王贵华摇摇头：“什么也没有。那真的只是刹那间的事情。我一下子就又回到通道里了。”

“为什么会在我们上船的地方呢？”

“队长，你是说，是金乌人有意让我们自己离开？”

“我是这么想的。”

王贵华想了想，说：“真有可能，不然为什么不把我送到其他什么地方呢？或者，他们为什么不直接就杀了我呢？”

关凯这时插嘴道：“不管它了。我们把这里炸掉，然后回去。”

李古力把目光转向高雅妮和禹红，高雅妮也看他，没有说话。

禹红说：“对，我们不能拖了。还不知道现在上海怎么样了。”

听到这里，李古力咬了咬牙下了决心，说道：“好。关凯！炸药布置完了吗？”

关凯点点头，说道：“是！队长！就还差定时器了。”

“好。小王，你和我配合一下关凯。我们随时撤离。”

“对了，队长，N7 和 S9 上都有粘贴面，你觉得我们是否把它们贴到屏幕上去？”关凯问。

“好的。我来做这个，你设置定时器。”

李古力从地上拿起一个 N7，把粘贴面对准光滑的屏幕贴了上去。

不料随着他的手一松，N7 立刻滑落了下来。

李古力眼疾手快一下接住了 N7。

“奇怪了！怎么会滑下来？”王贵华在一边看到，也拿起一个 N7，贴了上去。他没有把手拿开，看 N7 是否滑落。N7 的确还是没有粘上。

李古力又试了一次，仍然没有成功。

王贵华用手摸了摸光滑的屏幕区，说道：“或许 N7 上的粘贴材料不能附着到这个屏幕的材料上。”

“要不试试 S9？”高雅妮在旁边建议。

高雅妮说话的同时，李古力已将一块 S9 贴到了屏幕上，这次没有掉下来。

王贵华疑惑地看了一眼粘在屏幕上的 S9，又看看手中的 N7，问道：“难道 N7 和 S9 的粘贴材料不同？”

“要不我们就贴 S9 吧。”禹红道。

“嗯。我试试墙上呢。”说着，王贵华把 N7 朝屏幕区外边的墙上贴去。

一秒钟，两秒钟，三秒钟，十秒钟过去，N7 真的没有掉落。王贵华松开了手，舒了口气。

接着，李古力和王贵华把剩下的 N7 和 S9 都分别贴上了墙面和屏幕面。

这时，关凯还在捣鼓着定时器。王贵华觉得有些不可思议：“大关，怎么回事，这定时器还没有弄好？”

关凯嘟囔道：“这些南极人，那么聪明，却把这个定时器搞得这么原始。”他一边说，一边示范给走过来的王贵华看，“不过都搞好了，就剩下把这个线路板用螺丝固定到这个盒子的底部就可以了。”

“干吗要固定起来？”

“只有固定起来，按下启动开关时，才会耦合。”

“你是说按下按钮，线路板下的连接接触时不会被弹回，以保证电路的控制耦合？”

"就是。"

"嗯，这也够原始的。怎么不搞个自动的。"

"我也是这么说。我也以为会有个什么高级自动的，但背包里就是没有。真该检查一遍背包再上飞船的。"

"或许是我们那个张教授要考考你的动手能力吧。"

"嗯。"关凯回应着，转头问李古力："队长，把炸弹定时在十分钟可以吗？"

李古力略微思索，道："可以。十分钟足够我们离开金乌船了。"说完他朝禹红看去，问："传送器到位？"

禹红把传送器从口袋里拿出，握在手中，确认道："是。"

"大家都准备好了？"关凯问。

"好了。"大家应道。

关凯目不转睛地看着手中的定时器，说道："队长，准备就绪。"就等李古力发令。

李古力没有迟疑，命令道："撤！"

大家即时开始向传送点跑去。关凯按下定时器按钮，跟了上去。

虽然知道有足够的时间跑回传送点，事实上五分钟就够了，但大家仍然十分紧张。N7 与 S9 的威力大家前面都听张大明介绍了，N7 所释放出的能量是氢弹的二点五倍，而 S9 则会产生一个瞬间黑洞，吸入一千米之内的所有物质。必须在炸弹爆炸前离开。

五分钟的路程，似乎是一万光年的距离。

谁也没有注意到底用了多少时间才跑回传送点来，大家脑海中留下的记忆只是冲到传送点时终于放松下来先前紧绷着的神经。

一到位置，禹红立即按下传送器按钮。一道蓝色光圈即刻出现，把大家罩在里边。

李古力向大家确认："大家都在光圈里边？我们将随时离开。"

大家齐声应道："是。队长。"

李古力刚要下最后的命令，突然，从他们刚才来的方向，传来一个轻微的响声。

李古力稍一迟疑，但想到定时器已经设定时间，只能不管那声响的来源了。他下令道：“我们走！”

禹红听到后迫不及待地再次摁下了传送器的按钮，紧接着“刷”的一道蓝光亮起。

王贵华忽然觉着哪儿有些不对。他打量着周围的环境。不对啊，自己怎么还在金乌人的飞船里？

他低头看了看，该死，自己的右脚竟然是迈在一个跨步的姿势上。

他突然想起，禹红按下传送器按钮的前一刻，他听到了远处传来的声音。他下意识地跨出脚要去寻找那声音的来源。

那该死的声音。

还有那些要命的炸弹！

王贵华一惊，还有炸弹！

章二十

他拼命地朝着设置着炸弹的地方跑去。而他越是着急，就越是觉得步子仿佛有千斤之重，拖得他喘不过气来。那屏幕的地方似乎是那样的遥远，比刚才从金乌的传送器中被摔出来之后的那段奔跑还要遥远。

他终于跑到屏幕下的定时器旁。上面的时间显示是01:49，1分49秒。

他扑向定时器。

王贵华的第一反应是将定时器和炸弹的连接线扯断。他一手抓住定时器的盒子，另一只手抓住延伸出来的连接线，准备将它扯断，但是在用力的一瞬间，他似乎又想起什么，胳膊硬生生地停止了用力。

如果扯断了线的话，回头也许就连接不上了。他或许可以得救，但炸毁飞船的时间就要拖延。

而上海却正在被海水吞噬。

他立即想到，可以先停下定时器。李队长他们看到飞船没有爆炸，势必会回到飞船上。到时候，关凯可以重新设定时间，引爆飞船。

1分27秒，王贵华迅速将炸弹盒打开。

王贵华来回翻看了一下，嘴里自言自语道：“只要把这个炸弹的小型线路板打开就可以了……”

但是他的眉头突然皱了起来：关凯用一个小小的螺丝钉把这个线路板固定在了盒子的底层了。他必须把这个螺丝钉拧开，把线路板下的开关连接松开。

仔细一看眼前这个只有绿豆大小的十字形螺丝钉的时候，王贵华为难了，他的手边根本没有任何工具。

1 分 20 秒，王贵华像是寻找最后的救命稻草般将自己背上的背包迅速拿了下来，将里边的东西一股脑儿地倒了出来，希望里边有一把螺丝刀。

所有的东西七零八碎地散落在地上，王贵华拼命地在这些东西中找寻可以用来拧开小螺丝钉的东西，可是，没有任何东西能够帮上王贵华这个忙。

1 分 05 秒，王贵华的脸开始着急得有些扭曲。

周围，是死一般的寂静。

“不，不，我绝对不会被打倒，我是天才，没有我做不到的事情。还会有办法的，还会有办法的。”王贵华喃喃低语，拿起定时器，思索如何打开那个被螺丝钉固定在盒子底层的线路板，“我必须打开这个线路板，把开关连接松开。”

49 秒。

王贵华的脑海中闪过一幅幅画面，关凯在拧螺丝时候使用的小螺丝刀，小姑娘戴在头上的发卡，钥匙，挂在身上的装饰物，哪怕是一个树的枝杈，他都能用来旋开这个螺丝钉。

可是，这是在金乌人的飞船上。这里什么也没有。

他突然碰到了自己敞开的外套上拉链的最下端。这个拉链的末端不就是一把小螺丝刀吗。他仿佛找到了最后的救命稻草，马上将衣服脱了下来。

22 秒。

王贵华拿着拉链末端对准十字形的螺丝钉，稍一拧动就脱开了。

17 秒。

王贵华屏住气，把拉链末端再次对准螺丝钉上的十字，开始稳稳地旋转。螺丝钉动了一下。

9 秒。

螺丝钉开始随着稍稍地转动，王贵华心中一阵狂喜。胜利在望。他瞥了一眼定时器上的计时器。

5 秒。

他的手颤抖了一下。

4 秒

出乎意料地，抵住螺丝钉的拉链末端顺利地旋转了起来，他感觉到螺丝钉在松动。

1 秒。

他丢开拉链，迅速地将螺丝钉旋转下来。他再次瞥了一眼计时器。

00:00

王贵华手中拿着电路板，脑中一片空白。

章二十一

南极基地控制大厅内，张大明紧盯着金乌飞船的全息投影。李古力的小队已经传送上去不少时间了，但还没有任何信息传回。

突然，一个女声在大厅内响起：

“有外部传送信号，是我方信息，是否允许接入？”

自从李古力小队离开后，为配合他们的回传，南极零号基地已经停止了所有的内外传送。听到女声请示，心想一定是李古力他们回来了，不由一阵高兴，连忙说：“马上接入。”

随即，他快步跑向传送点。等他赶到，李古力等人已经走了出来。

张大明连忙迎上来问道：“欢迎回来！一切都好？”

“还挺顺利。”李古力脸上露出到南极后的第一次真正的笑容。

“好家伙，我们可把你给我的所有的炸药都放上去了。对了，哪儿能看到金乌飞船爆炸的场面？”关凯急忙向张大明询问。

“跟我来，”见大家的眼神都和关凯一样看他，本来还想问问题的张大明回答道，“大家跟我到控制大厅去，在那里我们可以看到金乌飞船的影像。”

一进控制大厅，关凯马上就看到了巨大的立体金乌飞船。他正要快步过去，却听到走在最后的高雅妮一声大喊：“呀，你们谁看见小王了，小王呢？”

走在关凯后面的李古力心中立刻“咯噔”一下。回到南极基地后，大家都松了口气，而他心里却似乎少了什么。他一下反应过来，王贵华没有一同被传送回来。他瞬间停住脚步，手心里冒出了冷汗。他急问：“传送的时候，谁离王贵华最近？”

“李队长，我看到小王站在蓝圈内我才按的按钮。”禹红立即辩解地说。

“是的。”这时围过来的关凯也说，“他当时离我很近的。”

李古力随即转身问张大明：“张教授，传送器会漏掉人吗？”

“绝对不会的。”张大明已经注意到少了王贵华，他也纳闷儿是怎么回事。他和不远处的一个穿着蓝袍的南极人喊了句什么，那人赶紧跑了过来，用中文说：“怎么回事？怎么会少了一人？”

李古力解释道：“传送器启动时，我们所有人都是站在蓝色光圈内的。但我们一个队员没有回来。”

“不可能的。你确定他是站在光圈里边？”

李古力看禹红，禹红再次确认道：“是的，我确认。”

“这不可能的。”南极人想了一下，问禹红，“他是站在你们中间，还是在边侧？”

禹红想也没想，立刻答道：“在边侧，但我肯定他是在蓝圈里边的。”

“当时有什么异常吗？”这个南极人很固执，还是希望问出些什么。

李古力突然想起在他下令撤出金乌飞船的最后一刻，走廊中曾有轻微的声音：“对了，我们离开金乌飞船的一刻，出现了一个声音。”

“什么声音？”张大明立即问。

蓝袍南极人打断张大明的问话：“你们对那个声音有任何动作反应了吗？”

“没有。”大家几乎是同时回答。但高雅妮突然说道：“队长，会不会小王退出了光圈去查那个声音了？”

李古力这时已经肯定，动作反应快的王贵华很可能是在最后的刹那间退出了光圈。但那一刹那的时间里，他不可能退得出去的。

他对蓝袍南极人说："即使我们要反应，也没有时间的，因为声响的时候，我们已经按下了传送器。"

蓝袍南极人回应道："他只要一只胳膊一条腿出了蓝圈的话，也不会回来的。"

关凯已经按捺不住，他对着张大明喊道："张教授，我们能否停止爆炸？"他喊得非常没有底气，因为作为一个武器专家，他知道起码在地球上，这已经没有可能，完全没有足够的时间回去了，但他还是寄希望于南极人的神奇能力。

张大明没有立刻回答他的问题，他朝不远处的金乌飞船影像看去，回头问："你定时器设定了多少时间？"他怕关凯没有理解，又问，"还有多少时间爆炸？"

关凯抬手看表，急答："还有三分钟。"

张大明立即看向蓝袍南极人。

"你疯了？不可能！"不待张大明说话，蓝袍南极人便用他尖细的嗓音说道，"这不可能，两分钟，不可能！"

"怎么办？队长……"高雅妮嗓子似乎被什么堵住了。王贵华，这个聪明的年轻人早已经成为她世界的一个部分，一个叫亲人的部分。她不能接受失去王贵华这个现实，特别是这还不是在战场之上。

李古力又何尝不是？他沉着脸，一声不吭。他已经意识到任何人都没有回天之力了。他很是自责，怎么就没有在下令撤出前再次确认一遍呢。

蓝袍南极人无奈地摆了摆手，同情地看着眼前的这些人类，他那难听的嗓音再一次响起："对不起，就算再给五分钟我们也没有办法回去。"

高雅妮觉得脚下有些发软，颤抖着问他："真没有办法了？"

南极人有些怜悯地看着她，轻声说道："我很抱歉。"随后他补充道，"传送输出时需要一定的启动时间，就算我们马上启动，等你们到达那边时，可能连飞船的残片都没有了。"

没有人打破这充满着悲怆的宁静，没有什么比眼睁睁地看着亲人走向死亡更残忍了。

也许金乌人的飞船爆炸后上海就可以脱险，但是，他们的兄弟、他们的亲人王贵华却永远不会再回来。

昔日的那些陪伴、往日的那些欢笑历历在目，王贵华一手挠着头发一手摆弄电脑的样子不停地出现在眼前。偶尔，他会抬起头来傻傻地对着大家一笑，谁都知道那一定是他又找到什么新的技术上的突破了。

禹红哽咽着自责："是我按得太快了，是我按得太快了。"

章二十二

“还有一分钟。”技术专家轻轻地提醒。

大家互相对望了一眼，争先恐后地冲到全息图像前。一个模糊的淡金色的圆弧体静静地飘浮在空中。

“我们只能看见这个模糊的光罩吗？”李古力有些希望能看到飞船内部的情景。

“很抱歉，我们透不过它的保护层。但飞船爆炸后，我们就应该能看清楚一切。”

关凯似乎没有听到他们的对话，他紧咬着嘴唇，额头上流出了豆大的汗珠。他紧张地抬着手腕看表。他的心在揪着，同时也在恨王贵华：你这家伙怎么就不能老实点呢！他在心里一面骂着王贵华，一面攥紧了拳头。

“咦，怎么没炸？你的时间设定准确吗？”蓝袍南极人惊讶地问关凯。按照关凯给的时间，三分钟已经过去了。

设定的时间是已经过去了。

关凯已经注意到了，但他不知道如何反应，所以一直没有说话。

李古力见关凯没有回答蓝袍南极人的问话，紧接着追问："时间到了没有？"

"到了。"一向刚强的关凯此刻的声音里有些虚弱。

"不可能，这绝不可能。"蓝袍南极人看着仍在悬浮着的金乌飞船的影像，喃喃地说道。

此时大家脸上都露出明显的惊愕，并似乎夹杂有一些庆幸：金乌飞船没有炸？

李古力看向张大明。

张大明注意到李古力询问的目光，他又看了看蓝袍南极人，有些不确定地说："虽然设定的时间已经过去，但我们还不能确定金乌人的飞船是否已经被炸毁，很有可能是图像传输的延迟。"

"会不会根本就没有爆炸？"李古力追问。

张大明又看了看蓝袍南极人，答道："理论上一定是已经爆炸了。即使没有爆炸，也可能是一个时间差上的延迟。很可能下一刻就会显示在信息上。"他指了指前面的全息金乌飞船。

"是的，是延迟，绝对是延迟。"蓝袍南极人的情绪这时也跟着激动起来。

"让我回去看看。就我一个。"关凯有些不相信蓝袍南极人的解释，喊道。

"我也去。"禹红接口道。她觉得王贵华的掉队应该是自己按按钮太快了，而且，本来指望金乌飞船的炸毁能救上海，如果没有炸毁的话，她也要去看看到底是怎么回事。

"张教授，你觉得需要多久才能得出一个确切的结论？"相对他的队员，李古力显得冷静，他的声音几乎有些冷漠。

张大明看了看蓝袍南极人，回答道："五分钟。我们等五分钟，然后再作判断。"

蓝袍南极人点点头。

得到张大明和蓝袍南极人的肯定，李古力转身扫了一眼所有人，说道："我们要冷静。不管发生了什么，我们五分钟后再说。"

时间一分一秒地过去，金乌飞船静静地悬浮在空中。过了整整五分钟，它仍然没有任何变化。刚才离开的蓝袍南极人也回来了，他的脸上写满了失望。他对一直陪着李古力小队的张大明说："我们确认了，金乌飞船没有爆炸。"

听到他的话，李古力心中喜悲交集，王贵华没死，但金乌飞船没炸。不管如何，先确认王贵华的下落，再想办法炸毁金乌飞船。他按捺住心中的激动，马上对张大明说："张教授，现在我们可以过去了？"

"可以是可以，不过为了安全考虑，我希望你们等我们做最后的确认。"张大明看了看李古力和大家说道。

"什么最后的确认，还要多少时间？"关凯忙问道。

"不多，最多十分钟，我们需要向金乌飞船所在位置进行一次试探性的攻击。"这次是蓝袍南极人回答。

"为什么？"

"有一种可能，炸弹的确爆炸了，但只是削弱了金乌飞船的系统而没有把它摧毁。我们从外部再次攻击，看它的保护罩是否还在有效地保护着飞船。"

"但是从信息上看，"李古力指了指静静地悬浮着的金乌飞船影像，"什么都没有改变，如果有爆炸，信息会不会有任何变异？"

"是的，理论上飞船的信息是一定会有变异的，比如出现磁场和声波异动。"

"如果是这样，不等了，我们马上上去吧。"李古力沉声说道。

"可是……"张大明有些迟疑。

"不必可是了，时间就是一切，不光是王贵华，还有上海。"李古力坚持道。

"那好吧。"张大明认为李古力的推论是正确的，他又看了蓝袍南极人一眼，得到他的肯定后，说道，"那我们去传送点。"

章二十三

当计时器的读数变为零的刹那，王贵华脑细胞的运转完全停止。他的身体突然僵住。

但是，期待中的爆炸却没有发生。

几秒钟后，王贵华回过神来。

“咦，我怎么没死？”蹲在地上的王贵华有些不敢相信地小声说道。他放下手中的电路板，狠狠地掐了一下自己的胳膊，剧烈的疼痛让他裂开嘴要叫唤，而发出的不是痛苦的声音，而是连他自己也不清楚到底要表达什么的一声长长的“啊！”。

“我没死！”他叫道。

随着叫声王贵华一下子无力地摔坐到地上。他大口大口地着气，空气似乎充满了甜甜的味道，每一口喘气都是幸福。

活着真好！

突然，王贵华猛地站了起来。他注意到 N7 和 S9 都已经从墙壁和屏幕上掉到了地上，但明显都没有爆炸。

他小心翼翼地走到最近一颗 N7 的位置查看。

他没有看出什么异常，于是弯腰将它捡起。N7 完全没有爆炸，也没有任何异常。

“咦，不对，似乎比以前轻了。”他自言自语，把 N7 在手上掂量着。他明显地感到，手中的这个 N7 似乎只是一个空壳的重量。

“这是怎么回事？”他又自言自语地问。

他走过去拿起另一颗 N7，一样的空壳重量。

他放下 N7，又拿起一颗 S9。

也是一样的空壳重量。

他正想继续，突然感到屏幕似乎又开始出现蓝色的光条。他抬头看去，的确，闪着蓝光的符号又出现了。

他犹豫了一下，决定把 N7、S9 放在一边，等关凯回来后研究。飞船没有爆炸，他一点也不怀疑队长他们一定会再回来的。

他走到闪着蓝光的屏幕前，决定等队长他们赶回之前破译出这些神秘的符号。

章二十四

转瞬间，李古力、高雅妮、关凯和禹红被重新传回到了金乌飞船内。

安静的金乌飞船走廊里，四个人背靠着背，李古力和关凯手中握着冲锋枪，注视四个不同的方向，同时寻找着王贵华的踪迹。

“没有人？”高雅妮小声嘀咕道。

“会不会是我们不在的时候他遇到了金乌人？”禹红也担心地说。

听到禹红说“金乌人”三个字，关凯情不自禁地捏了捏手里的枪。

李古力心想，如果不在这里，王贵华唯一可能去的地方就是那个发出声音的地方，应该也就是那个屏幕的地方。想到这里，他对大家说：“我们搜索着去先前那个屏幕的地方。”

大家列成一队，谨慎地右转向前方搜索着前进。关凯走在最后，不时地察看后方的动态。

五六分钟后，最前面的李古力停住脚步，他看到了屏幕下正忙活着什么的王贵华。

他身后的高雅妮和禹红也看到了王贵华。禹红先喊了起来：“是小王！”随即冲过李古力，跑向前去。她太高兴了，王贵华没有死，至少没有因为自己而死。

李古力摇了摇头，和高雅妮、关凯一起也赶了过去。

“你们来啦？”王贵华注意到了队友们的出现，但他没有表示多么地惊讶，打了声招呼后，又专心致志地研究起闪动蓝光的屏幕。

禹红很是惊讶，她伸手指了指王贵华，问高雅妮：“他这是怎么了？怎么没有一点反应？”

“王贵华！我们刚才都被你吓死了，你却还在这里玩！”关凯忍不住走上前在王贵华身后大喊了一声。

王贵华被这突如其来的喊声吓得哆嗦了一下，然后转过头来说道：“喂！你没看到我在忙吗？”

“小王，你没事吧？”高雅妮看着王贵华担心地问。

“没事，我很好，不过说实话我没被炸弹吓着，倒是被大关的喊声吓着了。”王贵华说道。

“没事就好。”禹红嘟囔了一句。

高雅妮哭笑不得地说：“哎！我们在南极都担心死你了，你现在倒是和什么事情都没有似的……”

“这些炸弹是怎么回事？”关凯捡起地上的一颗 N7，问道。

“哦，你们走后，我倒是要关定时器的，结果炸弹都没炸，但都从墙上掉了下来，而且都好像是空了。屏幕上出现的东西，我就留给你检查了。”

“那你后来发现那声音是哪里来的了吗？”李古力询问道。

“声音？哦，对，那差点害了我的声音。嗯。我倒把这事给忘了。我也不知道那声音从哪里来的。”王贵华挠挠头。

“队长，你看。”关凯把手上的 N7 递给李古力，说，“你看这个 N7 下边多出了一个小孔，还有一点点火焰灼烧的痕迹，但里边的东西像是被抽空了似的。这个炸弹完全空了，就剩一个壳了。你试试。”

李古力接过 N7，拿着掂量了一下，又翻来覆去地仔细观察，也感到奇怪：“你觉得这是怎么回事？”

“从炸弹爆炸学上分析，炸弹主要是利用爆炸产生的巨大冲击波、热辐射和弹壳碎片对攻击目标造成破坏，现在N7没有破碎，这个小孔却显然应该是它的爆炸破碎点，也就是说这枚N7确实爆炸过，但似乎它没有爆发完全前，能量就被什么东西吸收了。”关凯认真地说。

“S9是黑洞，有没有可能它的能量是被爆炸的S9吸收了？”李古力说着，也觉得不对，因为他已经不怀疑南极人的科技能力，他们不会犯这种原始的错误的。

李古力和关凯几乎同时弯腰从地上各捡起一颗S9，仔细端详起来。S9和N7几乎一样的情景，底部有一个小洞，就剩一个空壳。唯一的不同是S9没有N7上的小孔周围有的细微的灼烧痕迹。

“看来还需要想其他的办法。这样的话，炸弹显然已经无济于事了。”

“你的意思是？”关凯问。

“我们必须深入这个飞船的内部，找到它最敏感的部位并把它炸毁。”

“用什么呢？我们没有炸弹了。”关凯的声音里充满了沮丧。

李古力正要回答，却被王贵华的声音打断：“队长，你看！”他循声看过去，只见屏幕上又涌出了一层深蓝色的水幕，水幕下方的墙上还突出了一条二十厘米左右宽的看似和墙体一样物质的挡板，挡板上还有一些和先前看到过的符号类似的符号。李古力、高雅妮和禹红立即凑了过去。

王贵华说道：“你们注意水幕的变化。”

他说着，手指在屏幕下方的挡板上向右滑动了一下，只见水幕的屏幕向右移动了些许。王贵华又继续说：“看好，我让它向上移动。”说完他的手指又在挡板上向上滑动了一下。果然，水幕又向上移动了些许。

“哈哈！如何？神奇吧？我王贵华也会操作金乌人的东西啦。”王贵华说完得意地笑了起来。

高雅妮不满他的骄傲，问道：“这移上移下的有什么用？”

“这个，嗯，这个……”王贵华还在看着挡板上的符号，一时不知如何回答。的确，他也不知道移动水幕有任何用处。

这时关凯刚检查完所有掉落在地上的N7和S9，走了过来。高雅妮看到他过来，对他说：“关凯，小王能让这个水幕移上移下。小王，你再示范一下。”

王贵华知道高雅妮在调侃他，没有接碴儿。

这时，一个“咚”的声音轻轻地响起又随即消失。虽然声音很轻，但在这个除了他们几个人的对话和动作之外完全没有任何动静的金乌飞船中，这个声音显得非常的不同。这是他们到金乌飞船上第一次听到来自金乌飞船自身的声音。

大家还没有回味过来，声音再次响起。这次大家听到了它的悠扬，而且虽然是一样的声音，但明显音阶不同。

“这是不同的音符！”王贵华说着，又在水幕下的挡板上用手指敲击了几下。这声音原来是他启动的。

柔和又婉约的“咚、咚”声，似乎是水珠从高处落到竖琴的弦上，虽然听起来并不成曲，但那声音叩动着所有人的心弦。高雅妮喜欢音乐，不禁完全被这些声音陶醉：“哇，从来没有听到过这么美妙的声音！”

禹红也赞叹道：“真是天籁之音！”

王贵华又在水幕下的挡板表面上敲击了几下，说：“你们说这是不是就是金乌人的音乐呢？听起来好像是琴弦发出的呢。”

音乐也是李古力的爱好，但他很少有时间欣赏音乐。在这静得令人感觉压抑的金乌人的飞船上，这些回荡在走廊中的音符所带来的安详而又平静的感觉让李古力也不禁产生一种向往：“它们代表着什么呢？”他好像是在问自己。

但他立即惊醒，提醒自己也提醒大家：“大家小心，提防金乌人出现。”随即，他又问王贵华，“这里还有没有其他发现？没有的话，我们要考虑下一步怎么走。”

“是，队长。等等我，我还有一件事要查证一下。”

“哦，什么事？”

“这个挡板上有一个孔，恰如‘冰川’一端的形状。我来把‘冰川’插进去，看是不是一个数据连接点。”

李古力有些怀疑：“它们是两个不同的文明，怎么会有相同的连接？”

王贵华自信地说：“它们都是外星人，说不定就有同样的数据连接。如果能连接上，我们就能真正知道金乌人这飞船到底是怎么回事了。”

“嗯。”李古力在斟酌着。

王贵华看李古力没有应声，随即把一直拿在左手的“冰川”的一端插入水幕底部挡板上的小孔中。他的拇指在冰川的表面按下。

刹那间，“砰！”的一声脆响，“冰川”竟然在他的手中爆裂。王贵华只觉得虎口一阵剧痛，猛地甩开了“冰川”，退后两大步。

篇四 雾人

章二十五

这突如其来的爆炸，把大家吓了一跳。关凯的枪口立刻指向还插在挡板上已经爆裂成碎片的冰川，但脆响过后，一切又归于寂静。

李古力一步上前，迅速掐住王贵华受伤的手腕，大声说：“小高，小王受伤了。”

“明白！”高雅妮边跑过去边卸下背后的急救包。

王贵华左手虎口的地方，出现了一条长约一厘米的伤口。虽然李古力已经掐住他的手腕，但血还是在伤口处向外渗出。

高雅妮拿过王贵华的手腕，看到虎口处还有一些“冰川”的碎片，说：“抬高手腕，别动，我先给你清洗下伤口。”

“不用这么紧张，这都是小伤。”王贵华做出一副满不在乎的样子说。

高雅妮却很认真：“这是在外星人的飞船上，万一有什么我们不知道的细菌或者其他微生物，一旦顺着血液进入你的身体，保准有你受的。”

“高姐你是吓我吧？”王贵华被高雅妮一说，心里也有些紧张起来。

高雅妮匆忙打开急救包，从急救包里拿出贴有“氯化钠注射液 0.9%”

标签的玻璃瓶，说："洗干净了就没事了。"她打开瓶子的瞬间，又瞄了一眼王贵华的伤口，这一看不打紧，她旋瓶盖的手突然停住了：她发现王贵华的虎口不再流血，而且流出的血也似乎凝固住了，只留下一道血斑，仿佛血中的水分子在瞬间被蒸发了。

"这是怎么回事儿？怎么血没有了？"高雅妮疑惑地看向王贵华。

"可能是这里太干燥了吧，"王贵华看了看虎口，说，"赶紧给我洗洗得了，我可不想就这么不明真相地挂了。"

高雅妮又看看还抓着王贵华手腕的李古力，李古力也不明白这是怎么回事，说："我倒没注意。这真奇怪了。"

高雅妮没有得到她指望的答复，便继续旋开瓶盖，然后拔出玻璃瓶口的橡胶瓶塞，对王贵华说："小王，你别动，我用生理盐水给你冲一下伤口。"

王贵华点点头，说："没事儿，保证连眼睛都不眨一下。"

高雅妮让李古力松开手，她左手握住王贵华的手腕，右手慢慢地朝伤口上倾倒盐水。盐水冲刷着王贵华的伤口，把"冰川"碎片从伤口处冲开。盐水又沿着手掌滴落到地上。

盐水刚接触王贵华的伤口时，王贵华不由疼得脸上肌肉抽动了一下，但他还是不忘自嘲一句："没想到炸弹拿我没辙，反倒被'冰川'给炸成这样。真是可惜了我的'冰川'。"

这时李古力走到"冰川"爆炸的地方，仔细观察了墙上的痕迹和地上的"冰川"碎片，说："墙上看不到爆炸的痕迹，"冰川"爆炸也没有产生异味。这是怎么回事呢？"他似乎是在问王贵华，也似乎是在问自己。

一旁的关凯接话道："前面炸弹没有爆炸痕迹，这次'冰川'虽然炸了，范围也不大，而且也没有爆炸痕迹，好像这个飞船上什么都不会炸得起来呢。"

李古力"嗯"了一声，又问："小王，你觉得是什么引爆'冰川'的呢？"

王贵华认真地想了想，说："我觉得可能是刚才我把它插到那个貌似接口上的时候，金乌人的检测仪检测到了有危及安全的硬件连接，所以自动传送了一条什么自毁的指令，而且这个指令还被输送到了'冰川'上，结果就把它给炸掉了。”

关凯听得目瞪口呆，说：“有这样的技术吗？”

“不知道，我猜的。”王贵华说。

“是不是你自己不会操作南极人的东西，不小心按了自我毁灭之类的键？”关凯趁机打击王贵华平时一副自命天才的气势。

“高姐都已经给我清洗过了，你就别继续往我伤口上撒盐了。”王贵华说。

这句话把一直眉头紧锁站在一边的禹红逗笑了。但她的笑声还没有出口，笑容却在脸上凝固住了。只见她睁大眼睛，好像难以置信的样子，手指着地上，脸上的笑容已经变为惊惧的神色。

大家朝她指着的方向看去，却什么也没看到。

关凯不明白她看到了什么，疑惑地问：“禹工？你看到了什么？地上什么也没有啊？”

“不不不，”禹红说，“我刚才看到盐水还没落到地上就已经消失掉了。”

高雅妮转过身看了看禹红，有些迟疑地说：“这里很干燥，所以盐水或许蒸发得要快一些。”事实上高雅妮没有相信禹红说水从手上流到地上去还没有触地就消失的说法，虽然这里干燥，地面没有水迹，但水还不至于会在半空蒸发或是分解的，一定是落到地上后消失的。想到这里，她又加了一句：“禹姐，或许是你看错了？”

看到别人的反应，禹红也有点怀疑自己刚才是不是真的看错了，她不太确定地说：“我也不知道，可能我真的看错了。”

王贵华松了一口气，笑着对禹红说：“禹姐，我今天受的刺激已经够多了呢。”

禹红不好意思地看着王贵华，脸上是一副欲言又止的表情。她很想让高雅妮再倒出一些盐水做实验，但高雅妮已经把盐水瓶放到一边，并从急救包里拿出消毒纱布，把王贵华的手包扎起来。

王贵华把包扎着纱布的左手举到眼前，一时还无法接受刚上飞船还没遇到敌人就挂彩的现实，说道：“他们应该把这绷带染成不同颜色的，那样才叫挂彩。”

大家正要回应他的调侃，突然禹红在一旁又发出一声惊呼，大家朝禹红看去，见她正盯着高雅妮刚才放在地上的盐水瓶看，脸上又是那副不可置信的惊恐神情。

大家朝盐水瓶里看去，顿时也被眼前的景象惊呆了。

只见敞口的透明玻璃瓶里，一股白色的烟雾逐渐形成，这股烟雾慢慢从瓶口飘了出来，并在瓶口上方渐渐地凝聚成一个扁平而飘忽不定的白色雾气般的影子。

高雅妮比别人更是诧异，因为她知道那个瓶子里原先还剩有半瓶盐水的，但现在已经空了。

大家一时都没能反应过来。他们都从没有相信过鬼，或是幽灵的存在，但这个影子是什么呢？

这片白色的影子还在继续发生着变化，白色的轮廓这时候开始逐渐减弱，但整个面积却比以前要扩大了一倍，影像也丰富了起来，甚至还形成了类似有着五官的面孔。最后，它变成一片半透明的飘在空中，不断起伏扭曲的雾气，虽然看不清楚细节，但它是一个确确实实的存在。

“这到底是什么东西？”王贵华觉得脖子后发冷。

大家还是完全忘记了做出反应，一时之间竟然跟那片飘在空中的东西形成了一种奇特的对视。

禹红有些战战兢兢地说：“它是在看着我们吗？”

没有人回答她，那片东西还隐隐约约地浮在空中，像是一个幽灵。

大家就这样跟那片东西一动不动地对视了大约半分钟，他们既不知道这东西是怎么冒出来的，也不知道该拿它怎么办，所以都只好静观其变。

突然，那个东西向离它最近的禹红扑了过去！

禹红吓得大叫一声，猛地往后退了一步，并用双手紧紧护住脑袋。

事情变化得太快了，虽然关凯已经起步就要冲上，但更奇怪的事情发生了，就在那片东西即将要扑到禹红身上的时候，居然在她面前不到五厘米的地方停住了，接着它有了几秒钟的迟疑，竟然像是在思索什么。

关凯没有迟疑，一拳打了过去。但那东西离禹红实在太近了，关凯也不敢太用力，怕伤着禹红。他的拳头擦着禹红的鼻尖挥过，但却什么也没有感觉到。他收回胳膊，准备再击，却发现那片东西已经飘到了离禹红一米之外的地方。

这时大家都反应过来了，却不知如何是好。李古力想提醒大家保护自己，却也不知道该让大家如何保护自己，所以只能命令道："大家各自保护好自己！"

那个东西变得有些模糊，而且更透明，一时大家似乎找不到它的位置。但瞬间，它又回到了大家的视线内。

王贵华喊道："这个雾片会变！它变大时，我们就看不到它了。它变小我们才能看到它。"

章二十六

他的喊声显然引起了那雾片的注意。王贵华话音未落，那雾片便朝他急扑过去。开始那雾片还很难看到，当它朝王贵华扑过去的时候，身形急剧缩小，一下子出现在王贵华面前不到半米处。王贵华一边往后退一边伸出双手不停地去阻挡那雾片的进攻，一时之间手忙脚乱。

关凯跑到王贵华身边，却没有贸然挥拳，因为他已经知道，自己的拳头对那雾片完全没有作用，所以只好静待其变，看什么时候能帮上王贵华的忙。

这时王贵华已经被逼得连连后退，一边退一边喊："什么东西！怎么就缠我！"

那雾片似乎被王贵华从脸部推出去几次，但它依然不屈不挠，不断地向王贵华的脸上扑击着。

王贵华不住地往后退却，最后被逼退到舱壁，一屁股坐到地上，他挥舞着的双手也慢了下来。那雾片却没有停止对王贵华脸部的扑击，但每次几乎触碰到他脸部的一刹那，它就被什么挡住了，而不是王贵华的手把它挡住。关凯本来以为是王贵华在推挡那雾片，但他在王贵华慢下来的胳膊空间注意到了这个细节，于是他就没有上前帮王贵华。

经过几次从不同方向对王贵华脸部的冲击后，那雾片仍然没有能够贴到王贵华的脸上。它退回一些距离，似乎准备最后的冲击，但又像是意识到了什么，它最终放弃了，慢慢地从大家站立的空间中飘开。

这时，“砰”的一声枪声响起。

关凯看到那雾片悠悠地飘开到安全距离外后，向那雾片开枪射击。这一枪吓得惊魂未定的王贵华又是一个激灵。

王贵华大喊一声：“大关，你开枪了？你想吓死我啊？”

也不知道有没有打中那雾片，子弹撞击到舱壁上，发出清脆的一声响。等大家再定睛找那雾片的时候，却怎么也找不到它的影子了。

关凯没有理王贵华的质问，直接问道：“你没事吧？”

王贵华从地上站起来，说：“我没事儿，除了被你刚才那一枪吓得差点丢了魂儿。”

“你跟那玩意儿也算是亲密接触过了，知道那是什么东西了吗？”关凯一边举枪继续搜索那雾片一边说。

“不知道，”王贵华一边说一边脱下身上的夹克，“就觉着它是一片水气，好像是凉凉的，你看着吧，它再出来的话，看我怎么治它。”

王贵华把夹克在手中展开，摆出一副跃跃欲试的架势。他仔细搜索走廊里各个位置，竟然在舱顶分辨出了那个薄薄的雾片。他还想蹑手蹑脚地靠近它再来个出其不意，岂料那雾片比王贵华还要机灵，还没等够得着它，就飘开了。

王贵华气急败坏地追了上去，大家也纷纷帮忙。

这时那雾片飘动的速度明显比刚才慢了下来，看样子像是受了伤。但它还是凭借自己虚无缥缈的身形让大家奈何不了它。它慢慢地向远处飘去。

大家快步跟上前去，但最后还是眼睁睁地看着那个淡淡的轮廓融入了墙壁之中。关凯跟到那雾片消失的地方，仰起头四处看了看，雾片的确已经消失，这才确定自己刚才没有看走眼，说：“难道钻到墙里去了？”

王贵华这时也追了过来，说：“去哪里了？”

“不知道。”关凯说，“好像是从墙壁这里穿过去了。”

王贵华闻声用手摸了摸面前的墙壁，发现这面墙壁跟其他的地方没有明显的区别，连刻在上面的条纹都没有什么差别。

“你会不会是看错了？”王贵华难以置信地问。

“要不它能去哪里？”关凯说。

大家又在附近仔细地搜索了一遍，直到确信那雾片确实是消失不见了。

大家回到那面可疑的墙壁前，还是任何异常也没有发现。王贵华怀疑这里是不是也有上次他穿越屏幕时的通道，忍不住用身体去撞了撞墙面，但真实的疼痛感让他否定了自己的这个推测。

李古力对站在他旁边的高雅妮说：“小高，你怎么看？”

“我觉得那可能是金乌船上的某种生物，地球上肯定没有这种东西。”高雅妮说。

“嗯，”李古力点点头，“你觉得它去哪儿了？”

高雅妮想了想说：“这东西既然能够凭空产生，大概也可以凭空消失，要不然就是这墙上有什么机关。”

一听高雅妮说这墙壁可能有机关，王贵华又仔细地用手指敲了敲墙壁。

这时，一直没说话的禹红说：“我不认为这东西是凭空产生的。”

大家被这句话吸引了注意力，都不由把目光集中在禹红身上。

禹红举起手里的一个玻璃瓶，赫然就是那个装生理盐水的瓶子。她说：“你们看，刚才我们光顾着追那个东西，却忽略了它产生的地方——这个玻璃瓶！”

高雅妮从禹红手中接过瓶子。她知道这瓶里的盐水已经全都消失了，但现在她发现，这个空瓶的底部和内壁上还留有一圈薄薄的白色粉末。

“这是怎么回事儿？”高雅妮眼睛一动不动地盯着空瓶中的粉末说，“难道说里边的水是被那个雾状的东西吸掉了？而且，它还把盐水中的盐分过滤出来了？”

禹红说道：“大家不是一直觉得这一路上空气很干燥吗？还有我刚才说的滴下的水在空中消失，我想这都应该是那个东西搞的鬼。”

“我们开始并没有发现它，一直到刚才它才从盐水瓶子里冒出来，”李古力听了禹红的话若有所思地说，“可能是这东西只有在吸收了一定量的水分之后才能成形显现出来。”

“等等，”王贵华插话说，“按照禹工和队长的说法，这东西从我们一上飞船就跟了我们一路？”

“应该是的。”高雅妮同意道。

“那这东西是怎么变出来的？”王贵华接着问。

没等有人回答，他又自言自语道：“一定是水的缘故，难怪我觉得它凉凉的。”猛然间他又想起来一个疑问，说，“那它究竟有没有实体？”

“应该是有实体吧。”李古力说，“关凯朝它开了一枪似乎是让它受伤了。”

“这我就不明白了，既然它要攻击我们，为什么在它没有吸收水分时，就是说在我们看不到它时攻击我们，而非要显示出实体才实施攻击？这不明显地让我们有防备吗？”王贵华抛出他的疑问。

这确实是个难以想明白的问题，一时大家无语。

这时关凯伸出舌头舔了舔自己的手背，说：“不对啊，如果这东西真的能够吸收水分，我们体内有百分之七十的水，那为什么我们都没事？”

“刚才你没看到它在侵犯我？”王贵华不满意地嘟囔说。

“它后来不是没拿你怎么样吗？”关凯反驳说。

“对了，”高雅妮说道，“还有个疑问，就算它不能进入我们的身体，我们裸露在外边的，比如眼睛，也有水啊，它总能接触到啊。”

“这可能是为什么它专门攻击我的脸部了。”王贵华说。

“但为什么它好像总是拿你没办法呢？”高雅妮又问。

“那东西挨着小王的脸那么近，但总是接触不到，难道他脸上有什么防护？是什么脂粉的关系？”关凯说着，就要凑到王贵华的脸上看。

王贵华赶紧把他推开：“我才没有什么脂粉。别再恶心我了好不好？”

这时高雅妮却猛然想起了什么，她在心中反复斟酌了一下这个可能性后，说：“我和我的教授曾经讨论过人类的身体外围有一圈看不见的保护层，西方国家称它为 HALO，它能替我们抵御大部分非物理的侵犯，有说法说这层 HALO 衍生于我们的意识，也是我们意识的延伸，它和我们自身的体质和精神状态有关。”

“我也听说过，但你不觉得有点玄？”王贵华怀疑道。

“原来我也是这样看。但刚才发生的事，你还能有什么解释？”

王贵华搔搔头，没有吱声。

禹红这时更关心的是刚才那雾片去了哪里，于是插话说：“如果那东西真的有实体的话，那么刚才它去哪里了？”

“可能这墙上真的有什么隐藏的机关。”李古力若有所思地说。

“我找过了，真的没有什么机关。”关凯肯定地说。

“既然说了是隐藏的，肯定没那么容易让我们找到的。”王贵华说。

话音还未落下，大家面前的墙壁突然缓缓地向下移动起来，竟然像是一扇由上往下开启的自动门。随着这门逐渐地下移，另外一个空间展现在大家面前。随着李古力一声“散开”，大家一下退到门的两边。

章二十七

“大关，是你碰了什么吗？”门右边的王贵华惊疑地问他身边的关凯。

“我什么也没碰，不是你弄的？”

“也不是我。”王贵华摇摇头。

大家面面相觑，眼神里满是疑惑。几秒钟前大家还要寻找开门的机关，现在门就这么出现在他们面前，他们反而不知道应不应该进去了。

“怎么办，队长，我们要不要进去？”关凯问门左边的李古力。

“看起来里边和外面没什么不同。”王贵华的脑袋朝门里探望。

“我们不能再等了，前面就算是刀山火海我们也要进去。”李古力斩钉截铁地说。

大家跟着李古力跨进了这扇开得莫名其妙的门。

关凯握着枪，警惕地打量着这新的环境。但他多年战斗经验的直觉却告诉他，这里完全没有危险。

进门差不多两分钟后，看到里边和门外边一样空无一人，王贵华忍不住大喊了一声："有人吗？"他想或许刚才那片雾气或者能重新出来。但他的声音却没有产生任何回声，因而他的嘴唇合上时，声音也即刻消失。

左右看去，这里几乎就是外面走廊的翻版，似乎这个金乌飞船是一圈一圈的走廊组成。李古力想，如果再出现这样一个同样的走廊的话，这个判断就会成立。但现在，必须确认这个走廊和外层的走廊是否完全一致。他忍不住又向右看，因为在外层的走廊里，右边差不多一公里处，有那个会变换的屏幕，这里边是否也会有呢？

他招呼大家道："我们向右搜索。关凯，你断后。"

向右走了大约三四分钟，李古力停下了脚步，打量前面的地面。大家不知就里，走到他站着的地方，惊讶地发现，前面的地面似乎是玻璃所造，因为"玻璃"下面，有水一样的蓝色波纹在流淌。说是玻璃所造，因为那些蓝色的水波在地面涌动，而地面却是平滑的。

"这又是怎么回事？"说着，王贵华小心翼翼地把脚踮了过去，想试验一下前面的地面是否平整，或者说，那些水纹是否在地面下面。但他却被高雅妮一把从后面拉住："你不要命啦，还要再来次穿越？"

王贵华被高雅妮拽退了一步后，又走到正常地面和水纹地面的交接点，看那些流动的波纹，问李古力："队长，你觉得呢？"

李古力看了看后面，关凯已经走到他们身边。他在考虑是返回去从另一个方向走完这个第二层的圆圈，还是继续向前走。但即使走另一个方向的话，如果这的确又是一个圆圈，那么回来时还会要经过走廊的这个部分。想到这里，他说："关凯，你抓住我，我来试试。"

关凯拒绝道："不！你抓住我，我来试。"

李古力抓住关凯的手，抬起脚道："不要争了。"说着，他的脚尖部分轻轻地触碰了前面的地面。

什么也没有发生。这时，他已经确认，那流动的水的波纹，的确是在"玻璃"地面的下面。于是他轻轻地踏了上去。

没有任何异常。他从关凯手中抽出自己的手，把另一条腿也抬上前去。波纹在他的脚下流动，到了和正常地面的交界处便自行消失，没有涟漪，没有水花溅起。

李古力向前走了五六步，觉得一切正常，便招呼道：“大家可以过来了。”

章二十八

王贵华踏上这下面流淌着蓝色水纹的“玻璃”时，想到了曾经在哪里看到过这玻璃桥。那是一个人造的庭院，里边的桥是真的玻璃所造，池水在玻璃下流动，水里游动着的红色金鱼似乎就在脚下。他赞叹道：“这金乌人和人类还有类似的美感呢。”

跨进这段走廊不久，他注意到这里墙面上的线条也和先前不同，这里的线条更像这脚下的水纹。他招呼在他左边的李古力道：“队长，这些线条和前面的不同，你看！”

李古力顺着他的声音向右看。的确，这里墙上的线条的形状和脚下的水纹完全一致，只不过它们的颜色不是蓝色，而是和墙面一样透着淡淡金色的颜色。他看着那些线条问王贵华：“你觉得这些水纹线条代表什么特殊的东西呢？”

王贵华瞅了半天，叹道：“我不知道。如果这是金乌人的绘画装饰的话，我只能说它太抽象了。”

这时禹红也走了过来，看墙上的水纹线条。她说：“别说，这些水纹和地下的水纹还真的可以媲美。哎，我们怎么动起来了？”

王贵华说道：“不是，禹姐，是线条在动。”

禹红盯着墙上向前波动的水纹，喃喃自语：“是线条在动？”

王贵华解释道：“是的，是线条在动。我的意思是，这种现象是物理学上的相对静止。”

关凯这时也盯着墙上的水纹看，他似乎有些心不在焉地问：“什么是相对静止？”

有当老师的机会王贵华是不会放弃的，他卖弄地笑着说：“其实很简单。比如你和伙伴在桥上站着看桥下的流水，你感觉你动了，其实并不是这样。你之所以感觉你在动，是因为你把流水当成了参照物。”

“但我们并不站在桥上……”也在全神贯注地看着墙上流动的水波的高雅妮想提问，但没有能够制止住王贵华的滔滔不绝：“水在流动，而你是静止的，当你的眼睛专注地盯着流水的时候，感觉水是静止的，那么相应的，你就会觉得自己是在动。这个时候，你可以换个参照物，例如你所在的桥，身边的人，如果周围的人和你一样也没动，而实际上他们也没动的话，就说明你是静止的，此外，拿你所在的那座桥作为参照物的话，桥本身不会动，你对于桥来说是静止的，而水对于桥来说是运动的，那就说明你是静止的。我解释清楚了吗，小高？”说完，他突然觉得有些奇怪，小高怎么会不懂相对静止？自己这是怎么了？他觉得关凯才应该是他的听众，于是转头问关凯：“大关，你听懂了吗？”

关凯似懂非懂，他慢慢地点着头，眼睛眨都不眨地看着墙上的流水说：“就是一个动，一个不动。”

“对，就是这样。对了，队长你在干吗？”

此刻，李古力正看着墙上的那些线条出神，他的手伸向墙面，似乎要拨弄那些水纹。他发现这些水纹线条和自己都在移动着，只是移动的速度不同。墙上水流的速度忽快忽慢，有时候竟像是波涛汹涌的海浪。忽然间，李古力意外发现这些线条似乎有些熟悉，他认真地看着，一瞬间他的心狂跳起来。

两边的墙壁在慢慢往后退，前面出现了一道关闭着的门，这扇门竟和自己家的门一模一样。

李古力不敢相信自己的眼睛，他立即转头看看关凯他们，却发现他们的身影遥远而模糊，他立即高喊他们的名字，却没有人回答。

李古力满腹狐疑，自己家的门怎么会出现在金乌人的飞船上？他突然好奇门那边真是自己的家吗？梅是否在里边？他已经许久没有见到她了，不知道她是否过得还好？

李古力伸过手去，迟疑了一下，他的手停在了半空中。正在进退为难之间，他似乎闻到屋子里传出来的菜香和厨房里锅碗碰撞的声音。他不再迟疑，推开了房门。

篇五
迷幻走廊

章二十九

菜香是从厨房里弥散出来的，李古力径直向厨房走去。一个熟悉的身影在厨房里忙碌着，李古力心中一暖，悄悄走上前去从背后轻轻地抱住了她。

妻子梅回头微微一笑，放下了手中的东西，湿漉漉的手拍着抱着她腰的温暖的大手。

“你回来了？”她问。

李古力带着歉意回答道：“真对不起，工作太忙了，让你受委屈了。”

梅微微地摇了摇头。她掰开李古力的手，拿起了手边的菜，轻描淡写地说：“你已经好久没吃到过我亲手做的菜了。我这几天刚学会了几个新菜。”说着，梅熟练地切起菜。

李古力走到菜盆旁，将梅洗好的菜从菜盆里捞出来递给她。

“知道吗？我们邻居王太太，她家的狗狗一口气生了八条小狗，大家都抢着跟她要呢。对了，我想换一换咱们家窗帘的颜色，玫红色太艳丽了，换成紫色的你看怎么样？哦，还有，咱们家的盆栽死了，上次我把它放在了窗子里边，没想到忘记浇水全干死了。那个盆栽都养了七八年了，这样死了真是可惜……”

李古力微笑着看着妻子，梅一面忙碌着一面絮絮地唠叨着，这是平凡生活的恬淡，让他感到真实、真挚和温暖。

他走上前去，再一次抱住了梅。

梅笑了笑，轻轻地拍了拍他的手：“别闹。”

“一会儿我们去看电影怎么样？我知道上映了一部很棒的电影。”李古力紧紧地抱着妻子，认真地说。

梅不再推开李古力了，她收拾着手边的菜微笑着说道：“是哦，我们都快三年没有在一起看电影了。对了，我记得，你第一次带我去看电影的样子。那时候我丝毫看不出你喜欢我，你这人总是这样，喜欢把心事藏起来不让别人发现。要不是你带我走错了放映厅，我还不知道你那么紧张呢！”

李古力也笑了，梅转过了身，他松开了梅，只静静地看着她那深咖啡色明亮的眸子。

“我那时候太紧张了，生怕你不愿意跟我一起看电影。等你来了，我又琢磨应该和你说些什么好。结果走错了地方，看了两个小时的动画片。”李古力笑着说。

梅轻声说道：“那是我这辈子看的最动人的卡通片。”

“梅，”李古力轻声说，“过去多好。”

梅回应说：“我也想要过去，只是你永远只属于将来。”梅的语气开始带有一丝怨艾。

“行啦。我这不是回来了吗？来，今天我来做饭。”

“嗯，你是回来了，就不知道你的心回来了没有。”

听到妻子一下变得冷冰冰的语气，李古力的胃条件反射地酸痛起来。不能和梅吵，这样没有意义。李古力皱了眉，他轻轻地咳嗽一声，不想让感觉流露出来。但梅似乎一眼就看透了他的心底，继续说道：“胃又痛了？那你回来干什么？你休息去吧，待会儿小松回来我们一起吃饭。”

“小松还没有搬出去住？”李古力不仅一怔。他分明记得小松已经搬出去了。

“怎么，你还要他搬走啊？你怎么就容不下我这个弟弟呢？”梅的语气里已经有明显的不悦，“你知道的，不管你喜不喜欢他，他终归是我的弟弟，我只有这一个弟弟。”

李古力没有把心里的烦躁表现到脸上，他认真地说：“梅，你知道，你我是一家人。他是你的弟弟，自然也是我的弟弟。但是，你知道的，他的那种生活方式完全不属于我们这样的人。”

“为什么不属于我们这样的人？我们是什么样的人？官二代？官三代？”梅讥笑地问。

“起码不是富二代吧？”

“你还在为他挎个 LV 包不高兴？都什么年代了，年轻人有个 LV 包有什么不好？”

“但他是个男人，一个成年男人！”李古力有些按捺不住愤怒了，“一个二十多岁的男人，挎个女人包整天无所事事，有哪点好？再说，你也知道，他搜集的那些个包包够山里一个学校所有小孩一年的学费了。”

梅诧异地看着李古力，惊愕地说：“你是为那点钱计较？”

“不，不是我计较。”李古力立即分辩道，“我是说，一个二十多岁的男人，整天像个伪娘似的，有什么好？你这个姐姐是怎么当的！”

梅沉下了脸，她白皙的脸上因为生气而泛起了红晕，不禁加快了语速反驳李古力：“我怎么当的？谁叫他一生下来就没有妈？你知道一生下来就没有妈的感觉是怎样的吗？你拿什么补偿没有妈的生活吗？”

“但也不能把他还当做一个十岁的孩子看呀？”

“就当做十岁看又怎么啦？哪有像你这样整天为了什么所谓的民族利益东奔西跑完全不顾家的人。我看王太太家的那、那……”说到这里，梅觉得无论如何不能把李古力比喻成王太太家的那条狗，于是改口道，“哪家的丈夫不比你强。”说完，她摔下手中的东西，头也不回地走出了厨房。

李古力的胃剧烈地痉挛了一下，疼痛感顿时射向全身。他捂了捂胃部，一边跟着走出厨房一边对梅说：“我们都冷静冷静吧，我先出去。”说完，李古力就要出门。

“站住。”客厅里的梅喊道。

李古力不自觉地停住了脚步。“我们离婚吧。”梅淡淡地说。

“什么？离婚？”

“是的。”

“为什么？”

“我要一个天天能和我在一起，天天陪着我，能保护我、爱护我，不让我受到一点伤害的男人，哪怕是一个伪娘男人。”

“你？”李古力被噎得说不出话来。他感觉非常疲惫，他深深地吸了一口气，说道：“我不能和你离婚，因为我还爱着你。”

“但我已经不爱你了。我们也不要再吵了。你签字吧。”说完，梅从桌上拿起一份文件递给李古力。

李古力看到了文件封面上“离婚协议书”几个字，他没有去接。

“你不是一向都办事干练吗，现在就签了吧。”见李古力还是不接，梅继续道，“你签了吧。你可以不用再胃痛了，我也可以一门心思照顾好我的伪娘弟弟。”

梅冷冷地说着，把离婚协议书放回桌上，转身走出了卧室，随手把门关上。

突然，李古力不想再压抑自己，他大吼道：“我不同意！”

一阵疼痛袭击了李古力。他缓缓地睁开了眼睛，瞥见自己被固定在一张病床上，胳膊上插着针管，床右侧挂着吊瓶。李古力极力挣扎着，他刚刚要坐起来，一双熟悉的手摁住了他。李古力扭头一看，是梅。

“怎么了？你哭什么？”李古力问。

梅一边擦拭泪水，一边说道：“没事，你好好养伤。”

李古力一愣，随后询问：“养伤？”

“是，你出车祸了。”梅细声细语地说道。

“车祸？”

“是。”

李古力立刻紧张地问：“有没有人受伤？”

听到这句话，梅顿时泣不成声。虽然和李古力从小青梅竹马，一起在军队大院里长大，但真正谈恋爱，还是因为李古力的这种尽为他人着想的做人态度。回想起当年李古力追自己的时候，他总是那样的无微不至，生怕自己受一点点委屈。梅努力控制住自己的情绪，说道："你总是替别人着想，你有没有想过自己？"

李古力努力地呵呵笑道："有你想着我就行了呗。"

梅破涕为笑，说道："都这个时候了，还说笑。"

李古力长长地舒了一口气，深情地说道："梅，你知道，我是真心爱你的，不要离开我，好吗？"

梅听了这句话似乎很感动，说道："我也会一直爱你。"

李古力听了这句话，大喜过望，他想坐起来，但刚一动身，就被身上的固定板固定住了。

梅赶紧摁下李古力，说道："你的伤还没有好，不能乱动。"

李古力总觉得梅今天有点不正常，但不正常在哪里，自己一时也说不清楚。他又问道："你一夜没睡？"

"嗯。我一直相信你会醒来的。"梅深情地说道。

"你是不是特后悔嫁给我？"李古力说道。

"你说什么呢，我一直都在支持你的事业啊。"梅稍微显得惊讶。

"你，你不是总是抱怨不能陪你？"

"你今天是怎么了，我不是一直都是在支持你吗？你所做的所有事都是为了我们的民族，有这样胸怀的男人现在去哪里找啊。"梅的语气里充满赞赏。

李古力终于觉察到妻子的不对劲了。他觉得可能这一切都和这个自己不知怎么回事的车祸有关。想到这一点，他问道："说吧，我得了什么病？"

梅一时没听明白李古力的话，问道："什么什么病？医生说你休养几天就好了。"

李古力说道："你不用安慰我了，若不是我得了什么绝症，你今天怎么会表现得这么大度？"

这时病房的门被推开了，一个打扮花哨的年轻人站在门口。他身穿浅粉色T恤，流里流气，一副纨绔子弟模样。

这年轻人一进门就大声喊道："怎么样？姐夫，好点了吗？"

李古力回道："没事，死不了。"

梅立即说道："你小点声，你姐夫需要休息。"

李古力说道："没事。小松，你最近都在干吗？"

"我还能干吗？玩呗，哈哈。"

"你有没有找工作？"李古力努力控制住自己的情绪。

"找工作？姐夫，你开玩笑吧。有你和我姐在，我还找什么工作。"

梅赶紧打岔问她弟弟："你有事吗？没事赶紧出去，让你姐夫休息。"

"姐夫的身体硬朗得很呢，哈哈。你不用担心的，姐。"小松凑上一副嬉皮笑脸。不等梅讲话，小松便跟着说道，"姐，你知道吗？我看到一个包包，很漂亮的那种，你陪我……"

梅没等小松讲下去，就一把把他拉出门去。李古力叹口气，正要闭上眼睛休息，却猛然感到全身剧痛。他昏厥了过去。

等李古力再次醒来的时候，他觉得浑身发冷。睁开眼睛一看，发现自己竟站在一座高楼的楼顶，俯身望去，上海只剩下一片波涛汹涌，唯一的陆地就是一些还在水面上的高楼。他纳闷儿道："我怎么又回到上海了？"

李古力四处寻找着出去的路，却发现没有任何出路。面对着一片汪洋，李古力心急如焚，他不知道他需要找谁。他大声喊着："梅！雅妮！老关！小王！"

周围一片静谧，没有人回答他的呼喊。

突然，李古力听到一声"救命"的呼喊声，他赶紧顺着声音望去，只见一位父亲带着自己的女儿在一个楼顶上，大水即将淹没那座楼。李古力心急，看着慢慢上涨的水，李古力纵身一跃。他本以为自己会掉进水里，却没想到自己竟然轻飘飘地飞了起来，李古力忘记了惊讶，他努力地蹬着双腿，双手如蛙泳一样拨开前面的云层，不一会儿就到了那座楼顶，父女两个像是看见了救星，父亲急切地说道："求求你，把孩子救走，救救孩子！"

李古力指了指他刚离开的楼顶说："我们去那座楼顶，那座楼高，我先把孩子送过去，回头再来接你。"说完他抱住小女孩，一跃而起，就飞了出去。但李古力刚飞出楼顶，就觉得怀抱里的小女孩变得非常沉重，他紧紧地抱住小女孩，左右摇晃好不容易飞回原处。

李古力放下女孩，又是纵身一跃，要去救那女孩的父亲，却被突然而来的侧风吹偏离了方向。他尝试着控制自己的身体调整方向，却无能为力。情急之中，他看到前面有一个高大的建筑，就势一滚，摔倒在楼顶，终于稳定住了自己。

李古力站起身来，看着远方，寻找着刚才的楼。但周围一片模糊，而脚下的一片汪洋却清晰异常。那是覆盖在上海城上的汪洋。

这时，一个浑厚的嗓音在李古力的耳旁响起："跳吧，跳下去吧。"

李古力转身看，却看不到任何身影。只是那极具诱惑力的嗓音还在怂恿着他："跳吧，跳下去吧。"

妻子走了，同伴们也走了。上海没有了，只有自己还在。李古力看着周围翻滚的海水，剧烈的愧疚涌上心头。巨大的失落感中，那个声音还在柔声继续："跳吧，跳下去，一切就都过去了。"

李古力向楼边走去……

章三十

一排排青砖盖成的房子错落有致地坐落在这个宁静的小村庄里。村庄外面，是一条铺着薄薄一层石子的小路，路的两边是高高的杨树，上面依稀残留着一些枯黄的叶子。

金色的阳光透过树枝，斑斑驳驳地洒在路面。秋风吹过，树叶纷纷落下，引得村口的几只小黄狗汪汪地叫着。远处，隐隐约约地还能看到劳作在田地里的村民。这个时候，应该是玉米成熟了吧。

这是一个在北方到处可见的小村庄，但是高雅妮却怔住了：这里，这里不是自己小时候生活的地方吗？

我不是在金乌飞船里吗？怎么会在这个地方？她揉了揉自己的眼睛，眼前的一切依旧是那么的熟悉。

一个苍老的声音忽然从身后响了起来：“小妮子？是你吗？”

高雅妮蓦然转身，眼中满是惊讶，激动地喊道：“爷爷，是你吗？”

不知洗了多少遍已经发白的绿色旧军装最先映入眼帘。爷爷腰间还挎着那个他最喜欢的颜色斑驳的军用水壶，虽然脸上布满了皱纹，但是腰板挺直，一副精神矍铄的样子。

老人看到高雅妮，脸上的皱纹全都舒展成了笑容。他伸出粗糙的大手，说："小妮子，回来啦。回来就好啊！爷爷有好多年没见你了。"

高雅妮赶紧上前握住爷爷的手，爷爷的手还是那么温暖和坚实。

看着眼前把自己从小拉扯大的爷爷，高雅妮心底里充满愧疚。但心里又突然有了一丝疑惑：爷爷不是过世了吗，他还活着？

可是眼前的一切都是那么的真实，熟悉的村庄，自己最爱的爷爷，爷爷粗糙的手掌就在自己手里，还有村边那棵最高的杨树。自己小时候还经常和一群男孩子爬上去玩呢。

但队长呢？

什么队长？她用劲地想，却不知道刚从脑袋里冒出的这个词代表什么意思，而这时她感到了爷爷手上传过来的温暖。她顿时清醒起来。她冲着爷爷甜甜地一笑："爷爷，我这不是回来了嘛。"

爷爷拉着高雅妮的手，嘴里唠叨着："唉，你这一走就是多少年了啊。咱们家的小妮子长这么大了。你什么时候剪头发了？你的小马尾呢？"

高雅妮心中有些酸楚，她明白因为自己工作的原因，已经有很长时间没有回老家了。虽然她每个月都坚持给爷爷寄去生活费，也经常给爷爷打电话，但是她心里明白，老人期望的不是那些生活费，也不是那相隔万里的电话。他只想再见见自己亲手养大的孙女。

想到这儿，高雅妮轻轻说道："爷爷，我这次会在家待很长时间的，这段时间，就让我来好好照顾您吧。"

老人乐呵呵地说："好啊。正好果园里的苹果也熟了，爷爷去挑几个最甜的给你！"

高雅妮一愣："果园？爷爷，咱家的果园不是被征用了吗？"

老人的面色有些古怪："小妮子，你今天怎么了？乡上的政策有了变化，我们的果园不被征用了。当时这还是你告诉我的，说那个工厂污染严重，不建了。"

高雅妮一怔，她隐约感觉到有什么地方不对，脑中又出现了一个浮在半空的外星飞船。她自嘲地笑道："怎么大白天的老是做梦？"

爷爷拉着高雅妮就走，边走边说："走！小妮子，去爷爷的果园看看！爷爷又新栽培了一些新的品种呢。"

老人的这片果园虽然面积不大，但高雅妮却知道，自己的爷爷在这片果园上付出了极大的心血。小时候生活困难，学费与生活费全都是这片果园的贡献。

果园的门前停着一辆面包车。几个汉子正蹲在果树边等着他们，那些人的身边是一堆电锯和斧头。

高雅妮心中狐疑，问道："爷爷，他们是谁？"

老人也有些摸不着头脑，他走上前去，问道："你们是谁？在这里有事情吗？"

汉子中一个满脸横肉的家伙走上前来，瓮声瓮气地问："你们就是这片果园的主人？"

老人点点头，回答道："对，是我。"

听到回答，那汉子从包里翻出几页纸，递给老人，说道："这是土地征召令，这里要盖工厂，你家的果园被征用了。这是补偿协议，你签个字吧！"

高雅妮问道："你们是什么人？"

那汉子瞟了她一眼，说道："我们是百隆开发有限公司的。你们赶紧签字吧。"

高雅妮接过补偿协议，上面果然是公文并盖着红色印章。

老人气得浑身发抖："怎么回事！不是说不征用我的果园了吗？"

那个汉子开始不耐烦起来："这是上级的指示，我们只是下面办事的。快签个字，我们还急着干活呢！"

老人愤怒他咆哮道："我不签！这是我的果园！你们谁也不能动！"

那汉子哼了一声，指着老人道："别不识抬举了！现在签了，还能拿到点钱。等过一阵子，连钱你也别想了，所以赶紧的！"

老人骂道："滚！你给我滚！谁也别想动我的果园！"

那汉子勃然大怒："老东西！不签是吧？"他朝身后的一帮人叫道，"都别愣着了！给我进去把树都砍了！"

高雅妮尖叫道："谁敢！都给我住手！"

那群汉子没有理会她，更有人吹了个挑逗的口哨，然后爆发出一阵挑衅的讪笑。那汉子一挥手，其他人纷纷拿起电锯和斧头，朝果树砍去。

老人怒道："谁敢动我的果树！我跟你们拼了！"

那汉子不屑地看了两人一眼，冲手下的人喝道："手脚都利索点！"

老人眼见这群汉子挥舞着电锯和斧头，想扑过去拦住他们，不料却急怒攻心，脚下一瘫，竟然倒在了地上。

高雅妮心里一惊，马上想到是突发性脑溢血。她立即上前检查。高雅妮已经顾不上果树的事。

高雅妮心碎肝裂，她扶起爷爷的身子，冲着那帮砍树的人喊："帮帮我，帮我把爷爷送到医院去！"

谁知那汉子却只是冷笑："急什么，等我们干完了活，自然会送老人去医院的。"

在他身后，大片的果树已经被他们砍倒，赶过来的一只小黄狗冲过去叫了起来，却被一个汉子一斧头砸在脑袋上，软软地躺在了地上。

高雅妮愤怒到了极点，身子却不能动弹。眼见爷爷的气息越来越弱，她又气又急又无助。

她泪流满面。这是个什么世界！

望着眼前冷漠的汉子和他身后挥舞着斧头的影子们，一股深深的绝望袭向高雅妮的内心。

爷爷，你别走，等等我……

章三十一

王贵华很奇怪，自己明明是在金乌飞船之内，怎么走着走着就走到这间屋子里来了？这里是什么地方？队长呢？关凯呢？大家都去哪里了？我们不是在金乌人的飞船里吗？怎么会突然来到这个地方？这是什么地方？

王贵华琢磨着，仔细打量他所在的这个房间。

从里面放置的东西来看，这是一间实验室，里边有着似乎很先进的电脑设备。这里有持续供电系统、通风柜，还有强化玻璃钢制成的一个个平台。最吸引他注意力的，还是中央平台上的那台巨大的电脑。

王贵华看着那模样笨拙的电脑，脑中忽然想到了自己用过的那个小巧的“冰川”。“冰川”虽然小，但它那强悍的分析能力，或许不输于眼前的这台大型电脑。但他随即又自嘲地笑了，不论如何，这台电脑这么大，它的零号处理器也一定不会低级。

王贵华揉了揉有些头晕的脑袋，忽然感觉到一丝不对劲。

冰川？零号处理器？零号基地？南极？对了，南极？金乌人？

一连串的想法从他脑海中冒了出来，王贵华暗想，这是怎么回事？我的思考怎么不能连贯？

他跨上中央的那个平台，就要打开那台笨重的电脑，脑中却又闪现出冰川那小巧玲珑的样子，还有那先进的全息影像，心中陡然一惊，不对！我这是在梦里！但如果是在梦里的话，冰川怎么又会是如此清晰？

虽然平时行事嘻嘻哈哈，但是关键时刻王贵华的分析从来都非常严谨。他让自己的思绪缓慢下来，开始回忆起先前发生的一切：上海即将被淹没，追踪张大明，进入南极人的零号基地，再到金乌人的飞船中。一切都很清晰，很明了。

他叹了口气，自言自语道："这的确不是梦，但我却又怎么到这个房间里来的？队长他们现在又在什么地方？难道我不是在梦里，是在一个幻觉中？"

所谓的幻觉，大部分都是人内心深处的记忆的反馈。如果是幻觉的话，这间自己从来没有到过的屋子怎么可能产生？

难道是金乌人制造的幻觉？

王贵华掐了掐自己的胳膊，轻微的疼痛从胳膊上传了过来。他摇摇头，不知道到底是真是幻。

忽然他看到放电脑的平台上摆放着一个相架，相架里的照片上是一个儒雅而又和蔼的戴着金丝眼镜的老人。

"老师……"王贵华瞬间明白了。

他咧嘴笑了。果然是幻觉，虽然无法解释为何会有疼痛感，但是很明显，这个实验室是老师的地方，一个自己知道，但从没有进去过的秘密实验室。这里曾经是自己上学的时候内心最向往的地方。这里的一切设备和布置，应该是金乌人利用自己曾经的想象营造出来的！

王贵华暗道：真厉害！金乌人竟然能操控人的心性和想象。如果队长他们和自己一样也进入了幻觉，不知他们能否抵抗得了金乌人的操控。

这个房间就是金乌人让我自己营造的幻觉，我得走出这个幻觉才是。

王贵华很是郁闷，虽然他明白了自己是身在幻觉中，但是他一时却没有任何办法走出这个幻觉。换句话说，自己被自己的幻觉困住了。

还是先想办法走出这幻觉吧！王贵华无奈地叹了口气。

他看了看四周，从平台上走下。他首先试着去打开实验室的门，却发现大门是从外面锁着的。老师的实验室保密级别很高，实验室的大门是按规定时间开启的，并非是人为开启的。既然这是金乌人根据自己内心所想营造出来的幻觉，肯定也会是这个样子。打不开实验室的门也很合理。

但是这却更证明了我的猜测。他想。

王贵华不再纠结这门。他回到平台上，打开上面架子上的电脑，心想或许可以通过里边的信息找出一些头绪和参考。

出乎意料的是，电脑打开后，电脑屏幕上却是白花花一片，没有任何影像。

王贵华一愣，但随即释然。他从来不知道老师的电脑里有什么内容，那么幻觉应该也不可能给他营造他还全不知情的内容。

他有些烦躁，在这个实验室里走来走去，思考着所有有用的信息。

该死的幻觉！该死的金乌人！

王贵华思索了一阵，觉得只有用自己所知道的最基本的办法来对付这个幻觉了。

再试试疼痛的刺激能不能让自己走出幻觉吧！

他抬起手来，对着自己的脸，狠狠地打了一个耳光。

随着“啪”的一声清脆的声音，王贵华龇牙咧嘴地捂起了脸，嘶嘶地吸着冷气。心中却暗骂自己愚蠢。刚才已经掐了自己，已经感觉到疼痛了，何必还要打自己的脸。

王贵华捂着脸揉了揉，看了看没有任何变化的房间四周，苦笑着想：看来疼痛的刺激对这个幻觉也没有用啊。

现在王贵华还真是有点无奈了。在这个鬼地方，似乎对付幻觉的一切办法都不管用啊。

王贵华有些咬牙切齿：“我就不信了！既然我知道这是幻觉，我就不信我出不去！”

他的脑子在飞快地转动着。但他没有意识到，人类对幻觉的了解还停留在很肤浅的概念推理上，而金乌人早已经能够操纵幻觉。

王贵华回忆着从书本上学来的知识。他知道有一些催眠技巧，可以让人进入幻觉。但那些只是催眠，而不是出眠。似乎催眠需要很复杂和玄妙的技术，而出眠却仅仅需要打一个响指。他不自觉地打了一个响指，自己都觉得好笑：金乌人的手段明显要比催眠师们高得多，普通的感觉刺激在这里完全没有用处。

药物刺激？有些药物能刺激大脑神经，比如罂粟和大麻类植物让人产生幻觉，而咖啡和茶却能让人的大脑无比清醒。高雅妮曾经和他讲过还有个叫乌冥花的根茎提取物能使人的大脑保持极度的清醒，但它同时也让实验的猴子们疯掉了。

王贵华摇摇头，要是小高在身边就好了，或许她有什么好办法。

对了，小高不在这个房子里，是否也在幻觉中？如果在的话，队长、关凯，还有禹工就一定也在幻觉中了。

队长一定有办法的，他想。若是队长他们能走出自己的幻觉，肯定会有办法救出自己的。但是，他突然又想：我不在队长身边，我怎么能帮队长走出幻觉？

王贵华忽然意识到了事情的严重性，如果队长他们走不出自己的幻觉，那么小队岂非全军覆没？我必须要做些什么！

王贵华立即紧张起来，他不能允许这样的事情发生。

王贵华来回走了两步，突然又想起一个关于幻觉的理论。那个理论说，如果人在幻觉中死亡的话，也就会在现实中苏醒。他脑中闪现出一个大胆的想法，既然我确定这里只是幻觉，那么如果我在幻觉中死去，也就能逃出这该死的幻觉。

我得死。

这个想法具有极大的吸引力。如果自己想的没错的话，那么自己将会走出这个幻觉，重新回到现实中，同时，也就能帮助队长他们脱离幻境。

当然，如果自己想错了的话……

王贵华心里斗争着，死，还是不死？

他把自己的思绪再次整理了一遍，上海、南极、金乌船、船上的走廊，然后就是这个房间。不可能的。再说，队长他们又去了哪儿？

是的，这里只能是一个幻觉……一个幻觉走廊。

我得走出去，如果我对了，就可以帮助其他人脱离幻觉，即使错了，死亡和生存在幻觉中又有什么区别。

主意已定，他伸手从平台架子上拿起刚刚出现的一柄锋利的裁纸刀，最后摸了摸自己的喉咙……

章三十二

关凯艰难地睁开眼睛，四周非常的亮，空旷的走廊里空空荡荡，只有他一个人站在中间。

亮光有些刺眼，关凯下意识地想用手挡住光芒，可出人意料的是，他的手无法动弹。

“这是怎么回事？”关凯自言自语道。

他的身体僵硬得像是一块砖，他什么都做不了。这个地方给他一种似曾相识的感觉。记得他是来这里炸掉金乌人的飞船的。刚到飞船上的时候，也是现在这样，空旷的飞船里没有一个人。

但是自己小队里的人也没有了。他们去了哪里？关凯觉得头剧烈地疼痛，他努力地在回忆，但脑海中一片空白。只记得，他看到一个金乌人在眼前的水下翻过，他拿着枪跟了上去，接着自己就什么都不知道了。

需要马上找到小队的其他人。他立即努力地要把胳膊抬起来。但胳膊像是被压上了几吨无形的巨石，不管他如何用力他的胳膊根本不动。

他又用力伸脚，仍然动弹不得。难道是被金乌人抓住了？但自己身上既没有绳索也没有锁链。

等等，如果自己是被金乌人抓起来了，队长他们在哪里呢？他们是不是也跟自己一样在某个地方不能动弹？或者说，只是自己走丢了，其他人还在焦急地找着自己？

虽然不排除前者的可能，关凯还是希望是自己走丢了。

他试图挪动身体，依旧动弹不了。

真是见鬼，自己竟然遇到这样的事情。关凯在心里暗骂了一句。

忽然，一阵声音由远及近。

“大关，你在哪里？”

关凯大喜，是王贵华！

他无法动弹，只好大声地喊道：“我在这里！”

见没有人答应，他扯开了粗嗓门又大喊了几声。出乎意料的是还是没人答应。

周围传来脚步声，凌乱而嘈杂。

金乌人出现了？不行，我得动起来。

“小王，我是关凯，我在这里！”关凯再次喊道。

“小王，你带小高和禹红撤离，我断后。”是李古力的声音。关凯心里“咯噔”了一下，不好！出事了！

随即传来高雅妮的声音：“队长，你怎么办？”

“你们先撤，再迟就来不及了。”李古力命令道。

“可是……”王贵华的语气里都是迟疑。

“执行命令，马上撤，记得一定要找到关凯！”

关凯听到这里，心像是被人揪住了，他立即又大声叫喊，但他的喊声似乎和李古力他们隔了一个世界，因为他们完全没有听到他的喊声。

紧接着王贵华急促的声音在他耳边响起：“小高，禹工，赶快进来。”

几乎同时，一个惊讶的声音喊道：“啊？关凯？”

是禹红，跟着王贵华冲进这走廊里的禹红一下就看到了站在过道中间的关凯。她不禁吃惊地喊了出来。

高雅妮和王贵华也看到了关凯，都吃了一惊。高雅妮急道：“老关，总算找到你了。快，我们马上走。金乌人马上就要追上来了。”

“你们先走，我去帮队长。”关凯说着，就要冲出去。

但他马上注意到不但自己的身体没有移动，王贵华他们似乎也没有注意到他说的话，因为这时他又听王贵华说：“你们先走，我去帮队长。”瞬间，关凯又觉得虽然是王贵华在说话，但这话分明是自己说的。

关凯不知道这是怎么回事，似乎是着了魔了。他努力地尝试着让自己的腿换一个位置，但还是动弹不了。

关凯又要说话，但竟发现自己嘴也没有办法张开了。他心急如焚。危难时刻，自己却毫无作用。

“我说大关，你倒是说句话啊！”王贵华有些急了，朝关凯吼道。

“等等，”禹红忽然说道，“我觉得他好像哪儿不对劲。”

“啊？怎么回事？”高雅妮听到后，马上冲上前去。

高雅妮扒开他的眼睛看他的瞳孔，又抓起他的手感觉他的心跳：“没怎么啊，奇怪……”

“嗨，你是怎么回事？”王贵华冲着关凯喊。

忽然，一阵急促的脚步声传来，王贵华回头一看，只见李古力抓着枪冲了进来。看到关凯，他稍稍一愣，随即说道：“怎么还在这里？赶紧撤！”

高雅妮喊道：“队长，老关不能动弹。”

“那我来背他。我们赶快走！”说着，李古力上前转身就要把关凯背到身上。

关凯动弹不得，只能尝试着用眼神抗议，但是无济于事。没有人看他的眼神。

突然，有沉重的脚步声追了过来。关凯感觉不好，但是已经来不及了！

闯到面前的是四个金乌人。

他们似乎是南极人的翻版，很矮小的身材，但比南极人魁梧而且沉重。他们身着银色的铠甲，不是铠甲，是铠甲做成的长长的羽片。最与众不同的是，他们戴着金色的鸟头一样的头盔。不，不是头盔，那些就是金乌人的脑袋，那鸟头和头盔分明连在一起。

李古力和王贵华一下冲到前面，把关凯和其他人护到身后。

看到这个阵势，金乌人停下了脚步。其中一个用轻蔑的眼神扫了一遍李古力和他们所有人，又看了看其他三个金乌人，说了句什么关凯没有听懂的话。随即，他们举起了手里的，不是，是爪子里的武器。

关凯下意识地要举枪射击，而几乎同时，李古力和王贵华的枪声响了起来。

金乌人似乎并没有被打倒，他们的面目倒是变得异常狰狞。他们的武器发出几声闷响，李古力和王贵华立时栽倒在地。

看到王贵华抽搐的身体，关凯恨不得倒地的是自己。他的嗓子几乎在冒烟，怎么自己就如此无能！不行，我不能站在这里。还有小高和禹工。我得动起来！

关凯痛苦地试图扭动身体，但除了脑袋里还有知觉外，身体的所有部分都不受自己控制。他绝望地就要闭上眼睛。

“那个地球人，和你说话！”一个尖锐的声音响起。关凯把刚要闭合的眼睛睁开，因为这声音说的竟然是他懂的语言。

一个金乌人的鸟头就在自己面前。

“你们怎么进来的？”那个鸟头在问，同样是尖锐的声音，像什么鸟在叫。

关凯没有答复。他不准备回答这个鸟头发出的任何提问。

“我在问你，地球人。你们是怎么进来的？”那鸟头又问。

关凯沉默着。他真想抬手给这个鸟头一枪，把它打得粉碎。

这时，这个金乌人身后的高雅妮悄悄地举起来手中的枪，对准关凯面前的金乌人就要射击。

但这个金乌人似乎看到了脑后的她，根本没有把她当成威胁。他的手向后一挥，他身后的高雅妮一下便飞了起来，随即撞到对面的墙上，沿着墙体摔落下来。见状，没有带武器的禹红当即也扑向这个金乌人，也被他挥手甩开。

“反抗是没有用的。”那个金乌人浑浊的鸟眼还在看着他，等着他的回答，尖锐的声音又重复了一遍，“反抗就是死。你看到了。”

关凯仍然沉默。

“说，你们是怎么进来的？”尖锐的鸟音刺破着走廊里的空气。

关凯抽动着胳膊里的肌肉，他忽然感觉到能控制自己的身体了。他心中狂喜，我能动了！

他收缩着肌肉，积聚着爆发力。

“反抗就是死，好，我倒要死给你看。”

他胳膊猛地一挥，迅雷不及掩耳，他坚强有力的右手已经掐住对面那金乌人没有防护的细小的脖子。他把那金乌人一下提起在空中旋了一个圈，然后把他死命向前方墙上摔去……

章三十三

禹红有些分不清到底是墙上的线条在流动，还是脚下的水波在动，还是自己在动。她只觉得心底有强烈的失落感袭来。她有些想呕吐的感觉。

她闭上眼睛，想让自己晕眩的脑袋清醒一下。

再次睁开眼的时候，禹红感觉头没那么痛了，长舒了一口气。现在终于可以好好回去陪一下自己的丈夫和女儿了。

这是在飞机里边。经济舱椅子间窄小的距离令她觉得有些压抑。禹红随手拿起前面座位后面口袋里的杂志翻了翻，才记起自己是在北京飞往上海的航班上。

飞机在一点点地下降，禹红看向窗外，她突然发现蓝天白云都消失了，能看到的只有水。飞机什么时候飞到水下来了？

“怎么回事？难道上海到水下来了？”禹红的心突然一惊。

“不是上海没有被淹没吗，怎么……”禹红问身边的乘客，但说了一半就停了下来，因为她发现，自己的旁边根本就没有人。

是不是看错了？她揉了揉眼睛，发现自己站在一个房间的窗口边。这是一个高楼顶上的一个房间。从窗口向外看去，海水正不断地朝这边涌来，给人一种深不可测的压迫感。禹红愣了一下，下意识地后退了半步，因为滚滚而来的海水让她又感觉晕眩。

“不行，我得给林克打个电话……”禹红边说边拨林克的手机号码。

没有人接。

禹红挂掉电话，又重新摁了一遍，同样的结果——无人应答。

林克去了哪里？怎么不接电话？思思怎么样了？

她想起自己已经告诉林克赶紧离开上海的，心里稍稍地安稳了一些。也许是在信号区外的原因吧。

但上海不是最后还是没有被淹没吗？

禹红努力地回想着她是怎么知道上海没有被淹没的，因为明显这是一个错误的信息。她需要找出错误的原因。但思索了很久，直到脑袋又开始涨痛，还是没有答案。

突然，她听到有人呼喊：

“救救我的孩子……”

“妈妈，我怕……”

“……”

禹红下意识地回到窗口，只见海水已经涌到窗下，一群人站在不远处一座低矮的老楼楼顶。

她竟然在人群中看到了思思的身影，而抱着她的那个人，不正是林克吗？看着远处熟悉的背影，禹红立即大声喊起来：“思思……林克……”

海浪急速地冲了过去，一个浪头打上了楼顶，顿时有一半的人被冲进了水中。

林克紧紧地抱着思思，水已经没过了他的腰，他上衣的下摆在十月份冰凉的水中漂浮着，林克背对着禹红，抱着思思，似乎在和她说着什么。

禹红挥着手，带着哭腔拼命地呼喊：“林克，思思，林克，思思……”

但是，她的声音被无情的海浪声给淹没。海浪声在掩盖禹红声音的同时，浪中泛起的泡沫也将她的心一点点粉碎。

海水还在继续上涨着，林克紧紧抱着思思，生怕滑倒在水里。而禹红看到林克身边的一个人倒在了水里，再也没有爬起。

“思思，思思，思思……”禹红挥动着手，拼命地喊着。

思思似乎听到了禹红的呼喊，朝禹红这边看来，她似乎看到了妈妈，她“哇”的一声哭了起来，边哭边摇晃着小手：“妈妈，妈妈，妈妈……”

林克正在腾出一只手忙着把外套脱掉，因为如果海水继续上涨的话，他穿着衣服会产生很大的阻力和浮力。他必须站稳在水底下的楼顶，才能不被海水卷走。

思思还在不停地喊着：“妈妈，妈妈……”每叫一声，都深深地刺痛着禹红的心。

林克迟疑了一下，思思边哭边喃喃的和他说着什么。片刻过后，林克回头，看到禹红的一瞬间，他的眼神中闪过一丝光亮。

林克艰难而又缓慢地抱着思思在水中转过身来。禹红终于看到了他们父女俩的脸庞。思思已经不哭了，但挂在小脸上的泪痕让禹红心揪着疼。

“你怎么会在这儿？”林克朝禹红大吼，像是在责备，“你不该回来的，水都淹成这样了……”

禹红来不及去抱怨林克为什么没有离开上海。她俯伏到窗沿，把双手伸出窗外，大声喊着：“林克，给我手，我把你们拉上来！”

林克看了看禹红，又看了一眼隔在他们中间的海水，欲言又止。

海水又上涨了一些。海水已经淹到了林克的胸前，思思的腰部以下已经浸泡在水中。又有人倒在水中。

“不！”看到这里，禹红大叫，“林克，孩子，我们的孩子！把孩子给我！”

林克的身子摇晃了一下，他努力站直身体后挤出一丝笑容：“放心，思思不会有事的。”他又看了一眼相隔在他们中间的海水。

禹红看到这里，眼泪忍不住掉了下来。

“妈妈别哭，思思很乖的。思思会听爸爸的话的。”思思的眼睛扑闪着安慰禹红。

“嗯，思思乖，思思乖。”禹红勉强挤出一丝笑容道。

思思笑了笑，朝禹红喊道：“爸爸也说我乖的。爸爸还说妈妈会回来的。现在妈妈真的回来了……”

正在这个时候，林克身子朝前面一倾，禹红的心立刻提到了嗓子眼儿。

随即，林克又站直了身子，朝禹红笑笑："没事的。"但是只有他知道，如果不是在水里的脚下碰到一个突起的东西，他们就再也站不起来了。

禹红又向他们伸出手去，喊着："你们伸手过来，我拉你们上来！"

林克已经没有力气把思思托上去。他尝试着把思思向禹红推去。

这时禹红已经大半个身子都趴到了窗外。她竭尽全力将手伸向林克。还差不到半米。她又向窗外挪了挪前倾的身子，还是差不到半米她才能够到思思的手。怎么总差那么点距离？她继续向窗外蹭着。

海水在继续上涨，已经淹没了林克的脖子。

禹红再次用上全身的力气向林克和思思伸出手去。但明明就那么一点距离，就是够不着。

思思伸出小手，想要抓到妈妈的手。她刚要碰到禹红的手指，一阵海浪涌来，林克顷刻间便淹没到了水里。

这时，禹红整个的身子都已经在高楼的窗口之外，只有两条腿还钩着窗框，她看着思思的小手一点点在她面前在海水中消失。

她泪流满面，松开了紧紧钩住窗框的脚踝，任由身子在海上漂起……

章三十四

李古力走到楼顶的边沿，海水在脚下涌动着。

那个声音还在柔声鼓励着："跳吧，跳下去。跳下去，一切就都过去了。"那温柔的声音，却似乎是命令一般，令人无法抗拒。

向前一步便是死亡的解脱，退后一步是痛苦的生存。他是执行者，他必须要遵守命令。

一阵狂风吹过，那温柔的声音在狂风中显得有些急不可待："跳下去！跳下去！"

李古力闭上眼睛，情不自禁地抬脚向前，就要跨出最后一步。脚下滚滚的海水向他张开了最宽容的怀抱。

"懦夫！你这个懦夫！"突然有人在喊。

"高雅妮？"李古力心里一震，这分明是高雅妮的声音。这不可能，高雅妮怎么会喊自己是懦夫？

李古力下意识地回头看。身后空荡荡的，没有高雅妮也没有其他任何人。李古力收回跨出的腿。他在纳闷儿："懦夫？我是懦夫？雅妮？"

这时，脑中那个从柔和变得急躁的声音似乎不耐烦起来："快跳，跳下去。你不是要寻找解脱吗？"

李古力突然想起了什么。他迟疑地看着脚下依然滔滔翻滚的海面，努力地记忆着什么。

突然，一艘金乌人的飞船猛地从水下蹿了出来，直扑向他。他倒退几步，猛然警醒："我还没有完成任务，我不能跳。"

他猛地操起手中的枪，没有犹豫，对着金乌飞船一阵射击。但他的射击并没有挡住金乌飞船冲击的势头。金乌飞船从他身上掠过，把他撞得天旋地转，扑倒在地。

不知过了多久，李古力逐渐地清醒过来。他动了动身体，意识到自己正躺在冰冷的地上。

他睁开眼，抬起头，周围金色一片。

"这是哪里？"

李古力从平滑的"玻璃"地面爬起。他看到了"玻璃"下流淌的水波。

"这是什么？"

头痛，无法抗拒的头痛一阵阵袭来，一股强烈的眩晕感直入脑髓。他不自觉地闭上眼睛。眩晕感顿时轻了许多。

"是这水的流动让自己眩晕。"他想到。

他抬起头，再次睁开眼，不看地面流动的水纹。但映入他眼帘的，却是一幅幅诡异的水纹波动，一道道扭曲的线条，在墙上翻动着向前涌去。随即，那强烈的眩晕夹带着呕吐的感觉再次袭向他的大脑。

他再次闭上眼睛。

他定了定神。为了避免视线触及墙壁和地面移动的水纹，他把自己的身体旋转了九十度。他抬起头再次睁开眼睛的时候，看到了自己的队友们。

咦，他们怎么都站在那里盯着墙壁一动不动？难道自己是在做梦？

他想起水纹导致的眩晕，又想，或者目前的一切都是幻觉？他们是不是真实的呢？

李古力不自觉地又闭上了眼睛。他在想，我该如何判断我是在梦中、幻觉中还是在现实中？

他再次睁开眼。这次，他看到了走廊的远处。他想起那是他来的方向。

“对，我应该回去起点。”

章三十五

李古力闭着眼睛顺着走廊往回走。他再次睁开眼的时候，眼角瞄到墙和墙上的线条已经不再动了，地面上也没有水纹的流动。

但他不敢停下，他依然不知道他是否是在现实之中。

他终于走到了传送点。这里，他发现了当初留下的蓝色方块标记。他弯腰拿起蓝色方块，感觉着它的重量。脑中的晕眩和恶心感也都不复存在。

他松了一口气，看来刚刚发生的那一切都是幻觉。梅、海水与自杀，这一切都是在刚才那幻觉中的世界里发生。但是，他怎么可能会被迷惑？

不对，一定是那段走廊的事。那里墙上的线条，那里地面的水纹。李古力又想起刚才的眩晕和恶心。

而队友们还在那里。我得回去。

李古力没有迟疑，又向刚才的走廊方向跑去，不久就看到了还在呆呆地盯着墙面的队友们。

李古力避免着视线和地面以及墙面的接触。他走到关凯面前，推了推他的肩膀。

没有反应。关凯整个的身体像僵在那里，完全没有反应。

他又走到王贵华身边，把手捂住王贵华的眼睛，不让他看到墙上移动的水纹。王贵华一挥手就把他的手打开。让李古力骇然的是，王贵华打开他手的力气如此之大，让他觉得眼前的王贵华已经不是他所认识的王贵华。

李古力看了看不远处的高雅妮和禹红，思索着。

既然可能是墙上那移动的诡异的线条和水纹让队友们深陷幻境，那只有把它们停下，才有可能让队友们脱离幻境。

怎么才能让这个墙停下？

他想到炸弹，但已经没有炸弹，而且，炸弹在这里似乎也没有任何作用。

他想到枪，但他不觉得子弹能给这墙足够的破坏让墙上移动的画面停下。

也许墙上有机关。李古力闭上眼，向墙壁上摸去。顿时，一股很柔软的感觉从手上传来。

李古力加大了力度朝里按去，却没想到顿时里面传出了一阵很强的反震力量。李古力便被这股力量朝后推了一个踉跄，几乎撞到关凯身上。

李古力眼前一亮。他看到关凯身上背着的两支长矛。

他从关凯身上卸下一支长矛，掂量了一下，然后左手握住长矛的中部，右手紧握长矛的尾端。双腿岔开，大喝一声，对着墙体猛地刺去。顿时，几乎整个枪头刺入墙内，而同时，一股横向的力量从矛柄上涌到李古力的手腕上，把他向前带去。李古力没有松手，他使出全身的力气压在矛柄上。

矛柄在两股互相较量的作用力下渐渐弯曲。长矛一端的枪头已经固定在墙上，而另一端在半俯伏身子用力稳住身体的李古力的手中。

李古力面色有些发青，双手也已经不自觉地颤抖起来。一秒，两秒，三秒……他拼死支撑着。

矛柄慢慢地变弯曲着。当矛柄几乎变成了一个接近半圆的弧时，墙上的线条和图像突然停了下来。

李古力稍稍地松了松手，墙上的线条没有移动，而且，自己也没有晕眩的感觉。他知道，自己成功了。

他抵着矛柄又等了一分钟，直到确认矛尖已经将墙上移动的水纹图挡住，才完全松手。

李古力直起身，活动了一下有些脱臼的手臂，他控制住自己有些颤抖的身体，朝关凯他们看去。

他没有想到，虽然墙上的水纹线条都已经停住了，他们还在呆呆地盯着墙看。他们依然沉浸在自己的幻境中，每一个人的脸上写满了痛楚，似触碰到了内心最脆弱的地方。

怎么办？如何将他们唤醒？

他正踌躇着，禹红突然大声哭喊起来，双手向前伸展，似乎要接着或拉着什么：“思思，我的孩子。思思！”她身体向前扑去。

李古力一个箭步冲到她的身边，把她扶住，而没想到禹红就势跌坐下去，李古力刚才已经使尽了全力撑住那矛，一把没有把握住，只能拉着她的手，让她慢慢坐下。

而她软绵绵的身子一坐到地上，眼前一黑，便失去了知觉。

只是几秒钟的时间，禹红就醒了过来。她睁开眼睛的同时，急喊着：“思思？思思？”

“禹红，是我。看这儿，是我。”李古力还握着她的手，半蹲在她身边。

“思思，思思！”禹红似乎没有听到他和她说话，仍然在一遍遍地喊着。

看到禹红一遍遍地喊着思思的名字而完全忽略面前的李古力，李古力突然有了一个主意。他用劲摇晃禹红的手，说：“思思在这里！思思在这里！”

听到这话，禹红顿时停止了呼喊。她瞪起了眼睛，又闭上，又张开，问：“李队长？”

“是我。你刚才看到思思了？”

“是。我看到思思和林克被海水冲走了。”禹红茫然四顾，金色的墙壁让她回忆起这是在金乌人的飞船上。她心里叹了一声。无论如何，刚才海水中的思思和林克只是一场梦，她悬着的心放了下来，同时也看到了关凯、王贵华和高雅妮还在紧盯着墙壁。

“他们这是怎么了？”禹红问。

李古力刚要说话，却听高雅妮对着墙在问：“你们是什么人？”

“李队长，小高这是怎么了，她在说什么？”

“我们大家刚才都被墙上移动的图像带到幻境里了。你我出来了，但他们却还在里边。”

禹红听说，马上就要站起来：“我们去把他们叫醒。”

高雅妮又在喊：“谁敢！都给我住手！”

李古力朝高雅妮的方向看过去，一边回答禹红：“我已经试过了，就是不知道如何唤醒他们。”

“帮帮我，帮我把我爷爷送到医院去。”高雅妮又在哀求。

而此时王贵华那边也出现了状况，只见他突然在自己的脸上狠狠地扇了一巴掌，“啪”的一声脆响后，他便龇牙咧嘴地捂着脸，嘴里嘶嘶地吸着冷气，然后又异常轻柔地揉了揉自己的脸庞，自言自语道：“我就不信了！既然我知道这是幻觉，我就不信我出不去！”

“李队长，小王知道自己在幻觉中？”禹红真真切切地听到了王贵华说的话。李古力也大吃一惊，他意识到王贵华知道了自己在幻觉中正想办法出来。我能做什么帮他呢？

他一筹莫展。

李古力对已经从地上站起来的禹红说：“你先去看住小王，我去看小高。”

李古力知道小高有一个和她很亲的爷爷。不过她的爷爷已经过世了。她曾经告诉他，她爷爷是被气死的，因为他一辈子打理的果园被霸占了。为此，小高忧郁了很长一段时间。莫非她在幻觉中经历着果园被砍伐的过程？

他得把她和所有人尽快唤醒。无论是自己幻觉中的绝望，还是禹红看到思思被海水冲走，或者小高经历着的爷爷的经历，这个幻觉似乎就是让人绝望，让人失去生存的欲望。

李古力赶到高雅妮身边时，高雅妮那早已没有了血色的脸庞上写满了愤怒。突然，高雅妮温柔地朝怀中看了一眼，紧跟着她猛一抬头，环顾四周。她和李古力四目相对，却恍若未觉般地将头偏了过去。

接着，她慢慢地向上抬起右手，对准了自己的脖子掐去。

李古力一把抓住了她的胳膊，用力一拽，便将她的手臂从脖子上拽落下来。随着胳膊的下落，她脸上的愤怒之色也都消失，剩下的是一种深深的绝望，她的瞳孔在放大，眼神变得淡漠。

这时，一声嘶吼回荡在空荡的长廊中。

“不好！”李古力猛回头。

是关凯！只见他满脸愤怒，口中喃喃有词：“反抗就是死，好，我倒要死给你看！”他胳膊猛地一挥，右手似乎抓着什么飞身旋起，但一瞬间，又似乎被什么重重地一击，单膝立时跪了下来。顷刻间他又飞身跃起，一拳又打向前方，但一拳过后，他惊愕地看着前方，似乎发生了他完全不能理解的事情。这时，似乎他再次受到重重的一击。这次，他没有能够站起，颓然倒地。

看到关凯不再挣扎，李古力的心越来越沉。怎么才能唤醒他们？他的脑海中飞速地回忆着自己醒来的细节，与此同时，他紧紧地抓着高雅妮的手臂，生怕她再次做出伤害自己的事情。

看到如此混乱的情景，禹红顾不得太多了，她抓住王贵华的双肩用力地摇晃起来：“小王，王贵华，你醒醒，你醒醒！”

王贵华任由她摇晃着，好像一切和自己无关。

看王贵华那副完全痴呆的样子，禹红不得不放弃努力。她看了看四周，寻找着办法。

这时，王贵华抬手触摸了一下自己的喉咙又放下。李古力看在眼里，觉得他似乎要做和高雅妮一样的事情，赶紧对禹红叫道：“不要让他掐……”

他的话音未落，王贵华的手已经劈向自己的喉咙。禹红一声惊呼，抬手上前阻挡，不料王贵华手上力气奇大，一掌劈在禹红的手腕上，顿时把她痛得捂着手腕“啊”的一声跳了起来，眼泪一下涌出眼眶。

“你怎么样？”李古力马上问。

禹红还在捂着手腕倒吸着冷气。她一边回答“没事，没事”，一边看着王贵华，生怕他再来刚才的那么一下。看到他神色暗淡下去，她不禁暗自庆幸：他要是再来那么一下的话，她真不知道用什么去隔挡。同时，她也暗暗地纳闷儿，这个看起来清秀的小伙子，手上怎么这么大的劲。

章三十六

看关凯、王贵华和高雅妮都已经稳定下来，李古力稍稍松了口气。他知道，虽然关凯他们暂时可能没有生命危险，但是如果不尽早将他们唤醒，时间一长，他们极有可能会彻底地迷失。

“你怎么想？”他问同样在思索着的禹红。

“我？”禹红迟疑了一下，说：“嗯，我觉得把他们三个人聚到一起让他们互相看，他们也许就能醒……”

“为什么？”李古力表示怀疑地问道。

禹红沉吟片刻，说：“我看过一本书里讲到，幻觉这种感受对本人体验而言并不虚幻。也就是说，他们是感觉在自己的真实中。我想，如果我们把他们三个凑在一起，让他们看到彼此，如果能互动起来，他们就会感受到对方的存在，那样就有可能脱离自己的自我幻境而回到现实中来。”

“你的意思是，如果他们能够互相认识，也就会自然醒来？”

禹红点点头，又补充道：“没有别的办法，我们或许可以试验一下？”

“嗯，我们现在就试验一下。”李古力说着，便过去把浑身僵硬的关凯和王贵华扛到高雅妮对面，让他们都能相互看到。

高雅妮无动于衷，王贵华一脸茫然，关凯满脸痛楚。

李古力一时不知如何是好。禹红走过去，对着王贵华的脸招手，说："小王，看到小高吗？"

王贵华没有任何反应。

禹红又走到高雅妮身边，指着王贵华喊："小高，小高，你看小王！"

高雅妮也是没有任何反应。

看他们一点反应也没有，禹红没有了主意，并放弃了去喊关凯的努力。

禹红的呼喊让李古力突然想起了高雅妮的一句怒斥："懦夫！"是她这句怒斥让他感受到了失落的自我。想到这里，李古力不禁想笑，因为他从来没有听过高雅妮会这样说话。

"你笑什么？"禹红看他脸上有笑意，以为他在觉得自己的努力可笑。

"嗯。"李古力不想让禹红知道高雅妮训斥他的事。他有些支吾地回道，"我突然想起了一件事。你想想，我们俩是怎么醒的？"

"嗯？"禹红一时想不起来。

"我当时处于幻境中的时候，是听到有人喊我，让我意识到了我自己的存在。你呢？"

"嗯？"禹红想了想，疑惑地说，"我醒的时候，你就在我的对面。你看到什么了？"

李古力想了想，说："你喊着喊着，就醒过来了。"

"我喊什么了？"

"你一直在喊思思的名字。"李古力脱口而出，突然，他想起了当时的细节，"对了，你喊着思思的名字。我摇晃你的胳膊，你却不醒。后来我说'思思在这儿'，你就突然自己醒了。"

"是吗？"禹红尝试想象当时的情景，她忽然想起来了，"对了，我在海水里寻找着思思的踪迹，后来一个声音告诉我思思就在这里。我感觉我找到了思思，我就醒来了！"

听到这话，李古力心里一怔：答案就应该在这里。只要我们能确定他们在幻境中的环境，给他们想要的答案，他们得到了他们想要的，就能从幻境中醒来。

不错，一定是这样。

“我想我知道答案了。我寻找自我，有人帮我找到了自我。你寻找思思，我帮你找到了思思。我们只要给他们他们想要的，他们就会醒来。”

禹红有些将信将疑。

李古力觉察到禹红的犹豫，说：“不管如何，我们来试验一下。我们来看看他们在想什么。”

他们走到高雅妮的身边。她在想什么呢？她想要什么？

“小高平时最在乎什么？”禹红问。

李古力一下被问住了，小高最在乎什么呢？她的实验？工作？

李古力刚要开口，却听禹红继续说道：“她刚刚哭着要把爷爷送到医院去。你知道这是怎么回事吗？”

“对了。她爷爷曾经有个果园，后来被强迫征用，她爷爷被气生病就去世了。她可能在感受那段经历。”

“那么她会想要什么呢？”

“她爷爷。”李古力接口就说，但话一出口，又觉得不行，“但他爷爷已经过世，我们给不了她。”

“思思也不在我的身边，你也给我了。你就试试看。”

李古力想了想，上前握住高雅妮的手，压低了声音学着老人的语气说：“小高，爷爷在这儿。”

没有反应。

李古力回头询问地看禹红。禹红想了想，说：“不对，她爷爷一定不会叫她小高的。你用别的办法试试。”

李古力回过头去又看着高雅妮，想着如何称呼。他这回用的是自己的声音，他柔声轻轻地呼喊：“雅妮，雅妮，爷爷在这儿。”

高雅妮肩膀微微地一震，但马上又回到了原样。但李古力和禹红都看到了那微微的一震。他们信心立刻大增。

“一定是称呼的问题了。”禹红说，“爷爷还会用什么其他称呼？”

李古力这时心里真是懊悔至极。和高雅妮一起出生入死这么多年，自己却对她了解得太少太少了。而她却时时刻刻地在关心着自己。

“她是哪里人？”禹红打断了他的思绪。

“山东人。”

“山东人管孙女叫什么？”

李古力迟疑着说：“我是北京长大的。”

“你们都是北方人。北方人管孙女叫什么？”禹红有些兴奋。她觉得称呼一对，高雅妮一定就会醒来。

“孙女？小丫头？小妮子？对，小妮子，因为里边有一个‘妮’字。”

“试一下？”

李古力清了清嗓子，开始慢慢地用他磁性的男中音轻轻地喊道：“小妮子，小妮子。”他一边喊一边观察着高雅妮的表情。“小妮子，爷爷在这儿。”

高雅妮的眼睛在眼皮下突然急速地转动起来。李古力看到这个情景，激动地加重了语气：“小妮子，爷爷在这里。小妮子！”

高雅妮的睫毛轻轻地颤抖了一下，眼睛忽然张开：“爷爷？爷爷？”

李古力一下抓住她的双肩：“雅妮，雅妮，你醒了？”

“队长？”高雅妮疑惑地看李古力，皱着的眉松开了一些，“队长？”

“雅妮，太好了！你醒了！”李古力觉得刚才自己有些失态，他松开高雅妮的肩膀，退后了一步。

“我爷爷呢？”高雅妮还是疑惑。

这时禹红走过去，抱住她的肩膀安慰道：“小高，你爷爷不在这里。你看到的爷爷是在你的幻觉里的。”

高雅妮茫然地看看四周，爷爷、黄狗、强盗还有家乡的果园都已经不见了，只有闪着金色的空旷的走廊，还有僵直地站在一边的王贵华和关凯。

她想起来了，自己现在是在金乌飞船中。

“他们这是怎么了？”高雅妮问。

禹红看她已经回过神来，于是放开了她，说：“和你刚才一样，他们还在他们自己的幻境中。”

李古力接口道：“我们刚才都被墙上移动的水波带进幻觉中了。”

“幻觉？”高雅妮顿时醒悟过来，刚才的寻找爷爷和找到爷爷，正是自己从迷幻中醒来的过程，“我们得把他们带回来。”

“是的。”李古力答道，“我们正要想办法呢。”他又看了看高雅妮，问，“你有什么办法没有？”

高雅妮想了想，摇了摇头。

想到高雅妮刚从幻境中醒来，神志一定还没有完全恢复，李古力没有再问，虽然他非常想得到高雅妮的指点，每次有人有病的时候，高雅妮总有办法让人好起来。

李古力走到王贵华面前。

章三十七

高雅妮的恢复让李古力得到了极大的信心，他的想法得到了验证，现在就是要找到王贵华的症结。

“小王知道他自己在幻觉中，他在寻找走出幻境的办法。”李古力自言自语。

“是的，他的原话好像是‘我就不信我出不去’。”禹红应道。

“那么，最简单的办法应该就是告诉他他已经走出了幻境？”

“对。”禹红觉得这个主意虽然简单，但似乎是最好的主意了。他如果自己知道已经出了幻境，就不会再在幻境中打转了。

“我试试。”李古力说。

如何试呢？李古力一时没了主意：直接对他说，你不在幻境中了，还是告诉他，幻觉没有了？李古力觉得这都不是办法。

高雅妮听到了他们的对话，建议道：“队长，小王平时最在意技术方面的事情，能否把这个因素联系上？”

李古力马上想到了“冰川”。在南极人的零号基地得到“冰川”之后，王贵华几乎是捧着捂着像得到了一件宝贝。李古力看到了“冰川”爆炸后王贵华深深的失落感。

李古力想了想，直视王贵华圆睁着但毫无反应的双眼，慢慢地说：“小王，你既然已经走出了幻境，为什么不帮我看看这个‘冰川’怎么操作？”

王贵华显然有了反应，虽然他的眼睛没有转动，但却回答道：“你的‘冰川’怎么了？”

李古力大喜，他退后一步，继续引导道：“你已经出了幻境了，还犹豫什么？我这‘冰川’全息的功能怎么就不好使呢？”

王贵华圆睁着的眼睛突然闭上了，一刻间他又睁开眼睛，这次却不再是无神的目光。他睁开眼睛的同时一步跨向李古力：“你是用错了手了吧？”话音未落，他突然停下跨出的脚，“队长？”

李古力一步上前把他还没落下的腿打落在地，说：“呵呵，小王，欢迎回来！”

王贵华满脸难以置信的样子：“我出了幻境了？”

“是的。小王。你回来了。”禹红高兴地对他笑着说。

看到李古力、禹红和高雅妮都在看着他，而身边的关凯却一动不动地僵直在那里，又看到地上还在流动的水纹和墙上不再移动的线条，王贵华真正地意识到他回到了金乌飞船上了，而关凯却还在幻境里。他发出一连串的问题：“你们怎么出来的？大关呢？他怎么没有出来？我一直在寻找突破口，但是总是绕在里边。我想死了也许就出来了，却怎么也死不了。这里边真是可怕。你们怎么把我弄出来的？”

李古力笑着答道：“是你自己出来的。我只是告诉你你已经不在幻境里边了而已。”

“啊？这么简单？我怎么就没有想到？这么简单我何必还要想死？”王贵华在幻觉中压抑了很久，有些滔滔不绝。

“嗯。先不讲我们。我们先想办法把关凯唤醒。”李古力道。

这次大家一起来到关凯的身边。王贵华上前就掐关凯的胳膊，李古力阻止他，说：“没用的，不要掐他。”

王贵华想了一下，也对，自己在幻觉中还掐自己来着。既然自己是被告知不在幻境中就醒的话，我也来告诉大关。于是他对着关凯的耳朵低声喊道："大关，你出了幻境了，你醒来吧。"

禹红看着王贵华的举动，觉得有些幼稚。她又看李古力，问："小王他这是？"

高雅妮接话道："小王可能还没有恢复到原先的神志吧。"

李古力说："我们想想关凯现在最想要的是什么。"

"你还记得当时他说什么来着？"禹红问。

"嗯，好像是说什么死给你看？"

"死给谁看？"

"从他的动作上看，他似乎是在搏斗。如果是搏斗，应该就是金乌人了。"李古力推测着。

"那死给谁看怎么解释？"禹红又问。

高雅妮插嘴道："按老关的性格，他打不过就会拼命的，所以就说'死给你看'，给金乌人看？"

"对，他好像是没有打得过。"禹红想起关凯跌倒在地的样子。

李古力沉吟了片刻，说："似乎应该是这样，他在和金乌人搏斗，不能得胜，所以在殊死一搏。这个情况，我们怎么办？"

"死给他看？"王贵华插嘴道。

禹红觉得这王贵华是怎么了，怎么这么颠三倒四的？但李古力却有了主意："他要的是打败金乌人！要让他知道他没死，金乌人死了。"

高雅妮立即赞同道："对。对。"她顿了一下，好像自言自语，"怎么告诉他呢？"

李古力已经有了主意。刚才唤醒高雅妮和王贵华的过程中，他已经意识到只要和金乌人制造的这个幻境中的人就一个他最关心的事情有一个直接的交流，就能把他带出幻境。这个过程事实上非常简单，当然，如果大家都在幻境中的时候，由于幻境都是相对独立的，所以所有人都无法走出。

他让大家退后几步，因为他不知道关凯脱离幻境时，是否会有暴力的举动，因为如果他觉得自己还在搏斗的话，就一定不会和平地出来的。

李古力用急促的语气对正低着头的关凯喊："关凯，金乌人死了，你来看。"

关凯明显地有反应：他的眉头一动。

李古力又喊："关凯，金乌人死了，你快看！"

关凯猛地抬头看前面的墙，什么也没有看到。他一个左转身看向左前方寻找摔出去的金乌人，却看到了李古力。

"队长？你怎么在这儿？你没有死？金乌人呢？"

王贵华这时冲到他面前："大关，队长哄你来着。没有金乌人，你刚才的都是幻觉！"

"幻觉？"关凯有些不知所措，喃喃地问。

"是的，关凯。"李古力上去拍打了一下关凯的肩膀，"我们都被墙上移动的水纹迷惑进幻境了。不过我们现在都好了，没事了。"

关凯仍然有些迷惑。他看看王贵华，又看看李古力和禹红。最后把眼光放到高雅妮身上，眼中带着问号。

"是的，老关。"高雅妮走到他面前，看着他的眼睛说，"没事了，老关。我们都没事了。"

看到在知识方面他一向佩服的高雅妮这样说话，关凯"哦"了一声，没有再吭声。

这时高雅妮转过脸来："不过真的好可怕。我到最后就完全想一死了之了。"

"是吗？我也是。"禹红回忆道，"当时我拉不到思思的手时，我就彻底绝望了。"

"我也这样，"李古力说，"当时我也绝望了，站在楼顶就要往海里跳。现在想起来真的不可思议。"

王贵华见关凯还没有说话，就问："你呢？"

"我？我没有想死。"关凯毫不犹豫地说。但他想起来他最后的一击，又说，"不过我也知道，我那样做必死无疑。"

"你呢？小王，你知道你在幻境中想什么了？"

王贵华刚才一直在听大家的经历，他已经完全从幻觉中恢复，他似乎有了什么新的发现。听禹红问他，他回答道："我当时出不来，就想着死就是唯一可能出来的方法了。如果没有出来，看来死的话就只会是死在里边了。”

听王贵华这么说，高雅妮道：“看来金乌人就是要我们在他们的幻境中一死了之啊。”

这时，王贵华终于明白了他刚才的新发现到底是什么，喊道：“我知道了！”

禹红以为他还在幻想，问他：“知道什么了？”

但王贵华这次没有一点含糊：“我知道这是怎么回事了。这个走廊，”他指着地面大家脚下还在流动着的蓝色波纹，说，“这个走廊的地面是不动的，但地面下的蓝色水波似乎在向前流动，这让我们感觉我们相对静止在一个桥上一般。但又没有桥，结果我们的思维就开始不确定，不知道我们是站在静止的地面，还是站在流动的水波里。”

“但我们进到这个走廊里的时候，并没有进到幻境里去呀？”高雅妮问。

“是的。我们走到这里面，一贯的思维只是开始松动，并没有进入幻境。我们是后来才进到幻境里的。”王贵华说着，走到前面还插在墙里的长矛处，用手小心地拉了拉矛柄，矛柄轻轻地前后晃了晃。他看了眼李古力，自信地说道：“看到这个长矛了？应该是队长干的。队长显然用这矛尖把刚才移动的墙抵住了。”

“移动的墙？”关凯问。

“嗯，也不是，是墙上移动的画，就是那些线条，那些和地面上这些水波差不多的波纹。那些线条当时也在向前移动，而且速度时快时慢，和我们脚下的线条的速度明显地不一致。”

“是不一致。但不一致怎么了？”禹红问。

“我们看着地面和脚下的流水感到头晕，这好比我们站在一座桥上，看下面流动的河水，看的时间长了，我们会突然不知道是我们在动还是河水在动。那么，墙上线条的移动让我们本来就开始失去对动静判断的大脑失去了最后的对相对动和静的判断的能力。也就是说，我们在桥上，已经觉得心慌，不知道是自己还是河水在动，而这时，我们发现手上把着的桥的栏杆也动了起来。那一刻起，我们的大脑失去了正常的思维能力，我们把自己扔进了幻境。”

“你是说我们就做起了白日梦？”关凯问。

“不是梦。梦不是幻觉，因为人在做梦时不是醒着的。而我们一直是醒着的。幻觉和真实感觉几乎一样。”

“那你是说我们是自欺欺人了？”禹红问。

“也不是，幻觉也不是自我欺骗。自我欺骗的感觉是真实的感觉，但我们给了它它原来并没有的意义。就比如说你在晚上看不清一件物体，是因为黑暗，但你的大脑里出现了一件完全不存在的东西，并且让你自己相信你想象出来的就是真的。”王贵华说完停顿了一下，看大家没有提问，便继续道，“回到幻觉，幻觉可以是任何一种感觉状态，包括视觉、听觉、嗅觉、味觉、触觉、身体的整体感、平衡感还有温度感。所以说，我们在幻境中的时候，一切都是非常真实的。我在幻境中的时候，知道我在幻境中，一切都非常真实。当然，我在里边的时候，的确是被困住了，因为我们的大脑被双重的相对静止所迷惑。”

“双重的相对静止？你的概念？”高雅妮问。

“是的。”王贵华答道，“站在桥上看下面的河水，这是单层相对静止。在这个状态，你把握住一个栏杆，或者是参照物，你就能稳住你的感觉和思维。换句话说，一旦当你不知道是你动还是河水动的时候，你只要看桥的护栏，你就不会进入幻觉，因为你知道护栏是桥的一部分，而护栏不在移动。而双重相对静止状态，就是你站在桥上，不知道是你在动还是水在动的时候，你发现你前面的护栏也在和桥与水以不同速度在移动着。这时，你就完全失去了感觉上的平衡。而金乌人，”他左右看了看空空的走廊，“明显地利用了这一点，并用不知道什么东西，把我们的思绪往‘死’里推。”

“这些线条移动起来代表死亡？”高雅妮有些不敢相信。

“嗯，我也不知道。但结论是很明显的，我们最后都选择了死亡，不管是什么方式。而且，我知道的，队长无论在什么情景下都不会选择死亡的。”说着，王贵华瞄了李古力一眼。

李古力没有吱声。

“无论如何，我们已经出来了，也多亏队长。”王贵华又瞄了一眼李古力，似乎总结着他的发言，“但这幻觉走廊真的是非常可怕，这金乌人到底是什么样的人呢？”

“他们是一群长着鸟头的人，大小和南极人差不多。”关凯应道。

“幻觉走廊？”禹红同时在问。

“你哪里看到的？”王贵华没有理会禹红的问题，急问关凯。

关凯笑道：“在幻觉里。”

王贵华嘴一撇：“和你讲正事呢。”

李古力这时开口说话了：“小王刚才讲的很有道理。但既然我们已经走出了幻境，那我们就赶快离开这个幻觉走廊吧。我们继续向前搜索，下面如果碰到类似情景，大家小心并相互提醒。”

大家应道：“是！”

“那我们走！”

篇六
2.5度空间

章三十八

从幻觉走廊出来，李古力有些心有余悸。

无数次与死神擦肩而过，但刚才发生的，无疑是最诡异、最可怕的一次。

看不到的敌人是最危险的敌人，心理武器是最有效的武器，前方势必有着更大的危险在等着他们。

李古力提醒着自己，一定要把持好自己，带着队伍随时应付任何突发事件。

这层船舱跟大家一开始在飞船外围见到的情景基本没有区别，走廊呈轻微角度的弧形。

大家小心戒备着往前搜索前进，走出不到两百米，走廊的情形发生了很大的改变，外侧的墙壁虽然还是保持着原来的弧形轨迹，但内侧的墙壁却慢慢地失去原本的平滑，渐渐地开始变得平直起来。

再往前走，更大更明显的角度变化出现在大家眼前，一个九十度的转角正静静地等候在走廊的尽头。

经过幻觉走廊，大家心中早已打起了十二分的精神，看到前面的情况有异，当下谁也不敢掉以轻心。

他们小心翼翼地走到转角处，当把视线看向左边的时候，大家震惊了。转角过后依然是长长的走廊，他们左右两边的墙壁和头顶的舱壁上，却有无数大大小小的管道从墙壁里伸了出来，这些管道不但大小形状不同，就连颜色也有区别。它们与墙壁的接合非常紧密，没有任何接口或是焊缝，似乎原本就是一体。它们顺着墙壁往远处铺展，不同管道之间有的还互相盘绕，像是一棵巨大的植物的发达根系。

“这是干什么用的？”关凯吃惊地说。

没有人能够回答他。王贵华把耳朵贴在墙壁上，皱着眉头仔细地听了一会儿，摇了摇头。

“发现什么了吗，小王？”李古力也急切地想知道这些管道的用处。

“一般来说，这些管道既然是从墙里伸出来的，就说明这堵墙的后面有什么机械设备，或者管道里会流着什么东西，但为什么一点声音也没有？”王贵华纳闷儿地说。

“会不会这些只是金乌人用来输送线缆的管道？”关凯猜测说。

“要是那样的话，你不觉得这些管道太粗也太多了吗？”王贵华分析说。

“那这些管道有什么用？”

“不知道，如果是在地球，我还能根据管道的材料或者颜色来做出判断，但在金乌人的船上，我真的不知道如何判断。”王贵华叹口气说。

大家继续往走廊深处走去，红、金黄、绿、蓝等颜色各异的大小管道在大家身边绕出各种奇怪的形状，大家越往里走，越觉得有些说不出的压抑。

王贵华非常奇怪，他发现这些管道太不可思议了，它们不但没有任何可以显示温度或气压的仪表，甚至连一般管道的接口也没有。它们完全超越了地球上任何一种管道制作工艺，每一根管道无论怎么盘绕曲折，都是完全的一根到底。真难以想象它们当初是怎么安装上去的。

虽然不知道这些管道是做什么用的，但王贵华还是觉得这么多的管道势必有非常重要的用途。

“你觉得这些管道通向哪里？”李古力问正满脸疑问的王贵华。

“不知道，”王贵华顺着管道向前看去，“不过我觉得顺着它们走下去应该能有所发现。”

“它们会不会连到金乌人的动力系统？”关凯问。

“不排除这种可能，”王贵华说，“既然他们能从遥远的宇宙飞过来，肯定应该有一套复杂的动力系统，这些管道或许真的和他们的动力系统有关。”

李古力没有再问。他对大家说：“保持队形，我们继续沿着管道方向搜索。”

一路向前，差不多十分钟后，前面的走廊往左边分出一条岔道，管道顺着多出来的那条岔道拐了一个弯，往岔道的深处延伸过去，而正前方的走廊裸露出它两边的墙壁。

大家相互看了一眼，都顺着管道小心翼翼地向左走上岔道。

几百米后，有些管道开始先后又钻进了墙壁。再往前走，更多的管道钻回了墙壁，到这条走廊的尽头，所有的管道都消失了。

然而，展现在大家面前的是比刚才的管道更让人吃惊的画面！

走廊的尽头是一个大概有两百多平方米的圆形空间，空间的中央是一个巨大的类似玻璃材质的透明圆形立柱，这个立柱占了空地面积的十分之九，唯独在四周留下一条一米宽窄的圆环过道。

透明圆立柱泛着淡淡的绿色，乍一看好像立柱里边的空间是绿色的。巨大的立柱里边还套着一个小一些的同样的透明立柱，这两个立柱笔直地立在空地的中央，直刺进舱顶。从立柱可以清楚地看到，它们并没有受到舱顶高度的限制。它通过舱顶的一个洞口继续往上延伸。

最让人惊奇的是透明立柱里边的情形。在大立柱和里边的小立柱之间的空间里，刚才的那些管道又从地下钻了出来并形成一个凹凸的彩色地面，然后钻进里边的小立柱里，并在里边支撑起一个巨大的金属质感的机器。

“那是什么东西？”高雅妮好奇地问道。

“所有管道都连到它上面去了。”关凯说出了他所注意到的。

“或许它就是这飞船的动力装置，不然这么多管道连着它做什么。”王贵华有点不确定地说。

大家走上前去，打量眼前巨大的淡绿色透明立柱。

禹红摸了下柱体，有些惊讶地问：“这是什么材料做的？怎么摸上去还有柔软感？像是软塑料？”

王贵华用手指敲了敲，却是敲击在硬塑料上发出的“啷啷”声。他说：“怪了，这么软怎么会有‘啷啷’的声音？”

“不会吧，软的？”关凯上前用力量按了一下，透明立柱立刻凹下去一块，他继续用力，却感觉到一股远远强于自己力量的反作用力把他的手给弹了回来。

“真是奇怪了！”关凯说道。

大家绕着透明立柱外围的过道搜索了一圈，原本指望有门之类的东西进到立柱里边，结果却连个通风口都没看到。

这情况令人不知如何是好，而这时从立柱里突然传来了一阵快速的沉闷的敲击声。顺着声音看过去，所有的人大吃一惊。

禹红竟然站在大立柱的里边，她正惊恐万分地拍打着面前的立柱！

李古力大吃一惊，刚才他光顾找透明立柱上的入口，竟然完全没有注意到禹红进到了立柱里边。这是怎么回事儿？

他看王贵华，而王贵华也在看他，显然他也不知道是怎么回事。

禹红还在第一层立柱里拼命地叫喊着，奇怪的是，虽然她拍打立柱的声音能够传出，但她喊叫的声音大家却完全听不到，只能看到她的嘴一张一合。

李古力朝立柱里的禹红喊道：“禹工，别着急！等我们想办法！”

立柱里的禹红一脸迷茫，她用手指指自己的耳朵，似乎也听不到李古力的声音。李古力无奈，只好用手势示意里边的禹红冷静。

这时关凯提起枪，示意禹红站得离立柱边远一点，禹红心领神会，立刻往一边闪去。

关凯挥枪用枪托朝立柱体猛击，谁知枪托和立柱体接触的瞬间，他竟然像被人反推一把，“噔噔噔”连退几步，差点摔倒在地。

“这是什么东西？”关凯吃了大亏，有些难以相信地看着立柱说。

“大家不要急。”李古力提醒大家。

“那怎么办？”高雅妮禁不住还是问。

李古力沉思片刻，朝立柱里边的禹红一个字一个字地问：“禹－工－你－是－怎－么－进－去－的？”

禹红显然知道李古力在对她讲话，她注视着李古力的嘴型。等李古力喊了三遍，她终于明白了他的意思。

禹红伸出食指指着立柱外面的过道。

大家朝禹红指着的地方看去，没有看到任何异常。

大家刚要回头再看禹红，眼前一闪，只见禹红就站在那里。

“这是怎么回事？”王贵华瞪大了眼睛，说着跑到禹红身边。

禹红自己这时也呆住了。她看看自己的身体，又看大家，说：“怎么回事？我……我也不知道。”

李古力也难以置信地问：“禹工，你是不是刚才碰到了什么？”

“没有啊，”禹红惊魂未定，说，“刚才我就站在这个地方，看里边那个东西，想怎么才能进去……”

禹红话音未落，大家眼前又是一闪，禹红不知怎么穿进了透明立柱里！

“开什么玩笑！”王贵华倒吸一口凉气。

王贵华的一口凉气还没吸完，禹红又从透明立柱里穿了回来。

这下大家彻底地傻了。李古力好像明白了什么，他一把将禹红从她站的位置拉开。

“这是怎么回事？”关凯不知问什么好。

禹红满脸既惊讶又尴尬，她看着被自己震慑住的大家，连忙解释说：“我也说不清楚。”

李古力却从刚才发生的事情中看出了端倪，说：“禹工，你是怎么从里边出来的？”

“我一着急，要出来，就出来了。”

李古力点点头，指着刚才禹红站过的那个位置说："我知道了，这里大概有类似南极人传送装置一类的东西，但这个完全是靠意念操作。"

大家都听得目瞪口呆。

王贵华上次被屏幕吸进去一回，他隐约觉得李古力的猜测是正确的。但上次他之所以能够被传送，可能是因为他的手稀里糊涂地触发了那个屏幕上的传送功能，而他实在不能相信，仅凭一个念头就能穿透进面前这个鬼才知道是什么材料做成的巨大的立柱里。

王贵华自告奋勇地站出来说："队长说得对不对，让我来试试就知道了。"说完，他就站到刚才禹红站的那个位置上。

大家目不转睛地盯着王贵华，都准备看他重演刚才禹红创造的奇迹。

谁知等了半晌，也不见王贵华的身体有半寸的移动，关凯看得有些着急了，便催促说："小王，你倒是快点啊。"

王贵华一脸严肃地盯着面前的透明立柱，两条眉毛几乎皱到了一块。他又盯了足足有十秒钟，便准备放弃："我穿不进去。"

"你不行？"关凯看着王贵华说。

王贵华见关凯不信，便一连对着透明立柱说了三遍"我要进去"。他还是站在原地未动。他无奈地朝大家摊摊手，表示自己无能为力。

大家又都把目光转回到禹红身上，禹红思索再三，然后说："不如让我再试一次。"说着她小心翼翼地站过去。刚一站直，还没等大家眨眼，禹红便神奇地在原地消失，已经在立柱里边了。

关凯见状好奇心大发，他模仿禹红的样子站到传送点，集中精神想要穿到里边，但身子丝毫未动。

"奇怪，难道这个东西还能分辨男女？"关凯挠着头说。

这句话提醒了高雅妮，她站了过去，嘴里似乎念念有词，过了一分钟，她放弃了希望。

"这金乌人真是鬼得很。"王贵华眯着眼睛仔细打量把禹红隔在里边的立柱的材料。

经过刚才反复的穿进穿出，禹红现在已经很镇静了。这时她的目光被面前立柱上端离地面大约 2.5 米的一个火柴盒大小的矩形所吸引。这个矩形只是在透明立柱上一个浅浅的刻痕，不仔细看的话很难发现。

犹豫了一下，禹红还是忍不住伸出手触碰了一下。

章三十九

奇异的事情发生了，只见这个矩形的四边发出一阵耀眼的光芒，矩形如同溶蚀一般慢慢地匀速扩大。

李古力在外面看到，马上低声喊道："大家小心！"

大家立刻后退一步，注视着矩形在立柱上的扩大。几秒钟后，矩形的光芒散去，一个差不多高三米、宽一米的开口出现在立柱体上。

"门？"王贵华吃惊地说。他上前用手中的枪朝"门"试探地伸过去，果然，是门。

禹红还呆呆地站在那里，显然她没有意识到自己刚才那一按发生了什么。李古力第一个从门口跨进立柱，大家随后跟了进去。

刚才在立柱外面因为有那淡绿色的立柱挡着，并不能很真切地看到立柱里边的情形，进到里边李古力才发现，眼前的景象比在外边看起来要震撼得多。他们脚下踩着无数汇聚而来的管道，这些管道铺设得很有规律，粗大一点的管道之间的空隙都用小一号的管道填满，所以踩在上边行走并不困难。

“里边这个机器到底是干什么用的？”李古力摸着里边那层要小得多的立柱疑惑道。

“你们看，”王贵华指着脚下的管道说，“这个机器应该是一个能量中心。它产生的能量通过这些管道分流到飞船各个地方，从而支持整个飞船的运行。”

“但这能量怎么产生的？”禹红看着静静的管道和机器，有些怀疑。

“会不会是核动力？”王贵华说。

“不可能的，”高雅妮否定了王贵华的说法，“要是这里边是反应堆的话，我们早就有麻烦了。而且你们看，检测仪并没有检测到任何辐射。”高雅妮拿着 NB01 让大家看上面的读数。

“那这里边是什么东西？”关凯问道。

“不管怎么说，这里是金乌人的动力中心也许没错。只是他们可能有更先进的能源。”高雅妮解释说。

关凯这时突然想到了什么，说：“如果这里是金乌的动力中心，是不是只要我们把这里给炸了，他们就完蛋了？”

李古力点点头，说：“没错，我也这么想。但问题是我们带来的炸弹在这里边都炸不起来。”

关凯从腰上拿下一枚破片手雷，说：“这个我们还没有试过呢。你们都出去。”

李古力觉得这个手雷应该不至于一次就彻底炸毁这个巨大的动力中心，不过可以先试一次。于是提醒关凯道：“关凯，你小心点！”

关凯点点头，打了个没问题的手势，说：“你们就瞧好吧！”

关凯看大家都退出了透明立柱后，拔掉手雷上的拉环，把手雷扔到管道组成的地面上，然后迅速从“门”里撤了出来。刚出来，身后的“门”竟然莫名其妙地立刻合上了。

这时，手雷爆开了，无数的弹片弹射出来，打在透明立柱上又被弹到了地上，对管道和立柱本身都没有造成任何破坏。

关凯不由大失所望：“又白白浪费了。”

李古力上前拍拍关凯的肩膀，说：“别泄气，我们进去看看，说不定还有其他办法。”

这次还是禹红先进去，触发柱体上的矩形，打开第一层立柱上的门，让大家再次钻进立柱里。

李古力走到手雷爆开的地方，发现手雷实际上没有爆炸，因为除了手雷碎片，里边没有炸药爆炸的痕迹。但他也意外发现，脚下一条胳膊粗细的管道居然破开一道口子，里边向外释放出了一点灰尘般的东西。

“一定是弹片击穿了管道！”关凯兴奋地说。

王贵华从来没见过那些灰尘一样的物质，忍不住弯下腰就用手去摸。

李古力立刻拦他：“小心！”

王贵华反应过来，立刻缩回了手。他把手中的步枪端好，用枪头去拨那薄薄的灰尘。

顿时，枪头部分变成了炽烈的红色，竟像是要熔化了一般。

王贵华立刻把枪收了回来，心中大骇：“幸亏没有用手摸。”但随即他又兴奋地说，“是热能！有热能就能产生动能！这里肯定就是他们的动力中心！”

李古力看了看地上密密麻麻的管道，沉声说：“看来这里虽然可以吸收爆炸产生的化学能量，但弹片的物理能量却能产生破坏力。关凯，你有几枚手雷？”

“五颗，但破片手雷就那一颗。”关凯有些沮丧地说。

李古力略有迟疑，随即似乎下了决心，说：“我们回南极取炸弹。”

章四十

顺着管道往回走，大家很快就回到幻觉走廊。李古力不由得停下脚步。看他停下，大家也都停了下来，等待着他的指令。

“这里就是刚才的幻觉走廊了。大家注意，尽量闭眼向前走，睁眼时也不要看两边或地面。”李古力吩咐道。

听到大家应声确认，李古力第一个走了过去。

高雅妮走在王贵华身后，闭着眼睛走了几步，微微睁开眼睛看路，刹那间怔住了：大家怎么都变了？

前面的李古力等人消失了，而代替他们的，是他们在一个平面上的身体，似乎都被镶嵌在玻璃之中，身体扁平，所有人没有先后之分只有大小之差。

高雅妮的脸色顿时白了，她觉得又回到幻觉中了。她用几乎变了腔调的声音大声喊道：“队长！队长！”

听到喊声，李古力回头睁眼看，也顿时愣住：

后面的人都消失了，不对，不是消失，而是都进到一个巨大的平面图画中去了。图画上王贵华的面孔和身体还可以看到，但却只是他的身体轮廓在这个平面图上，而其他人明显被前面的王贵华挡住了一部分的身体。高雅妮只有半个身子在王贵华的右边。

李古力觉得不好，觉得又要回到幻觉中去，下意识喊道："大家回我话。"紧接着，他喊道："高雅妮！"

平面上的高雅妮脸上嘴的线条动了一下："是，队长。"

李古力又把所有人的名字喊了一遍，得到所有人的回应确认后，他才定下心来。他闭了闭眼睛，重新睁开，希望前面平面上的人体线条变回到真实的人来。但前面还是那个平面和上面的人体线条。

这时，那些人体线条有了明显变化。四个人的线条都出现在了平面上。高雅妮的身体轮廓最大，眼睛也最大，但她的眼睛成了一上一下两条线和中间的圆圈。平时高大的关凯却显得比她小许多，他的右肩上斜出一条直线，那应该是他挎在背后的长矛矛尖。

"大家不要慌。关凯，你看到什么？"

"你们都像压到玻璃里边去了。"李古力听到他回答，同时注意到他的身体轮廓在变大。

"你在动？"李古力又问。

"是，我听到你的声音，想走近你。"

"不要动。"李古力赶紧说，"大家都不要动，停在原地，等我们弄清楚怎么回事再动。"

"队长，我们好像被压到二维平面中了。"王贵华喊道。他看到前面只有李古力和高雅妮的身体轮廓线条，李古力的国字脸是一个不规则的长方形，两只眼睛是两个圆圈，鼻子和嘴唇都只是线条印刻在李古力的脸上，而右前方的高雅妮只是身后的轮廓。

"二维空间？"李古力问。

"稍等，队长。"王贵华说着转身向后看，想弄得更明白后再解释。后面是禹红惊恐的面部表情，由一些线条刻在一个平面上，而她左边的关凯，则比她的身体轮廓要小。他似乎明白了。

"大关，你看到我了？"

“是的。”关凯答。

“你看我是否比禹工小？”

“是的。”

“队长是否还要小？”

“是。”

“禹工，你说一下我和队长的位置？”王贵华又问禹红。

最初听到大家对话，禹红怀疑是否又进入了幻境，但身边没有思思和林克，而且大家的说话也正常，禹红意识到这不是幻境。

但不是幻境这又是什么呢？她看着前方的人体线条，回答道：“你在我右前方，队长在更右边。”

“我的身体轮廓比队长大？”

“是的。”

“嗯。我们的确不知怎么进了一个二维空间。”王贵华说着，转回身对着李古力说。

平面上高雅妮的脸部线条在李古力眼中扭动起来：“你是说我们不是在幻境中？”

这次是王贵华脸上嘴的线条在开合：“我们不是在幻境中，我敢肯定。问题是我不知道我们怎么就被压到一个二维空间来了。”

“你给大家解释一下怎么回事。”李古力说。

“二维空间就是一个简单的平面，好比是一个没有影子的图画。我们的正常世界是三维的，换句话说就是立体的。我们现在在二维世界里，所以我们看别人，都像在一个平面的画里，一个没有影子的画里。在这个画里，离你近的人一定看上去比离你远的人要大。而且，你看所有东西，一定都是平面的。”

听到这话，关凯下意识地低头看自己的双手，他发现自己的双手竟然如同折纸的线条。他试着抬起手臂，发现虽然所有的感觉还在，但看上去却像是从墙上飘下来的剪纸上的一些线条。

关凯又低头看自己的身体，他吓了一跳。

地面仿佛就在自己的鼻子底下，身体几乎完全不见了，只能看到有一些线条在地面上。他感到脑袋就要发晕，于是用脚使劲跺了跺地，同时抬起头来看前面。看到前面李古力和其他人的线条仍然在刚才看到的平面里，他心里虽然镇定了一些，但仍然有些沉不住气："队长！我们怎么出去？"

"小王，你有没有办法让大家脱离这个二维空间？"李古力没有回答关凯的话，他问王贵华。

王贵华支吾了片刻，说："没有。目前没有。"

李古力想了一下，说："大家不要慌，保持注意力。我们既然不在幻境中，就一定能出去的。关凯，你试着接近小高，小王，你试着接近禹工，看你们是否能拉到她们的手。"

话音落下，李古力眼前平面上的线条顿时乱了起来，一时辨别不出任何人的线条。过了片刻，扭动的线条终于停了下来，四个人的轮廓线条也再次显现。同时，属于关凯嘴的线条动了起来："队长，我抓不到小高。"

"我也抓不到禹工。"

"我也拉不到老关。"是高雅妮的声音。

"我也是。"禹红补上一句。

李古力有些失望。他刚才指望大家能靠拢到一起，能互相抓住，这样万一有谁出现问题，其他人即使闭着眼睛也能帮助。看来这个办法行不通。但为什么行不通呢？

他看着前面平面上大家的身体轮廓线条。这时王贵华的轮廓最大，他朝王贵华走去。

"队长，你在移动？"王贵华问。

"是的。我在走向你。"李古力答。

"小王，队长在朝你走去，你不要动。"高雅妮说。

"我没有动啊。"王贵华回应道。

"那我怎么看到你的轮廓在变小？"高雅妮说。

王贵华很惊愕："我在变小？"

高雅妮说道："是啊，你变小的话，不就是离队长远了吗？你不动怎么会离远？"

王贵华打断她："等等，那谁在变大？"

“老关，”高雅妮回应道。

“我在变大？我没动啊？”关凯嘟囔道。

这时李古力问：“小王，你没有移动？你在变大，但我怎么就碰不到你？”

“稍等，队长。”王贵华突然喊道，似乎是恍然大悟，“我明白了。”

“明白什么了？快说！”高雅妮问道。

王贵华说：“我好像找到了一个规律。”

“什么规律？”

“就是一个人动的话，所有的人都会动。”

“怎么可能？”

“是的，刚才我们谁都没动，只有队长动了，但对于小高来说，我也动了，大关也动了。我相信在小高眼中，禹工也一定动了，不是吗？”

“是的。你快说，什么规律？”

“规律就是，动的人就是这里的参照物。只要这个人动了，那么其他的人就随着这个动的人变大或者变小。”

“这个似乎有道理。但如果是所有人都在动呢？”

李古力替王贵华答道：“那就是一团乱麻。我刚才看到了。”

“是的，动得慢的话，我们的线条轮廓就会急剧变大变小，动得快的话，就应该是一团乱麻了。想象这应该又是金乌人的事，它就是要把我们的神志搞乱。但起码这次，我们没有上当。”

听到王贵华的分析，大家心里踏实了一些。高雅妮问李古力：“队长，那我们现在怎么办？”

李古力想了想，说：“我们走出这段走廊也许就没有事了。我们向前移动。”

章四十一

大家开始小心翼翼地向前移动起来。

高雅妮一边走，一边默默地计算步伐和距离。自己迈出一步的距离大概是七十厘米，已经向前走了五十步了，那就应该是三十五米了，差不多应该已经通过了这段走廊了，怎么还没有出去？她又闭着眼数着走了三十步，睁开眼，眼前仍然只有线条，她有些慌神："队长，不对啊。我已经走了五十米了，应该已经出了这个通道了。"

王贵华有些泄气地接话："我们被这个二维世界困住了！"

"但二维世界会有声音吗？"李古力问，"声音似乎应该只属于三维世界。"

"也对呀。"王贵华急速地思索着。二维世界是一个平面的世界，这个世界只有线与面，所有东西都在一个平面上，没有厚度，没有高度。既然没有了真正的空间，声音也就不能得到传播，所以声音也就不会存在。而且，如果我能在这个平面上看到其他人，而且能看到其他人变大变小，也就是移动，那么我就不应该属于他们那个世界，也就是说我并不在他们的二维世界里。但他们也在平面上看到我，也看到我的移动，那么对于他们，我是在二维世界，但他们又不和我同在一个二维世界。这样的话，是不是说，我们每个人都有一个自己的二维世界？但如果是这样的话，又怎么解释我们能相互说话，而说话的声音又只能在三维世界才能实现？

他越想越急，越急越想。李古力没有听到他说下去，觉得不对，立刻喊道："小王，回我话！"

王贵华的思绪立刻被李古力打断。他回答道："队长。"

李古力听到他回话，稍许安心。他说："我们现在要想的，是如何走出这段走廊，大家看有没有什么办法？"

"如果我们是被我们的视觉所迷惑的话，最简单的办法就是闭着眼睛走了。我是闭着眼睛走的，但似乎却像在原地没动。禹姐，你试试？"高雅妮说。

禹红把眼睛闭上，又似乎怕走廊里的光透过她的眼皮，于是把手也捂上眼睛。她走了几步，睁开眼，放下自己的手。突然，她发现了什么，又把手捂到眼睛上，来回了几次，她喊道："我看到我的手了。"

王贵华有些不以为然，"我们都能看到自己的手。"

"不是，"禹红急道，"我是看到自己的手了。"看大家没有响应，她又说，"你们自己试试看，把手贴近自己的眼睛。"

李古力看她说得认真，便把手放到鼻子上，突然，他意识到禹红说的是什么了，自己的手指是立体的，他放下手再放到眼睛前，的确是立体的。他心中大喜，道："我的手是立体的。"

王贵华也做了这个实验，也在困惑："难道在一定视觉距离内，三维是存在的，而一定距离外，就是二维世界了？但这又如何解释闭着眼我们也走不出去呢？"

"是不是因为没有参照物？"李古力想起先前王贵华说的参照物的事。

"嗯。对，闭着眼睛不需要参照物，但如果我们有什么来确定方向，我们就能走出去。"

"墙？"关凯问。

"对。墙。"王贵华兴奋地应道，但马上又泄气，"我们怎么才能找到墙？”

“如果我们都互相抓不到，谁能摸到墙？”李古力觉得不行。

王贵华一想也是，更是泄气。

“我有个想法。”禹红说。

“什么想法？”李古力问。

“刚才小王说了，三维在一定距离内是存在的，比如我们的手，而你又说我们需要参照物，那么，如果我们把手放在眼睛前做参照物的话，我们应该就能正常地走了。”

“但我们还是在二维世界里呀。”李古力怀疑道。

“听我的。大家把手紧贴眼睛，跟着我走。”禹红忽然命令道，她的语气坚定而生硬，令人无法拒绝。

“啊？听你的？”高雅妮忍不住问了句。

“是，听我的就是了，总之跟着我就能让大家出去！”禹红高声喊道。

关凯不屑道：“你个女人家，能做什么，别成我们的累赘就不错了！”

“女人家怎么了？你们男的有几个成事的？”禹红针锋相对。

关凯毫不退让：“你倒是成事给我看看。”

王贵华劝道：“你们吵来吵去干吗呢？”

禹红轻蔑地看了一眼王贵华声音方向的线条，鄙夷地说：“你不是很会研究吗？现在怎么没本事了？一个大男人，关键时刻不做出点行动来，埋怨起来倒是挺有一套的。”

王贵华不再做声。

禹红把手捂到脸上，眼睛看着手指和指缝边缘的阴影，说：“大家把手放到眼睛上看着自己的手指，跟着我的声音走。”

高雅妮不知如何是好，有些茫然地对着眼前平面上不同形状的线条，小声问：“队长？”

“听禹红的吧。”李古力似乎不想争执。

章四十二

走着走着，王贵华第一个喊了起来："我们出来了！"

其他人赶忙放下捂在脸上的手，发现一切都正常了，又能看到彼此了。

"真的出来了！"关凯不可思议地看着四周和队友们。

"队长，队长，我们真出来了！"看到李古力不再是一些线条组成的平面画，高雅妮兴奋得要跳起来。她跑到李古力面前要抓他的手，但是出乎意料的是，她伸出手，却够不到李古力。"咦，队长，我怎么抓不到你的手？"她顿时又慌了神。

李古力回答的语气似乎不那么肯定："我们可能还在里边？"

看到这个情景，王贵华分析道："对，我们还没有完全出来。这个我也预料到了……"

关凯听到这里，不禁大怒："你早就预料到了为什么还说'出来了'？"

禹红在一边干咳了两声，道："都别吵了！不管如何，我们是出来了。这次之所以能够从二维空间走出来，全是我的功劳。"说罢，禹红扫视了一下四周，像是在确定是否所有人都听到了她的讲话。

“你不会是疯了吧？全是你的功劳？”关凯不敢相信禹红这样说话。

禹红用不屑的眼光看了他一眼，道：“你不也是跟着我出来的吗？”

关凯恶狠狠地瞪了禹红一眼，无话可说。

片刻过后，禹红得意地笑了一下，随即将目光转向默不做声的李古力，道：“李古力，怎么样，还是我行吧？”

高雅妮站在一边，不解地看禹红：“禹姐，你怎么这样跟队长说话？”

李古力先是看了一眼高雅妮，又看看其他人，还是没有说话。

禹红冷笑一声：“队长？他这样的人配当队长吗？就连简单的二维空间都不能把我们带出来，还当什么队长！”

没有听到任何反驳，她继续道：“大家都安静，我有件事情要宣布。”

高雅妮疑惑地问：“禹姐，你有什么事情要宣布啊？”

“高雅妮，你问什么问啊？她说要说自然会说。”王贵华说完，回头转向禹红，“禹工，你要宣布什么？”

禹红没理王贵华，将目光停留在李古力身上。

李古力看到禹红看他，没有说话，低着头看地。

关凯不耐烦道：“喂，你还说不说？”

禹红扫视了一下众人，说：“从现在起，我来担当小队的队长。”

“什么？你当队长？”高雅妮张大了嘴巴，她下意识地看了看李古力，希望他说话。

禹红冷冰冰地看了一眼李古力：“他技术方面的问题不如王贵华，医学方面不如你，武器方面跟关凯根本没法比。你们说，这样的人怎么能当队长？”

高雅妮若有所思道：“这倒也是……”

听到禹红夸赞自己在武器方面强于李古力，关凯把背上的长矛拿下，舞了舞，说：“就是。看到先前没有？我一下就把插在墙里的矛拔了出来。”

这时，高雅妮走到关凯面前，关切道：“关凯，你怎么这么让人不省心啊？万一被长矛伤到怎么办？”说罢去拿关凯手中的长矛。

关凯紧紧抓住长矛：“我只不过是比画比画，怎么会伤到？”

“关凯，这就是你不对了，就算你伤不到你自己，万一不小心伤到小队的其他人怎么办？”高雅妮耐心解释道，试图再次去拿他手里的长矛。

“就是，你整天就知道打打杀杀的、舞枪弄棒，去杂技团最适合不过了！”王贵华道。

“我就是愿意，你管得着吗？”

王贵华小声嘟囔道：“你靠武力行事，我靠头脑，我俩真的根本就不是一个档次。”

虽然王贵华说话的声音很小，但还是传进了关凯的耳朵里，他对王贵华喊道：“你再乱说，小心我打你满地找牙！”

王贵华摆摆手：“哎，看来的确是这样啊，跟你这样的粗人，没道理可讲！”

“粗人？你说谁是粗人？”关凯愤怒道，就要去抓王贵华，却扑了个空。

高雅妮赶忙劝架：“关凯，你别生气啊，都是自己人，何苦这样呢？我可不愿意看到你们任何一个人受伤，现在我们还在金乌人的飞船上，万一受伤了可不好哦！”

“就算受伤也是他受伤，你别多管闲事，小心我连你一起打！”关凯收回身形，恶狠狠道。

高雅妮委屈地看了一眼关凯，她没有离开，而是伸开胳膊挡在王贵华面前：“你不可以打他！”

“高雅妮，你闪开，小心我连你一起打！”

章四十三

“不，不可以！”

关凯被她堵得没话说，心想这个女人今天怎么这么烦人：“我看，不给你点颜色你是不会闪了！”说罢，关凯上前就去推高雅妮。

但是，他什么也没有碰着。

关凯不可置信地站在那里，不知所措。

高雅妮高兴地跳了起来：“哈，关凯，我就知道你打不到我！”

“你疯了吧！”关凯说罢不再睬她。

“都别忘了我们要做什么！吵来吵去的怎么回上海！”禹红生气地说道，说完大步向前走去。

“就是，说好了炸飞船的，没拿到炸弹就吵来吵去。高雅妮，你烦不烦啊，别挡在我前面。”王贵华不满地看了一眼高雅妮，“等我们拿到炸弹炸坏了飞船，还有很多东西等着我去研究呢！”

王贵华伸出手，想将高雅妮推开，但是他没有碰到她，只好闪身从高雅妮旁边走了过去。

高雅妮跟上走在前面的李古力，问："队长，我们现在回南极吗？"

"嗯，是的。回到南极，拿到炸弹后炸掉飞船，我们的任务就完成了！"李古力淡淡地说道。

高雅妮点点头。

"高雅妮，你过来下！"走在最前面的禹红停下脚步，转身看着高雅妮。

高雅妮"哦"了一声，大步朝前走去："禹姐，有什么事吗？"

禹红冷冷地看了一眼高雅妮："高雅妮，你刚才叫李古力什么？"

"队长啊？"高雅妮好奇地看着禹红。

"从现在开始，他不再是队长，我是队长。刚才你没有听到？"

高雅妮略一迟疑，说："是，队长。"

禹红拍拍手，道："大家都听我说，以后大家都叫我禹队长，李古力是我们小组的一个成员，听到了没有？"

突然，"啪"的一声枪响，众人吓了一跳，一看原来是关凯在用枪射击舱壁上的屏幕。他们已经回到外层原来经过的屏幕那一段走廊了。

"关凯，你为什么开枪？"禹红皱起眉头。

关凯拿起枪再次对着大屏幕，扣动扳机，子弹打了出去。他看了一眼禹红，道："我还不信了，怎么就打不破！"

这时王贵华的声音传来，循声望去，王贵华低头看着地上的冰川碎片，自言自语道："真是可惜，真是可惜了。"

看到这个情景，高雅妮像是突然记起了什么，她走到王贵华面前："王贵华，你的手还疼不？拿来我检查检查。"

王贵华伸出手，道："好了，没事了。不信你看看，我把绷带也拆了。"

高雅妮想要帮王贵华查看一下伤口，但是她够不到王贵华的手："奇怪，怎么还是够不着呢？"

王贵华也满脸疑惑，但是他很耐心地等着高雅妮给自己做检查。

"一点小伤，不用太在意！"关凯站在一边说道。

"不是这样的，关凯，就算是小伤，也得定期多检查，这样才安全。"高雅妮耐心地解释道。

“对了，不知道那个飘浮的家伙哪里去了。”王贵华嘴里嘟囔着。

“对啊，那个东西不知怎么样了。”高雅妮附和道。

“喂，都听到刚才我说的话了？以后我是队长，管我叫禹队长！”看到所有的人都没有在意自己，禹红又扯起嗓门喊起来。

“嗯，禹队长，问你个事，那个雾一样的薄片的那个东西，你说它会去哪里了？”高雅妮问。

“我怎么知道！”禹红没好气地回答。

“哦，我也是不知道才问你的，要不我们一起问队长？”

禹红被高雅妮的那个“队长”气得没话说，摆摆手，道：“我没兴趣，要问你自己问。”

高雅妮点点头，走到李古力面前：“队长，你说那个雾片哪儿去了？它没水喝了，会不会死掉？”

“应该不会吧。它们在这里生存了很多年了。”李古力尝试着解释道。

高雅妮似乎很满意这个答案，她随即微微一笑，道：“队长，还是你好，只有你不对我凶。”

李古力点点头，对大家说：“我们继续……”

“我们继续赶路。”禹红没等李古力说完，对大家喝道。

章四十四

禹红走在最前面，不时回头看大家是否跟上，并不住地催促。

不一会儿，他们都看到了留在传送点的蓝色方块。

“大家靠近点。”禹红招呼大家，“别掉在外面。李古力，拿来。”

“什么？”李古力疑惑地问。

“传送器。”

“传送器？”

“我是队长，这些东西就该由我来拿着。”

李古力看了一眼禹红，从口袋里拿出传送器递给禹红。

“禹队长，你这样是不是有些不讲道理啊，传送器在队长那里怎么了？”高雅妮道。

“不用你管。我是队长，我就必须拿着这个。”禹红说着，两眼死死盯着李古力手中的传送器。

“你拿着有用吗？上次都怪你，按错了按钮，弄得我被落在飞船上，多亏我命大，要不然……”王贵华不满地说着。

“王贵华，你什么意思，你以为我想把你再落在飞船上面吗？那是你不注意，怨不得别人。”禹红说着，狠狠地瞪了一眼王贵华。

关凯不耐烦了：“不就是一个传送器嘛，至于这样吵吵闹闹的，给她不就行了！”

高雅妮也小声道：“队长，给她吧！”

李古力听话地点点头，将传送器递给禹红。

看到李古力肯交出传送器，禹红连忙伸手去接，边接边说道：“李古力，这就对了。一切行动要听指挥。”

“怎么回事？”禹红发现她伸手过去，李古力也把传送器递了过来，但她就是够不着。

李古力不知所措地站着，拿着传送器的手僵硬在那里。

“李古力，你不想把它给我吗？”禹红质问。

“我没有。”李古力回道。

“你明明就有，你这是嫉妒！”

“我真的在递给你。”李古力回道。

高雅妮在一边轻轻地提醒道：“禹队长，我们相互够不着的。”

“不行，我必须拿到这个。”禹红再次伸出手去。

还是够不着。那传送器就在李古力举着的手上。

“要不，我们先回南极，回头再交还给你？禹队长？”高雅妮建议道。

禹红似乎也没有其他办法，便说：“好吧，按照高雅妮说的，先下飞船。”接着她又指挥道，“每个人都站好。李古力，按按钮。”

李古力按下传送器的按钮，蓝光启动。

高雅妮担心地看了一眼站在最后面的王贵华：“王贵华，你往里面靠，站到光圈里，别再落在飞船上了！”

“不用管他！李古力，再按一次！”禹红又指挥道。

禹红等人一现身，张大明就迎了上来，但没等到他说话，禹红就喊道：“张大明，我们回来了！”

张大明愣了一下，随即应道：“你们辛苦了！情况怎么样？”

禹红点点头："嗯，我们需要炸弹！"

"炸弹？怎么回事？"张大明好奇地问，同时打量着众人。

"是。要炸弹。对了，我们都累死了，我们得休息一下。"禹红显得极为不满地大声吵嚷着。

"是啊是啊，我们得休息休息。"高雅妮亦是不满。

没等张大明回答，关凯一声大叫把他吓了一跳："我不管，我要炸弹，赶紧给我炸弹！"

"好吧，你们先去休息，回头我去拿炸弹。"张大明边说边让大家走出传送点的蛋形空间。

走到门口的时候，关凯没有弯腰，于是头碰到了门的顶部。他大吼起来："这门怎么回事，这么矮，我的头都被碰痛了！"

高雅妮关切地看关凯，道："关凯，你怎么样？我帮你看看？"

"不要管我，我要把门砸掉！"关凯怒喊道。

李古力看着他们，什么话也没说，只是低头看了看拿在手里的传送装置。

"砸砸砸，就知道砸。"王贵华不满地小声嘟囔着。

说话间，关凯已经开始满地找砸门的东西，高雅妮跟在他的身后，"关凯，先别忙，我帮你看看你的头，好大一个包呢！"

关凯不理她，继续低头找着。

张大明看着他们，无奈地摇了摇头："这里没有砸门的工具，要不这样吧，你们先歇息一下，我让别人帮你找，等讨论完我们的事情，你再砸门也不迟。"

张大明抬手不知对着什么叽里咕噜说了几句话，即刻就来了一个南极人，张大明指了指门，又说了几句没人听得懂的话。那个南极人点点头，然后匆匆离开了。

关凯还在到处乱转，张大明对他说："我已经让人去找了。"

关凯用不信任的眼神看着张大明。

"关凯，张大明教授的确已经让人去找了，那人已经去了。你看。"高雅妮说。

关凯顺着高雅妮指的地方，看到了那个南极人的背影。

高雅妮笑嘻嘻地说："我就说吧，他不会骗你的。"

众人点头表示赞同。关凯看到大家的反应，满意地点点头。

"都别吵了，我们说正事。"禹红说，好像忘了刚才她说要休息的事。

"李队长，刚才我听禹博士说你们需要炸弹，能给我说一下是什么情况吗？"张大明看到众人稍微平静了一些，问李古力。

李古力回答道："是这样的，我们在南极人的飞船上找到了南极人的动力中心，但是……"

还没等李古力说完，禹红就不满地喊了起来："李古力，别忘了，我现在是队长，所有事情我来告诉张大明！"

听到禹红这么说，似乎犯了错似的李古力立刻不再说话。

张大明迟疑地看李古力，又看禹红："哦，对不起，禹博士，能告诉我飞船上都发生了什么？"

禹红瞥了一眼张大明，道："请叫我禹队长。"

张大明脸上满是奇怪的神色，但他镇静地继续道："禹队长，请问下动力中心是怎么回事？"

禹红听到张大明这样叫自己，满意地点点头："嗯。我们在飞船上发现了金乌人的动力中心，但是我们现有的炸弹不足以将飞船炸毁，所以回来拿炸弹！"

"动力中心？"张大明有些不可思议地看着禹红。

"是的，我好不容易找到的。"禹红高兴地说道。

"那不是你一个人找到的，是我们共同的努力好不好？"王贵华听到禹红的话后，不满道。

"没有我带大家进去，你们还在外面转悠呢。"禹红打断王贵华的话，狠狠地瞪了他一眼。

王贵华听到禹红的话后，不再做声。

"那个动力中心是什么样的？"张大明问。他一时还没适应称禹红为队长，但随即补上了三个字："禹队长。"

"那里有个很大的机器，很多管道，而且外面有罩子罩着。"禹红说道。

"机器？管道？什么样的？"张大明赶忙追问。

“机器就是机器，还有管道。”禹红似乎不知道如何解释。

“是这样，里边有个像灯泡一样的机器，连接着很多大大小小的管道。关凯还把一个管道打破了。”李古力说着，朝关凯看去，关凯这时脸上有着明显的骄傲神气。

张大明的目光随即转到李古力身上：“那机器有什么反应？”

“什么反应也没有。所以我们回来拿炸弹。”禹红似乎很不乐意让李古力继续说下去。

“你们还看到其他什么了没有？”

“我们还看到了一个雾片。最后雾片跑了。”高雅妮有些兴奋地叙说道。

“什么雾片？”张大明不解。

“那时候王贵华的手受伤了，我用盐水给他消毒，结果一片雾就从盐水瓶里冒了出来，还想打王贵华来着。”高雅妮说道。

王贵华低头看了看自己受伤的手，没有出声。

张大明听到这里更加疑惑了，这些人怎么了？前言不搭后语，所有人的性格都大变，他们到底经历了什么？

他迫切需要知道真相，但他没有直接追问，而是很自然地将对话继续下去：“打王贵华？”

“对，打王贵华。然后关凯就开枪打伤了它，它就跑了。”

“怎么跑的？”

“飘跑了。”

“飘跑的？”

“对啊。我们就追。接着我们就追到幻觉走廊里了。跟着我就看到了我爷爷，差点我们就死在里边了。后来队长就救我们出来了。”

禹红听到这里，不满地看了一眼高雅妮：“高雅妮，请注意了，现在我是你们的队长。而且，是我把你们从幻觉中救出来的，不是我们的小队成员李古力，他只是在协助我工作。”

高雅妮不满地嘟起嘴。

禹红看了一眼高雅妮，又看看李古力，道：“我们每个人都需要知道自己的位置，不是吗？”

李古力默不做声。

“嗯，不错。”禹红似乎对李古力的反应很满意。她打量了一下李古力，似乎是打量自己手下的士兵。突然，她的眼神明显地发生了变化。张大明顺着她的目光看去，他看到了还在李古力手中的传送器。

“怎么了，禹队长？”张大明有些好奇。

“李古力，把它还给我。”禹红说。

李古力有些局促，他把传送器递了过去。

禹红伸手去接，但没有接到：“怎么回事，你还不想给我？”

李古力有些迷茫：“没有啊。”

“禹队长，你怎么回事？是你自己拿不到，为什么怪他？”高雅妮看到李古力受了委屈，便冲着禹红喊。

“难道是我的错？我是队长，我会有错吗？”禹红针锋相对。

眼看大家吵了起来，站在一边的张大明似乎明白了什么。他走到李古力面前说：“李队长，你把这个传送器给我吧。”

李古力点点头，把传送器递给张大明。

张大明伸手接住，然后递给了禹红。

大家看愣了：这是怎么回事？张大明怎么能接住？而且，禹红也接住了张大明递给她的传送器。

接过传送器，禹红问道：“张大明，现在可以给我们炸弹了吧？”

“这个……还得等下。这样吧，我去准备炸弹，你们先去休息室休息，好吗？”张大明很小心地询问禹红。

“好，你马上就去准备。”禹红回答。

“我的意思说，我先带你们去休息室。”张大明又说。

禹红摆摆手：“不用了，我们在这里等就行！”

张大明还想说什么，但没有说，转身离开了。

章四十五

看到张大明离开，众人更少了拘束。

“哎呀，站了这么久，累死我了！”王贵华抱怨道。

“是啊，好像也饿了。”高雅妮跟着抱怨。

禹红摆摆手，道：“大家听好了，现在我们好好休息一下，等张大明拿来炸弹，我们就去炸金乌人的飞船。”

“是的，现在得保存好体力。”关凯回答。

“嗯，累死了！”王贵华又抱怨了一句，看周围没有凳子或者椅子，就想坐到地上，但他突然发现身体无法弯曲，坐不下去。

“咦？我怎么坐不下去？你们能坐下吗？”王贵华喊道。

“怎么会？”高雅妮不相信地看了一眼王贵华，正想坐下，却发现自己身体完全弯曲不了。

其他人也发现了同样的问题，他们都无法坐下。

高雅妮急了，带着哭腔说：“我的身体怎么就弯不了呢？”

关凯有些不耐烦：“坐不下就站着，哭什么哭！”

“雅妮，坐不了就先别坐了。”李古力看到高雅妮快要哭的样子，过来安慰道，他伸出手，却始终够不到高雅妮的肩膀。

高雅妮感激地看了一眼李古力，说：“队长，我真想坐一下，我好累。”

禹红听到高雅妮又喊“队长”，高声干咳了一声，表示自己内心的不满。

“你想坐下就坐啊，别老是抱怨。抱怨能管什么用？”关凯说道，似乎他也因为坐不下而恼火。

高雅妮像个赌气的孩子，不再答理谁。她试着下蹲，但腰部怎么也弯曲不了。几次尝试没有成功，她不禁哭出声来。

“高雅妮，你哭什么？”禹红好奇地问。

“哭就哭，有什么好问的。”高雅妮边说边用手背擦眼泪。

“我是好心好意关心你。好吧，你就哭吧！”禹红气冲冲地走开了。

王贵华走了过来：“高雅妮，你也会哭啊？”他似乎有些幸灾乐祸。

“雅妮，不哭，没事的。”李古力劝道。

“别哭了，不就是坐不下嘛！”关凯看了一眼高雅妮。

或许她自己哭一会儿就会好的，可是别人这么一安慰，高雅妮却越发想哭。

这时候张大明回来了，手上拿着个圆形的东西。

“禹队长，高博士怎么哭了？”有了之前的经验，张大明径直朝禹红走来。

禹红本来就被高雅妮的哭泣弄得心烦意乱，现在张大明又来问，她不满地挥挥手：“我怎么知道，她坐不下来就哭，也不听劝。”

“她是不能坐下，是吗？”张大明似乎明白怎么回事似的，问道，“你们没有办法弯腰或者是坐下？”

“嗯。也不知道是怎么回事。不管她了。你把炸弹拿来了？”

“是的。”张大明给她看手上的东西。

禹红有些怀疑：“能管用吗？之前那个什么 N7 和 S9 的，都没用。”

“这个和以前的完全不同。这个是 2DD，一定有用的。”张大明耐心介绍道。

“2DD？这是个什么新东西？拿来我看看。”关凯凑过来问。

张大明把炸弹递给他。

关凯接过，看了看，皱眉道："这个炸弹容易粘吗？别再让我们白忙活一阵。"

"粘？粘什么？"

"就是粘到墙上或者是那个柱子上啊。"

张大明完全不知道关凯在说什么，但现在这些都不重要。他说："一定有用。这个我是完全确定的。你们赶快动身吧。"

"如果上去不好用怎么办？回来找你算账吗？"王贵华边说边用不信任的眼神看着关凯手中的2DD。

"就是，我们可没那么多的时间来浪费。"感觉王贵华的话不无道理，关凯说道。

"嗯，请放心，这个一定会解决问题的。你们出发吧。"张大明眼神中都是催促。

"不管那么多了，上海还等着我们呢。先拿上去炸，炸不炸到时候不就知道了？"禹红说。

"就是就是，还是先去炸吧。"王贵华附和道。

"张大明，这个炸弹怎么用？"禹红问。

张大明笑了笑，说："禹队长，2DD炸弹的使用方法跟普通的炸弹一样，关凯是这方面的专家，他会懂的。"

关凯点了点头。

"嗯，好吧。不过这一个炸弹应该不够吧。再拿一些来吧。"禹红看关凯手中的2DD，怎么也想不通就这么一点炸弹就能把金乌人的大飞船炸掉。

"这个炸弹绝对够的，你们用了就知道了。出发吧。"张大明耐心地解释道。

"嗯，这样啊。"禹红点点头随即又摇摇头，"不行，我不管，你去给我们多拿几个来。"

"我们就只有这一个。绝对够用的。时间不早了，你们早去早回。"张大明虽然还是耐心地解释着，但似乎有些着急。

"这么厉害的炸弹，你为什么不早给我们？"关凯质疑。

禹红看了一眼关凯，随即反应过来："是啊，怎么不早拿出来给我们？是不是还有比这个更厉害的炸弹，有没有？"

张大明这时似乎很有些哭笑不得："禹队长，这个是最厉害的炸弹了。先前我是舍不得用掉，所以没有拿出来。"

"哦，是这样。"禹红似乎相信了张大明，"那我们现在就回金乌人的飞船吧！早炸了飞船，上海的水问题也就解决了。"

"好的，那你们就出发吧。"张大明说道。

"好，大家出发，回金乌人飞船。"禹红说道，但是刚走几步，她就停了下来。

"还有什么事吗？禹队长？"张大明问道。

禹红看了看关凯："关凯，把炸弹给我。"

关凯不满地看着禹红："为什么？"

"因为我是队长！"

关凯似乎想争执，但转念一想，要动手的时候你还得靠我，于是一边说"好吧"，一边就要递给禹红，但这时张大明及时地出现在他们俩之间，接过关凯递出的 2DD，然后随手递给了禹红。

禹红接过炸弹，说道："我们出发！"

章四十六

回到金乌飞船，禹红冲在最前面，直奔动力中心。

“快点，大家快跟上。我们一会儿就能把飞船的动力中心给炸了。”禹红在前面兴奋地叫嚷着，还时不时地回头，朝跟在后面的人招手。

王贵华一听“动力中心”四个字，一下子来了精神，“对了，大家知道动力中心的原理吗？我猜应该是这样的，首先……”他又要向众人滔滔不绝起来。

“闭嘴。”关凯喝道，没有停下脚步。

高雅妮看到王贵华可怜兮兮的样子，感到心中不忍，便朝王贵华招了招手，安慰他：“小王，别睬他。你和我说。”

王贵华斜了一眼高雅妮，有些不屑地转过头，又把眼光移开。

李古力此时已是队伍中最安静的一位了。自从禹红剥夺了他的指挥权，他便一直沉默地跟在队伍后面。

“怎么还没到啊？我们要不直接在这里炸了得了，省得麻烦。”关凯在不耐烦地说着。

“关凯，南极人说我们必须到金乌人的动力中心，才能实施爆炸的。”禹红很有队长风范地朝关凯喝道。

“好吧，好吧，当我没说。”关凯耸了耸肩，有些不以为然。

众人也不知道走了多久，突然，前方传来了禹红有些激动的声音：“大家注意了，前面就是幻觉走廊，经过它我们就到动力中心了。”

“明白。”众人答道，但没有李古力的声音。

“李古力，你听到没有？”禹红转过头，有些不满地看了李古力一眼，沉声说道。

“听到了。”李古力低声说道。

“禹队长，能不能休息一会儿再走？我累了。”高雅妮有些可怜地看前面禹红的背影。

“不行，先忍着，知道吗？”禹红头也没回地答道，“前面就是幻觉走廊了，大家都随我进去，记住千万别停下看墙。”说完，她便率先朝里面走去。

一走进幻觉走廊，一股强烈的眩晕感朝众人袭来，但还好，大家并没有再次被卷入幻境。

众人在幻觉走廊中走了好一会儿，正觉得奇怪怎么会这么长的距离，突然“轰”的一声巨响，夹杂着似乎是玻璃碎裂的尖锐声音钻入了众人的耳朵。

“卧倒！”不知是谁喊了一句，大家便条件反射地卧倒在地，但已经迟了，大家随即眼前一黑，全都失去了知觉。

不知过了多久，大家慢慢地恢复了知觉。

“咦，这是怎么回事？我们不是去炸动力中心的吗？炸弹怎么在这里就炸了。”关凯有些茫然地从地上爬起来，看了看四周，有些不解。

“我也不清楚。大家都没事吧？”李古力缓缓地从地上爬了起来，朝众人问道。

“没事，队长。”关凯、高雅妮、王贵华连忙回答，但是唯独没有听到禹红的声音。

“禹红呢？”李古力四处察看，却看见禹红仍趴倒在地。他心想，不好，刚才是禹红拿着炸弹的，莫非……

他赶到禹红身边，正要检查她的体征，高雅妮也赶到了。

“队长，禹姐的生命体征一切正常。”她轻声说道。

“那就好。不知她什么时候能醒？”

“队长，应该很快。”高雅妮刚说完，禹红便慢慢地睁开了眼睛。她脸色苍白，痛苦地揉着脑袋，从地上坐了起来。

“禹红，你没事吧？”李古力关心地问。

“嗯。发生了什么？队长？”

李古力刚要回答，关凯插话道：“队长，这个炸弹没炸。”

“没炸？”

“是的。你看。”关凯把2DD递给李古力。

李古力接过2DD，没有发现什么异样。

突然，王贵华好像发现了一个奇迹，他朝坐在地上的禹红喊道：“禹工，你坐着？”

禹红茫然地看他。

王贵华看大家没有明白他的发现，又跑到李古力面前伸出他的手，说：“队长，抓我的手。”

李古力一时没有反应过来，但很快他也意识到了王贵华的发现。他伸出手抓住了王贵华的手。

王贵华像得了奖的冠军一样，举起李古力的手，说：“大家看到了吗？”

关凯不解：“看到什么了？”

“我抓着队长的手了！”

“对啊，我们能相互接触了！”高雅妮也兴奋地喊道，这才意识到她一直在扶着禹红的肩膀。

关凯也意识到了，他刚才把2DD递给李古力来着。但他转念一想，又问：“我们不是又回到幻境里了吧？”

王贵华稍一犹豫，松开李古力的手，但随即，他强调道：“不是。我们应该是回到现实中来了。”

“怎么说？”

“让我想想。让我想想。”王贵华在众人周围转了两圈，似乎开窍地说道，“我知道了。”

“知道什么了？快说。”高雅妮催道。

“我们刚才听到那些响动，然后我们就晕过去了。我们醒来后，一切就都正常了。我们能坐下了，能相互接触了。”

“是的。”李古力点头鼓励他说下去。

“在这之前，我们能相互看到，但不能相互接触。而上次我们在这里的时候，我们看不到任何人，大家都好像在一个平面的画里，我们成了线条。”

王贵华说罢顿了顿，看大家聚精会神在听，于是继续道：“我们当时是被压到一个二维世界中去了，而在这个二维世界中，我们自己又都独立地存在于三维中。换句话说，我们是在一个二维世界中的三维世界看二维世界。”

“小王，慢点，你太绕了，能不能简单点？”高雅妮打断他。

“嗯。嗯。”王贵华搔了搔头，苦笑道，“还真难简单起来。具体我回头再解释，先让我说完。”

李古力对高雅妮说：“好，让小王先说完。”

“在那个世界中，空间和距离都已经不是我们熟悉的空间和距离了，而且，我们的个体对于别人来说似乎又是在一个独立的二维。由于这个原因，我们不能相互接触，而且，因为是在一个二维世界，我们的身体也不能弯曲。空间和距离的扭曲，还有其他我现在还没有想到的因素，又导致了我们性格的变异。”说到这里，他朝禹红看了一眼，继续道，“比如禹工成了队长，小高喋喋不休，大关暴躁好斗……”

高雅妮又打断他：“就你好，一切正常。”

王贵华有些不好意思，搔搔头，继续说：“我也不怎么样。不过，我想说的是，刚才我们在那个空间里感性被无限放大而理性无限缩小，使得我们像一群无头苍蝇。”

“你才是无头苍蝇。说下去。”关凯抗议道。

“我们在那种情景中回到了南极。张大明教授他们一定发现了什么，于是他们给了我们那个 2DD，催我们回来。”

“为什么？”

“因为这个 2DD 应该不是什么炸弹，而是一个破坏器。嗯，是个 2.5 维空间破坏器。”

“2.5 维空间？”李古力问。

“对，或者叫 2.5 度空间。就是我们刚才经历的那个情景。”

“又是你起的名字？”高雅妮好奇地问。

“是。是我刚想起来的。2.5 度空间。”王贵华明显很满意自己的命名，“无论如何，我刚才说到这个破坏器。”他从李古力手上拿过 2DD，“这个应该根本不是什么炸弹，它应该是南极人给我们的一个专门对付这种空间的武器。嗯，这个 2DD 一旦感应到 2.5 度空间的存在，它就启动，然后就把这个空间破坏了。我们在脱离这个空间的时候，我们的大脑可能受到了什么震动，或是影响，导致我们短时晕厥，而我们醒过来时，就恢复到以前状态了。”

听到这里，一直默不做声的禹红抬头看向李古力，说：“李队长，刚才非常不好意思，我也不知怎么了。”

“呵呵，那没什么，不过想起来你当队长也很合适，硬是成功地将我们这群几乎失去理智的人从 2.5 度空间里领了出来。”李古力笑道。

禹红的脸顿时红了，她羞愧不已，急忙摆手说：“你可别笑话我了！”

“就是，幸亏禹姐，不然这时大关大概还在砸门呢。还有小高，可能还在哭鼻子要坐下呢。”王贵华咧嘴笑道。

“小王，你最好给我把那事忘了。”高雅妮瞪着王贵华咬牙切齿。

“好好，”王贵华似乎讨饶，“不过还是第一次看你眼泪哗哗的呢。”

高雅妮的脸一下子就红了，她举起拳头嗔道：“你还敢说！”

“这些金乌人也真厉害，不费一枪一炮的，差点就让我们自行毁灭了。”李古力有些感叹道：“不管是幻觉走廊还是 2.5 度空间，我们在里边待到最后，一定是完全丧失理智……”

“对，”王贵华接口道，“然后就是死。”

“我有个疑问。”高雅妮似乎没有明确地在问谁。

“你说。”王贵华朝高雅妮点点头。

“这里到底是幻觉走廊，还是2.5度空间？”高雅妮看王贵华，很期待他能给出一个解释。

“这个问题我还真没想到，让我想想。”王贵华讪讪地笑了笑。事实上他脑中一片空白，因为这个问题不容易解答。

他有些盲目地看周围，想找到什么启发。他突然惊奇地发现，此刻的幻觉走廊内墙上的线条都已经停止了移动和变换，地上的水纹也没有了。那种让人产生眩晕的感觉也完全没有了。他上前轻轻用手去触碰墙上的线条。

突然背后响起了李古力的声音：“你小心点。”

“没事，队长。你看。”他抚摸着墙上的线条说。

“线条不动了。”李古力有些惊讶道，心想这幻境果然跟它的运动有关。他又去看他用矛插入的位置，但没有看到关凯拔出矛尖时留下的洞。他正想再问，却听禹红惊讶地喊道：“这地上也没有水纹了！我怎么一直没有注意到。”

“对啊，水没有了。”

“这不和其他地方一样了？”

大家正七嘴八舌讨论着的时候，王贵华又兴奋地大声宣布他的最新发现：“哈，我知道了。”

“你明白什么了？”关凯忙问。

王贵华等的就是这句话：“小高不是问这里到底是幻觉走廊还是2.5度空间么？都是。当我们正方向通过这里，这里就是幻觉走廊，但反方向经过的时候，这里就是2.5度空间。”

“那我们现在是正方向通过，应该是通过幻觉走廊，你说的破坏器怎么会把2.5度空间破坏了？”

“是的。因为它们都在这个空间，所以南极人的这个2DD能够感应到2.5度空间的存在，于是它就被打破了。而且，”他似乎生怕高雅妮再问，用无可争辩的语气说，“破坏2.5度空间的同时，它也破坏了幻觉空间。”

看到王贵华不想再争辩下去，李古力于是提醒大家：“好吧。其他的我们再说，现在我们想一下下面该做什么。”

“是！”大家齐声应道。

章四十七

南极零号基地

一间普通的椭圆形房间内，摩罗沽刚送走张大明回到他的椅子上坐下，他看着不远处墙边的金乌飞船轮廓的全息影像，一动不动。

旁边一个显得年轻的南极人恭敬地站在一旁。

“想问什么就问吧。”摩罗沽微叹了口气，说道。

“领袖，我不明白我们为什么不直接告诉他们实情呢？”年轻南极人问道。

“什么实情？告诉他们正处于 2.5 度空间里？你觉得他们会信？”

“可是，万一他们……”年轻南极人显得有些担心。

“你多虑了，没有万一，我们只能相信他们。”

“但是，领袖，万一他们忘记了使命，或者没有走回触发 2.5 度空间的感应器的地方，那么……”

“那么又怎样呢？我们没有其他选择。”摩罗沽叹息道，有些无奈，

“事到如今我们只能选择去相信他们，无条件地帮助他们。他们现在就是整个地球的希望。”

“想不到我们的命运最后却掌握在几个地球人手中。”年轻南极人也深深地叹了口气，语气里透着浓浓的不甘。

“这大概就是地球人所说的天意吧。”摩罗沽闭上了眼睛。

“凡事要向好的方向想。我很欣赏地球人的一句话，‘塞翁失马焉知非福’。其实，这几个年轻人真的很不错。”

“哦，我们自己族内还没有几人能得到您这样的称赞呢。”年轻南极人有些不服。

“嗯，没什么。那个叫李古力的年轻人，真的不错。”

“怎么说？”

摩罗沽缓缓睁开眼睛，慢慢地说：“我问你一个问题。”

“是，领袖。”年轻南极人恭敬地答道。

“假设你进入 2.5 度空间，你的表现能否胜过那个叫李古力的地球人？”

摩罗沽的眼睛突然变得很亮，很亮。

年轻南极人迟疑了一下，过了好一会儿才说道：“我，我不能。”

“为什么？”摩罗沽继续问。

“领袖，您知道的，那个 2.5 度空间非常的可怕，进入的人必死无疑。在那里边你永远只能直着身子，视觉和神经系统完全被扰乱，最终失去理智，变成一只冲动的野兽。”

“你并没有回答重点。孩子，你要记住，他可能没有我们聪明，但他的意志力无疑是相当坚强。他永远都是那么冷静。你看，他被队友夺去领导地位后，仍然能够冷静地接受，冷静地面对一切。这才是他强于你的地方。”

年轻南极人仔细地思考了一下，有些羞愧地朝摩罗沽说道：“领袖，我明白了。”

“知道就好。我想我们的族人一直没有能破坏金乌飞船应该是有原因的。”

“我知道，领袖，是因为我们的身体太过弱小。”

“错了，又错了。”摩罗沽苦笑着摇了摇头，“是我们太聪明了，当然与我们的体质也有关系，但那可能并不是最主要的。根据他们带回来的信息看，他们的遭遇大部分都属于精神上的攻击。我们太聪明，于是有太多的想法，也就有了太多的杂念，也就更害怕精神上的攻击，也就更容易陷入精神上的陷阱。”

摩罗沽顿了一顿，继续道：“他们有比我们更强壮的身体，他们的精神层次的落后在这里显然保护了他们。而且，他们同时还有着超乎常态的意志力，他们无疑会是金乌人的劲敌。”

“是吗？领袖，他们真的能消灭金乌人？”年轻南极人充满期待地问。

“我相信会的。因为凡是聪明人都有一个特点。”

“什么特点，领袖？”年轻南极人有些好奇地问。

“骄傲，轻敌。”

“骄傲？轻敌？”

摩罗沽看了看身边的年轻南极人，略微摇了摇头。他又合上眼睛，不再言语。

篇七
歧途

章四十八

金乌飞船上，他们已经走出幻觉走廊，正回传送点的路上。

“队长，那么我们真不去动力中心了？”关凯在问。

“是的。没有炸弹过去没有意义。我们现在再回南极。”李古力回答道。

王贵华同意道：“真没有想到，张大明教授根本就没有给我们炸动力中心的炸弹。他也许正等着我们回去呢。”

一行人走到连接外层走廊的地方，正要左拐过去，却听到前方不远处传来一声类似人类的叫喊声。

“注意。前方有人。”李古力低喝道，几乎同时，他取下了身后的枪。

大家顿时停住脚步。

后面的关凯一下冲到李古力身边，持枪凝视前方，说：“声音好像就在前方不远。”

“有人？哪里有人？”禹红附在高雅妮的耳边小声问。

“嘘。”高雅妮转头对禹红眨了眨眼睛，示意不要出声。

“啊……哟……”那细微声音这次变得非常清晰，在这空无一人的金乌飞船的走廊中如幽灵般刺激着众人的耳膜。

“天啊，刚才你听到了吗？”禹红害怕得用手抓住了高雅妮的胳膊。

“嗯，我也听到。”高雅妮此时感觉浑身鸡皮疙瘩都起来了，抓紧了手里的枪。

李古力转回头对其他人低声道：“你们留在这里。”说罢他和关凯便端枪向前搜去，直到消失在前方的转弯处。

看到他们从视线内消失，禹红小声地说：“我们就待在这里吗？”

没人回答她，一片寂静。

“不对！怎么声音没有了呢？”王贵华小声道，“你们待在这里，我去看看马上回来。”

“不行，”高雅妮反对道，“队长让等他们的。”

王贵华刚要说什么，关凯健步如飞地跑了过来：“你们过来吧。”

看到关凯，他们松了口气。

三个人随着关凯向前面跑去，转过转弯处，便看到了李古力。他在前方不远处正蹲在右面的墙边朝里边看。

等他们跑到李古力身边，他们才意识到他不是在看墙，而是在看着他面前的一个铅笔粗细蓝色的光束组成的网格，这个网格组成一面宽五米、高六米的墙，而这个蓝色网格的墙后面，是一个房间。

一个不大的房间，长宽大约只有五米。透过蓝色网格大家可以清楚地看到，离他们不远处的房间里的地上，躺着一个人。

“张大明？”高雅妮几乎要叫出声来。

高雅妮惊呆了，张大明怎么会在这里？房间里的人看上去就是张大明，瘦小的个子，奄奄一息地蜷缩在那里。她仔细地透过蓝色网格打量，不是张大明又能是谁？但是……他是怎么了，为什么看上去那么苍老？侧面看过去脸上布满皱纹，皮肤几乎干裂了一样，嗯？他的下巴怎么变得那么尖？

王贵华也看到了。他疑惑地问李古力：“队长，这是，这是张大明教授？他怎么在这里？”

李古力这时站起身来，说：“这个人看上去的确像张大明教授，但理论上又说不通。他如果要来这里，为什么不和我们先说一声呢？”

“也许他有别的什么任务？”关凯问。

“也许。但他怎么又被困在这里了呢？”

“困在这里？”禹红问。

“是的。”李古力解释道，“前面这些光束形成的蓝色网格，应该就起监狱牢房的栏杆的作用。”

禹红难以置信地把头凑到网格近前打量。

王贵华拉了她一把，说：“禹工，小心。”

“我看到了，但这些蓝色的光线能困住一个人吗？”说完禹红抬起手就想去触摸那蓝色光束。李古力看到正要阻止，但她已经放下了手。

“队长，我们怎么办？”关凯问。

李古力看了一遍周围。这里的走廊和其他地方并没有不同，空旷而又安静。李古力又看了房间里的人，正要说话，里边的人睁开眼，看到了他们，于是又开始哼叫起来：“救我……”

“队长，我们想办法把他救出来？”高雅妮建议道。

“你是谁？”透过蓝色光格李古力问里边的人。

“救我……我是南极来的……”里边的人似乎强压着自己的疼痛和虚弱回答道。

“南极来的？”大家想起了先前派到金乌飞船上来的几拨人。

“队长，先救他出来？”

李古力想了想，也好。看能否把他救出来，这样对下面的行动一定会有帮助。他“嗯”了一声，开始打量蓝色光束组成的网格四周。

“队长，我看这些光都是从墙里出来的。我来用枪打发出光束的墙的部分，看能不能把光束停掉？”关凯说道。

李古力沉吟了一下说：“试试吧。大家都后退。”说着和其他人向后退了几步。

关凯持枪瞄准墙上一处发出蓝光的孔眼，“砰”，子弹射出，枪声在走廊上回荡过后，眼前的光束依然存在。

“看来不行。”关凯有些失望。

“嗯。还得想别的办法，”李古力走上前察看子弹着力点，发现墙体完好无损。李古力心想，这是什么物质，子弹竟然完全不起作用？

“队长，他怎么没反应？刚才的枪声那么大……”禹红在一旁问。

李古力回答禹红道：“或许昏过去了。”

“有没有其他办法呢？”王贵华在仔细地打量着发出蓝色光束的墙的边缘，自言自语。

“这些光束到底是什么……”高雅妮小声地说。

章四十九

在众人讨论的时候，一直注视着里边动静的李古力看到里边的人突然动了一下身体。李古力贴近光束，对着里面的人说道："喂，你听得到我们讲话吗？"听到李古力问，其他人都安静下来。

……一阵寂静。

刚才那人明明动了一下，应该是醒了才对？

高雅妮打断了他的思路："队长，怎么了？"

"我看到他动了一下，以为他醒过来了。"

"啊？醒过来了？难道又晕过去了？"

"可能吧。我们还是再想想有没有办法破解这个光束。"

王贵华看里边并没有动静，于是说："依我看，这就是激光。"

"刚才我也觉得应该是激光，所以我开枪射击光束的发射点，没想到没起到作用。"关凯说道。

"如果是激光，应该就没有什么危险，不是吗？"禹红想到家里附近的广场上有时候晚间朝天空放会变换形状的激光，于是问。

"激光当然危险。"王贵华回道。他看禹红听了脸上依然不解的神色，于是解释道，"激光早就在军事上有运用了。事实上有三种激光武器。第一种让人失明或者暂时失明，第二种打在人身上会导致疼痛和晕眩，第三种会僵住人的身体。"

"有那么玄？僵住人的身体，像武侠小说里的点穴？"

"大概吧。"王贵华搔了搔头，说，"我也只是读到过。"

"但你说的这些武器都不是置人死地的呀？"

"对啊。"关凯看着面前的蓝色光束网格，接口道，"一般这种激光也就是报警用的。不过如果报警的话，金乌人会从哪里跑出来？"他又转头看了看走廊四周。

王贵华没有理会关凯的打岔，他回答禹红道："也是，但是我也读到过，功率两千瓦的激光源能把坦克一切为二。"

"这些蓝色光束不可能是切坦克的那种吧？"高雅妮担心地问。

一直在一边听他们说话的李古力这时说道："我们来试验一下。"

"怎么试验？"王贵华第一个应道。

"我们，"李古力看了一眼关凯背着的矛，对关凯说，"你递我一支矛，我试一下。"他顿了一顿，又说，"到现在为止，金乌人还没有出现。他们一定知道我们的存在，而我们也知道他们存在，但我们却不知道他们是什么样的。所以，如果这些光束是一个警报系统的话，我们可以引出金乌人。这样起码我们能知道对手到底是什么样的，也好反应。禹红，你的传送器在吗？"

禹红摸了摸口袋里的传送器，确认道："在。"

"好。万一金乌人出现，我们敌不过的话，我们就退回南极。"

"如果不是警报系统呢？"禹红紧张地问。

"如果不是，我们看如何才能救出里边的人。"说着，李古力接过了关凯递给他的矛。

"大家做好战斗准备。"说着，李古力小心翼翼地将矛尖伸入光束交叉的孔眼，伸进去差不多五厘米的时候，他轻轻用力一划，矛尖触碰到了蓝色光束……

大家一看矛尖触碰到了光束，顿时紧张地扭头看周围，等着不知什么样的警报声鸣响起来。

一片寂静。除了在矛尖触及光束时发出的低低的一声震颤的“嗡”响。

看到四周没有任何动静，大家又把目光转向李古力握着的矛的尖头。

“什么事都没有？”王贵华低声问李古力。

“没有。”李古力确认道。他又把矛在光束间来回划动，除了伴随这光被阻挡时发出的低声“嗡嗡”，矛尖没有被切下，光束也没有被破坏。

正在李古力疑惑着考虑下一步做什么的时候，王贵华走到网格前，贴近光束看了一眼，把手指伸了过去。

“别碰那个！”一声很大的吼叫从里面传了出来。里面的那个人抬着头看向王贵华。

王贵华被里边的吼声吓得一哆嗦，一下把手缩回，往后退了一步。

这时里边的人已经站起身来。他的个子和张大明也相同，一米五左右。他走到光束网格后，用迟钝的眼光看外面，说：“救我出去。”他的声音好像是从干涩的喉咙里发出，没有一丝生气。

“我们是在想办法。你知道有什么办法吗？”李古力一边打量他一边说。

“这个光是不能碰的。碰了手就丢了。”那人好像没有听到李古力的话，直愣愣地用他呆滞的目光看王贵华，看得王贵华头皮发麻。

“那怎么救你出来？”王贵华问。

“我也没有办法。我倒是有个东西能用，但东西不在身上。”

听到他的话，关凯想起了什么，他从背包中掏出一把比普通手枪略显粗笨的手枪。

“队长，这是一把南极人给的枪，我也不知道做什么的。”

关凯话音未落，里面的人忽然开口问：“你们从南极来的？”

“是的，”李古力没有接那人的话，问关凯，“什么样的枪？”

“你看这个。”

“那你试一试？”李古力说道。

关凯让大家退后，随后他走近发出光源的墙边，举枪射击。瞬间，一团水状的球体脱离枪口打到墙上。“嘣”的一声闷响，墙的边缘竟然凹进去一个半圆。

关凯看了一眼李古力，对着那凹陷的位置又接连开了两枪。

但蓝色的光束组成的网格还在。

关凯和李古力同时上前察看发出光的墙的边缘，这才发现那里并没有发送光束的装置。从被打凹陷的位置看，那些光束还存在于墙的中间，换句话说，光源在墙里边更深，并且不知道是什么位置的地方。

又是一个死胡同。

“不行？”里面的人关切地问。

李古力摇了摇头。他看着仍然从墙里发出的光束，思索着。

“好像真的没有办法了……”禹红对高雅妮小声说。

“不会的，事情总有办法解决的。”高雅妮回道。

“队长，要不我再继续在墙上开洞，也可能就找到发光点了？”关凯问。

李古力没有反应，只是看着光束。对了，他突然想到，如果他被关在里边，在被送进去的时候，这个网格是没有的。那么，就应该会有类似开关类的装置控制这些光束。对，如果找到这个装置，问题就能解决了。

他的目光找到里边的人的眼睛，问：“你知道这里有什么开启或者关闭这个网格的装置吗？”

里边的人用沙哑的声音回道：“不知道。对了，金乌人来我这里时，会在右边什么地方停一停，接着网格就没有了。”

“右边什么位置？”李古力马上问。

“我不知道，就在你们左边不远。”

李古力、关凯和王贵华几乎同时向发出光束的左边的墙上看去，并走了过去。

章五十

三双眼睛在墙上仔细地扫视着，希望能找到什么蜘蛛马迹。这里的墙面和走廊其他地方并没有不同。

“队长，你看那儿！”王贵华喊道。

李古力顺着他的手指，看到离他举手才能够得着的墙上的一个线条的尾端，有一个小圆圈。因为其他地方没有这种圆圈，所以它显得不合常理。

李古力举枪用枪头敲击那个圆圈，并没有指望发生什么，但他听到了右边高雅妮的呼喊：“队长，光不见了。”

他们三个人齐刷刷向右看去，果然，蓝色的网格不见了。

李古力还有些不信，他又敲击了那个圆圈一下。

瞬时间，网格又布满了房间的开口处。

的确，这个应该就是开关了。他随即又敲击了那个圆圈。

网格又消失了。

他们走到没有了网格封锁的房间前面，里边的人还在上下打量着，似乎在寻找那些光束都去了哪儿。

王贵华拔脚就要走进去，但被李古力一把拉住。

“喂。你出来吧。”李古力对那人喊。

听到李古力的喊声，那人反应了过来，他一步向前，就走出了房间。但随即小小的身体就软塌下去，坐到地上，嘴里说着：“水，水。”

“他应该是缺水了。”高雅妮迅速从背包里拿出一瓶水，打开盖子后递到李古力伸出的手中。

李古力接过水蹲下身体，一手将那人的头抬高，一手把水送到那人的嘴边。那人突然似乎有了力气，一把抱住水瓶就往嘴里倒。还没等李古力说完“慢点，别呛着”，一瓶五百毫升的水就没有了踪影。

王贵华在一边小声惊叹道：“别看他个子小，嗓子倒一点也不小。”

有了水的滋润，那人干裂的嘴唇有了明显的恢复，脸上的皱纹也平展了许多，尤其是刚才有点扁塌的下巴慢慢地恢复原状了。

高雅妮觉得不可思议，这水的力量也太大了点。难道在金乌人的这个干燥的环境中，水能超乎正常地恢复人的皮肤组织？

她正要对李古力说什么，那人已经站起身来，精神抖擞的样子，好像是变了一个人：“谢谢，谢谢你们。”

李古力看他精神的样子，一下想起了张大明。而几乎同时，关凯脱口而出：“张大伟？”

那人瞥了关凯一眼，没有回答。他显得非常警惕，而且不安。他向走廊两边张望了一下，确定没有危险后，这才稍微松了口气，说：“是的。我是张大伟。几位快跟我来！”

在金乌人的船上，看到张大明一样的南极人自然让李古力他们倍感亲切。而且看张大伟的样子，显然是在害怕着什么。李古力稍稍迟疑了一下，便带着众人快步跟上张大伟。

张大伟看起来对这艘飞船的结构已经相当熟悉。他领着众人来到一堵墙壁前，用手指着上边的线条一阵比画，好像是在计算什么，最后他终于确定下来。他举起手来似乎要触摸什么，但又似乎愣住了。不过很快，他转身对关凯说：“你能看到上面那个三角形吗？”

关凯向墙上看去，的确，差不多二点五米处，线条中是有一个不太明显的三角形。他回答道："是。"

"你触摸一下那个三角形。"

关凯有些迟疑，他看李古力。李古力看了看张大伟，对他点头。

随着关凯在三角形上一碰，顿时原本还严丝合缝的墙壁缓缓往两边开启——居然是一扇门！

张大伟率先通过眼前的这扇门，等众人都先后跨进来之后，整扇门又毫无痕迹地关上了。

门里空荡荡的，散发着另类的神秘感。

李古力心想："我们这是到了金乌飞船里的第三层了。"

等门完全合上后，张大伟紧张的神色才有了些许的缓和，他转过头，目光扫过众人的脸，最后他看着李古力问："你们是？"

"我们是地球人。"李古力不知道在这个时候向张大伟解释一切是不是合适，只好笼统地回答。

"也是，地球这时候肯定很危险了，你们一定是来终结金乌人的吧？"张大伟一边说，脸上不由自主地抽动了一下。

"是的。张先生，你怎么会在这里的？"

张大伟好像没听见李古力问他话，脸上还是那副小心谨慎的模样。他侧耳细听，好像在寻找什么动静，说："这里还不安全，可能会有人过来，你们先随我来。"

关凯听了这话把手中的枪攥紧了一点，说："这里有金乌人？"

张大伟看了一下身体健壮的关凯，手朝空中一挥说："他们无处不在。"

这话虽然听起来没多少可信度，但大家看到过最初那个雾片似的生物，还是禁不住心中一惊，不由端起枪朝四周察看。

"张先生这话什么意思？"李古力问。

"我是提醒大家，咳咳……"张大伟咳嗽了两下，说，"提醒大家，金乌人可能从任何地方出来袭击我们。"

说完，张大伟弯下腰猛烈地咳嗽了起来，等他再抬起头，两只眼睛里已经布满了血丝。李古力看他这副模样，心中想张大伟肯定在金乌人这里受了不少的折磨。

张大伟晃了晃自己的脑袋，说："哎，这副躯壳真是不舒服。"

"张先生说什么？"李古力惊讶道。

"噢，"张大伟一愣，然后解释道，"我是说我们虽然合成了你们人类的DNA，但我还是有些不能适应你们人类的身体。"

"哦，原来是这样。"李古力没有再问。

"不说了，这里不宜久留，你们快跟我来。"张大伟显得有些焦急起来。

此时李古力等人已经进入了飞船的内部，这里的环境远比开始他们在外围看到的那两条走廊要复杂得多，不但开始时不时地出现几条岔道，而且有的地方还需要开启机关才能通过。好在张大伟对这里的情况不算陌生，最后都能轻松地通过。

"我们去哪儿？"李古力问。

"我们去这里的最核心的地方。"张大伟没有犹豫地回答道。

"但是动力中心不在这里边啊？"

"什么动力中心？"

李古力不知道怎么形容才准确。他解释道："我们先前看到了一个很大的用透明柱子罩住的机器，很多不同颜色的管道。"

张大伟想了想，说："哦，那不是动力中心。"

"那是什么？"

"那是气旋发生器。"

"那是什么？"

"那个我回头解释吧，我们先去他们的核心。"

王贵华见张大伟什么都知道，忍不住问："张先生，你好像对金乌人的飞船很熟悉？"

"嗯，我在被他们抓到之前曾经到过这层船舱，这些机关的开启方法都还没变。"张大伟回答道。

"看来这金乌人也太大意了。"王贵华心里想，一边悄悄地记下每道机关的方位。

"可能他们从来就没想过我还能逃出来。"张大伟又接着说道。

"张先生……"关凯欲言又止。

“你说。”张大伟说。

“就是我们找到他们的核心，我们也没有办法的。”

“为什么？”

“我们没有炸弹了。”

“炸弹？”

“是。我们的炸弹先前都用完了，而且都没能起爆。”

“哦。应该没事的。我自有办法。”

章五十一

这时李古力迈前一步与张大伟并排前行，又提出刚才张大伟没有回答的那个问题：“张先生，你是怎么被他们抓住的？这之前都发生了些什么？”

“嗯，这件事情说来话长，你们听我慢慢说。”张大伟脚下的速度放缓了一些，“我们南极人本来是居住在天缘星的种族……”

张大伟一句话还没说完，后面的王贵华想起了一个他在南极没有来得及问的问题：“你们的星球是在银河系吗？”

张大伟摇摇头，说：“不是，我们来自更为遥远的一个美丽的旋涡星系。”

张大伟等了一会儿，见王贵华没再接着问下去，便接着说：“我们的星球上有丰富的资源和美丽的风光，居民安居乐业……”

尽管这些话大家已经从莫拉沽那里听过一遍了，但当时因为时间紧急，其中细节莫拉沽并没有详细地告诉他们，所以现在从张大伟嘴里说出来，谁也没有打断他。

“来地球之前我们已经在天缘星上生活了二十多万年。我们有着无比优秀的文明，每个天缘人都爱好和平，相互间从来没有过战争。而且，我们非常珍惜我们的星球，这也是我们天缘星能维持那么久的原因，因为我们看到太多的生物体居住的星球因为对他们自身资源的消耗很快就湮灭了……”张大伟完全沉浸在对天缘星的回忆之中。

“如果不是金乌人，”张大伟脸上突然露出强烈的痛苦神情，“我们将会一直繁荣下去！直到大约一万年前，金乌人悄无声息地降临到我们的天缘星上。”张大伟咬牙切齿地说道。

“他们在暗地里融化了我们的固态水，让我们的城市淹没在一片汪洋之中，不光如此，当我们天缘星的勇士们向他们宣战的时候，这帮胆小鬼居然躲在他们的飞船中不敢出来，他们真是太卑鄙了！”

“最终，我们不得不离开了我们的家乡。”张大伟叹了口气，仿佛一幕幕惨剧还发生在他的眼前，“我们的人开始寻找可以生存的星球，来建造我们新的家园。我们在宇宙间漂泊了很长时间才找到地球。为了不影响地球的环境，同时也为了躲避金乌人的追踪，我们在地球的内部定居下来。”

听张大伟讲到这里，大家都为南极人的遭遇感到惋惜，也为南极人对地球的爱护而感动。

看张大伟不再说话，李古力问道：“那些金乌人为什么要侵略你们的星球？”

“开始我们也不知道，后来才发现他们原来是需要我们星球上的水资源。现在我们整个星球干枯得就像一枚果核了。”张大伟边走边叹气说。

“他们要那么多水干什么？”李古力想起上海同样在经历的大水，很是疑惑。

“金乌人的生活需要大量的水，从另一个角度来说，水就好比他们的能源物质。”张大伟说。

“这也不对啊，”王贵华插话说，“我们地球上的水也能作为一种能源，比如用水来发电，但环境不被污染的话，水是一种再生资源，他们为什么还要去其他星球掠夺呢？”

“不。水不能再生。生存需要水，生活需要水，一切的活动都需要水。

水的消耗太快了，他们只能在消耗完一个含水的星球后，再去寻找下个含水的星球。”张大伟解释道。

王贵华点着头。自从他得知南极人用那种奇怪的晶体作为能源开始，他就发现自己对外星文明了解得实在是太少了。

“那您是怎么被他们抓住的？”李古力问。

“这还要从五天前说起，当时我们的人在北极监测到了异常的冰川融化现象，我们一下子就想到了一万地球年前天缘星那场灾难的始作俑者。果然，格陵兰岛开始了异常融化，同时我们还在那里发现了金乌飞船的踪迹。于是摩罗沽决定派我进入金乌人的飞船内部，妄图从内部把这艘船给炸毁……”张大伟越说越快，话语中逐渐地不掺杂任何感情色彩。

这时王贵华打断张大伟，说：“不好意思张先生，‘妄图’这个词用在这里可能不太合适。”

“噢！”张大伟似乎意识到自己的失态，想了想，然后纠正道，“对对对，是‘打算’，我的汉语还是不能说得很好。”

李古力没有在意张大伟不经意间的口误，他顺着张大伟的故事问道：“然后您就被送到这上边来了？”

“没错，我们在突破了金乌人的封锁之后在这艘飞船上建立传送点，然后我便被送到了这个上面。但上船后我竟然什么都没有发现。”张大伟的脸上显现出失望的神情。

“那为什么你们基地的人说你们都死了呢？”关凯问道。

“在金乌人的船上是无法与地面联系的，所以我没死的消息基地并不知道。”张大伟一边说一边指着墙上的一处图案，让后面的关凯帮忙。一路上，几乎所有的开闭门的机关都在二点五米左右的高度，所以都是关凯帮忙。

关凯把门打开，心想，如果我们不来，就算张大伟没有被抓住，他一点五米的个子也做不了什么。

大家进到门里边后，张大伟示意关凯把门关上，说：“好了，在这里应该暂时不会有人发现我们，我们休息一下吧。”

大家并不敢大意，依旧保持着高度的警惕观察着四周。李古力还有一些疑问没弄清楚，问道："既然做不了什么，那您为什么不立刻返回基地去？"

张大伟又咳嗽了几声，说："我的任务还没有完成，所以我选择继续留在了飞船上。"

关凯不由得佩服地看了一眼面前的这个小个子。

张大伟继续说道："后来我就到处搜索。"

"发现什么了没有？"李古力问。

"也没什么重要的发现，这些机关耽误了我很长时间。"张大伟说道。

"难道你没经过幻觉走廊或者那个能把人都变成纸片的奇怪空间？"王贵华插嘴问。

张大伟看了王贵华一眼，显然是没有明白他的意思。

"就是一段怪异的走廊，当你从一个方向进入的时候，它能使你产生让你绝望的幻觉，但你从另一边进入的时候，你的视觉就会发生变化，以至于你看到的都是二维图形。"王贵华解释说。

"哦。你说的那个幻觉走廊我不知道，但另外一个好像是2.5度空间。"张大伟说道。

"2.5度……空间？"王贵华脸上露出一丝得意的笑容，说，"怎么跟我想的名字一样？"

"这个2.5度空间我们在南极也有过研究，它是一个介于二维和三维之间的空间，所以我们命名它为2.5度空间。"

李古力这时恍然大悟，难怪南极人会有把他们从那个空间中解救出来的办法，原来南极人自己也了解2.5度空间。

"金乌人设置2.5度空间是什么目的？"王贵华问。

张大明沉思了几秒，随后摇了摇头，说："应该是让你们神志混乱，失去战斗力，最后放弃你们的努力吧。"

"后来又发生了什么事情？"李古力又问。

"后来我就被他们给发现了，然后就把我给抓住关起来了。"张大伟说。

"这么说你看到过金乌人？他们长什么样子？"关凯上船后除了在幻觉里看到过鸟头的金乌人，就没看到过金乌人的影子，现在听说张大伟见过金乌人，不由赶紧问道。

“嗯……他们有很高的个头，大概有两米五左右……咳咳……”说着，张大伟又剧烈地咳嗽起来。

“难怪我看这里的门都那么高，原来金乌人都是大块头。”王贵华自言自语道。

张大伟咳了好一会儿，终于安静下来，他手抚着胸口，脸上是很痛苦的表情。

高雅妮关切地问：“你感觉怎么样？”

张大伟摆了摆手，示意没事。

见张大伟的脸色稍微缓和了下来，李古力才接着问道：“你还记得你是怎么被他们抓住的吗？”

张大伟脸上露出难堪的表情，说：“其实他们是怎么抓住我的我也不知道，好像是我突然之间感到一阵头晕，然后就不省人事了。等我醒来，我已经被关在刚才你们把我救出来的那个地方。”

“他们有没有对你做什么？”李古力问。

“他们问了我一些问题，当然我什么也没告诉他们。”张大伟说道。

“他们没有伤害过你？”

“没有，他们倒是给我送过吃的。但他们为什么不处置我，我也很奇怪。”

这时在一旁的关凯又想起了一件事情，他说：“张先生，我们上来的时候准备把这艘飞船炸掉，可为什么炸弹在这上边都没有效果？”

张大伟点点头说：“是的，我们当初也带了，”他顿了顿，接着说，“带了炸弹上来，遇到了和你们一样的情况，后来我又做过实验，发现所有能产生爆破效果的武器，它们的能量都被限制在了一厘米的范围内，就是说，所有的炸弹最大的杀伤范围在这上边也只有一厘米，其中有一些类型的炸弹甚至根本不能爆炸。”

“为什么？”王贵华听到这么匪夷所思的事情，也来了兴趣。

“以我们的科技也无法解释这种现象，想必金乌人有他们独特的防御体系。”

众人一时间都在各自想着自己的事情，谁都没有继续说话。

过了半晌，李古力问道："张先生，您下一步打算怎么办？"

"我的任务说到底还没结束，"张大伟停顿了一下说，"我们应该直接去金乌飞船的核心部位。"

看李古力点头表示同意，张大伟征询道："我熟悉这里边，大家跟着我继续找？"

章五十二

张大伟领着众人穿过又一道门的时候，他问李古力："对了，你们怎么上来的？"

"和你一样上来的呀。"李古力有些不解。

"嗯，你们上来时没有感觉到不适应？"张大伟又问。

"没有不适应。"李古力意识到张大伟在追究他们上飞船的细节，觉得他应该是想知道自己被金乌人抓住后都发生了什么，于是就把上飞船的整个过程大概地说了一遍。

张大伟听后没有再问。李古力见张大伟在思考，便没有打搅，边走边静静地观察四周。忽然他听见张大伟感慨道："南极人的进步也不小啊！"

李古力没听清楚，以为张大伟问自己问题，转头问道："什么？"

张大伟一怔，笑了两声："我说你们的适应能力真强啊！你们真的见到我们领袖摩罗沽了？他们还好吧？"

李古力应了一声，说道："他们很好。不过他们都以为你已经死在金乌飞船上了呢，如果他们知道你现在还活着，一定会很高兴的。"

张大伟听到这话，眨了眨眼睛。李古力拍了拍他的肩膀，说道："我知道你的心情。等我们处理完这里，我们就能回去了。"

张大伟点了点头，忽然又问道："对了，你说你们乘坐传送器过来的，那东西是怎么运作的？"

"这个，这个我们还真不知道。"李古力答道。

"对了，你知道它是怎么运作的吗，可以告诉我吗？"王贵华说道，他一直纳闷儿那个传送器的操作机制是什么。

张大伟摸了摸鼻子，说道："嗯。真抱歉，这个我们回南极再说吧。"

王贵华听到后，心中微微有些失落，原来张大伟还把他们当成外人，但转念一想，便有些释然，回南极再说也罢。

张大伟看到王贵华失落的表情，连忙又说："你不用担心，等我们回去后，我一定给你介绍。"

王贵华大喜过望："太好了。那多谢张先生了！"

张大伟呵呵一笑，说道："现在南极基地能制造出炸毁金乌飞船的炸弹了？"

李古力觉得他的问话有些前言不搭后语，他回答道："我们带上来的炸弹没有起作用。我不知道还有没有其他类型的炸弹。你知道吗？"

张大伟点了点头，哦了一声，没有再说话。

禹红仔细观察了张大伟半天，见他们不再说话，便问道："你认识张大明教授吗？"

张大伟被禹红的突然发问怔了一下，但随即就反应过来，说道："我当然认识了，我们是同一批组合人类基因、改造成人类外貌的南极人，我也在地球表面生活了很长时间了。"

"是吗，你生活在哪个城市？"高雅妮好奇地问道。

"抱歉，这是机密。"张大伟淡淡一笑，"我们都是隐姓埋名，居无定所的。"

禹红的脸色有些兴奋："那么，张先生，您应该也懂水利学？"

"略懂一点。"张大伟没想到禹红会问这样的问题，漫不经心地回答道。

"现在上海的水位涨得很快，很多人都没有来得及撤离上海，您有什么好建议能阻挡或者延缓水的上涨？”禹红急切地问道。

李古力一听，也向张大伟投以询问的目光。

张大伟想了想，说道：“这个问题问得有水准，但很不幸，我没法回答你。首先呢，我不是水利专家，对水利知识只是知道点皮毛；其次，怎样组织人民撤离，这都是你们应该做的事，我管不了，也不想管。我来这里的目的很简单，摧毁这个飞船，至于其他的事情，已经不在我的考虑范围了。”

李古力觉得张大伟说得没错，但对他的心胸狭窄又感到不快，说道：“您有救人的能力，也可以为人民大众想想啊。”

张大伟呵呵一笑，说：“人民大众？我该为哪些人民大众考虑呢？”他说完思索了一刻，接着又说，“我的印象中，在你们人类的名人中，似乎也很少有人真正为人民想的。好像说得很多，做得很少。”

李古力很想辩驳，但转念一想，还是算了吧，这里不是讨论这个问题的地方，也不是时候，眼前最重要的事情便是炸毁金乌飞船，一旦金乌飞船毁掉了，其他什么都好办。

张大伟注意到刚才禹红问自己时那急切的眼神，这种眼神好熟悉，他想了想，突然恍然大悟，点了点头，向禹红问道：“你叫什么来着？”

“禹红，大禹的禹，红色的红。”禹红有些漫不经心地回道。她正对张大伟的心胸狭窄感到不满，听到张大伟的提问，她不想多说什么。

“你的老家在哪儿？”

“在南京。”禹红依然是一副冷淡的样子。

“南京？那不是江南一带？”张大伟显得很惊愕。

“嗯，怎么你去过南京？”

“我……没……没有，只是听说过。你结婚了吧？”张大伟说出后，忽然意识到这样问不太恰当。

禹红心想着这老头怎么这么古怪，应付道：“我女儿都已经上小学了。”

“那你的父母是谁？他们是干什么的？”

“这和您有关系吗？”禹红觉得张大伟怎么一点没有张大明的绅士作

风，她的语气中含着明显的不悦。

张大伟意识到了禹红的反感，他尴尬地笑笑："你不要误会，我只是看你像我的一个邻居的女儿，你们长得非常像。"

"哦，是这样啊，那您肯定认错人了，我老家在南京，父母都住那儿，我住在上海，而且我的邻居也没有像您这样的。"禹红说道。

张大伟立刻明白了禹红的意思，禹红的话是一语双关，一方面是说邻居中相貌没有长得像自己的，一方面又是提醒自己太啰唆了。但张大伟还是不甘心，追问道："你的祖籍在哪儿？"

李古力在一旁听着他们的谈话，他很好奇为什么张大伟这么在意禹红的身世，就说道："禹博士祖籍安徽，张先生觉得有问题吗？"

"哦，没问题，没问题。"张大伟面色有些古怪，说道，"她真的很像我邻居的女儿。我好多年没见着她了，我记得她小时候非常可爱，我经常逗她玩。只可惜，哎！"

"可惜什么？"高雅妮问道。

"可惜她去年出了车祸，英年早逝了。现在看见，我真的怀疑是不是她又复活了。"张大伟唏嘘着说道。

"节哀顺变吧。"禹红嘴里虽然说着安慰的话，但心中却又怀疑他说的真实性，总觉得这老头怪怪的，一会儿喜一会儿悲的，让人捉摸不透。

李古力听见他们的谈话已经扯得太远，打断了两人，问张大伟："我们现在到哪里了？还要走多久？"

"哦。不远了。就到了。"张大伟回答道，指着他们身处的走廊前方。

"那我们加快速度？"

"好，好的。"张大伟应道。

章五十三

差不多又过了五分钟，张大伟就累得气喘吁吁，说道："不行，太累了！我有点渴了，你们有水吗？"

李古力微微皱了皱眉头，张大伟的体质怎么这么虚弱？李古力在南极见到的张大明身体很硬朗，远非现在的张大伟所能比，李古力有些猜不透。但转念一想，或许是金乌飞船上的环境所致吧。

想到这儿，李古力从自己的背包里取出一瓶水，递给张大伟："张先生，水。"

张大伟接过水瓶，脖子一仰，一下便把水全倒进了嗓子里。喝完，张大伟看了看手中的空瓶子，问道："还有吗？"

后面的高雅妮微微皱眉，这老人怎么这么能喝？她从自己的背包里取出一瓶水，上前两步递给了张大伟。张大伟毫不客气地接过水瓶，又是一仰头，倒进嘴里。

高雅妮觉得张大伟哪儿有些不对，但心里没有把握。

她走到李古力身边，低声说："队长，我注意到张先生的皮肤变化很特别。”

“怎么特别？”

“他原先的皮肤很粗糙，皱纹也很深。但现在却非常的圆润。”她寻找着一个形容词来表达这种圆润，“像，像一个小女孩一样的皮肤。”

“怎么可能？”李古力想。

“你看他脖子处的皮肤，仔细看。”高雅妮又说。

李古力看了一眼张大伟的脖子，和常人的颜色没有什么不同。侧面看过去，脸上的皱纹的确几乎没有了，但想到他们在地球生活那么久也没有衰老，也许并不奇怪。

高雅妮看李古力没有接话，似乎有些不甘心：“队长，你开始可能没有注意，但皮肤改变得这么快是不自然的。”

李古力点点头，说道：“嗯，我知道了。我们跟上。”

张大伟似乎听到了高雅妮和李古力的对话。他笑着看他们，说：“小高，你可能太累了，看错了。不过你的皮肤也还可以。”

王贵华听见了张大伟的话，觉得这张先生怎么这样，一大把年纪了还不正经，他不满地说道：“张先生，你看我呢？”

李古力知道王贵华在给张大伟出难题，暗暗地皱了皱眉。他心想，怎么走了这么久还没到目的地？

忽然听到一阵阵沉闷的声音，仿佛夏天的闷雷，滚滚而来。

大家一下停住脚步，侧耳细听。

李古力看张大伟，张大伟也在疑惑地看他，似乎也不明所以。

王贵华小声说：“好像是铅球在木板上滚动的声音？”

李古力低声喝道：“禹红！小高！你们两个后退！大家准备战斗！”

章五十四

到金乌飞船上这么长时间，除了先前的雾一样的东西，还有张大伟被困外，金乌人似乎并不存在，所以当沉闷的声音响起来，大家都感觉金乌人就要真正出现了。大家的心都悬了起来。

李古力手中的冲锋枪敞开了枪头。他和关凯躬身靠墙站在队伍最前面，紧紧盯着声音传来的方向。

并没有金乌人出现，随着声音出现在前面拐弯处的是一个足球大小的闪着淡淡蓝光的球状物体，它缓缓地滚了过来，向李古力他们靠近。这个球状物体表面看上去非常光滑，滚动的速度也不快，和它发出的沉闷的声音极是不配，或许是它的重量所致？李古力在想。

众人看到这圆球滑速缓慢，都松了口气。

李古力没有放松警惕，他盯着滚过来的球体，问身后的张大伟："张先生，你知道这是什么？"

张大伟只是张大了嘴巴，惊愕地看着球状物体的慢慢滚来。听到李古力的问话，张大伟有些不知所措，说道："大概有危险。"

关凯看着张大伟胆小的样子，心中觉得好笑，有些轻蔑地说道：“张先生，队长问你这是什么东西？”

“难道是金乌人的武器？我建议我们赶快离开。”张大伟虽然这样说着，但脚下没动。

球状物体在距离众人还有十来米的时候，忽然停止了滚动，停在了那里，闪着的蓝光也逐渐暗淡下去。

李古力觉得不对劲，喝道：“关凯、小王做好战斗准备！”

关凯和王贵华已经端枪瞄准了前方的球体。他们仔细地观察着它的变化。

随着蓝光的逐渐消失，球体上方裂开一个小口，小口逐渐扩大，直至完全裂开，从球体里面滚出数十个玻璃球大小的圆球，令人惊讶的是，大球体没有了蓝光，而小球体却散发出强烈的蓝光。

看着这个古怪的球体竟然分裂，李古力心中瞬间涌出一种不祥的预感，他低声喝道：“大家后退！”

看到这个情景，李古力身后的张大伟的脸上闪过了一丝异样，他急道：“李队长，咱们赶紧跑吧，这东西肯定危险。”

突然间，一只小球体以很快的速度向他们扑来。关凯看到小球体来袭，“呼”的一声开了一枪，可令关凯不敢相信的是，子弹没有击中小球体，或者被球体弹回，“砰”的一声打到墙上。这个小球体停止了滚动，停在走廊道路的中间。

张大伟见状急喊：“不要开枪！”

张大伟的话还没有说完，只见所有小球体开始向这边滚动，蓝光一片。

李古力大声喊道：“撤，快撤！”

队伍最后面的高雅妮和禹红听见李古力的命令后，知道危险临近，转身向来路跑去。李古力看张大伟奔跑速度太慢，一把抓住他的手，往后急赶。

关凯在后面边撤边试着开枪，但子弹没有能够阻挡住这些小球体，所有的子弹都在击中小球体的一刻改变了轨迹，毫无例外地向墙壁上飞去。

小球体的速度越来越快。关凯见状，大声喊道："这些东西越来越快了，大家快跑！"

禹红第一次经历这种场面，吓得脸色发白，她和高雅妮跑在最前面，跑了将近百米后，她的速度逐渐慢下来，再跑了五十米，禹红累得双腿发软，双手撑在墙上呼呼喘气，停下了脚步。

高雅妮大叫道："禹姐！不能停啊！"她回身就要拉禹红。

禹红知道不能停留。她撑着墙的手猛地一推就要再跑，而她用力的同时，右侧的墙壁上突然出现了一个入口。

"门！"高雅妮喊道。

这时其他人都已经赶到。张大伟几乎是挣脱了李古力的手，一下跑进门去。李古力见状，喊道："大家跟上！"

待所有人跨入门内，一片闪着蓝光的小球体已经从门前滚过。

王贵华大为庆幸，低声道："这东西不会拐弯。"

李古力探头出去，看到小球体都已滚远，他稍稍松了口气。他转身打量他们所在的地方，问："张先生，你知道这是哪里吗？"

张大伟显得心有余悸，声音又变得沙哑："不知道。"

李古力想了想，觉得走了这么久，还没有到张大伟所说的飞船核心位置，还不如先回南极取了炸弹，再去尝试炸毁那个"动力中心"。

他又探头出去看外面的走廊。没有动静。

李古力转向张大伟问："张先生，你说的那个核心，离我们还有多远？"

"不远了。就在前面。"

"如果你不很确定，我们或者先回南极取炸弹？"

张大伟想了想，说道："不用。再说，回去只有一条路，那些小球们已经封锁住了那边。我们还是继续向前走。你们跟我来吧。"

"继续往前走？"关凯觉得有些不可思议。

"是。没事，我走过。"张大伟极力想证明他熟悉前面的路。

李古力想：那些蓝色的小球体已经堵住了回路，虽然没有亲眼看到它们的破坏性，但仅仅是子弹打不毁那一个特征，就已经证明了它们的危险性。如果向前走，基本肯定会遇到金乌人了，也充满危险。但到这里的目的不就是要解决金乌人吗，时不我待，不能犹豫，与其摸黑抓瞎，还不如让张大伟带路。

“好吧。麻烦张先生带路。大家跟上。”李古力说。

章五十五

张大伟看了众人一眼，出门向右，继续朝前面走去，并再次强调："前面应该就没有什么危险了。"

王贵华看到张大伟两手空空地走在前面，好奇地赶上一步问道："张先生，你们的'冰川'，很先进的，你没有带个上来？"

"什么'冰川'？"

"就是你们的电脑啊。"

"电脑？"张大伟顿了顿，略有沉思。然后似乎是恍然大悟，沙哑着声音回答道："哦。冰川电脑啊，我被抓以后，随身的装备都被金乌人搜夺走了。"

王贵华的神态有些遗憾："可惜了，多么先进的设备啊。那个金乌人的东西，还真是奇怪。张先生，你对金乌人的那种东西了解吗？怎么会炸掉我手中的'冰川'？"

张大伟有些奇怪："什么东西？"

王贵华说起"冰川"如何被炸毁的事情，当他说到"冰川"插入到那个接口后，便引起了爆炸，张大伟的脸上竟然浮现了一抹古怪的笑容。

王贵华问道："张先生，你笑什么？"

张大伟语气有些尴尬，"哦，"他顿了顿，说道："你所说的设备应该是金乌人的传送设备，原理大概跟南极人的传送技术一样。不同的是两种设备使用的能源正好相反。而你发现的那个接口，就是传送设备输入能源的接口，金乌人的传送设备使用的能源跟你的"冰川"不相匹配，并且是两个极端的存在。用地球上的话来说，两种设备的能源就好比一个是水，一个是火，水火不能相容。你把'冰川'连接到传送设备的接口处，自然就会炸了。"

王贵华若有所思地点点头。经过张大伟这么一提醒，他终于明白了爆炸的原因。自己之前的猜测显然是错误的，当时还以为是金乌人的反黑客技术呢。

高雅妮问道："张先生，我还有个疑问，您能解释一下吗？"

张大伟笑笑："当然。"

"'冰川'爆炸后，将小王的手炸伤了，当我用生理盐水给小王消毒的时候，那些水，竟然莫名其妙消失了，不，应该是说，那些水，变成了一个生命体，就像一个雾一样的半透明的幽灵，形状很不稳定，似乎是可以随意变化的，它还曾试图攻击我们。张先生，您知道那是什么东西吗？"

张大伟转过头来，脸色有些严肃："你们遇到那种东西了？"

高雅妮点点头，等待张大伟解释其中的缘由。

张大伟暗自叹了口气，脚步放慢了些，语气中竟然有些落寞。

"那是金乌人，很厉害的。若非我有人类的躯体，恐怕就没有机会跟你们聊天了。"

关凯问道："怎么可能？你之前不是说金乌人有两米五高的个子吗？"

张大伟看了和他并行的关凯一眼，解释道："我说的那只是金乌人的一个生命形态，也是金乌人最完美的形态。至于你们遇见的雾一样的东西，那是金乌人的不完全形态，从这种形态进化到完美形态，只要有水就行。"

王贵华忍不住问道："那雾一样的东西是从哪儿冒出来的？"

张大伟的手在空中摆了摆，说道："我之前已经说过了，他们无处不在。”

无处不在？这下众人更是一头雾水。

李古力问道：“张先生，你说的无处不在是……”

张大伟看到李古力脸上的疑惑，干笑了一声，说道：“金乌人还有一种形态，就是没有形态。”

“没有形态？”王贵华不可思议地把手在眼前挥了挥。

“是的。在这个金乌飞船内，到处都是金乌人，但是他们只是意识形态的存在。用你们人类的话来说，他们只有灵魂，没有肉体。这种东西似乎对你们人类没有危害，但对南极人却是致命的。这也是南极人无法在金乌人的飞船内生存的原因，无数的意识体会瞬间将南极人的大脑摧毁。”

禹红有些明白了，她试探着说道：“这么说来，金乌人一共有三种生命形态了。第一种是意识形态，对我们人类没有任何危害，第二种是半完美形态，就是我们之前遇到的雾一样的幽灵状生命，第三种是完美形态，就是你所形容的两米五的大个子？”

张大伟耸耸肩：“你说得对。除了第三种形态你们还没见过，第一和第二种形态你们都遇到了。但是金乌人并非仅仅只有三种形态，他们还可能有其他形态。”

禹红紧接着说：“张先生，既然金乌人的意识体无处不在，那换句话来说，我们岂不是一直处在金乌人的监视下？”

章五十六

禹红问出这个问题后，众人明显看到张大伟的身体在前面稍稍顿了一下。李古力有些纳闷儿，他想到了什么，还是担心害怕？

张大伟马上恢复了正常，苦笑了一声："的确，我们的行动一直在金乌人的监视之下。之前你们一直在四处乱撞，对金乌飞船内部一点都不了解，所以他们一直没对你们出手。但是现在不一样了，一旦他们发现我和你们在一起，他们很可能会启动飞船内的防御体系，甚至直接派完美形态的金乌人前来消灭我们。那才是真正的危险。"

李古力注意到他说的最后一点，问："金乌人是怎样转变形态的？是不是只有第三种形态才能对我们产生致命危害？"

"需要水。要从第一种意识形态转变成第三种完美形态，需要大量的水，这样他们才能完成进化。没有水的话，他们不能形成躯体，对你们没有任何威胁。但是如果他们将地球征服了，地球上的水足以让千百万的金乌意识体进化到第三种完美形态，那时候你们人类就会彻底灭亡。"

众人听到张大伟的解释，顿时出了一身冷汗。

李古力问道："现在金乌飞船内有多少完美形态的金乌人？以我们的实力，能消灭他们吗？"

张大伟遗憾地说道："不好意思，这个我并不清楚。"

李古力点点头，不管有多少金乌人，飞船一定要炸掉。

他又问："你所说的金乌人的核心区，离我们还有多远？"

张大伟加紧了脚步，回答道："不远了，之前你们走错了方向，越来越远。而且，我要避开金乌人的防御体系，所以远了一点。"

李古力满腹狐疑地看了他一眼，问道："张先生，冒昧问一句，金乌人的核心区，一定是他们重点防护的地方，您是怎么找到的？"

张大伟忽然停下了脚步，他转过头来，目光炯炯地看了一眼李古力，心中暗暗叹了口气："看来他对我的戒心很大啊！"他解释道："我是抱着必死的决心来到金乌飞船的。在他们抓到我之前，我就已经找到他们的核心区了。只是到了那里，高大的金乌人才抓到我。所以那里的一切都印在我的脑子里了。"

张大伟的解释合情合理，但李古力却觉得哪里有些不对劲。

王贵华没有想那么多，他似乎对张大伟很有好感，问道："张先生，如果我们到了金乌人的核心区，有什么办法毁掉它吗？"

张大伟看了一眼李古力，然后冲着王贵华笑了笑："常规的炸药自然不会有用。不过放心，我有办法。"

关凯对张大伟这种故意卖关子的行为有些不满："有什么办法就直接说吧！"

张大伟苦笑道："不能说啊。关先生，难道你忘了吗？金乌人的第一种形态，也就是他们的意识体，在这金乌飞船内是无处不在的。如果我说了，金乌人有了戒备怎么办？到时候如果功亏一篑，又该怎么办？"

关凯被张大伟反驳得哑口无言。虽然他看这个老头儿有些不顺眼，但是张大伟说的的确有道理。

李古力问道："张先生，先前被他们抓住之前，您了解到金乌人核心区防卫系统的一些信息了吗？"

"没有。但你会因为不确定而选择退缩吗？"张大伟有些不相信地看着李古力。

李古力淡淡地回答道："不是的。但是知己知彼就会更容易一些。"

张大伟同意地重复道："对。知己知彼。现在我们所处的位置，是金乌人的第五层通道，再往里两层，就是金乌人的核心区了。"

关凯一听来了劲头，催促道："那我们快走吧。"

张大伟看了关凯一眼，又看了看他手中的武器，对李古力说："你们的武器对付金乌人，恐怕会有些吃力。"

关凯立即追问："你有其他办法？"

"嗯。"张大伟回答道，"到时候你就会知道了。"

篇八
情绪牢笼

章五十七

这里的走廊明显变得狭小起来。众人随着张大伟左拐右转，然后看到张大伟停了下来。李古力警惕地问道："张先生，怎么回事？"

张大伟向后看了看，说："我记得应该到金乌人的武器库了。"

"武器库？"关凯一听来了精神。

"先前我经过的。而且那边也没有守卫。"

"那我们赶紧过去。"

"嗯。只是我一时忘了具体的位置。"张大伟低头思索着。

"那你快想想。"关凯端着枪，看张大伟。

片刻，张大伟抬起头，说："这里应该向左了。"说着，赶向前去，在第一个拐口，他向左边看，同时对后面低声喊道："就是这里了。"

众人赶到他身边的时候，眼前豁然大亮：前面是一个可以容纳一百多人的很大的空间，这个空间比飞船最外围的走廊还要宽敞很多。大家在狭窄的通道里走了许久，现在看到这么空旷的空间，呼吸也似乎流畅了许多。

李古力不禁问："这里怎么会有这么大的空间？"

张大伟没有直接回答他的问话，反而问："你们看到对面墙上有什么吗？"

大家向对面墙上看去，两米多高的地方，有一个明显的白色三角形。

"那个白色的三角，就是武器库标志。"

"啊？"关凯跨步就要上前。

李古力一把拉住他。他左右仔细地打量了这个空旷的空间。除了自己所处的通道，这个空间看不到其他的入口。

"张先生，武器库的入口在什么地方？"他问张大伟。

"只要触摸那个三角，武器库的门就会开启。"

想到先前张大伟曾经带着小队开过许多层各种通道的大门，李古力看了看前面墙上的白色三角，又问："武器库另有出口，还是我们要再回到这里？"

"武器库另有出口。取了武器，我们直接从另一个出口去核心区内层。"

李古力思索着，但平常不紧不慢的张大伟这次似乎倒有些着急："好不容易找到武器库，我们快点，过了武器库，就是核心区的内层了。"

李古力总觉得有什么地方不对，但眼前的一切又表明没有任何异常。或许是期待金乌人出现而没有出现？

李古力想了想，既然已经到这里了，没有什么可犹豫的了。

"关凯警戒后面，大家跟我来，空旷处不要停留。"他命令道。

从他们所处的拐角口到对面的墙，大约是二十多秒的距离。大家立刻扑了过去。

章五十八

跑出三十多步，大家几乎就要到达对面的墙的时候，意想不到的事发生了。

跑在最前面的李古力的头像触碰到了什么，躬着的身子猛然停住。随后赶到的王贵华、高雅妮和禹红也猛然停住。关凯在后面看到，没等前面的人有其他反应，赶上前去想看个究竟，却觉得身体被什么巨大的推力堵住。

“怎么回事？”关凯觉得莫名其妙。他又向前冲去，但仍然被什么卡住了。

关键是前面什么也没有，而且，也没有感觉碰撞到什么。

身体就突然被卡住，被推回，而且没有什么行动能力。

关凯再试了一回，仍然被什么无形的墙挡住了去路。

看关凯还要冲，李古力喊道：“别着急，先看一下是怎么回事。”说着，他用手向前摸去，发现手被挡在了一个位置。他上下摸去，却什么也没有感觉到。视觉中，前面什么也没有，同样的墙，同样的地面。

王贵华也在打量着四周。他很纳闷儿，明明看不到任何东西，怎么可能被它挡住去路？难道金乌人能用空气做墙？

关凯看一时没有解决办法，建议道："我们一起推，也许就出去了。"

李古力想，这也许是个办法。也许是一个人的力量不够，这个办法值得一试。他招呼大家各自找到感觉被堵住的位置，然后低声喊道："一、二、三！"

随着一齐发劲，众人没有能够挣脱什么，却一起倒退了好几步。

"奇怪，这是什么啊，竟然能倒推我们？"高雅妮稳住身体后，第一个喊道。

"而且这东西移动了？"禹红疑惑地问。

"大家不要动。"李古力已经注意到了禹红所说的意思。在大家向前推却被推回后，这个无形的墙已经向后移了位置。即使大家后退了几大步，现在手一抬就不能再向前伸了。

"是什么在作怪？"王贵华觉得好奇怪，"难道空气真的能做墙？"

"张先生呢？张大伟怎么不见了？"关凯喊道。他突然发现张大伟不在身边。

"啊？不会吧！"禹红有些惊讶，随着大家转身向后看去。

张大伟正站在后面看着大家。

"张先生，不好意思，把您落到后面了！"李古力道歉道。

"没事、没事，我就在后面，我跑得慢了些。"

关凯见状，走过去就要拉他一把，不料走过去刚五步，身子就又被堵住了。他顿时紧张起来，退了一步，上前用双手又向前推，不料身子连退两步。

"别动。大家都别动。"李古力看到这个情景，连忙喊道。

"怎么回事？"张大伟吃惊地看着前面一动不动的五个人，疑惑地问。

"我们被困住了。"李古力说着，看向左右。左右两边的墙还很远，他们和墙的距离间什么也没有。李古力尝试着向右伸出手去，能够伸展。他于是向右慢慢移动，走了五步，手又碰到了那个堵着他们的柔韧的力量。

他没敢用劲推，因为他肯定如果用劲推的话，那力量又会往里边挤。那力量再推进的话，他们五个人就要被挤到一起了。

但张大伟却似乎没事。

李古力定了定神，问张大伟："张先生，你那里怎么样？"

张大伟显得不可思议。他向前走了两步，又向左走了两步，说："奇怪，怎么会困住了？我这里是好好的呀……"

关凯招呼他道："张先生，你到我面前来，看是否能握到我的手。"

张大伟向关凯走了过去，并伸出手去。但手即将握到关凯的手的时候，被什么堵住了去路。他有些迷茫地看大家："咦，好奇怪啊。这里什么也没有，我的手怎么伸不过去？"

"是的。张先生，有什么把我们隔开了。您能不能走回到拐角那边，看您是不是自由的，还是您也被囚禁在您那边的空间里了。"李古力说。

"奇怪，真是奇怪……"张大伟这话像是说给自己听的，又像是给众人听。同时，他径直走到了拐角处，又走回到大家面前。

李古力看他没有被囚，问他："张先生先前碰到过这样的情景吗？"

"没有啊。"张大伟回答道。

"嗯。"李古力思索着。

这时王贵华小声说："队长，这墙往后退了。"

李古力听了这话，立刻向王贵华看去，只见王贵华已经站到了以前的位置。

李古力看看王贵华，又回头看张大伟，征询他的想法。

张大伟似乎无可奈何，一脸迷茫。

李古力看张大伟没有办法，于是走到王贵华站立的地方，用手抚摸那看不见的地方。那个"墙"还在。

看大家都在看他，他一时也没有了主意。他想了一想，回到关凯的身边，对张大伟说："张先生，这样吧，我们一时可能出不去。你先回南极，带其他人上来。我们这边自己想办法。回头我们再碰头。"

张大伟不解地看了李古力一眼："我不能放下你们不管的。"

"那您有没有办法让我们出这个牢笼？"高雅妮急切道。

“办法，办法……让我再想想。”张大伟低下头看着地，似乎在努力思考着。

众人焦急地等着张大伟的办法，但等了很久，张大伟却没有吭声。

“唉，我们还是自己想办法吧！”看到张大伟的头还低在那里，王贵华叹了口气。

章五十九

关凯有些沉不住气了。他取枪向右边墙上射击："我就不信了，子弹也打不破你！"

"小心子弹弹回伤人！"李古力急忙说，但是他说晚了一步，关凯早已经扣动扳机。

所有人都怔怔地站在那里，看关凯向墙上射击，也忘记了要躲开可能弹回来的子弹。

"砰"的一声枪响，子弹打到了墙上，并没有弹回，而是陷进了墙里。

这却不是关凯所期待的，他惊讶道："子弹打出去了！"他顺着弹道走向右边，满心指望一直可以走到墙，不承想没走几步，身体又被堵住了。

"怎么回事？"高雅妮看他停住问。

"又被堵住了。"关凯看看前面，前面什么都没有。他觉得不可思议，转头问李古力："队长，我再试试？"

李古力看刚才没有出现意外，点头表示同意。

关凯举枪又射。与上次一样，子弹又打到了墙上。

关凯又连续开了几枪，子弹一个个打到墙上，陷进墙里，似乎关凯和墙中间并没有任何东西。

关凯不确定那没有形状的墙是否还在，他伸手去摸。他一下就摸到了。

“队长，这东西还在。”他报告道。

张大伟不明所以地看着眼前发生的这一切，不知道如何是好。

“队长，既然子弹能出去，我们再冲一次试试？”关凯提议道，“刚才我们是向着一个方向冲的，因此被堵了回来。但是这次，我们五个人可以从五个方向冲，或许谁能冲出去。”

“这样合适吗？我们五个人一起向一边推都出不去，现在换做向不同方向的话，每个人的力量就要相对小多了……”高雅妮有些怀疑。

“等等，”王贵华说，“刚才我们是向前面的方向推，而大关的子弹是向右边的墙上打的。我觉得我们可以向右边冲，或许就能出去。”

“为什么？”李古力问。

“我也说不清。”因为只是自己的感觉，王贵华也不知如何解释。

“好吧。我们试一次。”李古力想不到更好的主意，只能一个一个地试了。

大家都站到关凯的身边，随着李古力喊“一、二、三”一齐向前扑去。大家都是用手向前推，只有关凯是用肩向外顶，但依然没用，大家寸步不前。

看到关凯用肩向外顶，王贵华笑道：“大关，如果刚才能出去的话，你不摔个趔趄才怪。”

他的话未落，突然听高雅妮喊道：“不好，我们的空间在缩小。”这时众人也已经感到那个看不见的“墙”在把他们向后面推。他们似乎感觉到一个无形的“笼子”在缩小，似乎要把他们压扁到一起。

大家紧张起来，极力地尝试抵挡往里推的力量。但这股力量虽然是缓缓的，但一丝没有因为他们的抵挡而停住。

正当大家觉得被四面八方包裹而来的力量几乎挤压到一起，相互仅相差一个人的距离时，那个力量停住了。

大家松了口气，但又担心那个力量再次往里推进。

“队长，”王贵华犹豫了一下，又说，“我想……”

李古力鼓励道：“你说。”

“或许我们应该按大关的意思做。”

“为什么？”李古力还是同样地问。

“刚才大关的确是把子弹打出了这个无形的牢笼。子弹很小，而我们的身体都很大。如果我们再一起推，我们整个的压力也大。按照现在的状况看来，如果我们向外的推力越大，把我们向里推的力量也越大。所以，如果向不同方向推，或许这个牢笼哪一个方向力量弱，那个方向的人就出去了。再不济，我想我们也不会被推回得这么厉害。”

“对啊，我就是说吗。”关凯说着，本能地退后一步，准备向前冲，但他退后一步的同时，已经撞到了后面的高雅妮，里边的空间已经很小了。

关凯感觉撞着后面的人了，赶紧收身。看到后面是高雅妮，他抱歉地看了她一眼，重新准备身形，向前冲。

“不，不要冲！”张大伟这时两只手摇着向里边的人喊。

“为什么不能冲？”关凯问。

“你们已经看到了，向外有推力，就一定产生向内的推力。事实上向里的推力的强度应该是相等于你们向外的推力，所以大家一起推和单个向外推，结果是一样的。”张大伟解释道。

“无论如何也应该试一下吧。”王贵华有些不耐烦了。

关凯也开始暴躁起来：“你不要解释。有什么办法说出来。”

“对，张先生，你有什么办法吗？”虽然高雅妮认同张大伟的解释，但语气中也带有埋怨。

关凯道：“我们先试。不行再说。”

由于空间的原因，他只能微微地向前躬身，跃跃欲试。王贵华也在准备向另一个方向用肩膀推进。他们只等李古力一声令下，便要向前扑去。

没等李古力说话，一股力量忽地向前推进，顿时把他们背对背挤到了一起。

“怎么回事？”禹红惊恐地问，想抽动自己的胳膊。

关凯也在剧烈地挣扎着，但他越挣扎，那股力量似乎把他们挤压得越紧了。

李古力喝道：“大家别动！”

大家一时间都停止了挣扎，而几乎同时，那股看不见的力量也似乎松动了一些，大家明显地感觉刚才那强烈的束缚感没有了，但身子仍然移动不得。

从一开始，李古力就注意到了把他们困住的力量是刚才大家所说的因为推力而引起的反推力，但刚才大家没有向外推，那力量怎么也会向里推？难道它是因为听到他们讨论向外推，就向里挤？

但是先前讨论的时候，它也没有向里挤。为什么这次就会向里挤呢？

李古力定了定神，看到大家已经停止了挣扎，他低声安慰大家道：“大家不要着急，总有办法出去的。我们慢慢想。”

他没有注意到，在他说话间，那股力量又退后了一些，他们的身子已经能够移动。

禹红觉察到了。她说：“队长，我们可以动身子了。”

李古力试着抬了下手，果然可以抬得起来了。他说：“这很奇怪的，刚才那股力量怎么又回去了呢？”

“你们有没有发现，除了我们向外推会导致我们被推回，我们急躁或者情绪化的时候，这个空间也会缩小。”

“禹姐，你是说这个牢笼会随我们的情绪而变化？”

“我猜是这样，因为我注意到刚才我们被挤到一起的时候，刚好是大家和张先生争辩的时候。”她说着，看了一眼外面的张大伟。她注意到张大伟也在看她。

众人一想还真是这个道理，把眼光都投向禹红。

“所以我想，要想出去，就得先冷静下来。”禹红说。

“是啊，我们冷静下来，看这个牢笼的空间是不是会变大。”高雅妮同意道。

李古力接口道：“这个主意好。我们试验一下。”

“如何冷静法？”关凯问。

“打坐。”高雅妮说着，便尝试着弯腰坐到地上。她没有碰到预期会碰到的阻力。她坐到地上，双手合并到胸前，说：“我们坐下，什么也不想。”

“好，我们试试。”李古力赞同道。

章六十

看到五个人静静地坐在地上，什么话也不说，外面的张大伟非常好奇。他也默默地注视着他们，想弄清究竟。

过了十多分钟，王贵华建议道："队长，我来试试我们现在的空间有多大？"

李古力点头同意。

王贵华轻轻地站起身，几乎是踮着脚慢慢地向前走去。他走出好远，几乎就到那个武器库的时候，又被挡住了。

关凯看到这一幕，兴奋道："还真是这样。"他猛地站起来，朝王贵华走过去。但几乎同时，他意识到自己的去路被堵住了。

他下意识地看别人。别人似乎一切正常。他问王贵华："小王，怎么回事，你有被堵住吗？"

"没有啊。"王贵华走到他的身边。

"怪了，这感觉怎么又没有了？"

"什么感觉？"

“刚才我站起来要走到你那边，刚走出去就被推后了一把。但现在那个推劲又没有了。”

王贵华听关凯这么一说，觉得他得到了所有的答案。他示意关凯坐下。他跟着也坐了下来，缓缓地解释说：“我想我知道了这个小高说的牢笼的机制了。”

大家没有做声，听他说下去。

“第一，我们如果向外推，就会产生反作用力，把我们向里推。”

大家觉得这个前面已经说过了，没有新意，于是也没有回应。

“第二，如果我们有情绪的时候，比如急着出去的时候，抱怨的时候，它也会把空间缩小。”

大家默认。

“第三，这个牢笼的大小对里边所有的人来说是不一定的，而且，它的大小还会针对单个人的情绪和动作产生变化。比如刚才大关的空间小了一下，而我们其他人却没有这个感觉。”

“这么神奇？”高雅妮叹道。

“还有这种牢笼！这些金乌人是群什么样的人啊。”关凯也觉得对手不容小觑，因为他们一直还没有出现，自己就连连碰壁。

“对，这还真是个情绪牢笼。”王贵华道。

“嗯，是的。”外面的张大伟说着，赞赏地看着王贵华。

看到张大伟搭腔，禹红问他：“张先生有什么主意了吗？”

“等，只有等。”张大伟回答，脸上满是淡定。

“等？等什么？”关凯不满地看了张大伟一眼。

禹红极力地控制着自己的情绪，缓缓但是强调地说：“张先生，你是知道的，这里的事情不解决，上海的危机就不会过去。我们真的不能没有理由地干等着。”

李古力站起身道：“张先生，您是不是说等我们都心绪平静如水的时候，也许就能出去了？但我们这么多人，重任在身，很难什么都不想的。所以……”

张大伟似乎很感谢李古力为他做的解释，说：“这样，我们再想想。”

他开始在外面来回踱步，思考着。

里边，高雅妮试探着问王贵华："你说，如果它会随着我们的情绪大小而发生变化，那我们是不是可以根据它的大小变化找出规律来？"

王贵华有些无奈地看了高雅妮一眼："可惜我们看不到困住我们的东西。"

"也对。"高雅妮没了办法。

张大伟在外面不停地来回踱步，众人的眼光也跟着他的步伐来来回回。身陷情绪牢笼里的人现在才感觉到，能够无拘无束地走路真是一种幸福。

王贵华告诉自己什么都不要想，一切顺其自然，但忽然脑海中冒出了一个念头。他转过头压低声音减慢语速对李古力说："队长，你看，这个牢笼把我们和张大伟隔开，也同时把我们的空间放大缩小，这也就意味着它不是什么也没有的空气，而是由什么物质组成。"他顿了顿，又说，"即使是空气，那也应该是不同于一般空气的空气。"

"你觉得会是什么？"李古力问。

"我的直觉是，如果它不是空气的话，它应该是一种什么隐形的物质，换句话说，我们的肉眼看不到。当然，问题是，子弹怎么能够穿透而我们却被挡住。"

"会不会是子弹的受力面积小，因此不产生反弹？"

"也有可能。我们试一试其他的东西，看是否也能穿透？"

"好。"李古力说着，四周打量用什么做试验。这时，他看到了关凯背后的矛。

王贵华也看到了。他走到极力控制着自己情绪的关凯身边，接过他递过来的矛，端在手中，慢慢向外走去。

一步、又一步。没有阻隔。

章六十一

王贵华强忍着自己的兴奋，正觉得很奇怪怎么拿着矛就能走出这个情绪牢笼的时候，身子被挡住了。他下意识地向前推了推，但顷刻间，身体被往回推了一步。

他马上停下。

他看手里的矛，很明显，矛已经穿透了这个透明的东西。他搅动了一下手里的矛，没有感到任何阻碍。

他抓紧矛柄，用力向前一推，顷刻间他被猛地反弹了回去，而长矛也随之脱手，随着一声清脆的金属落到硬实地面的声音，长矛落到牢笼圈子外面的地上。

张大伟跑过去，捡起来地上的长矛，打量起来。

关凯若有所思道："子弹能出去，长矛也能出去，这就怪了！"

"是不是其他东西也能出去啊？"高雅妮道。

李古力点点头："有可能。"

高雅妮看李古力肯定她的想法，问："我拿个什么再试试？"

李古力看她："你有什么？"

高雅妮打开一直背着的急救包，看了看，实在不知道扔掉什么才好，所有的东西她都有用。

"小高，用我的吧。"禹红说着，递给她一串木珠手链。

"禹姐？"高雅妮诧异地喊了出来，她记得禹红跟她说过，这手链是禹家世世代代传下来的。

禹红显得十分镇定，说："不要丢急救包里的东西，这手链在这里什么意义也没有了，没关系。"

"嗯。"得到禹红的确认，高雅妮轻轻地把禹红的木珠手链向外扔去。

手链掉到地上，没有清脆的声音。张大伟走过去，从地上捡起了手链。

王贵华几乎彻底泄了气："这东西，只有没有生命的东西才能穿透。"

关凯问："你的意思是？"

"即使我们打坐，我们什么也不想，我们也不可能出去的。"

"为什么？"

"你刚才看到了，没有生命的物质都能出去，就是我们不能。"

"是不是我们没有静坐到家？"高雅妮问。

"没有用的。"王贵华答道，"或许你什么都不想，就能出去。但如果你要出去，必定首先得想要出去，你想要出去，你就已经想了。你想了，也就出不去了。这大概就是这个精神牢笼的定律了。"

"这么说活着就一定出不去了？"关凯听了很不乐意。

"是。"王贵华肯定道。

听他们说话，李古力没说什么，但是现在的事实显然已经证明小王是对的。问题是，难道真的没有办法出去了吗？

"这样的话，如果金乌人发现我们，我们怎么逃？"禹红说着心里的担心。

王贵华笑着安慰她："金乌人大概不需要发现我们了，我们已经被他们困住了。"

"也是，但他们为什么就一直不现身呢？"关凯自言自语道。

"这个牢笼，我好像记起来了……我刚才差点忘了。"张大伟这时说话了，他还在看着禹红的木珠似乎在研究着。

“张先生，你说你知道？”高雅妮听到张大伟说话，很是激动。

张大伟点点头：“是的。”

“那怎么出去？”王贵华赶紧问。

“我记得我当初也在这里的，是金乌人把我放出去的。对了，我就是在这里被他们抓住的。我想起来了！我刚才完全忘了！”

“这个可以理解，一定是选择性失忆。但你记得金乌人是怎么打开这个地方把你放出去的吗？”

“我想想。我想想。”片刻后，张大伟抬起头来，说，“我想起来了，他们有一个东西能开启这个牢笼。”

“什么东西？遥控器？”王贵华看着空空的空间，看不到任何其他办法开启这个牢笼。

“嗯，一个遥控器类的东西。”

“你知道那东西在哪儿？”王贵华又问。

“嗯。”张大明想了想，说，“我想我知道。我现在就去。”张大伟转过身，没再说话，就匆匆地走了。

章六十二

张大伟离开有一些时间了，李古力和他的队友们还被困在看不见的牢笼之中。坐在地上，他们极力放松自己，但又苦苦思索能有什么办法离开这个情绪牢笼。关凯有些无聊地摆弄从南极带来的冲锋枪。

“队长，你觉得张先生能回来吗？”高雅妮有些沉不住气，看了看思考中的李古力。

李古力也不知道。他回答道：“希望如此。不过我们还是要自己同时想办法，就像刚才小王做的那些试验。”

“可惜都没有成功。”高雅妮叹道，“对了，小王，你还有什么主意吗？我们再试试？”

王贵华满脸是无可奈何的神色：“我也是江郎才尽了。”他站起身来，活动着僵直的四肢，吁了一口长气。

“再想想吧。这个你最拿手了。”关凯也跟着叹了口气，继续摆弄他的枪。

众人再次陷入了沉默。

突然，关凯显得惊讶地自言自语道："怪事。"

"什么怪事？"王贵华问。他研究问题如果碰到死胡同的时候，最希望有什么不寻常的事情发生。这是他获得灵感的最有效的方式。

"你看那边。"关凯用枪指了指右边的方向。

"嗯？"王贵华有些不解。

"你仔细看，那个光点。"

"咦。"王贵华看到了。那是激光瞄准镜射出的光。这个光柱顶头的光点不是落在远处的墙上，而是停在了半空，似乎受到了什么阻隔。

"我试验这个激光瞄准镜的时候，觉得哪儿不对。因为我是瞄着墙的，但光点却没有射到墙。怪事。"说着，关凯站了起来，要去察看那个光点的位置。

王贵华这时已经非常兴奋了，他一边从关凯手中抓枪，一边喊道："找到了。找到了。哈哈，我们找到这个墙了。"他没想到话还没有说完，一阵强大的压力涌了过来。他和关凯几乎同时跌坐在了地上。

"啊，我怎么一下忘了呢。"王贵华接过关凯松手给他的枪，讪讪地笑了笑，心想这个金乌人的无形牢笼还真是厉害，情绪稍一变化，就让人的空间缩小，而且让人窒息。既然找到了可能性，我得完全保持心平气和。

王贵华坐在地上，用枪上准镜发出的激光向前射了过去。激光的红色光点停留在了空中的一个点上，他的猜测没有错！

"队长，我想我找到解决办法了，你看那光点。"这次王贵华尽力压抑自己激动的心情，朝李古力喊道。

"是的。看到了。你瞄着那里别动，我来试试那地方。"李古力说着，缓缓地站起身来。他慢慢走到光点的所在，伸手朝那里摸去。

他的手指停留在空中，"这里是硬的。"他惊讶地说。

王贵华极力不显得兴奋："的确是有东西的，就是隐形了。"兴奋中他忘了那东西还会收缩移动。但那些都不重要了。重要的是，包围着他们的这个东西找到了。

"小王，你把激光关了。"李古力的手指压在那个他感觉到的硬物上，对王贵华说。

王贵华马上意识到了李古力要做什么。他关掉了激光。几乎同时，李古力的手指不自觉地向前动了一下。

“队长，没有了？”

“嗯。没有了。”

“我们把枪都拿出来一起找？”

“有什么用？”

“嗯。也是。”王贵华想了想，也是，多几个光点除了证明刚才已经证明的，其他似乎没有什么作用。但他转念一想，说道：“对了，既然红外光能使这个无形的牢笼显现，那么或许南极人的手电也能让它显现呢。”

说着，他从背包里拿出南极人给的细细的高频手电朝前方照去。顿时，前方出现了一个逐渐放大的光柱。而光柱的尽头停留在无形的空间。

“真的能行。”王贵华极力抑制着自己的激动。

李古力仍然是不紧不慢地走向那光柱停留的地方。这次，他的整个手掌都在光柱尽头的那个圆中了。他似乎摸在一堵墙上。

大家都看着李古力，等待着他讲话。从他们的角度，他们无法辨别李古力伸开的手掌仅仅是举在空中，还是搭在什么上面。

“是墙。”李古力静静地说。

章六十三

区别于李古力的安静，大家都兴奋起来。无形的牢笼中看到墙，也是一种幸福。但知道这墙能伸展收缩，大家还是压抑着自己的兴奋。

“我们有什么办法打破它？”高雅妮问。

“我有办法。”王贵华重新找到了他的自信，“队长，你让开。”

李古力不知他又有了什么新主意。

待李古力慢慢地走回到他原先坐的地方坐下，几乎已经等不了的王贵华终于开口对关凯说：“关凯，你用手枪打那个光圈。”

关凯眼睛斜了那光斑一眼，拔出腰上的手枪，一枪打了过去。

“砰”，一声略显低沉的枪响，光斑处顿时破了一个小拇指般粗细的弹孔，霎时，高频手电的光柱变成了粗细的两条。粗的仍然在近处照出一个圆形，细的已顺着弹孔直射出去，落到远处的墙上。

大家正要在心里欢呼，却发现光柱尽头的圆圈中的弹孔已经在几秒钟内渐渐闭合了。

“不会吧，还会自动闭合？”王贵华难以置信地看着已经消失的弹孔处，失望地喃喃道。

“没事，至少我们找到了破坏它的办法了。”李古力安慰道。

“就是有点可惜，要是那个弹孔能大点就好了，哪怕是一瞬间，也是有希望出去的。”关凯失望地说。

“是啊。可惜没那么大的子弹。”王贵华看了关凯一眼，盯着光柱尽头的亮圈思索起来。

关凯有些不甘心。他站起身，拿出自己的手电向另一个方向照出一条光柱。他顺着光柱走到那墙的近前，猛地一脚踹了过去。只听“砰”的一声，关凯被巨大的反作用力给弹坐到地上。他揉着脚，说：“这么硬！”

高雅妮和禹红此时也坐不住了，她们都站了起来。禹红打开手电，她俩慢慢朝光柱停住的地方走了过去。她们仔细地观察着那个空空的但光却又驻留在那儿的地方。高雅妮伸出手指在那地方轻轻点了一点，似乎是玻璃一样的平滑感觉。因为和这个无形的“墙”离得很近，她和禹红说话的声音也小了许多：“禹姐，你摸摸看，这会是什么物质做的墙呢？”

禹红把手放到光圈里，那种平滑的感觉似曾相识，但却完全不记得。她摇摇头：“不知道。像水做的？不，冰？”

“也不知道这玩意怕不怕火。”关凯也拿出了自己的手电，学着禹红的样子在上面摸了摸，马上又收了回来。

“火，对，我们可以试试火，关凯，你真是个天才。”王贵华忙深吸了一口气，努力让自己平静下来说道。如果火能烧的话，就容易了。

难得听到王贵华称赞，关凯挠了挠头，有些不好意思地笑了笑。

“队长，我们把所有的手电都集中起来，离开一定距离后，照出一个大光斑，然后试试用火烧。”王贵华轻声建议道。

“用什么点火？”李古力想了一下问。

听到李古力的问话，王贵华马上翻起了自己的背包，翻了一遍，没有任何点火的工具，他不甘心，又翻了一遍：“大关，我这里没有点火的东西。你看看你的包里，有没有什么可以点火？”

“我也没有。”关凯翻了一遍他的背包。

其他三个人也马上开始翻包，都没有。

王贵华满脸失望。

“我有个老办法。”关凯说。

王贵华有些不信地看他：“什么办法？”

“把子弹里的火药倒出来引火。”关凯说着，从弹匣内退出几颗子弹。

王贵华恍然大悟，道：“好主意。”但他转念一想，又问：“烧什么呢？”

李古力脱下自己的外套，说：“烧我的衣服，把矛递给我。”

关凯抬头看了看李古力，取下身后剩下的另一支长矛递给李古力，接着，他左右手拇指和食指分别捏紧一颗子弹的弹壳和弹头部分，轻轻地左右拧动，一下便把弹头从弹壳中拔了出来。随后，他小心地把里边的火药倒到高雅妮递过来的纸片上，马上开始拔第二颗子弹。

禹红看在眼里，佩服道：“这手上要有多大的劲啊。”

“老关就是力气大。”高雅妮回应道，但话一出口，觉得不妥，又改口道，“老关力气就是大。”

关凯看了她一眼，笑道：“你别笑话我就行。”

待关凯倒出了他手上的最后一颗子弹中的火药时，李古力已经把他的衣服绑在了矛的顶端。他把矛递给了关凯。

关凯接过去，放到地上，把弹药撒到衣服的一个皱褶里。然后，他用手枪对着一旁“啪啪啪”连开三枪，紧接着，他把灼热的枪口碰到衣服里的火药上，顿时一小股浓烟冒出，引燃了下面的衣服。

李古力从地上拿起长矛，喊道：“大家把手电都对准我的前方。”

他的话音未落，众人立刻又感到那股无形的压力从四面八方传了过来。大家顿时一步步被逼得倒退，直到被困到一个小圈之内。

但大家的手电还亮着。长矛尖端的衣服还在燃烧。在大家被逼退后的时间里，长矛已经顶着前面的光圈，只是光圈并没有被点燃。

王贵华大为泄气：“不行啊。”

“慢，你们看！”听李古力说话，大家一下又提起了精神看前面的手电光处，只见长矛顶端即将燃尽的衣服上，最后一丝火焰跳跃着就要熄灭的时候，光圈中出现了一个灼烧的痕迹。随即，火焰灭了，灼烧的痕迹也随即消失。

“差点烧起来！”王贵华又兴奋起来，他轻轻地说道。

手电的光柱中，那“墙”在慢慢退去。

“啊，墙动起来了。”高雅妮注意到光柱的落点向后移动。她小心翼翼地伸出手，的确，墙后退了。她又慢慢地跟着光柱产生的光圈向前移步，直到它不再后退。

待光圈不再后退，她也停了下来。她回头看其他人，其他人都在看她。

“小高你退回两步，用手电照着前面。其他人把手电关了。关凯，我们再来一次。”

“是。”关凯说着，从背包里拿他刚才翻包时看到的弹夹。

“队长，一件衣服看来不够，需要多几件衣服或者其他什么才行。”

“是的。”李古力说着，看了看自己的身上。除了刚才脱下的外套，就剩里边的运动衬衫了。

“我的，还有大关的。”王贵华说着，开始脱自己的外套。

高雅妮也看了看自己。她身上还穿着上海实验室外面战士送给她的男式衬衣和绿色军装。她把手电递给禹红说：“也算我一件。”

禹红只穿着衬衫，不知如何是好。这时李古力说：“三件应该够了。刚才已经有灼烧的痕迹了。第二件应该就能起火，是否能烧出一个洞来，就看第三件了。”

章六十四

不一会儿，一切都悄悄地准备就绪，没有人敢大声讲话，仿佛害怕把这个牢笼吵醒似的。禹红的手电光显示，那“墙”上的光圈在这整个的过程中没有变大或者缩小。

关凯的枪声明显地使它向里推进了两步，逼得禹红也同时向后退了两步。然后，它就又停住了。

李古力把燃烧的长矛尖端抵在禹红手电光柱的光圈上，大家屏住呼吸，等待着奇迹的出现。

三秒、六秒、九秒，光圈上出现了小小的火苗。又过了十几秒，光圈里开始出现一个拇指粗细的孔，手电光透过这个孔向远处的墙射了过去。

“大家把手电一齐打开，照在禹红的光圈的周围，不要太高。”李古力不动声色地说。

随着火焰透过手电光照着的“墙”，那上面的孔也开始增大，时间慢慢地消逝，待火焰几将燃尽的时候，众人面前已经出现了一个能容纳一人穿过的洞口。这洞口似乎悬浮在空中，在火焰中。

“小高、禹工，你们跳出去。快！”李古力一声令下，稍微靠前的高雅妮没有犹豫，一个纵身便穿过了那洞口。紧接着，高雅妮伸回一只手，一把将禹红也拽了出去。

恰在此时，矛头火把上最后的火焰熄灭了，只剩下最后的一些火星还在闪烁。李古力心想不好，马上对在一边张望的王贵华吼道：“小王，快！”

听到李古力的喊声，王贵华急忙一个纵越，从洞里钻了出去。

洞口向里急剧地推进。

“关凯，快跳。”

“队长！”

“这是命令，快跳！”

关凯几乎是擦着李古力的矛柄跳了出去，此刻洞口急速收缩。李古力把长矛向外一送，身体跟着向外跃去。

但就在那一瞬间，洞口已经收起，一时间纵身跳跃状的李古力被卡住定格在半米多高的空气中，进退不得。

章六十五

高雅妮和禹红同时用手上的手电照李古力的位置，但手电的光柱却没有停留在李古力的位置，而是直接落到对面的墙上。

关凯和王贵华冲到李古力身边，一人抓住李古力的一只胳膊，用劲向外拽。

李古力这时觉得自己似乎被什么力量吸附住了，而且还在不断地陷进去。

关凯和王贵华同时发力，把李古力向自己拉去。没想到他们刚一使劲，李古力一下就被拖到地上，王贵华没能收得住脚，退后几步终于跌坐到地上，嘴上还在嚷嚷："出来了吗？"

虽然被拖摔到地上，但李古力已经从地上站了起来。他走过去把王贵华从地上拉了起来，说："出来了。"

"没想到这东西这么不抗拉。早知如此，就不需要这么用力了。"王贵华跑过去要看李古力出来的地方，但面前已空空如也。

"外面什么也看不到，你不要走得太近，免得又走到里边去。"高雅妮在一旁提醒道。

王贵华一听，顿时收住了脚步。他想了想，说："不管如何，我可以大声说话了，是吧？"他几乎是把"是吧"两个字喊出来的。

关凯笑道："你就喊吧。现在没事了。"

"终于从这个情绪牢笼里出来了。"高雅妮心有余悸，"这到底是什么样的东西呢？"

禹红也附和道："我怎么就觉得它是水做的，但它怎么又会被烧出一个洞呢？"

"水做的？"王贵华问，"你怎么知道？"

"我只是觉得，猜的。"

"嗯。也许吧。它能在光线中显现，又会因为里边人的情绪而波动，倒是有点像水。"

"小王，这个回头有时间你好好研究一下。现在，我们计划一下下一步怎么走。"李古力打断了众人的议论。

"是。队长。"大家应道。

李古力接着说："我们是跟着张大伟先生到这里然后被困住的。他说去拿什么但现在还没有回来。不知道他什么时候，甚至是否能回得来，我想我们应该按原计划行事，回南极，取炸药。"

高雅妮问："那我们就不等张先生了？"

"嗯。我们原路返回，或许还会碰到他。"

"对，我们不能向前走。"关凯似乎有些不舍地看了一眼对面的武器库，"不然我们又要走进前面的笼子里了。"

篇九
金乌阵

章六十六

李古力带着众人顺原路开始向飞船外围摸索。他们注视着周围的一切，期待着再次遭遇意想不到的事情发生。

但一切非常安静，没有一丝声息。

突然，一阵急促的“呼哧呼哧”的喘气声从前面传了过来。众人立刻停下了脚步。李古力和关凯持枪在队伍的最前面，准备应付已经到来的变故。

是张大伟。

瘦小的张大伟从一段走廊的尽头跑了出来。他大口大口地喘着气，似乎跑得非常急促。

张大伟也发现了李古力他们，他径直跑到李古力前面停下。关凯刚要开口说话，被李古力一个手势拦住。这时，张大伟喘气稍稍平息下来，他惊讶地瞪着李古力问：“你们、你们怎么会在这里？怎么出来的？”

李古力注视着他，回答道：“我们用火烧掉了那层看不见的屏障。”

“啊？你们怎么不等我？怎么会烧掉了呢？”张大伟显然是吃了一惊。

“我们找到了显示那个情绪牢笼的方法，然后用火就把它破坏了。”王贵华在后面插了一句。

“情绪牢笼？”

李古力没有回答张大伟的提问，反而提出了他自己的问题：“张先生您刚才去哪里了？”

“哦，我去拿控制器了！在路上遇到了点麻烦，没想到你们已经出来了，不过我已经把控制器拿来了。”张大伟边回答边把手上的一个六七厘米长的金色圆棒展示给大家看。光滑圆棒的顶端有一个金色的光圈，光圈散发出柔和的金色光芒。

“这是什么控制器？”王贵华问。

“嗯，这就是可以打开情绪牢笼的控制器。”张大伟瞅了一眼王贵华，确认道。

李古力看了看张大伟手上的控制器，又问：“张先生，这就是您先前离开去拿的东西？”

“是的。后来我想起来也遇到过这个情绪牢笼，金乌人放我出牢笼后我偷到了他们的控制器。那时候我把控制器藏了起来，刚才好不容易找到了它。这个控制器能够操控这个情绪牢笼，你们跟我来，我演示给大家看。”

李古力想了想，说：“好。我们跟张先生回去。”

章六十七

他们很快走回了拐角，这里距离情绪牢笼不是很远。

一出拐角，李古力挥手让大家停下。他向张大伟看去。

张大伟见状，离开众人向前面的空旷处走了十几步。他举起手中的圆棒，顶端的金色光圈随即闪烁起来并同时发出大片的淡淡的金色光芒。在金色光芒中，众人看到了一个很大的半圆形的笼子罩在前面空旷的地方。

“啊，这就是那个情绪牢笼？”高雅妮暗自惊叹。

李古力沉吟不语。

王贵华很好奇地问道：“你这个控制器能打开这个笼子？”

张大伟有些得意地介绍道：“是的。它可以打开或者关闭这个屏障，也可以控制它的大小。”说着，张大伟晃了晃控制器，笼罩缩小到只能容纳两三个人的大小，接着，他又晃动了一下控制器，笼罩便消失了。

王贵华非常感兴趣地问：“这是什么原理？”

“其实也没什么，它就是一个小的控制器。回头有时间的时候我给你解释它的原理，现在，我们是不是去金乌人的武器库？”张大伟说着，指向前面有着白色三角形标志的墙，问李古力。

“好。大家跟上张先生。”李古力命令道。

大家小心翼翼地跟在张大伟后面通过了原先把他们困住的情绪牢笼的空间，来到那个白色三角形标志的下面。

关凯伸手就要去触碰那个白色三角，被李古力挡住。李古力转头看张大伟，发现张大伟也在看他。

“是的，触摸那个三角，这边的门就会开开的。”张大伟确认道。

李古力上前一步，触碰了白色三角，果然，墙面上出现了一个门洞。

张大伟第一个走了进去。

和众人想象的不同，这里没有排列整齐的武器架，也没有南极人的悬在空中的武器陈列。大家觉得似乎又回到了飞船外围的走廊。

张大伟似乎看到了大家的疑惑，解释说：“这个武器库实际上很大，武器都在最里边。大家跟着我吧，很快就会到的。”

走在张大伟的身后，李古力尖锐的眼神注视着张大伟的背影。他原先对张大伟的疑惑变得强烈起来。

刚才大家被困，张大伟却在牢笼外面。

我们出来牢笼，他才出现，而出现时，他的神情为什么是惊讶，而不是惊喜？

他的控制器又藏在哪里了？因为他原先那个牢房中没有任何东西。

还有，每个门的开启装置都在两米多高，他个子不高，怎么却像很熟悉这里的一切，如果他原先来过的话，又是怎么开门的？

李古力放慢脚步，等到高雅妮赶上他的时候，他小声地问：“小高，我有一个问题。”

高雅妮知道一定有重要的事情。她回道：“嗯。”

“先前你曾经说过，张大伟先生的皮肤很特别？”

“是的。”高雅妮很高兴李古力说到这个，因为她提起过这件事但当时李古力似乎没有太大的兴趣，“他的皮肤有超乎寻常的恢复能力，而且，似乎仅靠喝水就可以复原，如果不是亲眼看到这个很难想象，至少在地球上这是不可能的。”

“你觉得这是什么原因呢？是否南极人，不，南极地球人都是这样？”

“不应该。张大明看上去不是这样的。”

“那么……”李古力欲言又止。

“队长，”高雅妮有些明白，但不能确定。“队长，你是说……”

李古力朝高雅妮使个眼色，暗示她不要声张。高雅妮明白了李古力的用意，顿生警惕。

李古力大步走到前面赶上张大伟。他觉得如果张大伟真有问题，需要尽快发现并解决。

我得直接问张大伟，他想。

张大伟注意到李古力走到了自己身边。他抬头看向李古力：“很快就到了。”

“嗯。好的。”李古力顿了顿，接着问道，“张先生，我很好奇您对金乌人的了解程度，还有您取来的那个控制器。”

“哦，这个啊。我上了金乌飞船后走了很多地方，然后被金乌人困住了，这个过程中，我对他们有了很多了解，那个控制器，是我从金乌人那里偷来的。”张大伟看着前面的走廊说。

张大伟的回答滴水不漏，但实际上却是什么也没有回答。他要隐瞒什么呢？“不知道金乌人的武器库中有没有能炸掉金乌船的炸弹？”李古力叹了口气看着张大伟又说，“要不我们还是返回南极拿炸药上来？”

“不用。金乌人那里什么都有，况且前面就要到了。”张大伟语气里显出些许急躁。

他急什么？为什么他对金乌人的炸弹有那么大的信心？或者武器库中还有什么他没有说？

“武器库出去我们就直接到金乌飞船的核心区了？”

“是的。还记得我说过炸金乌飞船我自有办法？”

李古力想了想，当时他是说常规的炸药不会有用而他自有办法，又因为到处有看不见的金乌人，所以不能说他的办法是什么。这个武器库就是他吞吞吐吐、欲说还休的原因？他点点头。

“所以，我们前面取了我们需要的东西，然后就可以做我们该做的事了。”

“哦。”李古力没有再问下去，而一直没有做声的王贵华上前一步，问张大伟：“张先生，这么复杂的路线你是怎么记住的？”

最初的时候，王贵华一边走还一边记着每一道门，每一个机关。但经过情绪牢笼的折腾，而武器库中的走廊越来越复杂，他渐渐地也迷糊起来。

张大伟转过头指指自己的脑袋，说：“我们的记忆力很好，只要走过一遍，我就能记住一切。”

章六十八

再往前走，一个不足五十米长的走廊出现在众人的面前，从大家的位置来看，走廊的尽头是一个巨大的空间，但里边空荡荡的什么也没有。

众人继续往前走，直走到走廊的尽头，那个空间的全貌才展现在众人面前。

这是一个不知道做什么用的圆形空间，大约一百多平方米。除了四周留了一圈过道外，中间的部分是一个圆柱形的大坑，且周围没有栏杆。

李古力刚想走上前去看一下大坑的底部有什么，这时他看见走在前面的张大伟突然朝着大坑就迈了过去。

李古力大喊一声："张先生小心！"

已经来不及了，张大伟的那一脚迈出去，猛然踏了个空，身子顿时坠了下去，一下子在众人的面前消失了。

李古力刚想冲上前去，但他脑海中突然一惊，身体猛地停住，伸出手拦住也想冲上前去的其他人，说："小心有机关！"

众人纷纷停住，把目光集中在李古力身上。

李古力慢慢地靠近过道的边缘，他看到张大伟正躺在大坑底部的边缘位置，一动不动。

这个坑约有五米深，坑底四散分布着大大小小的石碑，它们在金属光泽的坑壁的映衬下闪着淡淡的金蓝色光辉。

李古力朝张大伟喊道："张先生！"

张大伟没有任何反应，高雅妮见状就想下去救人，不料却被李古力拉住。高雅妮回过头看了李古力一眼，说："队长，让我下去吧。"

李古力没有回答，他又看了一眼躺在坑底的张大伟，半晌，他打开手中枪的保险，朝众人说："大家注意戒备，小心埋伏。"

就在众人的左手边，有一条由那种亮铜色的金属铸造的楼梯，与人类楼梯不同的是，这条楼梯每一阶都出奇地高，几乎和李古力小腿的高度齐平。所以众人下楼梯时非常小心，生怕一个不留神就和张大伟一样摔下去。

慢慢跨下几个台阶，李古力低声问高雅妮："小高，你刚才看清楚张先生是怎么掉下去的吗？"

"嗯，"高雅妮一边仔细看着脚下一边点头道，"好像是他直接走下去的，也许是这个台阶对他来说太高了。"

"你觉得奇怪吗？"李古力说道。

"是很奇怪，这么大的台阶怎么会注意不到。"高雅妮也有些困惑。

"会不会是一个圈套？一会儿小心点。"李古力提醒高雅妮。

"嗯，"高雅妮见李古力关心自己，心里一热，但紧接着她就恢复了常态，说："可是他有必要这么做吗？"

"总之还是小心。"李古力回道。

众人沿着楼梯下到大坑的底部。一到坑底，高雅妮便向张大伟的位置赶去。李古力和禹红在她后面跟了过去。

关凯和王贵华持枪察看四周。他们没有发现异常，只看见坑底竖立着一排排类似水晶一样的晶体，这些晶体被制作成一人多高的长方体，立在地上像一列列的石碑。

他们走近这些晶体，这时发现在这些晶体的里边，都包裹着一个篮球大小的行星模型，无一例外，这些模型的主要色调都是蓝色的。

“这是什么东西？”关凯不由好奇道。

王贵华也注意到了这些晶体，他看着其中一块晶体里边的模型说：“我怎么觉得这个这么眼熟？”

关凯凑过头来，果然，他也有一种很熟悉的感觉。

王贵华一拍脑袋，说：“我想起来了，这不是我们之前在南极人那里看到的天缘星吗？”

经王贵华这么一说，关凯也记起来了，之前他在南极人那里看到的天缘星只是一个全息图像，由于当时看的角度不同，他一时没能想起来。

“这些东西都是做什么用的？”王贵华奇怪道。

“该不会是金乌人每侵略一个星球就要做这么一个模型，来记载他们的‘丰功伟绩’吧？”关凯说。

“这帮金乌人真是一群疯子！”王贵华倒吸一口凉气。

这时高雅妮已经走到张大伟的身边，张大伟侧身倒在地上，右臂被他压在身下，嘴里在不停地呻吟着。

高雅妮招呼还在和王贵华研究那些晶体的关凯说：“关凯，你过来一下。”

关凯听到高雅妮叫他，便快步走到高雅妮身边。王贵华也跟了过来。

高雅妮对关凯说：“关凯，你帮我把张先生放平，我要给他做个检查。注意不要碰他的脖子和胳膊，尽量慢点来。”

关凯和高雅妮轻轻地把张大伟的身体放平，这个过程中张大伟不停地喊痛。

高雅妮把张大伟的上衣扣子解开，露出他干巴巴的皮肤。她用手抚摸着张大伟的胸口，说：“张先生，保持呼吸。”

张大伟按着高雅妮的建议试着呼吸，因为疼痛他的脸形变得更为扭曲。

其实高雅妮让张大伟保持呼吸只是想借此来转移他对疼痛的注意力，她抬起张大伟的胳膊仔细地进行了一番检查。

“怎么样，小高？”李古力问道。

“右上臂骨折，应该是粉碎性骨折。”高雅妮把张大伟的胳膊轻轻放回地上。

“严重吗？”李古力盯着张大伟肿起来的胳膊说。

还没等高雅妮回答李古力的问题，一旁的王贵华对张大伟说：“张先生，您能动一下胳膊吗？”

张大伟试着动了一下胳膊，但一股剧烈的疼痛直冲他的脑门，他惨叫了一声，咬着牙说：“我动……不了。”

高雅妮皱着眉头看了王贵华一眼，转身对李古力说：“手臂功能丧失，并有淤血和肿胀，这个部分，”她指着特别肿胀的地方，“是骨折部分，但我还不能确认是否是粉碎性骨折”。

禹红这时候凑过来问：“你是说里边的骨头碎了？”

“嗯。也是也不是。一般骨折是说完整的骨骼断裂成两个部分。如果骨骼碎裂到三块以上就是粉碎性骨折。”

“那能够装回去吗？”禹红不由担忧道。

“我要先给他复位，如果复位不准确，就会留有后遗症。”高雅妮说着打开她的急救包，从里边取出一支手枪似的金属器具，说，“一般情况是在他局部麻醉的情况下，进行手法复位，然后进行固定，比如我们熟知的石膏固定。”

王贵华见高雅妮拿出了一个他从没见过的东西，顿时来了兴趣，他凑到高雅妮身前，说：“高姐，你这个枪是干什么用的，我怎么以前从没见你用过？”

高雅妮把一个里边装着白色液体的透明小瓶装到那把“枪”的手把上，说：“这个是南极人给我的纳米注射器。张大明教授说如果我们有人骨骼受伤的话，不管是骨折还是骨骼碎裂，都可以用它来进行修复。”

“有这么神奇？”王贵华有些不相信地说。

“试一下就知道了。”高雅妮把手中的枪对准张大伟胳膊上肿胀的地方，“啪”的一声扣动扳机，瓶中的乳白色液体顿时就消失到张大伟的皮肤里。

张大伟似乎没有感觉疼痛，还在苦着脸捂着他的胳膊。

“要多长时间才能有效果？”王贵华问道。

“张教授说十分钟就应该看到疗效了。”高雅妮不敢确定当时张大明的“可以走路”是否真的可能，所以就用了模糊疗效的说法。

“你好像没有用针，这些液体是怎么注射进皮肤的？”王贵华穷追不舍地问道。

高雅妮把手中的枪的枪头部分展示给王贵华看，说：“你看这个枪管的头部，这里有许多细小的孔。液体从这些细小的孔打出来，再通过皮肤的毛孔进入皮下。”

“这么厉害？”一旁的禹红也好奇道。

“这个注射枪倒不是多么厉害，我也有一把，是一个美国的朋友送我的。但这个乳液却是真正的神奇，如果张教授说的是真的的话。”

“这个白色的液体？它有什么特殊的地方吗？”王贵华问道。

“我也是第一次接触这种技术，张教授告诉我说这个乳白液是纳米复位固定器和骨骼蛋白的混合体。”

“纳米复位固定器？”王贵华第一次听说这个名词。

“嗯，一般骨折的治疗，首先需要把骨折部分复位，为确保复位成功，还需要 X 线透视。如果不是百分之百的对位对线，就是我们说的解剖学对位，那么就还需要重新复位。”高雅妮很专业地解释道。

但禹红被“复位”“对位”还有“解剖学对位”等等名字搞蒙了，她打断高雅妮的话说：“慢点慢点，不管怎么复位对位，有没有情况最后也没有恢复原来的样子？”

“有。如果没有恢复到解剖位置，但愈合后不影响手臂的功能，那叫做功能对位。”高雅妮不厌其烦地说。

王贵华的兴趣却还是在那个“纳米复位固定器”上，他说：“高姐，你刚才说的那个纳米复位固定器是怎么回事儿？”

“我也是第一次接触这个。我的理解是这些白色的液体中含有极其微小的电脑，也就是所谓的纳米电脑。它们被注射进入人体后，会自动移动到骨折的部位，先把混合体中的人造蛋白嵌入骨折部分，促进原始的骨细胞快速转变为成骨细胞。”

这个王贵华不能理解，他对电脑的了解很少触及纳米级，而对医学类知识他就知道得更少了，他疑惑道："成骨细胞？"

"骨折的恢复是由骨膜完成的，而骨膜需要成骨细胞的支持。成骨细胞生长缓慢，所以这个人造蛋白能快速生成成骨细胞。"

"原来如此。"王贵华点点头。

高雅妮见王贵华明白了，接着说道："纳米电脑把人造蛋白嵌入骨折部分后，就会搜索和判断是否是粉碎性骨折。判断完成后，我的理解是，它们就会在骨骼折断的部位，不管骨骼是碎裂成两段还是许多块，生成一个护套一样的包裹层。一旦包裹层完成，它们就会自动收紧，并完成断骨复位的工作。"

"太神奇了！"王贵华不由感叹南极人高超的科技水平。

"更让我觉得不可思议的是，复位完成后，这个包裹层就应该是自动变为固定板，这样就不需要外在的石膏固定了。因为只有固定住复位的断骨，才能防止不利于骨折愈合的剪力、旋转力和成角的活动。"高雅妮说道。

这时张大伟用他另外一只胳膊支撑着身体慢慢地坐了起来，高雅妮见状立刻阻止他，说："张先生，你不要乱动，你的手术才几分钟。"

张大伟试着动了一下自己的右臂，说："好像已经没事了。"

高雅妮还是不敢大意，说："你还是先不要乱动的好。"

张大伟似乎没在意高雅妮的话，说："谢谢你高博士，你这个技术真厉害！"

"这个是你们南极人的技术，你难道不知道？"高雅妮有点吃惊道。

"啊，"张大伟脸上浮现出尴尬的表情，说："当然知道，我的脑袋有些不太清楚了。"

章六十九

看着张大伟脸上依然是痛苦的表情和煞白的脸色，高雅妮突然意识到还没有给他做心脏的检查，从五米高的位置摔下，很难说不会对内脏造成损坏。

“我还要给你做一些其他的检查。”高雅妮对张大伟说道。

张大伟没有提出异议，高雅妮于是把手放在了张大伟的左手手腕处，刚接触张大伟的手腕，高雅妮便觉得有些不对劲，因为她找不到张大伟的脉搏。高雅妮心中一惊，她又仔细地感觉了一下，这才发现张大伟的脉搏并没有消失，只是搏动得非常轻，几乎难以察觉。更奇怪的是，他脉搏跳动的频率也是非常之慢，而且节奏紊乱。

高雅妮怀疑是自己的判断失误，她把手放在张大伟的胸口，还是一样的情形，张大伟的心跳很慢很慢。

高雅妮一惊，忙看张大伟的脸，发现他并没有异样，而且痛苦状似乎也已经减轻了许多。她连忙问张大伟：“张先生，你感觉怎么样？”

“我很好。”张大伟轻轻地说。

但高雅妮还是不敢相信，她说："张先生，您先别动。"

张大伟听话地躺在地上，高雅妮把双手放在他的左胸前，开始给张大伟做胸按压。

差不多反复做了两分钟，高雅妮伏在张大伟的胸口，这时张大伟的状况依旧，高雅妮拿起他的手腕，却发现他的脉搏已经完全感觉不到了。

高雅妮后背开始渗出冷汗，她这时再看张大伟的脸，发现他的脸色又难看起来，呼吸似乎也没有了顺畅感。

高雅妮立刻从急救包里拿出两个薄片，薄片的后边连接着一个巴掌大的仪器。

王贵华问道："高姐，这又是什么？"

高雅妮一边打开仪器上的按钮一边说："这个也是南极人的包里的，功能类似我们地球上的心脏除颤器，现在张先生有着严重的心律失常现象，我需要用高能脉冲为他做除颤治疗。"

听到这里，躺在地上的张大伟立刻从地上坐了起来，喊道："不要，不要！"由于过于激动，他的右臂在地上撑了一下，顿时一股剧痛传来，大脑一阵空白，整个人一下子晕了过去。

高雅妮检查了一下，确认张大伟是晕了过去，她不再迟疑，将一只薄片放在张大伟的胸骨外缘上部、右侧锁骨下方，另一只放在左下胸、乳头左侧。

这时高雅妮手中的仪器显示出张大伟的心电波形，不出高雅妮所料，仪器上只显示了几条形态不同、大小各异、极不均匀的颤动波。

高雅妮将除颤能量设定在200J，为张大伟进行第一次除颤。张大伟的身体随着能量冲击跳动了一下，高雅妮看手中的仪器，猛然发现张大伟的心电波都变成了直线。

高雅妮大吃一惊，她加大除颤器的能量，又试着冲击了两次，结果张大伟还是完全没反应。

"怎么会这样！"高雅妮着急起来。

"怎么了高姐？"王贵华说道。

"他的心跳停了。"高雅妮心急如焚地说。

“会不会是南极人的体质不适合使用除颤器？”王贵华说道。

“不应该啊。这本身就是南极人的技术，一定会适用的啊。”虽然这样想，但她还是不敢再使用除颤器，她把手中的仪器关掉，把两只薄片从张大伟身上移除。

她再次把双手放在张大伟的胸口，一边按压他的胸口一边说：“张先生！醒醒！”

然而张大伟没有任何反应，高雅妮有些着急，她掰开张大伟的嘴，朝着他的胸腔里边吹了一口气，然后又去按压张大伟的胸口，如此反复了二十几次，她把耳朵贴在张大伟的胸口，可还是没有听到心跳。

“怎么了？”李古力关切地问。

“死了？”关凯在一边说道。

高雅妮点了点头。

章七十

李古力看着张大伟的尸体，沉默着。想起从开始营救张大伟，接着他带领着去找金乌人的最薄弱的核心区，接着陷入“情绪牢笼”，又把他们带到这个金乌人的武器库里边，虽然还没有看到武器，也还不能确认金乌人的核心在何处，而且他也表现出很多疑点，但现在张大伟就躺在地上，李古力心中也不免遗憾，或许对他的判断是错误的，现在他不在了，还得想办法找到金乌人的核心区。

但是李古力仍然奇怪，怎么刚才从上面摔下来还没事，突然又有事了呢？他问高雅妮：“小高，刚才是怎么了？”

高雅妮仍然在自责：“我发现他心跳只有三十，而且心律不齐，于是进行施救，没想到会这样。”

“嗯。既然事情发生了，后悔也没有意义。”说罢，他又对关凯说，“收拾一下，我们继续前进。”

关凯阴沉着脸，不说一句话。经过了这么长时间的接触，关凯虽然对张大伟没有太多的好感，但毕竟是在同一条战线上，有着共同的敌人，算是半个战友。现在见到张大伟躺在自己身前，心中也不免有些伤感。他把张大伟的尸体拖到一个角落里，安顿好，默默地说："对不起了张先生，先委屈你一下，我们完成任务后就带你回家。"

李古力见关凯从角落边回来，鼓励大家道："好了，我们打起精神来，虽然张大伟先生不在了，但我们不能就停止不前。大家提高警惕，我们继续向前探路！"

高雅妮往张大伟的方向投去最后的一瞥，正打算要走，忽然，她看见张大伟正缓缓地坐起来，高雅妮惊呼道："队长，你看！"

李古力闻声朝高雅妮看去，又转向她的目光方向，看到张大伟坐了起来，他立即跑上前去。看着面容古怪的李古力跑过来，张大伟努力挤出一点笑容，说道："怎么了，李队长？"

"您，您没事？"说着，李古力又招呼高雅妮道，"小高，赶紧给张先生检查。"

张大伟急忙说道："不用了，不用了。我没事，歇一会儿就行了。"

高雅妮伸手去按张大伟的脉搏，张大伟推开了高雅妮的手，说道："真不用了，谢谢。我没事。"

高雅妮觉得很奇怪，说道："您感觉还好吗？"她心里想，心跳停止后又自然恢复不是没有发生过，但她还是第一次亲眼看见。

张大伟的脸上似乎有些愕然，说道："怎么了？我怎么了？"

"没怎么、没怎么。"高雅妮突然想到南极人的纳米复位固定器，莫非南极人的纳米复位固定器对心脏恢复也有作用？想到这里，她也放弃了就此事深究下去的打算。这事回头再想，先听队长如何安排。

但她仍然似乎是自言自语道："肯定是纳米技术的作用，要不然您是不可能自己手撑地坐起来的。"

张大伟呵呵一笑，却没有说什么。

李古力看到张大伟活了过来，心中也是惊喜，因为张大伟所说的金乌飞船的核心只有他知道，如果自己带着小队去寻找，还不知道什么时候能找到，需要多少时间呢。

他关心地对张大伟说："张先生，您先休息一下。您需要水吗？"

"谢谢，谢谢。"

禹红把她背包里的水递了过来。和往常一样，张大伟一口气倒进了嘴里，没打一个嗝。

喝完水，张大伟闭了闭眼睛，双手撑地，缓缓站了起来。

李古力急切地问道："您的胳膊还痛吗？能走吗？"

张大伟点了点头，说："没事，我能行。谢谢。"

李古力见张大伟能走了，便对大家说："我们出发。小王，你扶一下张先生。对了，张先生，您说的武器库和金乌飞船中核心区在哪儿？"

张大伟一把推开要扶他的王贵华，说道："谢谢，我自己可以。"又向四周看了一圈，然后说，"大家跟我走，我知道前面有个捷径可以直接到达那里。"

李古力点了点头，说道："大家跟上，不要掉队！"

章七十一

本来大家以为得爬上刚才下来的那些很高的台阶，但没想到张大伟并没有去爬台阶，而是带领众人绕过众多的晶体碑，走到坑底对面。这里的墙壁上，也有一个三角形标志，而这个三角形标志才不到两米高，因而他可以够得着。

南极人的修骨技术明显地有效，因为张大伟已经能自由地、而且明显没有痛感地移动他的右胳膊。他伸手触碰那个三角，随即，一个门在大家的目光下打开了。

李古力仔细观察着张大伟的一举一动，全神戒备着，一方面是看到张大伟醒来他心中又不肯放弃对他的怀疑；另一方面他又希望自己误会了张大伟欲借保护张大伟而减轻内疚感。他看到张大伟打开那扇门，本来还想先去试探，但张大伟却直接走进了门中；他暗中摇了摇头，在门口稍作观察，没有发现异常，便也跟了进去。

一条通道出现在大家的面前，四下里一片寂静。张大伟带着大家向前走过通道右侧的门口，见张大伟没有驻足，李古力反而在这个门口停了一下，见里面空空如也，他便跟上了众人。

走到通道的尽头，大家一下被眼前的景象惊住了。

两根巨大的圆柱拱立在离门不远处，圆柱高约四米，粗得足足需要两个人才能环抱过来；再往前去是一个宽阔的大厅，这是一个足够容纳五百人的空间。在大厅的左侧是一道道台阶，和前面的深坑中的台阶一样，每级阶梯出奇地高，足有五十厘米；台阶上方是一个长方形的台面，台面上站立着一个巨大的金鸟雕像，在雕像上面栖息着很多金色小鸟；雕像后面是两扇像是巨大的窗户一样的洞口，光芒从洞口外照进来，在光芒的照射下，金色的小鸟的身子闪闪发光；在大厅的底端又是两根圆柱，圆柱后面是另一道门。

李古力看着这间宽阔的大厅，不禁感慨金乌人到底是什么样的一群敌人。这个大厅是如此的宏伟、壮丽，又是那么的精致优雅，甚至说令人心驰神往。当然他并没有放松警惕，他也在注视着张大伟。

张大伟似乎和大家一样，在打量这个新的环境。

高雅妮摸了摸圆柱，抬头仰望，便看到大厅的拱顶上绚丽的雕刻，她不禁赞叹了一声："好美啊！"

众人循声望去，只见拱顶上是各种各样的雕刻和绚丽多彩的图案，有小鸟亲昵，有大鸟给小鸟喂食，有鸟儿们飞翔，鸟儿们捕食等等的情景。每一个雕刻，每一幅画，都是那么的清晰细腻、栩栩如生。

王贵华看到这么宽阔的大厅，口中感慨道："没想到金乌飞船中还有这么漂亮的地方。"

自从李古力小队登上金乌飞船后，他们一直似乎是走在走廊一样的通道中，无论走廊墙壁上那些稀奇古怪的线条和看不见的门，或者是进入幻觉走廊，被引诱到幻觉中，再或者是闯入2.5度空间，在三维里看二维中的世界，所有的景象都是在走廊中见到的，除了情绪牢笼处在一个类似的宽敞的空间里，但那个空间没有任何雕饰，没有现在看到的让人难以想象的画面。

关凯也走到圆柱前，摸了摸，问道："这柱子是什么材料做的？"

王贵华走过去，看了看，不确定地说："这不像是花岗岩啊！"然后看了看张大伟，询问张大伟的意见道："张先生，您知道吗？"

张大伟回答道："这是金乌星球上特有的材质，它的密度比金刚石还大，非常坚固。"

王贵华感叹了一声，说道："用这样的材质建造的房屋应该很抗震哦！"

禹红正站在高雅妮身边，观察着天花板上的壁画，这时候有两只麻雀大小的金色小鸟从它们栖立的大鸟雕像上缓缓地飞向众人，它们发出悦耳动听的鸣叫，曲调悠扬，盘旋在他们的上空。禹红指着小鸟对高雅妮说："雅妮，你看它们的羽毛！"

高雅妮也注意到了在头顶自由飞翔的小鸟们鲜艳而华丽的金色羽毛，小鸟们扑扇着它们的翅膀，似乎在众人面前炫耀。

"您知道这是些什么鸟吗？张先生。"禹红问张大伟。

张大伟也注意到了这两只鸟在自己上方飞舞，他痴痴地看着，似乎在想着什么，因而没有回答禹红的问题。

关凯似乎发现了什么："你们看它们的翅膀，怎么这么像游隼的翅膀？"

禹红一时间没听明白，问道："游隼是什么？"

关凯解释道："游隼是一种很凶猛的鸟，专门捕食野鸭、海鸥还有乌鸦。它飞的速度比其他猛禽更快，因此能在空中直接捕食。和其他的猛禽另一个不同就是它们的翅膀。它们的翅膀是狭窄的，为捕食时需要的速度减少阻力。"

王贵华接着说道："我倒觉得它们更像猎鹰，你们看它们的喙和爪子。"

"大家小心。"李古力似乎意识到了什么，对大家喊道。

章七十二

李古力的话音未落，那些小鸟忽然一个振翅，速度陡然加快，疾驰而下，向众人头顶冲来。

李古力大惊，说道："大家快跑。"说完，就拉住离他最近的禹红的手飞快地往后方跑去。

禹红的右手被李古力拉着，身体随着李古力向前奔跑，但小鸟的飞行速度超过了他们的奔跑速度。还没有跑出两步，禹红突然觉得左臂一阵剧痛，这种痛是一种钻心的痛，如同生生地被匕首刺进肉中。禹红回头一望，只见一只小鸟的喙直接啄在了自己的左臂上，双翅还在扑扑地作响。

禹红赶紧把右手从李古力的手中抽回，拍打左臂上的小鸟，小鸟受到攻击，但却没有立即往反方向飞走，而是身子稍微倾斜了一下，双翅一振，短暂地离开了胳膊。等禹红的右手挥过，小鸟又立刻再次叮上禹红的胳膊。

禹红疼得又尖叫了一声，而这时李古力已经掏出手枪，手疾眼快，

"砰"的一声，正中小鸟。

禹红又是一惊，但瞬间就反应过来，她捂着胳膊就往后跑。

李古力没有移步。他注意到那只被他打到的小鸟只是离开了禹红的胳膊，却没有掉地，不一刻，竟然若无其事地拍拍翅膀又飞向高处。他大吃一惊，喊道："这些鸟打不死，大家快跑！关凯和我断后！"

在两只小鸟开始攻击的刹那间，高雅妮怔了一怔，前一秒这周围还是一片安适，小鸟在上面盘旋，鲜亮的羽毛令人心生喜爱，悦耳的鸣叫声让人陶醉，一切都是那么美好，怎么一瞬间就发动袭击了？但她随即反应过来，转身向后跑去。

此刻一只金色小鸟已经冲着她俯冲过来。它的速度极快，锐利的翅膀张开着。情急之下，她用背包扫向小鸟。小鸟略一收翅，又回到空中。

一边的王贵华已经在瞄准，看到那小鸟速度微微减慢，他的步枪子弹已经射了过去。但那小鸟身子灵活地一转，那子弹"嗤"的一声似乎是贴着小鸟的腹部飞了过去，王贵华见状大吃一惊，他明明觉得子弹射中了小鸟。

小鸟在空中稍稍旋了一圈，这次疾快地向王贵华冲去。

王贵华看到小鸟向自己冲来，急忙开枪，但子弹没有能够阻止小鸟的扑袭。在小鸟就要攻击到他身体的一瞬间，王贵华猛地转身躲避，步枪的金属枪杆几乎同时发出"当"的一声响，王贵华定睛一看，小鸟已经掉落在地上。

来不及细想，王贵华见小鸟已经被击落，立即拉起高雅妮向后跑去。

在李古力喊关凯和他断后的同时，关凯已经向攻击禹红的小鸟射出三发子弹。他也意识到了子弹对这些小鸟不起作用，三发子弹颗颗都命中那小鸟的头颅，但小鸟每次都只是稍有轨迹偏离，却没有掉落到地上。

正纳闷儿间，他注意到那只攻击王贵华的小鸟几乎就要扑到王贵华的脑袋，啄到他的眼睛。他也注意到王贵华的子弹挡住了小鸟的冲击。他大呼“小王，小心！”的同时，下意识地一个箭步冲了过去，还没有清楚自己要怎样阻挡住那只小鸟，却已经看到小鸟撞到了王贵华的枪杆上，“当”的一声响中掉落到地上，不再扑腾。

在李古力头顶盘旋的小鸟看到同伴掉落，便裹着翅膀“嗖”的一声向王贵华扑去，它的两只锋利的爪子朝奔跑中的王贵华的后脑抓去。

看到先前的情景，关凯已经意识到了对付金鸟的办法，只见他把身后的长矛抓在手中，在金鸟就要抓到王贵华后脑的瞬间，他的长矛也抡了过去，随着他的一声大喝“滚开！”，金鸟被震出几米远，掉落到地上，不再动弹。

关凯不敢掉以轻心，谨慎地走过去，用长矛拨了拨金鸟，小鸟依然没有反应。他大喜过望，向李古力喊道：“队长，能打得死这个鸟！”

这时已经站在通道口的李古力大喊：“注意后面！快撤！”

正在这个时候，雕像上面的其他的金鸟都向关凯飞来，足有二、三十只。关凯看这么多金鸟黑压压地朝自已飞来，心知敌不过，立即向后面退去。

看金鸟们扑了过来，李古力朝已经在通道内的人喊道：“你们快去左边的门内！”同时，他大声对关凯喊：“关凯！快退！”他抬起端在手中的冲锋枪向空中扑向关凯的金鸟们猛烈开火。子弹打在金鸟的身上，溅起了无数斑斑点点的火星，稍稍延缓了金鸟的进攻。

得到李古力的掩护，关凯飞快地退到通道口。

接到关凯，李古力一边向扑过来的金鸟扫射，一边急促地问：“你看到张大伟了吗？”

关凯挥舞着手中的长矛，把最前面已经扑到近处的两个金鸟抡掉，一边吼道：“没有！”

这时，却见张大伟捂着头跑了过来。

大片的金色小鸟发动攻击后，张大伟也开始惊慌起来，他迅速跑到石柱后面，观察着金鸟的攻击。突然，一只金鸟向他冲了过来，尖利的爪子如同锋利的刀片刺向张大伟的脑袋，张大伟立刻低头，沿着石柱奔跑躲避。金鸟的爪子没有抓到张大伟的头，却划到了他后背，顿时，他后背的衣服背成了几段布条。金鸟绕过石柱，再次袭击，张大伟已经跑到李古力和关凯身边。

李古力看到张大伟跑了过来，调转枪头向追逐他的那只金鸟开枪打去。金鸟没有被子弹挡住，但关凯的长矛已经抡到，“当”的一声，那只金鸟被扫到远处。

李古力见状喊道：“关凯，撤！”

章七十三

众人狼狈地逃到走廊中间的门内。因为有门，所以那些金鸟要进入这个房间就不可能一拥而入。李古力从关凯手中接过长矛，他和关凯一人一支矛守住门口，但他也清楚，这只能是权宜之计。

金鸟们已经进入走廊扑了过来，李古力和关凯举着矛紧张地看着门口准备和金鸟殊死一战，而这时从墙里突然出现了一扇门关上了他们面前的门洞。

他们回头一看，是张大伟。他正拿着那个金属圆棒的控制器对着门口，明显，是他的控制器把门给关上了。李古力感激地看了他一眼，但他似乎却没有注意到，他还在紧张地看着已经关上的大门。

众人稍稍喘了口气。刚才那一群恐怖的金鸟，个体攻击已经非常强悍，而它们铺天盖地地一起涌来，而子弹又完全不起作用，这时唯一能够保护他们的只有前面这堵墙和上面张大伟刚调出来的大门了。

一阵密集的撞击声传了过来，然后是让人牙根发软的金属撕擦声。金鸟们用尖利的爪子在凶狠地抓划着大门。

关凯低声道："它们在攻击这扇大门！"

但这扇门显然很坚固，外面的撞击声一阵比一阵紧密，那群金鸟似乎不知疲倦，一直在攻击这扇大门，但它却纹丝不动。

李古力看了看室内，高雅妮在帮禹红包扎着伤口，张大伟也还站在原处看着大门。

李古力问张大伟："张先生，您还好吧？"

张大伟似乎没有听到李古力的询问，脑子中满是愤怒的念头："该死的！怎么会连我都攻击！这不应该啊！难道是因为这具人类的躯壳？该死的家伙！"

李古力看到张大伟脸上愤怒的表情，微微一怔，心中有些奇怪，但他之前亲眼看到金鸟攻击张大伟，下手狠辣，每一击都是致命的，若非自己开枪援助，恐怕张大伟已经死在那金鸟的爪子或是锋利的翅膀之下了。凭这一点，李古力对张大伟的怀疑已经消去了大半。

可他此刻说这话又是什么意思？

他又问道："张先生？你没事吧？"

张大伟回过神来，苦涩一笑："我没事。没想到这群金鸟这么厉害，都能将我们整得这么狼狈。李队长有什么好办法吗？"

李古力沉默了，他看着墙思索着。

关凯走了过来，说道："队长，我察看过这里了，这只是一个空荡荡的房间，没有任何出路的，也没有任何机关。"他犹豫了一下，又说道，"换句话说，我们被那些金鸟困在这里了，除非，除非……"

"除非什么？"

"除非张先生还知道什么其他出口。"

最初走过这里时，这里只有一个门洞，却没有可以闭合的大门。金鸟攻来，张大伟用他的控制器开启了这扇救急的大门。如关凯所说，他或许还知道其他出口。李古力朝张大伟看去。

张大伟明白李古力的意思，但是他摊了摊双手，表示并没有其他办法。

王贵华听着外面密集的撞击声，说：“队长，照它们这个攻击法，不知道这扇大门能否挡得住。”

李古力看到高雅妮已经处理完禹红的伤口，便问大家：“还有谁受伤没有？”

众人答道：“没有。”

这让李古力紧张的心情略微舒缓了一下。

王贵华反复查看着手里的一只金鸟，骂道：“这到底是什么鬼东西！怎么还是金属的？”

李古力这才发现王贵华居然在刚才的战斗中拎回来那只被关凯打死的金鸟。直到这个时候，众人才有时间仔细观察这种将自己逼到绝境的金属生命。这只古怪的小鸟的身体的确是金属所造，但它淡金色的颜色以及它的体型和相应的重量很难和金属联系。这只金鸟虽然体积不大，只有普通的麻雀大小，但是却有着极为锋利的爪子和尖利的长喙，而它的翅膀都是由锋利的金属片组成。

王贵华还在纳闷儿地自言自语：“既然它是金属的，为什么子弹不能毁坏它？”

关凯看了王贵华手中的金鸟一眼，没好气地说道：“没想到我们竟然会被一群小麻雀给逼到这个地步！”

李古力说：“别小看这些东西，任何东西只要一牵扯上金乌人就会变得不简单，这种东西不怕子弹，但是怕长矛，我们得找出它们的弱点，才能冲出这鸟阵。”李古力回头，又问张大伟，“张先生，之前在金乌飞船里你见过这东西吗？”

张大伟的目光似乎有些躲闪，他摇摇头：“不好意思，我对这种东西也不了解。但是我不建议与这群鸟硬拼，它们是机械的，而我们却是有智慧的生命，真拼起来，我们必定会吃亏。”

李古力觉得张大伟话中有话，继续问道：“您有什么主意吗？”

张大伟想了想，说：“我们可以让一个人去做诱饵！让他吸引鸟群的攻击，我们便可以躲开鸟群，去找金乌人的核心区！”

李古力没有应声。他在想，还是先看住大门，再想其他办法。他知道一旦大门被群鸟攻破，门口的人的身体瞬间就会被铺天盖地的金鸟割成碎片。他指挥道：“关凯和我守住大门，其他人站到最里边的墙角，万一金鸟冲进来，大家互相配合战斗。”

众人依言向后面墙角退去。

章七十四

门外的金属抓划声越来越大，那些金鸟疯了似的不断攻击着大门，密集的撞击和撕扯仿佛一颗颗子弹击打在外面的门板上。

关凯小声对李古力说："队长！这扇门似乎要抵受不住了！"

李古力铁青着脸沉稳地应道："我们准备。"

那扇大门终于在金鸟群的攻击下出现了裂缝，裂缝中闪过一道道的金色光芒，众人知道这便是那群金鸟身上发出的光泽，这扇大门已经不堪重负。也许在下一秒，这群要命的金鸟便会扑进来。

这间屋子虽然有些空旷，但是毫无遮拦，在这种环境下跟鸟群正面对战，很难保证不会伤亡惨重，而外面到底有多少金鸟呢？

大门上的裂缝在一点点地扩大。李古力和关凯抓着长矛的手没有一丝颤抖，他们随时准备着下一秒会出现的任何状况。

一只金色的小鸟终于挣扎着从裂缝中钻了出来，只是那条裂缝还不足以让它顺利地飞进来，锋利的翅膀卡在细小的裂缝上，金鸟奋力地挣扎，尖锐的爪子在门上抓划着。

关凯眼疾手快，没等这只小鸟挣脱裂缝的束缚，他的矛便顺着门抡了下去，金鸟透过裂缝的身躯顿时被长矛巨大的冲击力打得七零八碎，翅膀的叶片飘舞在空中。

那裂缝越来越大，又有几只金鸟争先恐后地钻了进来，关凯和李古力两人轮流挥舞长矛，将它们击碎，但是那裂缝也已经扩大，更多的金鸟一窝蜂地钻了进来。

十余只金鸟盘旋在宽阔的房间内，李古力和关凯挥舞着长矛扑打着空中的金鸟，但此时金鸟却仿佛有了灵性一般，它们放弃了前面的两人，朝最里边角落的人们俯冲过去。

高雅妮用她的手枪朝飞过来的金鸟射击，但无济于事，而王贵华已经知道他的步枪对这些金鸟无效，所以他抡起步枪，挥舞着，把金鸟暂时逼回空中。

金鸟们在空中旋转片刻，又摆出阵形，再次挟带着猛恶的风声冲了下来。

关凯已经赶了过来。他把纯金属制成的长矛舞成一个圈子，将众人牢牢护在身后。有几只不知死活的金鸟俯冲过去，被关凯的长矛扫中，只听“当、当”的声响，都被打碎落到地上，残破的翅膀撒落一地。

剩下几只金鸟见关凯如此勇猛，纷纷鸣叫着退回高处，盘旋在众人头顶，不敢轻易再朝下攻去。

李古力一直在一旁持着长矛保护着张大伟，因为张大伟不知为何傻站着不动身子。看到金鸟退回空中，李古力喝道：“大家注意，我们一有机会就冲出去！”

众人齐声应是，只有张大伟站在那里，不知道在想些什么。

此时充当最后一道防御的大门上的裂缝越来越大，更多的舞动着翅膀的金属小鸟涌了进来，宽敞的房间内空中到处是盘旋的金鸟。

李古力急对张大伟说：“张先生，赶快开门，我们必须出去！”

张大伟似乎才反应过来。他急忙举起手中的控制器，对着大门挥舞了一下。已经破损的大门随即被收回墙内，并带进去了几只卡在大门裂缝中的金鸟。

李古力喊道："关凯断后，我们冲出去！"

李古力挥舞着长矛在前开路，关凯也挥舞着长矛在后保护着大家。大家一步步向门口移去。

眼看着接近门口，而屋子内的金鸟们还在空中盘旋似乎没有攻击的意图，在大家几乎就要松口气的时候，却没有想到还有更多的金鸟盘旋在通道里，似乎在等待着他们的出现，因为他们出现的那一刹那，群鸟朝他们扑了下去。

虽然李古力和关凯奋力舞动着长矛，但他们的防护范围仍然有限。有一些小鸟绕开队伍的前后，朝中间的高雅妮和禹红扑去。

"嘣"的一声闷响，有两只鸟竟然在空中栽了下去。随着它们的栽落，其他原先冲击中间队伍的金鸟退回了空中。

李古力和关凯正忙于应付身前身后的金鸟，而王贵华看得真真切切，是高雅妮开枪把金鸟打下的。他忙问："你用的什么？"

高雅妮把枪递给他："是老关给我的南极人的手枪。"

王贵华接过枪，赶上一步到李古力身边，对准前方的金鸟扣动扳机。又是"嘣"的一声，一团水状的球体射中一个金鸟，金鸟顷刻间从空中栽落下来。

其他鸟飞舞着四散开，拉远了与李古力等人的距离。

李古力来不及问王贵华能够射鸟的原因。趁着金鸟退却的空隙，他左右张望了一下，问张大伟："张先生，我们向左？"

张大伟已经回过神来。刚才如果不是李古力在前面保护着，站在李古力身后的他可能已经被金鸟们撕成碎片了。他回答道："是，退回左边。那边还有门。"

顾不得多想，李古力对大家喊道："大家跟上，我们向左退回去！"

这时王贵华已经绕到断后的关凯身边，对着后边的金鸟他再次扣动了扳机，再一次，一只金鸟落地，其他金鸟不再直冲过来。

大家随着张大伟疾步赶回了他们原先所处的大坑的坑底，李古力正要问张大伟他所说的门在哪里，金鸟群又赶到了。

王贵华又要显示身手。他对准飞扑过来的一只金鸟开枪，这次却没有水状的球体飞出，连“嘣”的声音也没有了。他再要扣扳机的时候，那鸟已经扑到眼前。那金鸟还没有靠到王贵华的身体，已经被李古力扫过来的长矛扫到，打到一边。

王贵华急着又对准其他金鸟扣动扳机，没有声音。显然已经没有子弹。

他扔掉手枪，从背上取过他的步枪，准备挥舞他的步枪来做抵挡。

而在李古力保护王贵华的同时，几只金鸟从张大伟头上掠过，他本能地抱头躲避，但金鸟锋利的翅膀和爪子在他手臂上割出几道深深的伤口，而后面的金鸟就要赶到时，李古力挥舞着长矛也已经赶到，把张大伟与鸟群隔开。

而队伍后面的关凯保护着高雅妮和禹红。彪悍的他肩膀上不知什么时候被金鸟的翅膀划了一道，鲜血沿着割破的衣服渗透出来，但他丝毫没有在意。他把长矛舞得虎虎生风，任何碰到他长矛的金鸟都被撞得四分五裂。

躲在李古力身后的张大伟看到在后面压阵的关凯。他张大了嘴巴，他实在为这些地球人的气势所震撼。很少有人能对付金乌人的金鸟阵，但李古力他们在如此多的金鸟的围攻下，竟然没有一人死亡，甚至连重伤的都没有，这些智慧的机械生命竟然不能奈何普通的人类!

而且，他们的两根长棍，也是从未见过。也因为这两根长棍，他们才有了有效的防守。

其实张大伟也是高估了李古力小队的能力。李古力和关凯纵然彪悍，却也无法长时间抵挡这些金属小鸟。人力不能永远。一旦李古力和关凯倒下，众人绝对会被这群金鸟撕成碎片。

在李古力的保护下，张大伟不敢犹豫，对着坑底的一个位置挥动了控制器。一个大门在墙壁上打开。张大伟喊道：“我们进到前面的门里去。”说着，在李古力挥舞着长矛推进的时候，从李古力的身后冲进了屋里。

李古力见状喊道：“大家快跟进去！”

高雅妮、禹红和王贵华三人不敢怠慢，在关凯和李古力两把长矛挡住金鸟的瞬间，跑了进去。

李古力和关凯对视了一下，收回挥舞的长矛，跟着跑进了房间。

而金鸟明显不甘心自己的猎物就这样逃脱，它们在收拢阵形，准备下一轮的攻击。

“快关上房门！”和李古力一起守在门口的关凯大吼。

禹红在大门内看着盘旋在外面空中的鸟群不再四处乱飞，心中忽然泛起一股奇怪的感觉，她脸色顿时变得苍白，想都没想，便大声吼道：“队长！小心！鸟群的攻击方式要有变化！”

李古力一愣，他抬头一看，只见在坑中盘旋的鸟群已经组成了一个巨大的飞鸟形图案，鸟喙处一团金色的光芒无比耀眼。

禹红疯了似的朝张大伟扑过去：“快关上房门！再不关门的话我们都得死！那是机械生命的能量攻击！”

张大伟急得满头大汗道：“房门驱动系统损坏！这扇门已经关不上了！”他刚说完这句话，忽然诧异地看了禹红一眼，心中一片惊惧：“这个女人！她是怎么知道这是机械生命的能量攻击？”

关凯宛若一尊雕塑一般守在门口，他头也没有回。他已经准备好了最后的战斗。

禹红心中一片冰凉，她不知道怎么回事，脑子中竟然有这种能量攻击的具体方式，但正因为如此，她才更加地绝望，房门驱动系统损坏，大家绝对无法抵挡这种能量攻击的……

章七十五

组成队形的鸟阵已经冲了过来。张大伟摆弄着他的控制器，在做最后的努力。鸟阵的头部已经进到了房间，李古力和关凯挥舞着的长矛没有能阻挡它们的前进，被鸟阵裹挟着倒退了好几步。金鸟在他们的头上冲进了房间，并冲倒了还在摆弄着控制器的张大伟。

而就在张大伟倒下的一刹那，大门闭合了。同时把鸟阵一切为二，鸟阵有一部分被挡在了大门之外。

看到鸟阵被破坏，已经进入房间的鸟头部分的金鸟顿时失去了阵形，它们开始乱窜并袭击一切它们飞行路径上的生命。

“张先生，这边！”张大伟听到有人喊，他趴在地上朝声音看过去，发现远处的墙角处，竟然有半段金属板墙，高雅妮正在金属板墙的侧面喊他，而关凯则在墙和墙之间暴露的部分挥舞着长矛保护着那最后的角落。

张大伟看了一眼高雅妮，眼神中露出一丝复杂的表情。这时，肢体传来的疼痛让他倒抽一口冷气。他抬起头看了下，确定没有金鸟飞过来后，将目光转向身体的疼痛部位。

“该死，这些金鸟竟然连我都不认识了！”张大伟说着看了一眼胳膊上的伤口，“还好，鸟阵没有整个进来，不然我就……”

正在这时，他再次恐怖起来，鸟叫声又出现在头上。他抬起头，惊愕地张大了嘴巴，身体僵住了。两只金鸟对着他的脑袋俯冲了下来。

“完了。”张大伟眼睛一闭，听天由命了。

他听到金属和金属的碰撞声，又听到了李古力的声音：“张先生，小心！”

“到墙角去！”李古力又喊道。

张大伟错愕地抬起头，抬头的一瞬间，又一只金鸟被李古力手中的长矛撞落到地上。

“快跑！”李古力对张大伟喊。

张大伟赶忙起身，在李古力的掩护下朝其他人所在的地方挪去。十来步路的距离，却因为有了金鸟的阻挡而尤为艰辛。

“赶快进来！”高雅妮在里边接应道。她没注意到的是，用不了几分钟，外面那块短墙的里边和外面将不会有任何区别了。

李古力防卫着墙和墙的上方，关凯防卫着侧面，几只鸟在挥舞的长矛轨迹上被撞得四分五裂。在短暂的盲目俯冲后，它们似乎有了灵性，它们不再冲击长矛挥舞的地方，而是越来越多地聚集在短墙外，对短墙进行攻击。

“这样下去，用不了几分钟这个短墙就被啄透了！”禹红蹲在墙与墙之间，对高雅妮说，声音略带一些颤抖。

高雅妮将头压到最低：“是啊，怎么办怎么办？”

关凯和李古力不能离开他们的位置，而其他人却没有可用的武器对付短墙外的金鸟。而一旦短墙被啄开，以金鸟的数量和攻击力，大家现在唯一能做的，只能是寄希望于奇迹了。

“怪了，怎么不见了！”王贵华身边的张大伟摸着自己的口袋，自言自语。他的目光四处张望。然后他移身到关凯身边，向门口的方向看去。紧接着，他拔腿就往外跑。

鸟阵后面的几只鸟顿时离队向他冲去。关凯赶上将金鸟赶开，同时喊道：“张先生，危险！”

看到金鸟的俯冲，张大伟一下退回到关凯身后，但他张望了一下，又果断向门口冲去，似乎没听到关凯的叫喊。

“您要去哪儿？”李古力仍然举着矛防守着众人，看到张大伟冲出去，他也喊道。

“不用管我！”张大伟已经冲出去两步。

“他是不是疯了？”关凯看着张大伟，不知是跟上他还是留在原处保护众人。

“啊，他被小鸟伤到了！”高雅妮惊呼。

自从张大伟出去，金鸟们似乎把目标都定格在了他的身上。张大伟试图变换身形来躲避冲击，但第三步还没有迈出，不多的头发已经被抓划掉了一半。

张大伟没有气馁，他暗自咬牙切齿：“我就不信我制伏不了你们！”手无寸铁的他虽然不能前进，但也没有后退。他躲闪着寻找机会。

“小王，你守护上边！”李古力喊着，同时一个箭步冲出了墙角。他觉得张大伟冲出去绝对不会没有原因。与其在这里等死，不如帮张大伟，不管结果会是如何。他冲到张大伟身边，把金鸟挡了一挡，过程中背上和胳膊上都已经被金鸟抓伤。

得到李古力的救援，张大伟感谢地看了他一眼。他趁着金鸟重新整理队形的机会，又向门口冲去，而李古力则在他身后追了过去。

“他拼命往门口跑干嘛？”关凯挥舞着长矛驱赶着周围的金鸟。

王贵华大叫：“难道他要开门把金鸟放出去？”他举着步枪的枪管，随时准备着朝出现在上方的金鸟抡去。

此刻，好几只金鸟朝张大伟俯冲下来。他跌跌撞撞仍然跑着，李古力赶上一步，将一些金鸟赶跑，但有两只金鸟啄到了张大伟的脑门，一只金鸟的鸟喙已经啄进他的脑壳。李古力再赶上一步，随着长矛横飞的呼呼声，落在张大伟脑袋上的两只金鸟几乎同时被“当”的一声撞飞。而这时，李古力的背上又挨了一只金鸟翅膀的切割，鲜血顺着撕裂的衬衣渗透出来。

众人在后面看到，一时忘了自己所处的情景。事实上离高雅妮最近的短墙处一个小洞已经出现，鸟喙还在啄着，几秒钟后，就能容纳一个金鸟飞进。

这时张大伟似乎一不小心，一下子扑倒在地，李古力也没有注意到，张大伟捡起了鸟群扑进门时他掉落在地上的控制器。

“张先生，您没事吧？”李古力边喊边挥动着手里的长矛。

张大伟没说话，他偷偷地摁了一下拿在手里的控制器。

“王贵华，有鸟钻出来了！”高雅妮突然发现了从短墙小洞中钻出的金鸟。她挥起背包向小鸟猛扑，但已经晚了。

金鸟一挥翅，升到她的头顶。王贵华抓着步枪枪管，不知如何是好，因为里边的空间实在太小，他完全没有把握抡过枪柄的话不会砸着高雅妮的头。

这期间，又有两只金鸟从洞里挤了出来，飞到上空。

但出乎意料，它们都没有再次俯冲。

这时关凯喊道：“队长，金鸟！”

李古力也已经注意到，鸟阵又在转换队形。头顶的金鸟已经不再俯冲扑击，而且短墙外的金鸟也都回到空中。它们扑扇着翅膀在空中盘旋着。

张大伟挥动他手中的控制器，门很顺利地打开了。

所有人的心顿时收紧，期待着更多的金鸟飞入。李古力正要问张大伟为什么开门，却看到屋里的小鸟突然组成一个纵列，一只只飞了出去。

待最后一只金鸟飞走，众人还没有明白发生了什么。关凯拿着长矛的手还僵硬在空中。

张大伟看金鸟飞走后，慢慢地站了起来。

“飞走了！金鸟飞走了！”禹红从短墙后面抬起头，身体颤动得厉害。

“怎么回事？”王贵华大喜道。

众人的眼光齐刷刷地朝张大伟看去。刚才他奋不顾身跑去门口，不正是为了这一刻吗？

“张先生，是您救了我们？”高雅妮询问。

张大伟没有说话，低头整了整自己被金鸟弄破的衣服，像是在默认这个事实。

“张先生，真是太感谢您了！”听高雅妮提问，李古力像是刚反应过来。

关凯没有说话。他把悬在空中的长矛收回，感激地看了一眼张大伟。

“张先生，您是怎么破了这个鸟阵的？”王贵华好奇道，他的眼睛盯着张大伟的手。

张大伟有些支吾道：“我也不知道是怎么的，我就想把它们放出去，没想到运气会这么好。”张大伟说完，迅速地扫视了一下众人，看到王贵华没看他而是在盯着他手里的控制器，他下意识把它握紧了些。

“张先生，您说金鸟还会不会再飞回来？”高雅妮还是有些担心。

“是啊，如果再飞回来就不好办了！”禹红担心地朝短墙上被啄出的小洞看了一眼。

张大伟想了一下，说：“我不知道。”

“我们赶快离开这里！”李古力吩咐道，“我和关凯出去察看，大家收拾一下就走。”

章七十六

外面已经没有金鸟的踪迹，好像一切都没有发生。

李古力问跟了出来的张大伟："张先生，武器库在什么位置？"

"哦，武器库。"张大伟有些结巴。

"我们刚才是去的那个金鸟出来的地方，但应该不能回去了吧？还有没有其他通道可以去武器库？"李古力问。

经李古力一提醒，张大伟马上应道："对、对。我还知道另一条路。我们爬到顶上去也能过去。"他指着通往顶部的台阶。

李古力刚要动身，高雅妮喊道："队长，稍等！"

"怎么了？"

"你受伤了，需要包扎。"

李古力这才注意到身体多个部位都在疼痛中："不急，我们先离开这个地方再说。"

"不行。用不了一分钟。"高雅妮似乎不容商量。

"队长，是这样的。"王贵华也劝道，"就一分钟，你看我。"他把左肩扭过给李古力看。

王贵华的左肩上有一条他没有见过的蓝色绷带，似乎是贴上去的。

见李古力犹豫了一下，高雅妮一步上前，同时从手中一卷蓝色绷带上拉下一条，直接贴到李古力的后背撕破的衣服上。李古力以为完事了，就想转身，却被高雅妮把住，肩膀上也被贴了一条。

高雅妮明显已经教了禹红，因为禹红也在帮关凯贴着伤口处。

待他们两人身上横一条竖一条地贴了许多蓝色绷带，高雅妮要给张大伟处理伤口，而张大伟却推挡说不需要了。看到张大伟没有流血，高雅妮也就不再坚持。她问李古力："还痛吗？"

李古力下意识说了一声："不。"但同时他也突然意识到的确身上的疼痛都没有了。这真是奇怪了。他举起一只胳膊看上面的蓝色绷带。

"这真是奇怪。你们都说不痛了。这是南极人救护包里的。标签上注的是伤口救护，但没有想到它能够立刻止血而且还有镇痛的效果。"

"嗯。"李古力随意应答了一声，说："我们走吧。"

走在路上，李古力还回想着刚才发生的一切。他仍然觉得那些金鸟的飞走和张大伟有关。他有很多的疑点，但却没有足够的信息把这些疑点连成一线。

难道那个控制器不但能够控制大门，而且还能控制鸟阵？

如果能控制金鸟的话，但那些金鸟也没有放过他呀。

我得问他。

李古力问身边的张大伟："张先生，刚才真的非常感谢您。"

"呵呵，没什么，没什么。"张大伟谦虚道。

"您能给我看看您开门的那个控制器吗？"

"嗯。待会吧。待会。"

见张大伟拒绝，李古力不好强求，于是改变话题："张先生，刚才幸亏大门及时打开，不然我们和那些金鸟都还困在里边。"

"哦。没什么的。我也没有意识到那些小鸟竟然会不受控制。"

"您是说？"

张大伟听出李古力语气中的疑问，赶忙改口道："我的意思是说，那些鸟会那么厉害。呵呵。"他又皮笑肉不笑地添了一句，"刚才也幸亏你帮我，不然我也打不开门。"

"哪里，哪里。"李古力说着，不再做声。他听到了张大伟下意识的漏嘴，而这更证实了他先前的想法。张大伟是能够控制鸟阵的，但似乎发生了什么事，金鸟们又不受他的控制了。

但他怎么最后又控制住了鸟阵？

他的"不受控制"到底是什么意思？

如果鸟阵没有被控制的话，那么刚才在房间里，大家都已经死于鸟阵了。显然，鸟阵是能够被控制的。但为什么他又说鸟阵"不受控制"呢？

这个张大伟到底是什么人？

如果他是张大明一样的朋友，那么他身上怎么会有这么多的疑点？

如果说他是敌人，他怎么又和张大明长得几乎一样，完全不像金乌人。当然，金乌人具体是什么模样，自己也没有见过。

难道金乌人和人类长得一样？

如果是这样的话，张大伟的目的必定是要害死大家，那么鸟阵就应该是他的工具。但为什么最后一刻，他又救了大家呢？

一个个的问题困扰着李古力，使他不由得把从见到张大伟开始所有的疑点过滤一遍。

最初是那个过道中的笼子。但他们没有能够消除那个蓝色光束屏障。是张大伟告诉他们如何做到的。

当他们被困在情绪牢笼里的时候，张大伟说去取东西，但直到他们自己脱离了牢笼他才出现。为什么那么巧合？

从五米高的高空掉落，他没有死，这个可能有偶然性。

对了，他的心跳只有三十，然后又死而复生。李古力慢下脚步，等高雅妮走到身边，他轻声说："小高，我问你点事。"

"什么事？队长？"

"你先前给张大伟检查身体的时候，有没有发现异常？"

"有啊，他不让我做除颤治疗，然后我用了，他果然就没有了心跳。而且，不一会儿，他又自己恢复了体征。这很奇怪的。"说完，高雅妮又补了一句，"对了，他的心跳也不正常。"

"哦。"

想起上一次和李古力的对话，高雅妮知道队长在怀疑张大伟。她没有再做声，也觉得事情的确蹊跷。

队伍已经爬到了顶上行走了一些距离了，禹红在问："张先生，到武器库还有多久？"

"我们这已经在武器库里边了。"张大伟似乎有些不耐烦。

禹红惊讶地看着张大伟，她不明白为什么张大伟的性情不同了。

"禹姐，我们跟上吧，该到的时候就到了。"王贵华有些无奈。

李古力跟了上去，但他的疑问却越来越多。

没走多久，他们跟着张大伟来到了一个房间。房间里很空旷，淡金色的光铺洒在李古力一行人身上。走在前面的张大伟停下了脚步，转过身看大家。

"到了？"关凯警惕地朝四周看了看。

"嗯，到了。"张大伟脸上露出没有感觉的笑容。

王贵华茫然地看了看空旷的四周，问："武器库？武器在哪里？"

张大伟走到李古力面前，缓缓伸出了自己满是褶皱的右手："李队长，你要看的东西。"

章七十七

李古力看张大伟递过来控制器，有些诧异，但他还是伸过手去，但在他还没有触碰到控制器的瞬间，张大伟用大拇指轻轻地触碰了控制器的一个位置，李古力顿时觉得脑袋一片麻木，随即眼前一黑，向后倒去。

李古力身后的高雅妮连忙扶住，让他缓缓倒地，一边连声叫道：“队长，队长！”

李古力面色苍白，双目紧闭，眉头深深皱起，嘴角微微一动，似乎想说什么。

“咦，没死。”张大伟难以置信地看了看手中的控制器，又看了看躺在地上的李古力，心中不由暗道。

关凯走上前去，看了一眼面露痛苦之色的李古力，布满血丝的眼睛死死盯住张大伟，大声吼道：“你对队长做了什么？”

张大伟没有理会关凯的责问，而是将右手移向关凯所在位置。

关凯身子晃了一下，软瘫倒地。

“咦，也没死。莫非……”接着张大伟迅速地将手中的控制器指向禹红，大拇指狠狠地摁了下去。更让他不敢置信的事情出现了。禹红仿若未觉般，仍照顾着关凯。

王贵华眼见张大伟满脸凶相，而李古力和关凯接连倒下，知道有异，心中一声“不好”，便直朝张大伟冲了过去。

张大伟一看王贵华向自己扑来，急忙转身，横移手臂，朝王贵华指了过去。

已有警觉的王贵华看到这一幕，急忙就地一滚，避开张大伟右手所指，然后猛然跃起，朝着张大伟的腕部就是一脚，便听“啪”的一声，那长条控制器应声飞起滚落一旁。

王贵华落脚后又向张大伟扑去。张大伟见势不妙，也顾不得控制器，急忙转身便跑。

眼见张大伟想跑，高雅妮也不迟疑，掏出腰上的手枪便朝张大伟连射三枪。张大伟身上顿时多出了三个子弹洞孔，他向前飞奔的身形猛地一顿，速度瞬时降了下来。王贵华追了上去，同时心中诧异，为什么中了三枪，张大伟还能继续跑，难道他不是“人”？而且，怎么没有血迹？

此时的张大伟却在心中暗骂不已。他没想到自己竟然失手，而且还是败在了这群弱小肮脏的地球人手中。他也根本没有料到，自己的武器竟然没能直接杀死他们。

“站住！”王贵华没想到受了伤的张大伟竟然还能跑得这么快，眼看自己追到却又拉开了距离，他心中不由得着急起来。

“可恶，他怎么还没完没了，要是‘意识枪’还在我手中，就是杀不死他，也不会落荒而逃。哎……”张大伟摇了摇头，赶忙抛弃了那些不切实际的想法，出门继续向前跑去。子弹对他意识造成的灼烧感让他感觉身体轻飘飘的，仿佛要与这副躯壳脱离而去。

当张大伟跑到外面走廊的拐弯处时，他并没有继续沿着走廊拐弯跑下去，而是突然朝那里的墙壁撞了上去。

“嘭”的一声闷响，只见张大伟瞬间跌倒在地，他用力揉了下额头，赶忙起身朝后看去，发现王贵华竟然和他之间只有不到十米的距离。张大伟心下大急，连忙用手在墙上画了一圈，瞬时墙上出现了一个不断转动的圆形波纹状的半透明水色光圈。

感觉体内的血也流得差不多了，张大伟咬了咬牙，“算了，这身体我不要了。”

接着，一个雾状的人形从张大伟的身体里闪了出来，消失在墙上水色光圈内，而光圈也同时消失。

王贵华赶上前去，对着刚才有着水色光圈的墙体便踢，脚尖痛得让他几乎跳了起来。

这墙还是那么硬!

目睹了这一切变化的王贵华难以置信地揉了揉自己的眼睛，心道：“刚才莫非是我眼花了，怎么会有雾片状的人形从张大伟的身体里钻了出来？”

他走上前去打量张大伟的身体，他所看到的让他不禁觉得毛骨悚然：

只见张大伟的身体开始迅速地干瘪下去，身上的皮肤也从南极人正常的颜色逐渐变成了毫无光泽的灰褐色，且紧紧地包在他的骨头上。

王贵华小心翼翼地将手放在张大伟的鼻骨下的鼻孔处，没有半点气息的存在。王贵华还是有些不甘心，他又把手放到张大伟的心脏处，没有任何跳动的迹象。他知道张大伟已经彻底地死了。

“莫非南极人死后都会变成这种样子？”王贵华小声嘀咕的一句，刚想把视线从张大伟的身体上移开，却注意到了他身上的弹孔。紧接着，他又看到张大伟的脑壳上一些被金鸟撕扯掉头发的地方，还有着鸟喙啄出的小洞。

他纳闷儿了：“他到底是怎么死的呢？一滴血也没有！”他从张大伟的脑袋上扯下一撮头发，心想，得让小高查查，这家伙到底是怎么回事。

章七十八

这时，金乌飞船的某处正进行着一场对话。

“我回来了。”

“没事吧。”一个甜美的声音响起。

“没事，但没有完成任务，真对不起。”

“没事就好，下次可不能低估你的对手。”

“是。真对不起，我没能完成您交代的任务。”

“不必内疚，下次做好就行。”

“嗯。不过我发现了一件很奇怪的事。”

“什么？”

“我用意识枪攻击一个人类的时候，竟对她无效。”

“虽然你用南极人类的身体时，意识枪的威力只能发挥出平时的百分之二十，但以人类的意识强度来说，不可能完全无效。对于我们自身来说，百分之二十会是完全无效。”

“但她是人类。”

“你确定她是人类？”

“绝对是人类。”

一阵沉默之后，女声说道：“难道是他们？”

“母亲说的是谁？”

“背叛者。”

“背叛者？”

“是的。”

当王贵华跑回众人所在的房间的时候，李古力已经摇晃着坐了起来，而关凯也已经醒来，只是头痛。

见王贵华回来，李古力问：“你追上他了？”高雅妮已经告诉李古力王贵华追出去了。

王贵华把他外面的所遇叙述了一遍，然后加上了自己的疑惑：“我真不懂，他到底是什么人？”

“敌人。”关凯还在为被张大伟一下打倒而生自己的气。

“我是说是南极人还是金乌人。”

高雅妮说：“我觉得他不像南极人，虽然身体看上去像。而且，你说他就剩下一具皮囊了？”

“是。就是皮包骨头的那种。”

“会不会是张大伟上了飞船遭遇了金乌人的毒手，然后金乌人又用张大伟的躯壳来对付我们？”李古力突然想到，说了出来。

“对。”王贵华马上接口道，“这就说明了我们看到过的那个雾片人从张大伟的身体里最后脱离了出来，然后张大伟就干瘪死了。”

“这么说，金乌人占据了张大伟的身体？”

“是的，”李古力觉得许多的疑惑点开始连成一线了，“金乌人明显有着非常强的意识体，遇到水，他们就形成形状。如果有水和一副人类的躯壳，他们就能驾驭这个躯壳，但也被这个躯壳限制。这应该是他一直和我们周旋的原因。”

“对啊。他每次喝完水，脸上就丰满很多。”高雅妮确认道。

“情绪牢笼应该就是他让我们进入的陷阱。但幸好我们出来了。他一直是要置我们于死地。”

“但是那个鸟阵怎么解释呢？是他救了我们啊？”禹红问。

“我也一直不理解他为什么救了我们，刚才小王说张大伟的脑壳上有一个鸟喙啄出的洞，还有他身上小高的子弹弹孔，我终于明白了是怎么回事。”

“怎么回事？”王贵华非常好奇。

“他不是救我们。他是在救他自己。他带我们进入鸟阵，但他没有想到那些鸟会不听他的控制连他也伤害。最后一定是他意识到如果不停止鸟阵，他也出不了那个房间，所以就收回了鸟阵，也让我们得到了解脱。”

“然后把我们带到这里，等不及了，就要杀了我们。”关凯道。

“是的，但我的确没有想到他的武器竟然是这个。”他给大家看高雅妮捡起来给他的张大伟的控制器。

“对了，我看到张大伟还把这个控制器对准禹工了，但似乎没有起作用。”王贵华说。

“是吗？”禹红过来从李古力手中拿过控制器，看了看，说：“亏得它没有启动。”说着她递还给李古力。

“这个难道也是个武器？”李古力打量着控制器。上面没有任何符号或是按钮。他试着用它对空白的墙摇晃，挥舞，按捏，什么也没有发生。他把它又递给禹红，说：“禹工，你先保管着，回头我们再送给张大明教授研究。”说着，他站了起来，走到还坐在地上的关凯身边伸过手去：“你怎么样了？”

关凯一跃而起，但身体还是稍稍晃了一晃。他拍拍脑袋，说：“今天吃了大亏了。”

在李古力和关凯说话的时候，王贵华递给高雅妮张大伟的头发：“对了，小高，这是我从张大伟脑袋上揪下来的头发，回头或许你可以检查一下。”

“真的？”她马上从背包中取出一个银色小盒，把几根头发放了进去，然后便等待小盒上面的晶体读数。

“这是什么？”王贵华好奇地问。

“这个也是张大明教授放在我背包里的一个快速测定仪，能通过血液、皮肤屑或是毛发检测人的整体健康状态。”

“这个不是网上卖的那些量子检验仪什么的吧？”

“你觉得张大明教授会给我假的东西吗？”

王贵华无语。

“我就想看看张大伟到底是怎么回事。”高雅妮接着说。

三十秒后，小盒顶上的读数显示出来了。读数太小，一边的王贵华看不到，但他却看到高雅妮脸上一片茫然。

“高姐，怎么了？”王贵华怕刚才说她用假东西生气，赔着小心地问。

“啊，这太让人难以置信了。”高雅妮几乎是被什么惊吓住了。

听到高雅妮变了腔的声音，大家向她看去。

高雅妮很快就恢复了镇定，回到她专业的态度：“这个检测结果显示，张大伟身体血含量为零，他的身体细胞都已经在三十个小时前死亡。”

关凯倒没有觉得有多奇怪，因为李古力已经说过金乌人利用了张大伟的尸体：“那也就是说，我们一直在和一具尸体对话喽。”

“嗯。小王，我们去看一下张大伟的身体。”李古力招呼道。

章七十九

出了门右转，李古力一行人看到了前方拐弯处张大伟的身体。李古力吩咐众人拿出武器，小心翼翼地朝着张大伟的身体靠近。因为他不能保证，一个连身体都能操控的对手，在过了这么久后会不会出什么变故。

很快，大家来到张大伟的身体前。什么也没有发生。

和前面王贵华看到的一样，张大伟的身体已经完全干瘪。李古力和高雅妮仔细地检查了他身上的弹孔和脑壳上的洞，没有发现血液。

“没有血液如何生存？”高雅妮似乎在自言自语。

“水。”李古力提醒道。

“水？”

“我们都注意到，张大伟，不，那个金乌人，一直需要喝水。”

“水就是他们的血液？或者水能够替代他们的血液？”

“这个我不知道，但我能想象，如果金乌人用意识驾驭张大伟的身体的话，一定有水在支撑着。他在运动中会失去水分，因此就要不断地喝水补充。”

“这在理论上是说得通的，但是……”

王贵华知道高雅妮在用人类科学的方法分析眼前的事件，但这时候人类的科学却不能解释太多的金乌船上发生的一切。他有意想把事情弄轻松些：“我还有个想法。”

“什么？”

“我觉得金乌人这次不收尸的原因可能有两个。”

“收尸？”高雅妮更不明白了。

“张大伟死后，他们一定是收藏了他的尸体，然后就用上了。这次他们却没有收尸。”

“是因为我们还在这里，他们还没有来得及收？”

“对。这是一个可能。还有一种可能，就是张大伟的尸体已经对他们没有用处了。”

“为什么？”

“因为你们看，他身上又是枪眼，又是鸟眼，放进去水也存不住了啊。”

李古力知道王贵华在半真半假搞玄乎，而高雅妮却信以为真了。于是她也不再为刚才的话题较真。

“对了，高博士，我想请教你一个问题。”王贵华突然话锋一转，一本正经地问高雅妮。

“什么问题？”

“你相信有意识体的存在吗？”

高雅妮沉思了一会儿，缓缓地说道：“我不知道。现代医学不承认有独立的意识体，但来到这里，”她看了看周围，说，“我已经开始相信了。”

“我一直就相信有独立的意识体存在，但也是在这里，我亲眼看到了。”

“事实上你并没有看到，不是吗？”

王贵华被问住了：“是。也是。没有看到，但感觉到了。”

禹红对意识这个题目不感兴趣。上了金乌飞船后她心里一直存有的那种莫名其妙的烦躁和不安现在更加明显。她这时走过来问李古力：“队长，我们现在怎么办？”

“是啊，我们下面怎么办？”关凯也问。

李古力打量了一眼他们身处的位置，前面是一个走廊的拐角，后面是他们来的方向，应该向哪个方向走？他的直觉是继续向前。

他问道：“我们是前进，还是回去南极取炸弹？”

王贵华第一个回答：“前进。”

“为什么？”虽然关凯同意向前走，但他想知道王贵华选择前进的原因。

“我们现在回去，可能已经找不到路了。我开始的时候还记着路，但后来的一番折腾之后，我也忘了路径了。而且，我们也知道南极人的炸弹对这里没有效果，唯一有效果的地方是我们看到的那个动力中心，但现在要再找到动力中心已经非常不容易。”

“我也同意向前走。”禹红说，“我有种感觉，觉得我们离金乌人的核心区近了。”

在这种事情上，高雅妮不相信感觉，但她却没有理由反对：“但是即使到了金乌人的核心区，我们也没有炸弹了。”

“小高说得对。”李古力说，“即使到了金乌人的核心区，我们也没有炸弹了，但如果我们找到核心区的话，那时我们再回南极寻求帮助。南极人知道这里有什么，也许他们就能有破坏这个金乌飞船的东西。”

“对了，张大伟不是说这里就在武器库里边了吗？”关凯问。

“大关，你还相信张大伟？”王贵华笑话他。

“也是。”关凯有些不好意思，光想着武器，把张大伟的事给忘了。

“也不一定。”李古力说，“如果我们能找到金乌人的武器最好，而我们的主要目标应该是他们最薄弱的位置。一旦我们能找到这个位置，那我们就有了一半的胜算。”

“那行。队长，我们向前？”关凯说着，就要起步。

“对。我们走。”

篇十
水墙迷宫

章八十

众人即将到达走廊的尽头的时候，李古力发现左前方有一个通道，和其他走廊不同，这个通道入口的上方是一个圆拱形。他们走近一看，这个通道的入口处有四米多高，宽也有三米多。本来是向前行进的，左边出现这么一个通道，大家停住了脚步。

“真漂亮……”高雅妮看着眼前的情景感叹道。通道内两边的墙是淡蓝色的，看上去整个墙壁就像全由淡蓝色的水组成，这个水墙上流动的液体都由下往上流动，煞是好看。王贵华跑了过去，贴近墙壁看，好奇地说道：“快过来看看。”

其他人都走到这个通道的入口处。李古力看到王贵华把手伸向墙面，赶快说道：“别碰！可能有危险。”话音刚落，王贵华的手指已触摸到了墙面，那一瞬间，众人的眼睛都瞪大了，这层由下向上流动的水墙在王贵华触摸的地方突然间凝结了，并且在王贵华手指处向外扩散开一个深蓝色的水圈。

“队长，我没事。”王贵华又触碰了几次不同的地方，每一次碰到墙体，那流动的水就会凝固，并从他触碰的位置为中心向外扩散成一个深蓝色的水圈。

“这墙真的很像水，不过为什么这水会向上流动？”禹红在一旁好奇地说。

“小王，碰上去什么感觉？”关凯凑到王贵华耳边问。

“嗯，感觉倒真的不像水，不是软的，倒是像冰一样，凉凉的。”王贵华看着墙面说。

听到这话，关凯用手指也碰了一下墙面，和先前一样，瞬时间流动着的墙面在关凯触碰的地方突然变成了深蓝色的凝结面。

“真的像冰呢，真是奇怪。”关凯感叹道。

“队长，你看里面，好像能通向哪里。”高雅妮说完指着通道的尽头。李古力向她所指方向看去，看到通道前方十几米左右有一堵同样的淡蓝色的水墙，水墙的正面挡住了去路，但左右都有不知道通向何处的通道。

李古力走了过去。前面水墙向两旁延伸，左右两边各有一道水墙组成的通道。李古力转身走了回来，说道：“前面不知道通向哪里，我们是回去沿着刚才的走廊前进还是在这里察看一下？”

“队长，这里很奇怪，我觉得我们应该在这里看看，也许有什么机关会让我们直接进入水墙呢。”王贵华说道。

“只要能炸掉这飞船，哪边都行。”关凯说。

“我觉得这有蹊跷，应该看看这里。”高雅妮接口道。

“你觉得呢，禹工？”李古力问。

“你做决定就好……”

“联想到最初把小王卷到墙里的水幕，我也觉得应该看看这里边到底有什么。”李古力说道。

大家走进了这个通道，接着就站到了T形的路口。

“我们往哪边走？”关凯问。

李古力向两旁又看了看，说：“我们向右，大家都跟紧，如果出现幻觉，赶紧互相告知。”

向右拐弯后不久，大家沿着通道左转弯继续向前。

王贵华一边走一边还在用手指划着水墙，手指所到之处水便停止了流动，并凝结成一圈圈的涟漪。

高雅妮对他说："你不要划了，小心和刚上飞船时似的，穿梭到另一个地方去。"

"没事，你看这是固态的，虽然看上去是液体的，但是却更像是冰，很结实的。不信你摸摸看。"王贵华回答道。

高雅妮没有理会他，一手捏着背包带，注视着前方道路，紧跟在李古力的后面。

左拐右拐走了一段路之后，他们终于发现前面出现了一个开阔的地方。这是一个圆形的空间。李古力让大家停住。他一个人从水墙通道里走了出去，走到圆形空间的中心。在那里，他突然意识到这个三百六十度的圆形空间四周有很多水墙的入口。幸亏其他人都还站在来的那个通道口，要是队伍都站在他所站的地方，就真不知要进哪一个入口了。

"这是一个迷宫，大家快原路返回，再往前走很有可能被困在这里了。"李古力赶忙回到众人中间，告诉大家。

众人只能掉头原路往回走。走了一会儿之后，他们开始意识到迷路了。为什么走了这么久还没有回到最初的通道口呢？嗯？前面怎么又是一个向右的转弯？

"大家停下！"李古力大声说道。

大家都停了下来，李古力看了看前面又向后望去，说："记不记得我们之前进来的时候转了几个弯？"

"咱们进来的时候是向右走的，然后走了一段又向左拐，然后又是左拐，然后再是一个左拐，最后是一个右拐，到了刚才圆圈那里的出口处，从那里我们又原路返回，并没有任何岔路，所以我们应该只要再一个左拐就能回到最外边的通道了，但这次却是一个右拐。"王贵华解释道。

"现在我们有麻烦了。"李古力说完贴近墙看着什么，说，"出口应该就在这附近，但好像有什么挡住了回去的路。"

"队长你来看这里。"关凯站在不远处看对面的墙。

所有人都跑了过去，透过淡淡的蓝色水墙，隐约地看到墙对面就是出去的通道。李古力心想，怎么回事，怎么墙都闭合到一起了？

“队长，有人把回去的道给封上了。”王贵华搓着手说。

“我们怎么从这里穿过去？”李古力端详着眼前的水墙，似乎在自言自语。

“你们都退后。”关凯说，“既然它像冰，也许一打就碎了。”他拿过王贵华的步枪，对着前面的墙体“砰、砰”开了两枪。子弹打到水墙上后，形成了两块深蓝色的固体涟漪。子弹没有打破这堵水墙，而且，子弹也没有反弹开，它们强大的冲击力似乎被墙体直接吸收了。

“这不是简单的水墙，我们又被困住了。”王贵华说。

“那怎么办？”禹红小声地问。

李古力想了想，说：“既然我们这边走不通，就向前走。总会有走得通的地方。”

于是众人顺着两边淡蓝色水墙组成的通道，再次回到通往圆形空间的出口。大家停住了脚步。

“显然，我们是进入了一个迷宫。小王，或者谁知道如果破解迷宫？”李古力问。

“我知道一个办法。我看到过在一个迷宫里如果一直扶着右边的墙，一直走下去，最终就能走出去。”高雅妮说。

“小高说得对，走的时候，左手一直摸着左边的墙，就应该能走出去，这种方法可能费时最长，也可能会让我们走遍迷宫的每一个角落和每一条死路，但我们肯定不会被永远困在里面。但这个办法只适用于单迷宫，如果是复迷宫的话，就不一定有用了。唯一有用的前提是，起点和终点在复迷宫的同一个部分里边。复迷宫比一般迷宫更复杂，同时也有更多种的走法，而在迷宫中，兜圈子比进死路更糟。我曾经在电脑上做过试验，进入迷宫开始时最好的办法是向一个方向走，然后再作判断，最终还是有机会出去的。”王贵华解释道。

“那依你看这是普通迷宫还是复迷宫？”关凯问。

王贵华看了看周围，回答道：“不知道。我只能说它是一个水墙迷宫。”

“这样，我们先试验向一个方向走？”李古力征询大家的意见。

“行。”王贵华应道，“我们穿过前面的空地，进到正对面的通道里，再顺着墙壁往前走。”

“好。”李古力说着，从背包里拿出一个蓝色方块放到地上做标志。

一行人穿过圆形的空间，来到正对面的通道里。这里和前面完全一样，淡蓝色的水墙，墙上的水由下而上地流动着。他们加快了脚步。

走了不久，队伍前面的李古力突然摆手让身后的人停下脚步。

“怎么了，队长？”王贵华赶上一步问。

“你看前面又出现了圆形的空地。”

“咱们好像来过这里？”关凯觉得这里和前面所看到的地方完全一样。

“你们先留在这里，我去去就回。”说着，李古力一个人走向圆圈的中心，转身看了一圈，接着，他又返回到大家站着的通道口，沿着圆形空间的墙绕了一个整圈，然后回到大家中间。

“这里不是我们刚才到过的地方。”他说。

“你怎么知道？”禹红问。

王贵华有些不耐烦地解释道：“刚才你没看到队长把蓝色标志留在前面的通道里了？”

禹红一下明白了，于是没有再说话。

王贵华道：“队长，既然我们没有绕圈，我们再直走穿过前面这个圆圈？”

“好。”李古力伸手到背包里，发现已经没有了蓝色方块。王贵华看到这个情景，从他的背包里拿出一个蓝色方块，问：“队长，你要这个？”

“是。好，我们走。”说着，李古力把蓝色方块放到脚边，和大家一起向圆形空间正对面的通道走去。

众人走进对面的通道，又沿着它一直走了许久，还是没有任何出口。王贵华一边走，一边说：“关于迷宫，我又想起来一些破解方法。”

“什么办法？”关凯问。

“第一个方法，如果遇到走不通的死胡同，就马上返回，并在该路口做个记号；第二个方法，如果遇到了岔路口，观察一下还有没有走过的通道。有，就任选一条通道往前走；没有，就顺着原路返回原来的岔路口，并做个记号。然后重复第一、二条走法，直到找到出口为止。如果要把迷宫所有地方都搜查到，还要加上一条，就是凡是没有做记号的通道都要走一遍。”王贵华说。

“我们已经在做了，不是吗？”高雅妮说。

“也是。但小高，你前面说的那个方法其实是不对的，虽然那是迷宫第一定律，就是说只要在出发点单手摸在一面墙，手始终不离开墙面向前走，总可以找到迷宫的出口。但是这条定律明显有两个缺点。”

“什么缺点？”

“一个缺点是，这个迷宫第一定律不保证可以走捷径，第二个缺点是它并不适用终点在迷宫中央的迷宫。当然它的好处是，就算无法到达出口，也不可能困在迷宫里，因为总能回到出发点。”

“但如果出发点已经变了位置呢？”李古力问。

“那不可能，因为那就不是迷宫了。”王贵华突然想到他们回到出发点时没有了去路，又说，“那就是运动中的迷宫了，也就是这个水墙迷宫有这个特征。完全没有按规则办。”

“问题就在这里。这个迷宫显然没有按正常的迷宫规则排列，因而显然不是那么容易走出去。”李古力心里想着，他没有说出口。

迷宫中通道两边的水墙显然是唯一能欣赏的景色，但又不能仔细看怕被引入幻觉中去。他们沉默着顺着通道快步走着，希望下一秒能看到出口。

突然间，一阵轻轻的优美乐声飘过。每个人都突然感觉到一种心灵的震颤。

“这声音……好熟悉。”高雅妮不由得停下了脚步。

“哪里来的？”王贵华问。

“前面。”

章八十一

大家加快脚步。前面又是一个圆形空间。音乐声是从对面的通道里出来的。王贵华从背包里又拿出一个蓝色标志放到走道中，随大家赶了过去。

进入对面通道不久，大家发现了乐声的所在，也同时发现这里是一个死胡同。通道的尽头比通道要宽许多，这里的中间部分是一个水帘像缓缓的瀑布一样向下流动，而不是向上流动。这个水帘由许多小水珠组成，它们慢慢向下滑落，天籁般的声音随着水珠的滑动而发出，待水珠落到地面，它所带动的音符也戛然而止，但其他的音符仍然在不停地从水帘上滑出。

众人在这里停住了脚步，愉悦感充满了每一个人的心灵，似乎他们已经不再身陷金乌人的水墙迷宫，而是在皓月当空之夜，徐徐清风之中，感受着最原始的生命的萌动。

李古力暗道："真希望金乌人不是敌人。他们的音乐是如此的富有意韵，我从来没有感受过这种心灵被撞击的感觉。"

美丽的旋律继续从水帘上飘荡在通道里，撞击着人们的耳膜。王贵华几乎变成诗人了："此曲只应天上有，人间难得几回闻啊！"

“可惜这里是死胡同，不然听着这声音走路，倒也心旷神怡。”禹红道。

“就是。”关凯同意道。说完，他又加了一句，“现在进不能进，退不能退。要是有张地图显示这里的路径就好了。”

就在关凯说完这话的同时，两旁的淡蓝色墙壁上瞬间凝结并且突出一个平面，接着这个平面开始有凸出有下陷，不一会儿一个像是立体地图的东西出现在大家眼前。

李古力惊愕不已，心想：“这是什么？地图？怎么出来的？”

王贵华兴奋地喊道：“这是一个立体地图，看中心那些线条，还有那些圆圈，一定是这个迷宫的地图。”

“它怎么出来的？”高雅妮问。

“是啊，怎么就突然出来了？看，这里还有五个小红点。”禹红指着墙上有五个红点的位置说。

王贵华兴奋道：“它们就是我们！”他快速走到关凯的身后，又指着他说的地图说：“看到了没有，其中一个移动了，那个就是我。”

“嗯，可以断定这就是迷宫的地图，我们看怎么能够走出去。”李古力说完后心想，难道是关凯说“要是有张地图”然后这地图就出现了？这也太不可思议了。

“队长，看这里有一个符号，而其他地方没有符号。这里会不会是出口？”高雅妮指着地图的一个标号问。

大家看到那符号其实很近，因为他们只要退出这个通道，回到刚才的圆形空地，右拐到第六个门，进去不久，就是那个符号的位置。关键是，从那个符号位置向前，就没有了凸起的“墙”了。

“值得试一下。”李古力说。

他们顾不得让人心旷神怡的音乐，快步退回到中间的空地，向右在第六个通道口进入，不一会儿，前面又是一道音乐水帘拦住了去路。

“难道走错了方向？”高雅妮小声说。

“要是这里也有地图就好了。”王贵华话音刚落，墙面上即刻又出现了和刚才一样的立体的迷宫分布图。

“咱们明明到了，为什么没有门呢？”关凯觉得奇怪。

“你们注意到没有，第一次关凯你说要地图的时候就出现了地图，刚才小王说要地图，地图又出现了。”

王贵华立刻问：“你是说我们要什么就会有什么？”

“真的？那我想要扇门。”高雅妮话音落下，墙上顿时凹现出一扇开着的大门。“还真的是想要什么就有什么啊。”高雅妮惊讶道。

“既然这样不如让飞船炸了吧，我们可以直接回上海了。”关凯说道。

“你开什么玩笑？”高雅妮说。

高雅妮话音刚落，众人突然感觉脚下一阵剧烈的晃动，四周传来骇人的爆炸声。慌乱之中，众人互相紧紧拉住胳膊，以免被这恐怖的震动摔倒。两边的水墙慢慢地开始崩塌，溅起无数冰珠散落到众人的头上和身上。

关凯大声吼道：“搞没搞错？说爆炸就爆炸？”

王贵华也忍不住喊道：“你要炸了怎么也把我们先送回地球啊！”

霎时，一阵蓝光闪过，王贵华感到自己的身体被一股巨大的牵引力拽去，更剧烈的爆炸声传来，众人逐渐地失去了知觉……

章八十二

半个月后，上海的水早已经退去，这座已经比巴黎更漂亮的城市又恢复了以往繁荣的景象，大多数的店铺已经重新开张，街上人来人往，到处是行色匆匆的人，地铁站里又重新挤满了赶着上下班的人群，延安路上车辆绵延几百米，外滩上站满了游客，他们还在谈论着两周前那场惊心动魄的大水。

李古力和他的小队走在南京路上，看着身边熙熙攘攘的人流，他们感到由衷的开心。尤其是王贵华，他最近一个小时就没闲过，走到哪里都在不停地说着，有时候还忍不住去抚摸路上的雕像。

“你以前都没见过啊？”高雅妮笑着对王贵华说。

“以前我还真没仔细看过这些，现在我才发觉原来它们都这么亲切。”王贵华兴奋得像个小孩。

“要我说，干脆你今晚就睡在这路边上得了。”关凯也调侃王贵华。

“大关，你怎么知道我在想什么？你太厉害了！”王贵华顺着关凯的话往下说道。

一旁的李古力默不做声地看着自己的队员们说说笑笑，心中也充满了劫后余生的喜悦。

正在这时，李古力注意到西北方向的天空不知何故变得异常的阴沉，仿佛是被墨染黑了一般。

李古力招呼众人说："大家看那是什么？"

众人顺着李古力指的方向看去，只见西北方向的天空黑压压的一片。

"要下雨了？"关凯凝视着那片天空说。

"不像，怎么这么黑黑的一片？"李古力心中一股不好的预感浮上来，沉声说。

几分钟后，上海被一场异常猛烈的沙尘暴袭击，大家甚至还没弄清这股沙子是从哪里刮过来的，就都已经是灰头土脸。整个上海如同天黑了一般，能见度一米都没有。路上的车都打开了大灯，但实际上这时的交通已经彻底瘫痪，红绿灯完全看不到，无数的车辆被堵在道路上，但人们又不能走下车子，因为他们只要暴露在空气中超过几秒，就会感到肺部和喉咙里阵阵刺痛，几乎可以咯出血来，要是超过两分钟，他们一定会被活活憋死。只一会儿，所有的车子都被覆盖上了足有半米厚的沙土，它们再也不能动弹。

事实上，这已经不是沙尘暴，而是一场密集的"沙雨"。

李古力和他的小队站在南京路一家时装店里，透过巨大的落地玻璃窗，看着外面黄色的灰蒙蒙的世界。外面所有有形的东西，现在都被沙土所掩埋，变成了大大小小的沙丘。

这是怎么回事？发生了什么？李古力不停地问着自己。

李古力看着外面黄色的世界，一种悲壮的使命感从他心底升起，他拉开时装店的门，大踏步走进漫漫黄沙里。其他几人见状也紧跟他身后走了出去。

无数的碎沙随着狂风吹进李古力的眼中、鼻孔和嘴里，渐渐地，他感到呼吸越来越困难，每踏出一步都要花费很大的力气，不到两分钟，李古力的意识开始涣散，随后他脑海中的世界消失了……

李古力猛地睁开眼，太阳耀眼而毒辣，空气中带着一股灼人的气息。刚才还是飞沙走石的世界，现在已经变得清晰无比，清晰得甚至有些残酷。

李古力放眼望去，到处是残垣断壁，汽车的残骸还在路边燃烧着，地面上无数的弹壳堆积成山，被炸弹炸过的路面撕裂开一道又一道的口子，仿佛是大地张开的血盆大口。

李古力看着自己的四周，这是哪里？其他人去了哪儿？

正在李古力迟疑的时候，突然从他的身后传来了一声枪响，李古力大吃一惊就地一滚，滚到身旁一个弹坑里。

怎么回事？李古力惊出了一身冷汗。

这时，从刚才枪声响起的地方传来了一阵李古力听不懂的语言，虽然不能理解那句话是什么意思，但他猜测那是阿拉伯语。

李古力没有动，他伏在弹坑里静静地等待着。

对面见李古力这边没有声音，慢慢地走出来一个瘦小的影子，这个身影走得很小心，他端着一把 AK47 步枪，朝李古力藏身的地方走来。

那个影子逐渐地靠近，李古力这才发现这是一个只有十二三岁的黑皮肤男孩，他身穿一件红色短袖 T 恤，下身是很破烂的牛仔裤，脸上不知是故意抹上的还是不小心蹭的斑斑灰迹，头上戴了一顶特大号的钢盔。尽管他的手上有武器，但当他靠近李古力的时候，还是显得害怕，以至于握枪的双手不停地颤抖。

他用枪指着李古力说了一句英语，这句英语李古力听懂了，是“不许动”。

李古力看着眼前的这个孩子，又朝远处倒塌的建筑看了一眼，顿时心生疑窦。非洲？战争？正在这时，远处的天空中有飞机呼啸而来。小男孩听到这个声音立刻吓得双脚发软，他顾不得李古力掉头就跑。李古力当然知道这个声音意味着什么，还没有细想，爆炸声便由远至近响起。

小男孩不知是被吓得慌了神还是什么，他居然朝着爆炸响起的地方跑了过去。李古力顾不得自己的安危，大步跨到小男孩身后，猛地把他扑倒在地。几乎同时，一枚炸弹在他们附近炸响，泥土和石块纷纷落在他们身上。

小男孩受到惊吓，更加不知所措，竟然在李古力怀中哭了起来。李古力正不知该如何安抚他，突然更大的爆炸声响起，李古力明显地感觉到地面震动了起来。远处，一股巨大的白色蘑菇云缓缓地升起。

李古力震惊地瞪圆了眼睛，眼前的一切使他不能信以为真。

这时，又一阵震耳欲聋的爆炸声在李古力耳边响起，他瞬间被巨大的冲击波推了出去，一股剧烈的疼痛传来，他眼前一黑便晕了过去……

章八十三

一转眼，李古力又来到一栋普通的砖墙建筑前，这是一座门口挂着“地球资源保护组织”牌子的两层楼房，李古力走上楼推开二楼的房门，里边已经或坐或站有一些人，但他们谁也没在意李古力的突然闯入。

这个房间的正中央是一张椭圆形会议桌。围在桌子旁边的几个人都是当今世界上最有名的政治家、经济学家、科学家……李古力认出了其中的一位，他是经常出现在各种政治峰会上的很有声望的和平主义者。

这时，其中一位有着大国总统风范的人说话了：“我们今天讨论地球和人口的关系问题。”

一个着装很绅士的瘦高个儿说：“这个问题我们已经讨论过几千次了，我的观点还是那样，如果人口继续保持现在的增长速度，地球就会破产，人口需要缩小。”

“噢，史密斯先生，这也是我们共同的观点。”先发言的那个人说。

“哈！我当然知道！”史密斯先生做了一个夸张的手势。

“你是从社会学角度分析。从科学家的角度，地球的承受力正受到挑战，如果要有最佳的居住环境，地球上只应该有现有人口的百分之二十。将军，你认为呢？”

被称为“将军”的人抚摸着脸上的络腮胡子，说：“我们可以制造借口发动战争来减少人口总量。如果没有敌人，我们可以创造敌人，然后让人相信这个敌人的存在，然后发动战争。”说完，他看了一眼站在身旁的另外一个人，“你是历史学家，你怎么看？”

“其实柏拉图在他的《乌托邦》里已经给我们提供了最好的减少无用人口的方式，那就是提供武器给相关的势力，付钱给他们让他们发动或卷入战争，这样我们不需要参战，就达到了减少人口的目的。让雇佣兵和代理人们为我们进行战争，最后，让所有不属于我们的人在战争中消失。”历史学家在夸夸其谈。

“看在上帝的面子上，被钉死在十字架上的应该是您。”将军说道。

“谢谢夸奖！”历史学家不客气地说道。

“不不不！”另外一个人打断他们，“贸然发动战争并不稳妥，说不定最后会失去控制。从我们医药业的角度，最好的减少人口的办法不是战争，我们可以利用特殊的转基因食品，以及控制药物效果和价格，让低级人口自然死亡。”

这时总统风范的人又说：“不管如何，将来的地球，应该只属于我们地球上的精英。我们可以留少量的无用人，或者不好听的话，奴隶，他们甘心地为我们服务。我们将只允许有一个全球政府的存在。我们要用经济、战争和资源剥夺以及所有一切手段削弱所有个体国家的势力，最后，地球将只有现有人口的百分之二十左右，地球的资源将极大地丰富，而且，她将是一个非常环保的地方。”

一屋子人都会心地笑了，他们似乎是在鸡尾酒会上讨论一件非常轻松的话题。

李古力觉得这是一群疯子，他试图上前与他们争辩，却发现自己说的话他们根本听不到，也没有人理他。

李古力明白过来，这一切都只是一个影像，这些都只是在告诉他一些他原本不知的事实而已。

李古力心念刚动，四周的情景又发生了变化，房间消失了，那些平时出现在电视上的伪善者也消失了，代之以一个他不熟悉的城市街头。从插在墙头上的星条旗来看，李古力知道现在他在美国。

昏暗的街头，几个鬼鬼祟祟的人在黑影里窃窃私语着，其中一个穿着单薄的年轻人正在跟几个穿皮夹克的人恳求着什么。他的表情颓丧而虔诚，但“皮夹克们”表情却冷漠无情，完全不在意年轻人说的什么。

最后年轻人从身上拿出一叠钱递给“皮夹克们”，从他们手中接过来一小包白色的东西，他把那包东西小心地揣进怀里，垂头丧气地转身走了。

身后，是几个“皮夹克”不怀好意的嘲笑声。

年轻人拖着疲惫的身体穿过一条小巷，他看到迎面走过来一个穿着时髦的年轻女郎。年轻人猛地停住脚步，他摸摸胸口的那包东西，又盯住对面的女郎。终于他下定决心朝那个女郎快步走过去，当他经过女郎身边时，一把抓住女郎手上的皮包就要跑。

女郎吓得大喊，双手紧紧扯住手中的皮包。

年轻人气急败坏地踢了女郎一脚，把她踢翻在地，但女郎还是不肯松手。年轻人不由怒火中烧，朝着女郎的脸上就是几脚。女郎不由自主地松开了手，用手捂住脸颊眼睁睁地看着年轻人跑远了。

年轻人的身影消失在巷口……

章八十四

这时，一道闪电在李古力脑海中闪过，他顿时从刚才的场景中返回到现实。他有些茫然地看着四周，才发现自己原来还是在金乌人的飞船上，两边还是那淡淡蓝色的水墙，但上边在不断变换着影像。

李古力看身边的队友，很明显，他们刚才也经历了跟他相似的事情。

水墙上还在闪过刚才他们所经历的一幕幕场景，有些是李古力经历的，有些是其他队员经历的。

王贵华扶着脑袋说道："太可怕了，我刚才居然看到了澳大利亚地震，悉尼沉降到了海底！"

"我看到了臭氧层完全被破坏掉了，人类都得了皮肤癌，只能慢慢地等死……"高雅妮仿佛还没从刚才的可怕经历中摆脱出来。

"等等！"李古力制止住众人，说，"这应该也是金乌人强迫给我们的幻觉，大家小心！"

"可是，为什么那么真实？"禹红说道。

这时，众人周围水墙上的影像还在不停地转换，一幕幕都是无穷无尽的人类经历过和没经历过的灾难。

正在众人忐忑不安的时候，一个无比轻柔的女声突然响起，那声音就如同是在众人的耳畔呢喃。

“你们看到了什么？”

众人大惊，纷纷举枪戒备，但那声音是从哪里传出来的，谁也分辨不出。

“你是谁？”李古力警惕地问。

“我就是你们一直要找的金乌人。”那个声音回答说。

关凯一听对方说自己是金乌人，立刻说道：“你们这帮胆小鬼，为什么总是喜欢躲躲藏藏？有种痛痛快快出来打一场。”

“不不不，”那个声音没有丝毫情绪上的波动，还是那副不急不缓的语气，“以你们的技术水平，是根本无法与我们抗衡的。”

“那就试试！”关凯怒道。

“你们误解了我们，我们不是来毁灭地球的，而是来拯救你们的。”

“拯救我们？用你们制造出来的洪水？”李古力鄙夷道。

“不，我们只是想在你们的星球上建立一个全新的世界，洪水只不过是实现它必经的阶段。”

“一个只有你们的世界？”高雅妮也有些恼怒。

“不，这个世界将会是一个万物平等的社会，在这里每一样生物都能得到公平的对待，一个没有你们地球人那样的欺骗、背叛和战争的国度。”

“像你们对待天缘星一样？”王贵华反问道。

“看看你们四周吧，”那个声音没有回答，却自顾自地继续道，“你们人类贪婪而自私，富者不仁，贫者不义，为利益你们杀戮同类，并肆意破坏环境，地震、海啸、沙暴、火山喷发、核污染……哪一样不是在加剧你们自己的灭亡？”

“别以为拿几段视频就能糊弄我们。”关凯说道。

“当然，但你们自己也清楚，你们看到的，有的已经发生，有的正在发生着，有的即将到来，我们只是把它们展示给你们看而已。”

“那你们想怎么着？”李古力追问道。

“你们是希望看着地球慢慢地死去，还是希望看到她马上重生？”那个声音说。

“她是不会死去的。”李古力一字一顿地说道。

“人类总是喜欢自我欺骗，你们明明知道，任何东西都会消亡的。”

“那也不会是消亡在你们的手中！”李古力道。

“我说过，我们不会毁灭地球，我们只是让她重生。”

“重生？就是把地球变成天缘星现在的样子？”

“不，天缘人他们并不真正了解我们，我们并没有毁灭他们的星球。”

“噢，那你说说你们把他们的星球怎么样了？”

“哦，是的，让我们来看看金乌人的国度吧。”

那个声音停了下来，众人四周的水墙上的画面渐渐地隐去，水墙上的一部分水慢慢地向两边退去。逐渐地，一条路出现在水墙中间。

“向前走。”那个女声充满了魅惑。

众人互相对视了一眼。李古力走上了水墙中让开的路径，众人跟了上去。

待众人走过，王贵华转头看身后的道路，水墙已经回到原先的状态，中间的道路已经没有。

但前面的人已经被出现在眼前的景象惊呆了！眼前是一幅多么令人陶醉的景色啊！脚下延伸出去的是一片五颜六色的花的海洋，微风吹来，一阵阵清香扑面，沁人心脾。

一条小河在眼前缓缓地流淌着，河水清澈见底，一群金黄色的鱼在水中自由地游来游去；河岸上是一排排高大的树木，笔直挺拔，树叶在风中飒飒吹动，鸟儿在树叶中追逐。

湛蓝天空下白色建筑的城市就在不远处，更远处，是一座腾空架起的拱桥，上面似乎有火车来回穿梭着。

李古力不能相信眼前的一切是真的，刚刚还满眼是让李古力痛心疾首却无能为力的地球上的种种丑恶、战争、疾病、自然灾害，而现在却是鸟语花香，一片祥和！

高雅妮已经陶醉在这美丽的图画中，她闭上眼睛，静静地呼吸着，舒展着心灵，而王贵华也痴痴地看着这副无与伦比的景象，赞叹道："如果能在这里生活，那该多好啊！"

禹红没有像高雅妮那样陶醉其中，而是默默地看着周围的一切。对她来说，这里有一种似曾相识的感觉，但又说不出具体哪里相熟。她看了看李古力，见李古力也静静地看着远方，就问道："李队长，你觉不觉得这里有些似曾相识？"

李古力看了看禹红，说道："这种画面也许只有在梦里才可能见到吧。"

"我好像经历过这个场景。"禹红迟疑地说道。

"你见过？"李古力投去询问的目光。

"我不确定，但总觉得在哪里见过，现在想不起来了。"禹红说道。

这时，一个温柔亲切的声音在他们耳旁响起："欢迎来到金乌之国。"

篇十一
金乌之城

章八十五

众人大吃一惊，面前突然出现了一个秀气的女人。她身高约一米六七，身体纤瘦，精致的五官，脸上没有一丝的瑕疵。

李古力问："你是谁？"

"你们好，我是卡米拉，这里的导游。今天我将带你们参观我们的文明。"

"你们的文明？"王贵华质疑道，"你是金乌人？"

"我不是金乌人，我是金乌人刚创造出来给你们导游的。欢迎来到金乌之城。大家跟我来吧。"

"你真漂亮！"高雅妮羡慕地说道。

"谢谢！我的原型实际上是你们人类。"

关凯问道："前面是？"

"前面是金乌之城，金乌国的一个城市。"卡米拉微笑着回答道。她走到一个差不多一米二三的立柱处，手在上面触碰了一个位置。

"这是？"王贵华好奇道。

"我在招呼巴乐赛尔。"

"巴乐赛尔？"

卡米拉还没有回答，一辆比公交车要起码大出一倍的车子开了过来，在他们身边停下："我们上车进城。"

"没有司机？"关凯上车后，发现上面没人，也没有司机。

"哦？司机？"卡米拉问，但她随即似乎是对谁说道："市中心。"

只一小会儿，他们已经站在市中心的宽阔的街道上。这里高大的金乌人在走动着，他们的身高都在两米以上，个个皮肤白皙细腻，五官的配比和人类几乎没有太大差别。他们迈的步子很大，走起路来大步流星。

李古力一行人看见这么多高大的巨人在面前走动，惊愕不已。突然间，一个向他们方向走来的金乌人向他们挥手，并停下了脚步。李古力暗暗心惊，手不由自主地放在枪柄上。卡米拉见状，急忙解释道："他只是在向你们打招呼，没有恶意。"

金乌人好奇地看了众人一眼，没有说话，便离开了。

李古力问道："卡米拉，这就是金乌人？"

"是啊，他们很友好的，刚才他是过来打招呼的。"

"哦。"李古力不置可否。

高雅妮仍然很好奇这里的一切，她问卡米拉："他们的皮肤怎么这么白？而且看上去很柔软。"

"是的，水是金乌人生命的源泉。水组成金乌人体百分之九十五的成分。"卡米拉缓缓道来。

"百分之九十五的水分？"高雅妮吃惊地问，"几乎像我们的婴儿了。"

王贵华看着街道上来回穿梭的人群，问道："他们在干什么，走得这么匆忙？"

卡米拉回应道："他们不是走得匆忙，这种步速对金乌人来说是缓慢的。"

"哦，是这样啊，我还以为他们急着上班呢。"王贵华说道。

"上班？上班是什么意思？"卡米拉惊讶地问道。她想起刚才关凯还问了一个她没有明白的问题，就是什么是"司机"。

"你不知道上班是什么意思？"王贵华显得更为惊讶。

"那请你解释一下好吗？"卡米拉诚恳地问道。

“你们怎么会不知道上班是什么意思？”高雅妮也觉得卡米拉像是在逗王贵华。

“我真不知道，在我的记忆功能里没有上班这个词。”卡米拉天真地回应道。

“上班呢，一般来说就是我们要在某段时间到某个地点劳动，这个过程就是上班。”李古力解释道。

“劳动是什么意思？”卡米拉越听越糊涂。

“从广义上讲，劳动是指人们在各种活动中劳动力的使用或消耗，目的是创造财富。你明白吗？”王贵华解释道。

卡米拉似懂非懂地点了点头，问道：“劳动力？财富？”

高雅妮觉得卡米拉似乎真的不懂，于是转移话题道：“你们这里有没有饭店？”高雅妮问。

“饭店？”卡米拉还是惊讶地问道。

“是，就是可以吃饭的地方。”

“为什么要去吃饭的地方？”

“因为我饿了。”

“哦。你是说需要补给能量。可以。请跟我来。”、

李古力一行人跟着卡米拉转过一个街角，上坡走到一间房屋外面。李古力仔细观察这里的地形，街上房屋的后面是一道小山脉，房屋是借势而造，猛的一看，像是陕西窑洞，但房屋的外观是弯曲的弧线，整体都是白色的，高约五米。如果仔细观察就会发现这些房屋的不同之处，它虽然借着山势而造，但又不拘一格，每一个细节都体现着艺术的气息。

李古力看到房屋上面没有任何招牌，问道：“这里是吃饭的地方吗？”

“是啊，这里什么都有，你们想吃什么就吃什么。”卡米拉回应道。

大家将信将疑地跟着卡米拉走进了房间内。房屋里也是白色的，但除了一些圆形的餐桌和座椅外什么也没有。李古力走近一张桌子，用手摸了摸餐桌，上面没有一点灰尘。

“你们想吃什么？”卡米拉问大家。

“我想吃过桥米线。”高雅妮有些想为难卡米拉，但她刚说完，桌上就

出现了一碗热腾腾的米线，装在一个中国式的瓷碗里。高雅妮有点措手不及，怔怔地看着那碗米线。

卡米拉问道："这应该就是过桥米线？"

高雅妮回过神来，她用手碰了碰碗，手刚触碰到碗沿就立即缩了回去："还是真的。"

卡米拉有些惊讶地说："怎么会不是真的？"然后她又问李古力等人，"你们想要什么？"

王贵华不敢相信自己的眼睛。听到卡米拉说话，这才回过神来，说："我要寿司。"话刚说完，眼前立即出现了一盘黑色紫菜包裹着米饭的寿司卷。

李古力看着这不可思议的现象，问："这……这是怎么回事？怎么米线突然间就出现了？"

卡米拉答道："这是金乌人的生活方式啊，你要吃什么，就到这里来。你要什么，就能得到什么。"

李古力还是不明白，刨根问底："我是说这些饭是真的，还是虚的？"

"怎么会是虚的？"卡米拉觉得李古力太多疑了。她转身看到王贵华已经把一块寿司放到嘴里，便问："是真的吗？"

王贵华嘴里嚼着寿司，一边点头道："真的，真的。味道真好。"

李古力还不甘心，继续问道："那这饭是谁做的？"

卡米拉回应道："哦，这其实不是某一个人做的。我们每个人都有自己的喜好，比如音乐、艺术、数学、运动。我们在做自己爱好的事情的时候都会产生能量，事实上我们生活的每一个动作都会产生能量，这些能量被储存起来，并被转换为我们需要的东西。比如我们在街区招呼交通工具的时候，我们按下那个目的地按钮，这个动作就产生能量，在这里，它们被转换为米线和寿司。"

"这么神奇？那这中间的转换是怎样进行的呢？"王贵华听到卡米拉的解释后，立刻咽下嘴里的米饭问道。

"通过我们的母亲。"卡米拉解释道。

"母亲？"王贵华又问。

知道王贵华纠缠起来又没完没了，高雅妮看着桌上她还没有动的过桥米线说："这钱怎么算？"

"钱？"卡米拉再次错愕。

王贵华立即插嘴道："这里是金乌之城，没有钱这个概念的。对了，吃完饭之后，这些碗筷怎么清洗啊？"他又问卡米拉。

"这就不用我们操心了，也许另外一个人正在跑步，在跑步的同时这些碗筷已经被他产生的能量清洗完成了。"

"你说的母亲在哪里？"李古力问。

听到李古力的提问，卡米拉像一个真实的人一样虔诚地说道："我们没有见过母亲，但我们都知道她的存在。"

"那金乌人都住哪里？我们看到的那些房屋里？"李古力没有强求，他改变话题道。

"我带你们去看。你们还吃吗？"

李古力看高雅妮，高雅妮说："不吃了。"

卡米拉显得不高兴："我们这里绝对没有浪费。既然要了，不吃就浪费了。"她站在原地，没有动身。

高雅妮见状非常尴尬，关凯过来打圆场说："你不吃，我吃。"说完，他坐下去，三下五除二一会儿就把过桥米线吃完了。

这时卡米拉才又恢复到原先的笑容，柔声说："我带你们去看这里的住房。"

走到街上向左转，卡米拉停在一个房屋门口，说："到了。"

大家跟她走进屋去，站到屋子的一角。这个房间不是很大，约六十平米左右，里边空荡荡的，没有任何家具。

卡米拉介绍说："这个屋子是预备屋。"

"什么是预备屋？"高雅妮问。

"就是还没有人居住。等到有人有需要了，他就可以搬进来了。他只要告诉母亲一下就可以了。"

"也不要钱？"高雅妮不禁问。

王贵华不以为然道："她都说了，这里没有钱的概念，怎么会要钱呢？"

"那么家具从哪里买呢？"高雅妮还是不甘心。

"哦。"听高雅妮说话，卡米拉挥了挥手，大家眼前一花，随即一个客厅便像是被魔术师在空旷房间里变了出来。

这是一个六十平方米左右的简约的客厅。客厅中间是一张桌子，在桌子的右侧是一组看上去软软的沙发，左侧的墙壁上是一幅巨大的非常雄伟的山峦图画。客厅的门外是一个小院，里边是一丛丛浓绿的植物。

李古力被这瞬间变换的景象怔住了，他在客厅里走了一圈，确认这是实实在在的物体后，不禁感慨万千。他走到外面的院子里，看见里边的植物。植物有很多的叶子，叶面上水汪汪的，手稍微一碰竟然流出水来。他问道："这是什么植物？怎么浇这么多水？"

跟过来的卡米拉说："这是奇达，它是我们生命的蓄水池，也是我们住房的能源中心。"

也跟着过来的王贵华问："这里有没有卧室？"

"有。请跟我来。"

待大家回到刚进屋时的位置，卡米拉挥了挥手。

这次大家看清楚了。客厅在大家眼前慢慢地横向收缩，当它被收缩到一侧之后，另一个房间扩展了开来，里边是一张几乎是三米见方的大床，还有衣柜和其他家具。大家已经无心考究卧室的细节。大家还没有动身，王贵华接着又问："厨房呢？"

卡米拉又一挥手，这次展开的是一个几乎空旷的房间，里边只有桌子椅子和一些柜子。

"这不是厨房呀？这倒更像是餐厅呢。"高雅妮说。

"是的。这是餐厅。刚才你要过桥米线的地方是我们的公共餐厅，但这里是家庭的餐厅。"

"但厨房呢？"

"为什么要厨房？"

王贵华顿时为自己的愚蠢而后悔。金乌人既然不需要做饭，为什么要厨房？

高雅妮又问："如果一家有三四口人怎么办？"

卡米拉回答道："这个房屋是给一个人住的。有很多人口的家庭都会要两到三层楼的房屋。这种房屋不但可以左右缩展，而且有上下的空间，这样大家可以随时聚结或回到自己的空间。"

众人从房屋中出来后，卡米拉说："我带大家去我们的博物馆吧，让你们看看我们的历史。"

卡米拉带着李古力他们穿过了两条街，一路上不时地有金乌人看过来，有些金乌人看到他们也惊讶地相互交头接耳。

王贵华问："他们都在说什么？"

"哦，他们看到你们的出现感到很惊奇。"卡米拉解释道。

到了博物馆前，一位高大而且漂亮的金乌女人快步迎过来，她用甜美而愉悦的声音说："欢迎参观金乌博物馆！"

李古力等人一怔，没有听懂她说什么。卡米拉翻译道："她是在欢迎我们的到来。"

王贵华看着金乌女人向自己走来，闻到一种莫名的清香，心中扑腾扑腾地跳了起来。这是他第一次这么近距离地接触金乌女人，王贵华被她的美貌完全吸引住了，随即他看到了卡米拉在注意他，不好意思地红了脸。

卡米拉笑着说："你不是金乌人，她不会懂的。"

走进博物馆内，卡米拉指着一幅天空的全息图像上的一颗星球说："这是我们最初的家园，那里在遥远的朦牧星系。后来因为资源的问题，我们不断地迁移。"

李古力在天空的最下角看到了在南极看到的星球："这是天缘星？"

"是的。"

"你们攻占了天缘星？"

卡米拉依旧是甜甜的声音："我们不是攻占，是帮他们治理。我们唯一做的就是帮助他们合理地、最大限度地利用水。"

李古力没有再说话。

博物馆里边大多是概念性的信息，讲述水的起源，如何保护和利用水，等等。大家耐心地看完，回到宽阔的街道上，松了口气。

这时，不远处一辆列车从他们面前呼啸而过，李古力几乎没有认出它是一辆列车。他问道："刚才是辆列车吗？"

"是，我们的巴姆赛尔。"

"巴姆赛尔？"王贵华好奇地问。

"我们这里只有两种交通工具，一种是巴乐赛尔，一种是巴姆赛尔。"

王贵华记起来刚到金乌之城的大巴："巴乐赛尔就是我们来时坐的那个车？"

"对。城里交通，大家除了步行，就是坐巴乐赛尔。巴乐赛尔的停点每一百步就有一个，几乎是随叫随到，而远距离的旅行，大家就靠巴姆赛尔，像你们的列车。"

"我们能不能坐一次巴姆赛尔？"王贵华询问李古力，他遇到新鲜事，总想感受一下。

李古力想了想，问卡米拉："行吗？"

"当然。请跟我来。"

"去哪？"关凯问。

"去车站。"

章八十六

不一会儿，他们来到一座宏伟的建筑旁。李古力抬头看去，只见这幢建筑通体透明，十根柱子分立在大门的两旁，气势雄伟。它有两层，每层高约五米。

卡米拉介绍道："这是金乌市中心巴姆赛尔站。我们进去吧。"

进到巴姆赛尔站里，这里边的人显然要比外面多一些，但依旧不拥挤。人们在静静地等待着下一趟巴姆赛尔的到来。

王贵华看见前面有一个像电脑屏幕状的机器在一个一米左右高的支柱上，便快步走了过去。他看了看卡米拉，而卡米拉的眼神似乎在鼓励他。于是他伸手去触摸那个屏幕。他的手指刚触到，"刷"的一下屏幕上出现了一些游动着的稀奇古怪的文字。王贵华没有看懂，下意识地问了一句："这是文字吗？"

这屏幕竟然用中文回答道："这是一道未完成的程序。你想试试吗？"

王贵华惊奇地看了看屏幕，又问道："能不能翻译成我看得懂的语言？"

王贵华刚说完，屏幕上的文字变成了中文，并在下方出现一个键盘。

他一看是自己的专业，就拿出了自己的看家本领，开始忙碌起来。

李古力等也凑了过来。看王贵华不停地敲打屏幕上的键盘，高雅妮问：“小王，你在干什么？”

王贵华头也不回地说道：“稍等，等一会儿再说。”

卡米拉静静地微笑着看着这一切。

禹红注意到卡米拉在笑，问道：“你笑什么啊？”

“没什么，他很能干吗？”卡米拉指着忙碌的王贵华问。

高雅妮插嘴道：“他可是非常能干。地球上也没有几个。”

过了差不多十分钟，王贵华长舒了一口气，转过头来，找到卡米拉，不无炫耀地说：“搞定了！怎么样？”

卡米拉走过去，看了看屏幕上的文字，说道：“小伙子，很棒啊。”

“那还用说，不是我吹牛，在我们地球，没有几个人能比得过我。”王贵华很是得意。

“嗯。不管怎么说，谢谢你帮我们完成了这项没有人做的事。”

“没有人做？”

“是的。因为它是最简单的，所以没有人感兴趣。”

“这可是非常非常高级的编程了，怎么是最简单的？你开玩笑吧？”王贵华很是不服。

“你注意到这个台柱的高度了？”卡米拉几乎有些抱歉地说，“这里面的游戏是给孩子们玩的，所以也是最简单的。不过你刚才做的，也创造了新的能量，所以你做得很好。”

王贵华几乎涨红了脸。没想到自己花九牛二虎之力做的程序竟然是金乌孩子们的游戏水平。他还想说话，卡米拉说：“巴姆赛尔就到了，我们去站台吧。”

王贵华不服气地甩了甩头，跟着大家走向站台。站台离巴姆赛尔车道有十米的距离，金乌人都在那里等候着，他们用惊奇的眼神看着李古力等人，并为他们让出一条道路。

李古力一边走一边问卡米拉：“巴姆赛尔多长时间一趟？”

“十五分钟一趟。对了，你们想去哪儿？”卡米拉问道。

“金乌之城最好玩的地方在哪儿？”高雅妮兴奋地问道。

“巴姆赛尔都是长途旅行。去我们金乌国的罗亚吧，那里很漂亮。”

“罗亚？离这里有多远？”李古力问道。

“从这里到罗亚有地球距离的一千五百七十九公里。”

“这太远了。”李古力犹豫了。

“不远的。一个小时就到了。”卡米拉招呼道，“车来了，我们上车吧。”

不经意间，一辆崭新的金色列车已经停在面前。众人注意到，巴姆赛尔没有轮子，完全是漂浮在它的轨道上。

“磁悬浮？”王贵华在跨入车厢的时候问。

卡米拉微微一笑：“我了解你们人类的磁悬浮，很好的技术。但我们这个不是磁悬浮。它依赖的是空气中的微水原子产生反重力作用。”

“微水原子？”

“是的，回头我给你解释我们的这种能源。”卡米拉一边说，一边带着她的“游客们”向宽敞明亮的车内走。

一些大个子的金乌人已经在里边。看到李古力等人进来，他们客气地点头示意。

李古力心中惊讶，暗道：“金乌人许多的礼节都与人类相同，太不可思议了。”

明显，这些座位是按二点五米左右高的金乌人设计的。卡拉米帮众人将座位调整到适合他们的高度，大家坐上舒服柔软的座位不久，车就启动了。

巴姆赛尔的速度不是一般的快，因为外面的景色刷刷地闪过，眼睛根本不能看到大多的细节。大家只能看到远处有田野，也有坐落着白色房屋的村庄，还有青色的山脉。

卡米拉没有坐下，她站在一边继续介绍道：“如果需要消遣，请按扶手处的按钮。如果困的话，大家也可以按靠背上面的按钮，然后靠背就可以躺下供大家睡觉了。”

大家并没有困意，仍然在好奇地四处张望。

在平稳行驶的巴姆赛尔上，一个小时很快就过去了。走出车门，大家才发现，车站在高高的山脉的半坡。这里到处是蓝天白云、青山绿树和五彩缤纷的鲜花，缭绕的云雾淡淡笼罩在山腰。

高雅妮真的开始喜欢上这里了："好美啊！"

但她身边的禹红却仍然没有像大家一样惊讶，她仍然沉默着，似乎在想着什么。

出了车站，大家注意到这里的金乌人比金乌城里街上的要多很多。卡米拉看到大家的疑惑，介绍说罗亚不是一个城市，而是一个旅游和运动的景点。各处的金乌人都到这里旅游运动，比如天上那些人。

大家朝天上看去，原先没有太多的注意，这才发现天上许多移动的黑点不是跳伞者，他们没有伞。

"应该是单人飞行器！"关凯说。

"是的。他们能飞五百米高。如果用密封的那种的话，他们甚至可以飞到三千米的高空。"卡米拉解释道。

关凯眼中露出强烈的艳羡神色。卡米拉看到了，她说："稍等。"便走到前面的建筑里边去。

大家还在纳闷儿的时候，卡米拉回来了，后面还带了一位高个的金乌人。

卡米拉走到关凯身边，指着她身后的金乌人说："这是拉喃。他带你试飞一下单人飞行器，好吗？"

关凯喜形于色："真的？"

拉喃走过来，帮助他卸下背后的背包，同时把飞行器固定到他的背后。飞行器的样子很奇特，似乎是一件大号的马甲。飞行器没有翅膀，能量应该来自脚下的踏垫。

卡米拉说："你的身材比较小，飞行器已经调到你的高度。但是，因为飞行器是意识控制的，你还不能控制它，所以拉喃会带你一起飞。"

关凯已经兴奋地穿上了这件大号的马甲，如卡米拉所说，马甲非常的合体。当他听说自己不能飞，要拉喃带着飞的时候，不免有些失望。也罢，感受一下。他想。

关凯活动了一下身子，赞道："真是好东西啊！一点都不影响行动。"

卡米拉对拉喃示意，说："你们五分钟回来哦。"

已经着装的拉喃拍了一下关凯的肩膀，只见他们两人腾的一下离开了地面，上升到差不多十米的高度。在那里他们稍稍地停留，然后又嗖的一下，飞去远处的白雪覆盖的山脊。

看着远去的关凯，李古力忽然想到，也许这个金乌国度还真的不错呢，起码这里的人们看起来都一片和谐、礼貌，没有战争和冲突。

卡米拉冲着李古力露齿一笑，说："我们这儿，所有的人都做自己喜欢的事情，就像那位先生一样，他喜欢飞行，他就可以飞行，并且飞行的过程中还产生能量，用于制造飞行器本身，或是其他东西。如果喜欢音乐，就可以用最喜欢的乐器创造最美妙的音乐。在我们这儿，只有完美。"

李古力心中微微有些感想。他想起前面所看到的那些人类的丑恶，那些战争，那些贪婪和不公。他心中想道："或许，金乌人的世界的确比地球世界要好。"

禹红似乎猜到了他在想什么。她走近李古力说："队长，你知道的，根本没有完美的世界存在，任何事物都会有自己的缺陷！"

李古力心中犹豫着，卡米拉的礼貌，拉喃的豪爽，这里物质的公平分配，以及他没有看到的人与人之间的那种小心翼翼和勾心斗角，这些都是他所追求的啊。禹红所说固然不错，但比起地球上一些人的丑恶，这些又算什么。

天空中忽然传来关凯高兴的声音："哈哈！队长！我回来了！"

拉喃帮助关凯取下他身上的飞行器，和他握了握手，就回去了。关凯有些恋恋不舍地看着拉喃提着的飞行器。

卡米拉走过去，说："这位先生，喜欢飞翔的感觉？喜欢就留下来吧。"

关凯点点头，但同时又忍不住看向李古力。

李古力犹豫了一下，未置可否。

关凯顿时急了："队长，这可是真正的单人飞行器啊！我想如果我留下来研究一番搞清楚怎么用的话，回头对国家的军事会有巨大帮助的。"

李古力仍然没有回应。他需要更多的了解。

但事实上，上金乌飞船的目的已经开始在李古力脑中消退。

关凯看李古力没有表示同意或者反对，觉得队长今天怎么不对劲。他不再说话。

卡米拉似乎没有注意到发生了什么。她指着前面一栋有些高大的白色建筑，说："那里是我们的一个医疗中心。我们绝大多数金乌人有着很好的健康状态，当然医疗中心也是必要的健康保证。我曾经进入过你们人类的数据库，你们似乎对癌症没有具体而有效的治疗方法吧？"

高雅妮听得眼中放光："难道你们能解决癌变的细胞吗？"

卡米拉收敛了一些笑容，用一种专业的语气回答道："远不止如此！事实上你们对癌症的治疗建立在一个完全错误的基础上，因为这样，所以你们最多只能延缓生命，而不能做根本的治疗。"

"为什么？"

"癌细胞蕴涵着你们人类还没有了解的信息。你们的医生一心想杀灭它们，就像你们的政治家一心想杀灭对手一样，杀灭本身就对自身造成了更多的危害。如果利用人体内的癌细胞而不是杀灭它们，它们实际上能够成为个体健康的最强大的守护者。"

"真的？"高雅妮喜道，"卡米拉，有人可以教我吗？"

卡米拉似乎对高雅妮的反应很满意："当然。"

高雅妮看李古力，目光中充满祈求的神色，李古力心中更有些动摇。这个金乌国，好像并不是南极人说的那样啊。留下来也不是一个很坏的选择吧？

这时，耳边忽然传来了禹红的声音："队长，我讨厌这个卡米拉。她对我们宣扬的只是他们想让我们看到的一面。天知道他们背后的阴暗是多么的龌龊。而且，我也不认为生活在这里的金乌人有真正的自由。"

李古力诧异地问道："怎么说？"

禹红有些涨红了脸，说："具体我也不太清楚。但是我就是有这种感觉。队长，自从经过那个恐怖的金鸟阵后，我便觉得自己和金乌人有一种说不出的感觉。这个卡米拉所说的一切，似乎是合情合理。但是我就是觉得有点不对劲。”

李古力心中踌躇，这一路走过来，他也看到了金乌人的发达科技，安居乐业，没有战争，没有疾病，也没有灾难。在他的眼中，这就是他所奋斗的一切了。

章八十七

突然，他心中一惊：我是在为谁而奋斗？

想到这里，他心中陡然一惊，脑海中忽然浮现出挣扎在海水中的上海和那些家园被海水淹没了的人们。

他们是侵略者啊！李古力心中抽搐了一下。

金乌人的科技再发达，生活再完美，那都是建立在别人的痛苦之上！他们和地球上那些丑恶的人们又有什么不同呢？

李古力看着兴奋地交谈着的队员们和参与着他们谈话的始终保持着温和微笑的卡米拉，忽然意识到自己的队员思想已经开始了转变。

好聪明的手段！竟然从我们的思想深处麻痹我们！我该怎么说服队友保持警惕？

这时，卡米拉正对王贵华介绍着金乌人的科技。

“看到远处那个建筑了吗？那是我们最大的科研基地。而且，你知道吗？为了研究的方便，那个建筑是悬浮在空中的。”

王贵华目瞪口呆，他原先是看到了那个巨型的白色建筑，但没有想到它是悬浮在空中的。他脸上一片惊讶："悬浮的？怎么可能？这又是什么技术？"

如果让一个物体飞行在空中，这并不难，比如关凯刚才试飞的单人飞行器。但让一个建筑长期悬浮在空中，那需要的能量将是一个天文数字。这个金乌人的科研基地如此宏伟，那得需要多少能源才能保持它一直悬浮在空中？

卡米拉笑道："和我们的巴姆赛尔一样，它也是利用微水原子作为能源。"

"什么是微水原子？"这是他第二次问这个问题了。

"你一定知道水是如何组成的？"

"是的。两个氢，一个氧。"

"你知道氢和氧各自都含有巨大的能量？"

"是的。但是……"

"你知道氢和氧如果重新组合和反应，就能产生反重力？"

"啊？"王贵华彻底地无语。反重力技术，这到现在还仅存于科幻小说里！用简单的水制造反重力，这是多么让人兴奋的课题。我要是学到这个知识然后把它带回家的话，那些科学家一定会疯狂的！

"你想学习吗？还有智能机械制造，人造磁暴技术……"卡米拉的声音充满了诱惑，"你留下后，你想学的都可以学到。"

王贵华兴奋地连连点头："真的吗？在那个科研基地里学吗？"他朝李古力看去，"队长！我决定了！我要在这里学习他们的技术！我要留在这里！"

李古力神色坚定，说："不行！"

王贵华摇头道："队长！你是我最敬佩的人，但是这些技术，我真的无法舍弃。你真的不知道反重力技术是多么的有用。队长，其他的事情我绝对听你的，但是，这件事，你就纵容我一次吧！"

高雅妮也附和道："队长，我和小王的意思一样，我也想留在这里学习他们的医学。我相信这些知识学到后，对我们人类会有非常大的帮助。"

禹红顿时急了："高博士！你怎么能这样想？他们是金乌人啊！他们

是想要淹没地球的元凶啊！你想想被淹没的上海，想想那些无家可归的人们！这一切都是他们造成的啊！”

李古力冷冷地看了关凯一眼，说道：“关凯，你呢？”

关凯看到李古力凌厉的眼神，心中没来由地一阵慌乱：“队长，对不起……单人飞行器啊！拿到这个技术，我们国家的军事力量会大大地增强的。”

李古力低声吼道：“我们都不要忘了我们到这里的使命。如果地球不再有的话，我们学到的所有的一切又有什么用？”

卡米拉有些尴尬地听他们说话，没有吱声。

李古力不满地看了她一眼，又看了看自己的队友们，心中暗道：“不行！不能再留在这里了！这里一定又是一个虚拟世界。”

他对卡米拉说：“卡米拉！我们无意逗留在这里！请把我们送回去。”

卡米拉依然是温和地微笑着：“这位先生，难道你就不喜欢这里吗？”

李古力回答道：“我是喜欢这里！我非常喜欢！但你们的和谐是建立在别人的痛苦上的。这不是我们的追求。”

“你为什么这样说？”

李古力回答道：“你们之前侵略天缘星，赶走了那里的人，你们现在还在融化地球上的冰川，想将我们地球人类全部淹没，这难道也是你们和谐的一部分？”

禹红听得热血沸腾，她顺着李古力的意思说：“你们金乌民族，虽然现在看起来还在辉煌，其实却一直在退步！因为你们已经没有了独立的创造而靠掠夺他人的资源而生存。”

王贵华、关凯和高雅妮似乎有些不理解为什么李古力和禹红都那么的情绪激昂起来。他们有些不知所措。

卡米拉漂亮的嘴角抽动了一下，似乎是在无奈地苦笑，而此刻她脑中的信息却迅速地传给了金乌人的母亲：“洗脑计划失败，发现这些地球人意识强度超过 B 级，并感觉到流放一族的意识存在。建议执行第二计划，出动真实生命体，前往水墙迷宫实施武装抓捕。”

“好的。第二计划报告通过。两名战士已经前往迷宫。”

李古力冷冷地盯着面前的卡米拉，思考着下一步如何走。而此刻卡米拉的脸上已经没有了微笑：“相信我，你们的选择是一个错误。”

突然，她那美丽的身体逐渐变淡，并缓缓消失在空气中。与此同时，周围的影像逐渐消失，众人又处于水墙的包围之中。

王贵华一愣，刚想说什么，却发现眼前的水幕在缓缓下降。他不明所以，惊讶道：“怎么回事？”

大家不明就里，惊讶地盯着前方，都在想：“难道这就是迷宫的出口了？”

水幕越来越低，随着水幕的降落，两个高大的身影出现在了李古力等人的面前。李古力感觉一股危险袭来，他陡然大声喝道：“危险！注意！”

他的话音未落，两个身材高大的金乌人手中的武器已经向他袭来。

章八十八

未等李古力有所反应，整个人已经失去知觉，同时倒地的还有禹红。

关凯、王贵华和高雅妮一时间竟然愣住了，因为两个金乌人并没有袭击他们，他们似乎根本就没在意他们的存在。他们用冰冷的眼神打量着倒在地上的李古力和禹红，似乎只有他们俩才是他们感兴趣的目标。

一个金乌人用不屑的眼神看着躺在地上的李古力，回头朝他的伙伴点了点头，把枪对准李古力。

“你想干什么！”关凯大叫，眼看金乌人要在李古力身上补枪，他将整个身体朝那个金乌人扑了过去。

即便关凯一米八多的个子，在金乌人面前依然矮小许多。不知道这个金乌人根本没把关凯当成威胁，还是没想到关凯会袭击他，关凯扑上去时，他失去重心倒退了好几步，最后重重地倒在地上。

“小王，快，帮关凯……”高雅妮说着颤颤巍巍地举起手中的枪，对着扭打在一起的关凯和金乌人，可又没有机会开枪。

王贵华也扑了上去，抓着那金乌人厮打起来。虽然是二对一，关凯和王贵华的力量也仅仅能够和那个金乌人打个平手。

高雅妮看这边帮不上忙，于是把手里的枪对准了正站在一边似乎在看热闹的另一个金乌人。

那个金乌人发现了高雅妮的动作，他并没把高雅妮当成多大的威胁。他拿起手中的武器"啪"的一声朝高雅妮打去。

高雅妮赶忙躲开，但是没有预料中的子弹打来。看到金乌人追过来，她跑到还没有落下的水墙部分的后面，心下一横，打定主意要和追来的金乌人殊死一战。

但那人并没有追过来。他走回到正扭打在一起的三个人处，一把抓起王贵华，将他丢出好远，同时用武器射向关凯的头，一下把他打昏。

躺在地上的金乌人厌恶地将关凯从身上推开，从地上爬起来，上下看了遍自己的身体，踢了一脚关凯，从他身子下拿出他的武器后才满意地站起身。

躲在一边的高雅妮看到，他拿起的武器，正是张大伟的那个控制器。

两个金乌人说着什么，同时朝高雅妮这个方向看来。高雅妮拿着枪，心想如果他们一旦逼近就开火，但突然觉得周围空气骤冷，她觉得身体开始不受自己控制。她想跑，但还没有来得及看向哪个方向跑，身体已经沉了下去。

她模模糊糊感觉自己飘了起来，高雅妮疑惑着，难道是又产生了幻觉？她不可思议地睁大眼睛，希望能够看清楚眼前发生的一切。

但是眼前一片模糊，她发现举手的力气都没有了。

高雅妮着急地想，队长呢？其他人呢？为什么看不到他们？金乌人也会杀人？那么美好的东西也会如此残忍？

高雅妮试图找寻其他人的声音，但是头脑里乱哄哄的，很多杂乱的声音传入耳膜。

为什么感觉这么累？她无力地闭上了眼睛，什么都不去想。

王贵华感觉自己被狠狠地摔在一个地方，他想睁开眼，只看到一张模糊的脸，那张脸正是他们刚才遇到的那两个金乌人中的一个。真奇怪，这是什么地方……他听到面前的金乌人在他脑子里说话，而他竟然能听懂：

“这些奇怪的人，让我们花费了这么多的力气。”

“真不明白他们怎么能坚持这么久。”

“嗯。既然已经制伏了，我们得好好研究一下。”

“是的。他们的构造也许和天缘人有所不同。天缘人上来就死的，但他们却完全没事似的。”

“但先进来的地球人也没有支持多久。”

“或许他是天缘人和地球人的结合，而地球人却有天缘人没有的能力？”

“我觉得最奇怪的是，我们的意识为什么不能进入这些人的大脑。”

“也许这是这些人和天缘人最大的不同。”

“是的。应该是有什么在保护他们的大脑。”

“他们的意识？”

“似乎应该是。”

“那么如果他们死了，我们的意识就能随意进入他们的大脑？”

“应该是。但那似乎就没有了意义。”

“我们得找出他们的意识到底在身体的什么位置。”

“是的。似乎应该是在他们的大脑内，因为大脑明显是人类思维的主要位置。大脑支配着人类动物的所有活动。”

“我倒不这么认为，我感觉人类的意识存在于他们的心脏，心脏的跳动使得整个身体发生变化。意识随着血液的流动支配整个身体的活动。”

“等我们检查完他们的身体，再进行针对性的解剖，就能知道他们的意识存在之处了。”

“也对，我们四个分别给这四个做个检查。”

“剩下那个怎么办？”

“那个有些特别，过会我们一起研究。”

章八十九

怎么了，怎么感觉像是刚从一场梦中醒来？关凯刚恢复知觉，感觉有人在靠近自己。他想睁开眼，却睁不开。周身一阵冷冽的风刮过，他忍不住打了个寒战。

不会是被放到冰箱里了吧？

渐渐地，周围有了温暖的感觉，眼睛也可以慢慢睁开了。那会和他在地上厮打的那个金乌人进入了他的视野。他正在看着一个小机器说着什么，似乎在记录什么。

我这是怎么了？怎么会在这里？关凯一愣，本能地朝四周望去，不知道是因为刚才金乌人那一枪的作用还是其他，他根本动不了，但是眼睛的余光告诉他，在他旁边还有个高大的人背对着他。

难道小队所有的人都被抓来了？他们在干什么？关凯艰难地移动身躯，但却完全不能动弹。

“都检查完了吗？”一个金乌人在说话。

其他金乌人点点头：“检查完毕。”

“好。我们待会做解剖。你们三个去给剩下的那个检查一下。”

禹红这时迷迷糊糊中听到一个声音。

“有，你看，这里……还有这里……”

“她真的有我们的基因。”

“这是怎么回事呢？”

“不知道。回头问母亲吧。”

“对了，刚才我检查身体的时候，发现那个人醒了过来，没事吧？”

“对啊，我检查到一半那人也醒过来了。”

“没事。”

“而且我看到扑我的那个人能动了，是不是意识控制失去了作用？”

“你太小心了。他们即使能动，也做不了任何反抗。而且，我们做解剖时，需要他们完全清醒，不然没有办法确认他们意识的位置。”

做解剖？做什么解剖？禹红艰难地微微睁开眼睛朝四周看，房间的屋顶很高，一片白色。

她转头看了下，李古力躺在她隔壁的地方，他的眼睛闭着，脸上很平静。

被抓起来了？做解剖？禹红脑海中闪过这几个词语。但是周围的白色蔓延进大脑，她听到的声音也变得越来越远……

“这么多人，我们从谁开始？”一个金乌人道。

“我觉得还是从这个开始吧！刚才他反抗得最剧烈了，还把我扑倒了！”说话的那个金乌人似乎还在为那会关凯把他扑倒的事耿耿于怀。

“在这之前我有个问题，为什么水墙迷宫没有能锁住他们？”

“其实那个地方，他们已经被锁住了，如果我们不开启迷宫，他们会永远被困在里面的。我们给了他们想要的东西，但是不让他们出阵，早知道这些人不会被感化，我们就应该把他们留在里边的。”

“我们用的东西全部用上了，只是两个人与众不同而已。”

“是的，我们该从没被我们感化的人开始，我想他们的意识研究会更有特点。”

禹红模模糊糊听到有声音走近："嗯，就是他们两个。从哪个开始下手好？"

"还是从这个男的人类开始吧，因为他最特殊，因为他是人类，却又有超强的意识控制。"

"我倒不这么认为。这个女人有我们同类的基因，因此和地球人有所不同，所以需要先解剖她进行确认。"

禹红心里咯噔一下，"解剖？"

"先从这个男的开始吧，在幻觉走廊他没有绝望，这说明他有很强的意识体的支持。"

"这个女的虽然在幻觉走廊绝望了，但是她到了金乌之城没被我们感化，而且本能地对我们产生排斥，这似乎应该和她有与我们相同的基因有关系。"

禹红感觉自己像是在做梦，她隐约听到有人决定了：

"我们先解剖这个女人，然后解剖那个男的。然后做对比。回头再处理其他三个，这样应该能保证结果的正确性。"

"好吧，先从这个女的开始，我去准备工具……"

禹红睁开眼，看到自己跟前的一个金乌人朝另一个方向走去。

"我们先从哪个部位开始解剖？"

"大脑？"

"心脏？"

"这样，我们先确定一些细节：我们为什么没有能把他们锁在2.5度空间？"

"是他们离开回来后有武器把我们的2.5度空间破坏了。"

"如果是这样，是什么让他们想到离开呢？"这个声音顿了顿，继续道，"为什么我们的情绪牢笼失效了？"

"说到这个也怪了，情绪牢笼是受情绪大小而变化的，他们这么多人很难在同一时间没有杂念，而且只要他们想要出来，就会被困住……"

"说不定是他们懂得控制情绪……"

"对，他们出来是因为使用了火。这个是我们的疏忽，没有想到他们会利用那么低级的东西。”

“意识可能在大脑或者心脏里，但情绪一定是受大脑控制。我们从这个女人的头部开始解剖。”说着，那个金乌人检查他手中的工具，一个比他们的控制器更小的圆柱体。它的一端闪烁着深蓝色的光。

那一定是切刀。禹红下意识地把手朝口袋里伸去。

“她有动作。”一个金乌人提醒道。

“没事，她应该会有些本能动作，不用管。”另一个金乌人说着，继续检查着他手上的工具，“都准备好了。”

“去把其他四个人都叫醒，如果他们还没有醒的话。”

“为什么？”

“让他们有足够的感官刺激，这样他们的意识体会更活跃，待会解剖他们的时候就很容易确认了。”

“他们都已经醒了。”

“好。开始解剖。”

禹红惊愕地睁大了眼睛，躺着的身体上方，那个拿着蓝光解剖刀的金乌人把手落向她的前额。

篇十二 决战

章九十

“我不能等死。”禹红想要挣扎，却无法感觉到自己身体的存在。

禹红想要大声喊叫，却发现自己连一丝的声音都无法发出。她不甘心，不甘就这样失去自己的丈夫和可爱的女儿。她极力想挣扎，但不幸的是，她的身体却似乎已经消失。

绝望和不甘折磨着自己，从醒来的那一刻起就没有停止过。她累了，真的累了。泛着寒光的解剖刀和她的前额仅有几厘米了。她已能感受到解剖刀的寒光所散发出的寒意。她放弃了挣扎，闭目等死。

就在此时，她感受到一种脑袋要被撕裂般的涨痛。一幕幕陌生的场景瞬间出现在脑海，紧张，不甘，恐惧与绝望紧紧交织在一起，一股让人心悸的力量瞬间涌入身体，眼前一黑，她彻底失去了知觉。

躺在禹红旁边床上的李古力很是焦急地看着眼前的一切。他很想起身制止这一惨剧的发生，却根本无法感受到自己身体的存在。他气愤、焦急、愧疚，各种情绪就如同一群蚂蚁不断地撕咬着自己的心。

突然，他看到禹红猛然坐起，迅捷地将自己的右手从口袋里掏出，朝着围在她周围的四个金乌人画了一个圆圈。然后又躺倒在床上，一动不动。

其中两个金乌人立刻趴倒在禹红身上，一个栽倒在地上，另一个却刚好砸到了李古力的身上。

金乌人砸到身上的那一刻，李古力只觉得身上一阵酸痛。他一下便感受到了自己身体的存在。他马上挣扎着坐了起来。

与此同时，禹红的手指又轻轻地动了几下，接着一阵阵胀痛感清晰地出现在了她的大脑里。一些莫名的记忆也再次浮现在自己眼前。禹红双手抱头，要坐起来，但发现有两个金乌人趴伏在自己身上。她顿时心中涌起了一股无名的怒火，双手把那两人推了出去。

两个高大的金乌人在半空中划出了两道弧线，随着“砰、砰”两声沉闷的响声，他们摔落在地上。

李古力和禹红都有些目瞪口呆地看着这一切。很快意识到自己处境的李古力连忙跳下床来，朝着地上的四人就补了几枪。

而此时的禹红却对自己产生了一种深深的恐惧。她难以置信地看着自己的双手，联想起脑海中浮现的画面，不禁惊叫道：“不可能，这不可能！”

“禹工，快帮我叫醒他们！”李古力急忙朝着还盯着自己的双手大声惊叫的禹红喊道。李古力心中对禹红刚刚的行为感到迷惑和不解，但当务之急是要先将小队中的其他人唤醒。

李古力开始摇晃关凯，尝试让他醒来。

还在发呆的禹红听到李古力的叫喊，下意识地答了声“是”。她翻身下床，开始去帮助李古力。

李古力很是纳闷儿，尽管他使劲摇晃着关凯的身体，但是除了他的眼睛在动之外，他的身体却仍然不能动弹。

“咦，为什么那个金乌人只是砸了我一下我就恢复了知觉，而我这么用力晃他，他却一点反应也没有？”李古力停下了手中的动作，心中暗想道。

“李队长，是不是跟你们中枪的地方有关？”禹红小声提醒道。

“有这个可能。”李古力说完，想起了当初中枪时候的画面。确实如禹红所说，自己中枪的地方恰巧是刚才金乌人撞击过的地方。拿定主意，李古力便不再犹豫，朝着关凯的脑袋一巴掌打了过去。

关凯猛然坐了起来，他一下从床上跳了下来，道：“队长，把我急死了！”

“关凯，帮忙。”李古力看此法果然有效，便和关凯、禹红帮其他人恢复了行动能力。

“禹姐，刚才你怎么突然间变得那么厉害？”恢复了行动能力的王贵华首先问禹红。他刚才虽然躺着，却注意到了那一幕。

“你说什么？什么我变得那么厉害？”禹红不解地看着王贵华问。

“啊，你不知道？我刚刚看到金乌人向你逼近的时候，你猛然坐起，一挥手便将那四个人全部打倒了。”

谁知禹红还没有回答，她“啊”的一声痛呼，双手抱头蹲在了地上。但痛楚并没有持续多久，她又抬起头站了起来：“我的脑袋里突然多了很多我不知道的东西。”她的脸上一片苍白。

“禹工，你没事吧？”李古力忙上前问道。

“李队长，我没事。”禹红感谢地朝李古力点了点头。

李古力看了看四周，说：“好，我们得要先找个安全的地方，其他的事待会再说。”

“不，李队长，现在这里还是安全的，我们不必急着撤离。”禹红对李古力说。

“为什么？”李古力眉头略微一皱，沉声道。

“感觉，我有一种感觉。这里暂时很安全。”禹红语气坚定。

“是否跟你脑海里多出来的东西有关？”李古力轻声问道。

“是的，李队长。”禹红想了想，缓缓说道。

“好吧。我们先确认一下这几个金乌人是否真死了，然后我们再商量下一步如何办。既然我们看到真的金乌人，我们应该和金乌飞船的核心区很近了。”

“是的。很近了。”禹红确认道。

“禹姐，刚刚究竟是怎么回事？”王贵华在协助高雅妮检查金乌人尸体的同时，又问禹红。

禹红没有说话，只是点了点头。她似乎是努力地回忆了一会儿，说：“我真想不起来。我的大脑里就是一些记忆碎片。”

“什么样的记忆啊？”一旁的高雅妮也好奇地问。

禹红摇了摇头，轻声问道：“你们知道大禹吗？”

“大禹？你是说四千多年前治理水患的大禹？”李古力有些难以置信。

“应该是他。我看到一个头戴斗笠的高个男人，在经过一户人家家门时，忽然听到一个婴儿的啼哭声，便在门前迟疑了好久，最终叹息离去的场景。”禹红轻声述说。

“这似乎就是大禹‘三过家门而不入’中的一节啊。”王贵华证实道。

“是啊，我还看到他和一个叫做涂山氏的女子对话的一幕，以及他指挥众人挖沟渠的情景，所以我才敢猜测他就是大禹。”禹红拢了拢散乱开的头发。

“大禹怎么了？和你刚才打倒金乌人有什么关系吗？”王贵华问。

“我也不知道。只是很多的记忆碎片。”

“禹姐，你讲讲呗。”王贵华求道。

“禹工，你坐下想想，看记得起什么，因为我觉得那一定会对我们下面对付金乌人有用。”李古力鼓励道，同时又说，“关凯，你负责警戒门口。”

如果不是禹红打倒那四个金乌人，后果不堪设想。李古力很想知道禹红所知道的。看禹红爆发出的力量，他希望禹红有对付金乌人的办法。

禹红原先并不想多说，因为这些零碎的记忆如同梦魇一般，她不希望同伴觉得她神经错乱。但得到李古力的鼓励，而且又可能对对付金乌人有用，她开始把那些片段的意识拼凑起来。

章九十一

最早出现在我脑海里的，是一些气势汹汹的金乌人朝着一个无比奢华的大殿走去。而记忆中的“他”，正是那群人中最前面的那个。他的身躯高大伟岸，白皙的胳膊上肌肉高高凸起，更是他力量的象征。他来到了那座大殿的门前，转身抬起双手，微微下压，原本嘈杂的人群顿时收敛住自己的声息。他抬起头对众人说：“这里是我们的圣殿，我会一个人进去，请相信我，我会平息这所有的一切。”接着便又是一阵嘈杂的人声响起，男子没有理会，迅捷地转过身去，深吸了一口气缓缓推开了殿门，迈了过去。

另一幅画面中，这个金乌男子一个人独自站在大殿之内，对着一个金乌女人大声咆哮着：“不！你不能这么残忍，我们无权决定别人的生死！”

而那个女人却淡淡一笑，蔑视地说：“他们只是一群低等生物罢了，他们是那么的丑陋不堪，他们根本不配拥有那么美丽的星球。”

“但是他们也同样有着高度的文明，虽然他们的样子是丑陋了些，但那毕竟是他们的家园。我们不能对一个拥有高等智慧生命的星球做出这么残忍的事。”

“你在说什么？如果我们不那样做，我们怎么办？”女子的声音变得尖锐起来。

“我不会按你说的那样对付天缘星的，如果死能偿还你们所犯下的罪孽，那就让我离开这个肮脏的世界吧。”男子挺直了胸膛，直直地注视着女子的眼睛。

突然那女子笑了，她轻声说道：“你赌对了，我是不能杀你，但我会让你明白对抗我的旨意的下场。我再问你一次，你做还是不做？”

男子坚毅的脸上没有任何情绪。他回道：“不。”

第三个画面，相比前两个要复杂得多，也清晰得多。

在一艘和这一个很相似的金乌飞船上，一个女子，不，一个信息女人，因为她不是真人，她高傲地站在那个和她差不多高的金乌男子的身前，说：“这是我们通过空间虫洞探查出的一个可供我们利用的星球，上面有很多你根本无法想象的生命。他们甚至比那些天缘星的人更加肮脏、丑陋。他们的智商更是极低。将军，你还有最后一次机会。”

“不，我不会下达这个残忍的命令，你这个愚蠢的集体意识产生的垃圾。”金乌男子高声喊道。

“不。”女子的脸变得扭曲起来，“你的语言在一次次伤害着我，你会为此付出代价的。”

“让我死吧。在你这种冰冷的统治下，活着，还不如死了。”男子并没有丝毫的退却，他还是狠狠地盯着女人的眼睛，似乎想读出她如此冰冷的根源。

“我不会让你就这么轻易地死去。我要将你，和你的部下一起扔到这个荒芜的星球上，让你们和那些你所维护的生物一起共生共灭吧。”女子冰冷的声音再次传了出来。她挥了挥手，金乌人便在她眼前消失了。

当他再次睁开眼睛的时候，却发现自己并没有死，他没有挣扎，他甚至想为什么不能死呢。他对自己祖先建造了灿烂文化的族群彻底地失望了。

他躺在那里，不知如何是好。

最终，他选择了意识离体，这也是他唯一活下去的方式。他的意识体在飘荡。最后，意识体钻入了一个新生婴儿的体内，因为新生婴儿还不能阻挡意识体的进入。就这样，他变成了一个地球人。

他很快便适应了那里的一切，人们的单纯、善良深深地感染了这个外来的生命。渐渐地他甚至忘了自己的过去。只有在他一个人晚上望着天空的时候，才会流露出那种无法用言语形容的哀伤。

章九十二

“这太凄美了。”高雅妮此时的眼睛已经微微泛红，她仿佛还在等待着下文。

“我讲完了。”禹红淡淡地说道，她故事里的哀伤体现到她的语气里。

“禹姐，那么说大禹很有可能就是金乌人，对吗？”高雅妮小心翼翼地问道。

禹红摇了摇头：“其实我也不知道。”

“对了，你姓禹，你是不是大禹的后人呢？”关凯问。

“我也不知道。”禹红有些无奈。

“如果真是大禹的后人，或许刚才是大禹在保护你？”王贵华说得有些兴奋，“对了，应该是你有金乌人的基因，所以你能用张大伟的控制器。”

“是吗？”禹红不确定地问，但她想到许多的事情，的确可能自已和那个金乌人有关，包括在2.5度空间里她替代了李古力成了队长，那该不是那个金乌人做将军时的本能在她意识中的反应？

“如果真是就好了，那样的话就能更容易找到金乌飞船的弱点了。”李古力说，“对了，现在你能不能记得刚才是如何打倒那几个金乌人的？”

“嗯，我还是记不起来。”禹红几乎有些抱歉地说，“那一瞬间我仿佛不再是我自己，直到现在我脑袋里对那一刻还是一片空白。对了，但是我用的是张大伟的控制器把他们打倒的。”

“控制器？”

“是的。”禹红从口袋里拿出控制器递给李古力看。李古力接过控制器，还是原先他交给禹红保管的那个。他又仔细地看了半天，还是没有发现它是如何可以充当武器的。他把控制器还给了禹红。

看到李古力把控制器还给禹红，王贵华说：“队长，一定是基因武器，所以你不能操作。”

“基因只能控制，不是武器。”高雅妮不同意道。

“对。”王贵华意识到了自己的错误，“这个武器可能只能由有金乌人基因的人才能使用，而禹姐有他们的基因，而这个武器不像我们的火器，它的主要功能是控制，或者伤害敌人的意识，所以它应该是一把意识枪。”

“意识枪？”不管它是什么，李古力希望禹红能帮助解开更多的金乌人的谜。

禹红突然从地上站了起来，说：“我感觉有金乌人过来了，我们得赶快离开这里。”

李古力立刻向关凯看去。关凯向外探了探头，又回来对李古力摇了摇头。

李古力决定相信禹红的判断：“你觉得应该去哪儿？”

“我感觉就在不远的地方有着非常强大的意识体。”

“意识体？”

“是。我觉得这里最强大也是最薄弱的环节可能就是这个意识中心，而不是某个物理位置。”

“也可能就是，我们如果能摧毁他们的意识体，也许就成功了。”王贵华表示同意。

“我们快走，金乌人就要到了。”禹红说着，带着大家出了房间。外面是一个分向左右两边的走廊。禹红似乎没有犹豫就向右走去。

沿着走廊向前走不多远，走廊又向左拐，再走了二十几米，又是一个右拐。

“我们好像就要接近那地方了……”禹红的步伐开始变慢。

“准备战斗！”李古力命令道。

众人慢慢地向前移动，很快就到了走廊的尽头。这里又是一个右拐，而拐弯之后三五米处就是这个走廊的出口了，因为从这里看出去，前面是一个灰暗的巨大圆形空间。这个空间的中间，似乎是一些台阶引向高处。

“那里？”李古力转头问身后的禹红。

“就是那里，我能感受到那里有非常强大的意识体。”禹红看着前面说。

“你们先留在这里，关凯，我们先出去看看。”李古力说着，和关凯小心翼翼地持枪走出了走廊。圆形空间的中间，果然是很高的台阶，而这些台阶围绕着中心形成一个圈。这个空间里的光是从台阶上方照射进来。他们看向台阶上方，那里有一个平台，而平台之上，是一个圆形的篮球大小的暗金色球体在慢慢地旋转。再往上面，他们突然发现，是灰暗的天空。

“我们到了飞船的顶层！”关凯不禁说道。

还未等李古力回应，突然间硕大的空间亮了起来。亮光中，李古力发现他们并不能走上台阶，因为在他们和台阶中间，还有一个巨大的薄薄的透明半圆形防护罩。而最靠近他们的台阶上，正对他们有两个高出地面的立柱体，而这两个立柱体后面分别站着一个金乌人。

章九十三

还没有从诧异中恢复过来，一束蓝光从一个金乌人前的立柱体上向他们袭来，他们跳起身闪开，一声爆炸声在他们原先站的地方响起。

紧接着，又是一束束的蓝光袭来，蓝光射到哪里，爆炸就紧随而至。周围没有任何可以隐蔽的地方，李古力和关凯只能迅速退回到走廊和大家会合。

当他们消失到走廊里后，外面的爆炸声也接着停止了。

“该死的，怎么办？”关凯气急败坏地说。

“怎么回事？”王贵华迎了上来。

“前面有两个金乌人把守，另外，他们是在一个透明的防护罩里边。防护罩的最中间的顶上，有一个转动的小圆球。”李古力回答道。

“那就应该是意识体了。”禹红插话道。

“我们要靠近意识体，就需要消灭那两个金乌人，并穿过那个防护罩爬到那个平台上。”李古力说。

“这样，队长，你掩护我，我们再冲出去。刚才我们是措手不及，这一次不一定我们就会输。”关凯很有信心地提议。

这时，又是一声爆炸声就在走廊出口响起。大家立刻看过去，高雅妮刚从前面转身，是她刚探头出去打探了。

“我注意到，这边有四个立柱体，就两个金乌人各站一个的后面，有两个圆柱体后面没人。如果它是个圆形的话，那我们看不到的后面会不会还有金乌人？”

听到这话，王贵华跑到走廊的出口向外探望了一眼，便马上回头。没有蓝光追过来。他松了一口气，回到大家面前说：“我看了，按照比例，这个圆盘台阶上应该有九个立柱，就是说这个圆盘的后面还应该有其他的金乌人。他们应该是在那里保护着什么东西？”

“应该就是。我能感觉到，这里的意识体最强。”禹红说。

“关凯，我们得想办法打掉顶上的那个圆球，我觉得那应该就是他们的意识体。”李古力对着关凯说。

“我怎么没有看到什么转动的圆球？”王贵华问。

“需要走近台阶的边缘才能看到那个圆球。”李古力回答道，紧接着，他对关凯说，“他们就两个人。我们一起同时冲出去，我对付左边的，右边的一人你对付。靠近后，我们就打掉那个圆球。”

“好。”关凯应道。

章九十四

他们走回走廊的出口，对视了一下，同时冲了出去，冲锋枪的子弹“哒、哒、哒……”不停地射向站在前面的金乌人。但金乌人却完全不以为意，因为所有的子弹只是射到了他们前面的保护罩上。子弹在保护罩上激起一些缓缓的涟漪，然后扩散开去，迅即消失。

看到子弹没有起到作用，他们拔腿就要往后跑撤回到走廊里。很奇怪的是，防护罩里的金乌人这次却没有反击。

关凯很是丧气：“这下难办了。”

李古力没有做声。很明显，子弹没有办法穿透那层防护罩，但有什么能穿透呢？

他看到关凯身后背着的两支长矛。他想到在情绪牢笼里他们能够把长矛掷出去，不知长矛能否穿过那个防护罩？

王贵华说：“这个防护罩，记得我们之前用火烧开的情绪牢笼吧，会不会是一种东西呢？”

“禹工你怎么看？”李古力问禹红。

"嗯，这个我真不知道……"

李古力转向关凯："我们可以用两个办法打透这个防护罩。一个是用长矛对准里边的金乌人掷过去，如果长矛能穿透这个防护罩的话。一个是用火攻，我们一个人用枪头贴到防护罩上射击，如果枪头的火焰能烧透防护罩的话，子弹就能打进去了。"

"对。我们试试。"关凯听到有了攻破的可能，跃跃欲试。

"小王，你觉得这两个办法如何？"

"可以试试，因为如果这个防护罩和情绪牢笼的材料是一样的话，这两个办法就都能用，只是，只是不知道如何才能接近那个防护罩。"

李古力想了想，没有其他办法，也只好试一试了。他从关凯手中拿过一把长矛，挂到背后，和关凯一起再次走出走廊。

他们随时准备着应付金乌人的攻击。但金乌人似乎并没有在意他们的出现。于是他们腾挪着快速跑到没有金乌人站在背后的立柱前，将冲锋枪抵着防护罩对着里边隔壁立柱后的金乌人就射。

但和前面一样，子弹随着保护罩上泛起的波纹消失了。它们和他们的能力似乎被这个防护罩吸收得一干二净。

"怪不得这两个金乌人不在乎我们。"关凯说着，就拔身后的长矛。

而这时，里边居高临下的金乌人对他们笑了，同时，靠近他们的金乌人的手放到了他身前的立柱上。一个拳头大的光球顿时从防护罩中飘了出来，它悠悠地闪烁着蓝光，慢慢向他们飘去。他们意识到有危险，一时把矛紧握在手，准备把光球打掉。

那飘移着的光球突然加快了速度，并且径直扑向李古力。关凯在前用矛去挑那个光球，结果什么也没有打到。关凯心中大骇，这光球不是一个实体。而李古力在关凯的长矛舞过的瞬间，闪开了身子。光球在他原来的位置冲了过去，打到墙上，撞出一个大洞。

几乎同时，关凯已经反转身，把矛刺向防护罩。

没有能够刺进。

这防护罩的材料似乎又变成了水墙的材料。看上去软软的，但长矛刺到之处，立时变得坚硬无比。

关凯大喊："队长，长矛刺不过去！"

话音未落，又一个光球出现在眼前。这次它不再是飘忽着出来，而是从防护罩中一窜而出，直奔关凯。

关凯急躲，但右肩被光球的边缘灼到，顿时右胳膊一阵钻心的疼痛，身子同时也被光球的冲击力冲倒在地。

李古力赶上前一步，一把抓住关凯的左臂，把他从地上拉起。他们立刻向走廊方向奔跑。

又有光球追了过来，王贵华已经出了走廊前来接应。他们狼狈地跑进了走廊，并和在里边等待的高雅妮与禹红一起左拐之后，才稍稍缓一口气。

这里是一个九十度的转角，起码直行的光球不会拐过来。事实上还没有等他们反应过来，有几个光球已经砸在了他们右边的墙上。

看到光球不能过来，高雅妮马上拉过关凯："不要动。"她吩咐道。

关凯此刻正咬着牙忍痛。他衣服的右肩部分被烧掉一个大洞，被灼伤的肩膀处皮肤皱了起来，红肿得惨不忍睹。

"你忍一忍，我给你喷点药。"说完高雅妮从背包里拿出了一个小瓶。她在关凯受伤的表面喷了几下，清凉的感觉瞬间渗透进关凯的肩膀。同时，破损的皮肤上出现了一层薄薄的黏膜。

"咦，疼痛没有了。这是什么好东西，以前我都不知道？"关凯兴奋地甩了甩胳膊，问。

"这也是张大明教授给我配的。它应该能迅速帮助皮肤细胞恢复和生长。"高雅妮回答道。

看关凯没事，李古力心中稍安。他一时没有更好的主意。

"火攻和长矛都没有起到作用，还可能有什么办法呢？"他思考着。

"小王呢？王贵华呢？"高雅妮突然喊道。

"他好像是右拐去出口处了。"禹红回答的时候，大家都听到了光球撞墙的"噗、噗"声。

关凯和李古力心想不好，刚要跑出去看，王贵华已经喘着气跑了回来。

"你哪儿去了？"李古力厉声问。

"队长，我去看金乌的阵形了。"王贵华还在喘着，"我，我猜得没错，沿着保护罩跑了一圈，一共是有九个立柱。有五个立柱后面有金乌人。他们之间的那个立柱后面是空的。我猜每个立柱后面都应该有个金乌人，但缺了四个，是不是被禹姐前面干掉的那四个呢？”

“这有什么关系？”关凯问。

“我也不知道，只是觉得他们的阵形挺奇怪。他们一定是在保护着什么，而且这儿已经是飞船的穹顶，所以这儿应该是飞船最重要的部分了。”

“嗯。问题是需要先破坏他们的那层保护罩。”李古力见王贵华没有出事，也就没有对他独自的行动追究。

“对了，我也看到那个圆球了。它在最中间的顶上。从它的位置上看，它应该就是那个金乌人加以保护的东西，但它是什么呢？一个能量源？一个灵球？”

“灵球？”禹红突然冒了一句。

“对，一个意识体的灵球。”王贵华重复了自己的想法。

“队长。”这时关凯开腔了，“我还有五颗手雷。我们可以把它们集中起来炸一次，说不定就能炸开。”

“值得一试。”王贵华附和道。

“好。”

没等李古力说完，关凯提着手雷右拐走出门去。他跑出走廊，拉开了所有手雷的引信，把它们使劲扔到防护罩上。手雷顺着防护罩滑落到地上，关凯顾不得去捡起来再扔，因为光球已经朝他窜了过来。

他躲开光球跑回了走廊。但回到走廊就觉得不对劲。手雷应该在六秒起爆，怎么没有爆炸？

他心里一沉：该死的金乌人！和最初的炸弹一样，手雷蔫了。

章九十五

眼见所有的攻击都没有效果，李古力慢慢地冷静下来。

“队长，真邪门了，这让我们怎么打？”关凯不止一次地觉得丧气，因为这是他从来没有碰到过的对手。这个对手几乎所有的招数都让你气得暴跳如雷却又无可奈何。

“确实很棘手，”王贵华也一副忧心忡忡的样子，“我记得南极人告诉我们金乌人的飞船外面就有一层防护罩，这会不会也跟那个东西一样？”

“那岂不是完蛋了，南极人都拿它没办法？”关凯说道。

冷静下来，李古力的大脑开始有效率地高速运转起来。他几乎能感觉到有一个因素他一直没能想明白，现在这个因素将会是能否化解眼前危机的关键所在。

它是什么呢？李古力在心中不停地问着自己。

“这帮金乌人真是太无耻了，除了会玩点让人脑袋不清楚的小把戏，就是把自己的脑袋缩回去。”关凯骂道。

突然，李古力脑中灵光一闪！关凯说的话启发了他，他一直没想明白的关键所在原来是在这里！

李古力兴奋地朝关凯挥了下拳头，说：“关凯，你真是太天才了！”

关凯有点摸不着头脑，他疑惑地说：“怎么了？我说什么了吗？”

李古力见众人的目光都集中在了自己的身上，便开始问：“你们想想，我们这一路上都遇到了些什么？”

众人不解地互相看着，没有明白李古力的用意何在。

李古力见大家不明白自己的意思，于是接着说：“我们一起想想，从我们一上飞船起，我们先后经历了幻觉走廊、2.5度空间，然后是一个可以随我们情绪放大缩小的牢笼，后来还经过了水墙迷宫和金乌之城的幻境，这些地方都有一个共同点……”

“是什么？”众人意识到李古力要说什么，都高度集中注意力。

“我刚才说的这些，都不是实实在在的物理攻击，有的是通过改变我们的意识让我们产生幻觉，有的则是特意为我们意识而设计的机关，这说明了什么？”

众人互相看了看，答案已经呼之欲出！

“金乌人是一个意识能力非常强大的种族，他们可以通过自己的意识制造各种场景，然后他再把这些场景灌入我们的脑海里，让我们产生身临其境的感觉！他们如果能做到这一点的话，那么制造迟钝或者消灭敌人意识的枪就更容易了，比如张大伟用的意识枪。而且，我感觉，那些立柱后面的金乌人朝我们打过来的光球也是由意识控制的。”

“可是知道了这些对我们有什么帮助吗？”禹红不解地问。

李古力朝走廊外面的方向一指，说：“这说明很有可能这个可以抵御一切的防护罩也是他们用意识编织而成。你们看，从我们开始攻击到现在，他们就没有离开过自己的位置，我想可能是他们之间需要稳定的意识连接，所以不能有丝毫的分心。”

“这么说我们只要能够破坏掉他们之间意识的连接，那个防护罩就能不攻自破？”王贵华已经完全理解了李古力的话。

“没错！”李古力说道。

“而且，有四个立柱后面没人，就意味着他们的防护罩的强度已经削弱了一半。”王贵华提出更仔细的见解。

“对。我也这么认为。”李古力赞同道。

“但我们怎么才能破坏掉他们之间的意识连接？”高雅妮仍然心存疑虑。

“禹工？”李古力双眼盯着禹红看。

禹红被李古力盯得有些不自在，用手指着自己疑惑地问：“我？什么？”

“没错，”李古力肯定道，“你还记得吗，在动力中心那里，只有禹工你可以通过意识让自己穿过那层透明的罩子，你也会用他们的意识枪，很明显，你的意识能力有不同于常人的地方，比我们都高。”

联想到之前禹红说的大禹的故事和其他她做的种种奇异之事，众人都赞同地点头。

“可是我做什么才能打破他们之间的意识连接？”禹红问。

“我想如果这个防护罩是由意识组成的，那么意识就应该可以穿过它进入里边，如果你能想办法使他们的意识不能集中，那么就能瓦解他们的防御，然后我们的子弹就能起作用了。”李古力分析道。

“可是我怎么才能把意识穿进他们的防护罩？”禹红焦急地问道。

“这个恐怕要靠你自己了。禹工，想想你在动力中心那里是怎么做到的？”李古力鼓励禹红道。

“怎么做到的，怎么做到的……”禹红不停地暗示自己赶快想起来。

众人也都既着急又期盼地看着禹红，全部的希望现在都已经集中在了这个原本很柔弱的女人身上。

终于，禹红下定决心似的说：“那好，我试试！”

章九十六

李古力在左，关凯在右，禹红在他们中间，他们一起走到走廊的出口处。这里他们能够看到正前方的两个金乌人。

禹红努力地集中精神看左边的那个金乌人，因为他也在朝她这边看。大约五秒钟后，奇异的事情发生了，她感觉到自己的意识似乎有了形体，正在从她身体里飘了出去，并且慢慢地朝前面那个金乌人飘过去。禹红分不清是自己在幻觉中还是真实地发生，她一分神，那有形的意识突然又消失了。

“怎么了，禹工？”李古力看禹红的脸色奇怪，关心地问道。

“没什么。”禹红有些不解地说。

禹红调整了一下自己的思绪，重新集中起自己的注意力。这次那有形的意识体不到两秒钟便从她的身体里钻了出来，但没过多久，她便发现了另外一个问题。

“李队，距离太远了。”禹红说道，她发现她的那个意识体没有够到那个金乌人便消失了。

李古力听禹红这么说，立刻退出手中冲锋枪的弹夹，他检查了一下自己的子弹数目，又把弹夹装回枪上，对关凯说：“关凯，你和我去吸引他们的注意力，禹工你趁机上前寻找机会！”

关凯凶悍地点点头，说：“好！让他们蔫着看我们，等防护罩打开了看他们怎么看。”

李古力伸出左手，开始用手势做倒计时，沉声喊道：“三、二、一！”

话音刚落，李古力和关凯同时从掩体里冲了出来，他们这次的目的不是去攻击防护罩，而是尽量吸引防护罩发出的那具有攻击力的蓝色光球，以此来掩护禹红。

他们一出现，防护罩里一连发出两个光球，朝着李古力和关凯直奔而来。

虽然光球的攻击力很是惊人，但灵活度还是不如已经有备而来又身手矫健的李古力和关凯。两人凭借敏捷的身手腾挪躲避着那些光球，与其说是给禹红做掩护，倒不如说是在勉强躲避那光球的直线攻击。

禹红趁机冲上前去，她一边跑一边集中自己的注意力，奔跑中，禹红又感到那股很熟悉的感觉在她身体里逐渐苏醒。

这时，站在走廊出口处警戒的王贵华看到从防护罩里一下子吐出了密密麻麻一排光球，这些光球裹挟着巨大的杀伤力并排朝他们冲来。

“你们快回来！”王贵华大声喊道。

关凯还在避让着已经近前的光球，听到王贵华的喊声，抬头一看，心中顿时一凉，暗骂一声：“妈的，这下挂了！”

虽然大吃一惊，但李古力和关凯还是迅速地反应过来，他们转身便往身后跑去。谁知这时光球突然加快了移动的速度，竟以碾压式的攻势朝他们滚了过来。

眼看躲不过光球的杀戮，两人本能地扑倒在地，一股灼热的气息从两人的脚底传到头顶。他们不由自主地闭上了眼。

等了两秒钟，李古力感到自己的身体并没有什么疼痛感，他睁开眼睛，一骨碌从地上爬起来，转过头看身后。

只见禹红站在他身后十多米处，右手搭在防护罩的外沿，正瞪大了双眼盯着罩子里边的金乌人。这时原本透明的罩子像阳光下的肥皂泡一样闪过各种颜色，并开始发出“嗡嗡”的声音。

李古力当即明白了怎么回事儿，刚才一定是禹红使用意识干扰了金乌人互相之间的连接，才使他和关凯躲过一劫。

李古力抓住机会，朝关凯大喊一声：“关凯，就是现在！”

“来了！”关凯一声怒吼。

李古力和关凯同时举枪，朝着防护罩一阵疯狂扫射，“哒、哒”的射击声不绝于耳，伴着弹壳掉到地上发出的清脆响声。

但子弹打在防护罩上还是如同打在了一团棉絮上一般，仅仅是稍稍使防护罩陷入了一点，然后便掉到地上。

不知是子弹的作用，还是子弹射击所产生的精神压力，或者像是站在那里念咒语一样的禹红导致了金乌人的分心，防护罩的色泽变化得也更加急剧，李古力冲锋枪的子弹打光了，又从腰间掏出手枪，对着最近的金乌人扣着扳机。

能否成功，在此一举了。李古力心里祈祷着。

终于，一枚子弹突破了防护罩，“砰”的一声击中了在罩子里边的一个金乌人。

顿时，整个防护罩瓦解了，一下消失在人们的视野之中。

李古力又把枪口对准另外一个暴露在他视野范围内的金乌人，毫不犹豫地扣下扳机，但这次他的手枪却没射出子弹，只有击锤空响的声音。

“关凯，我没子弹了！”李古力朝关凯喊道。

“我也没了！”关凯喊道。

这时王贵华提着步枪和高雅妮从后边跑了上来，高雅妮把手中的枪递给李古力，说：“队长，拿我的！”

李古力从高雅妮手中接过手枪，刚准备再补上两枪，这时他却惊讶地发现就在刚才这几秒的时间内，剩下的那几个金乌人又重新把意识连接了起来，一个新的防护罩正在慢慢形成，并向外扩展开来。

更让李古力惊讶的是，禹红这时仿佛是着了魔一般地慢慢地正要穿过还在形成中的防护罩朝着金乌人走去。李古力见状大喊：“禹工，快回来！”

关凯猛地从地上蹿起来，他冲上前去，一把拉住禹红的胳膊，说：

"禹姐，跟我来！"

然而禹红好像没听到他的话，依然自顾自地朝前走去。关凯意识到一定是发生了什么变故，只好拼命往后拉禹红的胳膊。谁知禹红力气竟然大得惊人，关凯丝毫拽不动她。

关凯大吼一声，用尽全身力气拉着禹红的胳膊就要往回跑。禹红被拉住了，她转过头来看了关凯一眼，一抬手，就把关凯摔了出去。

王贵华跑到关凯身边扶起关凯，关凯急道："禹姐可能是被他们蛊惑住了，我看她的眼神不对。"

众人不知将要发生什么事，都紧盯着禹红的一举一动。

只见禹红慢慢地走到刚刚被李古力打中的那个金乌人身边，从容地站到那个金乌人原先站着的位置。

"怎么回事儿？"王贵华大吃一惊，他立刻意识到将会发生什么。

这时只见整个罩子突然间猛地又向外增大了一倍，而且看起来它还在不停地往外扩大着。

"糟了！"李古力一拍大腿，说，"一定是金乌人把禹工迷惑住，让她过去补充了位置！"

"那怎么办？"高雅妮焦急道。

"让我想想，让我想想！"李古力低头思索，随即又抬起头问，"幻觉走廊，禹工是不是看到了女儿思思？"

"是。她跟我说过，她说看到自己救不了女儿。"高雅妮应道。

"好。我们试试。"李古力喊道，"小高，你来喊，想办法把她唤醒过来。一旦成功的话，我们其他人冲上去把她救回来。"

这时防护罩还在往外不断扩大着，从它的颜色变化上来看，它正在渐渐地稳定下来。

"禹姐，你听到我吗？"高雅妮向着对面的禹红喊道。

没有效果，禹红没有反应。李古力和高雅妮对视一眼，高雅妮继续喊道："禹姐，记得思思吗？思思，她在家想你！你要救思思的，她在等着你！"

防护罩上的颜色开始变得不稳定起来，同时一个不大的淡蓝色的光球从里边滚了出来。由于速度不是很快，李古力一把拉过高雅妮躲过了光球。

“禹姐，林克也在想你。你得回家。你得回家看思思。思思！思思！”高雅妮开始有些慌不择言，不知说什么好，她开始扯着嗓门喊叫起来。

这次禹红似乎听到了高雅妮的喊声。她用手痛苦地捂住了脑袋，发出撕心裂肺的哀嚎。

霎时，防护罩发生了猛烈的波动，禹红大叫一声，整个罩子再度消失。

李古力立刻冲上台阶，人还没冲到跟前，他先用手枪击毙了正面的另一个金乌人。另一面的三个金乌人已经赶了过来。李古力立刻把枪口对准他们，然而这几个金乌人居然浑不畏死，走在最前面的那个金乌人直接用身体堵在了李古力的枪口上。

李古力一怔，但即刻把手枪里最后的几颗子弹射入冲上前来的这个金乌人的身体。后面的金乌人赶上一步，一拳把李古力击倒。关凯上来帮忙，怎奈金乌人个头比他们要高得多，他被另一个金乌人一把抓住右肩膀，摔下台阶。关凯右肩本来就已受伤，被这一抓一摔，顿时痛得龇牙咧嘴。

王贵华和高雅妮趁机上前把倒在一边的禹红搀着拉下台阶。一边走禹红还在一边喃喃自语：“我在哪里听过？在哪里听过？……”

王贵华见禹红没什么大问题，于是冲高雅妮喊道：“我去给队长他们帮忙！”没等高雅妮答应，他便冲向台阶处。

这时李古力和关凯都已经从地上爬起，正躲避着高大的金乌人的追击。

王贵华跑了过去，给他们一人扔了一个弹夹：“队长，大关，你们接住！”谁知这两个金乌人身形也迅速灵活，没等李古力等人抓到弹夹，他们在奔跑中截住了弹夹，并把它们轻而易举地击飞。

“你就不能扔准点！”关凯一边躲闪一边气急败坏地吼道。

突然这两个金乌人停止了对李古力和关凯的追击，他们互相对视了一眼，然后其中一个从身上拿出了一个笔一样的东西。

“不好，是他们的意识枪！”李古力惊道。

“快闪！”关凯大喊道。

然而还是晚了一步，金乌人转过身已经把意识枪对准了王贵华。

王贵华顿时感觉眼前一黑，他支撑着不让自己倒下，但紧接着他的脑袋一阵更为强烈的撕裂感传来，他再也支撑不住，昏死了过去。

等王贵华醒过来，他睁开眼第一个看到的人居然是关凯。关凯一见王贵华醒了，立刻质问他说："你什么时候多藏了两个弹夹？"

王贵华还是头疼欲裂，他看了看周围，发现没有了危险，于是咧嘴笑了："我不藏几个弹夹怎么行，就像你那么当子弹不花钱地用，岂不是早用光了。"

关凯笑着说道："你个王八蛋！"

王贵华挣扎着从地上坐了起来，问道："刚才发生了什么？"

关凯说："多亏了禹姐用金乌人的意识枪救了我们。"

"什么？"王贵华道，"那两个金乌人死了？"

"死了。"关凯回答道。

王贵华从地上爬了起来，他看到李古力和其他人正站在刚才金乌人围坐的那个平台的正中央，仰着头在看着什么。

"他们在看什么？"王贵华问关凯。

"你自己过去看看就知道了。"关凯说。

王贵华爬上平台，这时他能明显感觉这个平台上光源很充足，他抬起头看着自己的头顶，那个灵球悬浮在天穹，正缓缓地旋转蠕动着，发出星星闪闪的光。

章九十七

最后的两个金乌人一倒下，李古力便捡起地上的弹夹冲到平台上。

天穹顶端空中的灵球似乎没有受到下面发生的一切的任何影响，仍然在慢慢地转动着。李古力想定睛细看，但视线每次接触灵球便开始迷糊，以致出现一片星星点点。

星星点点实际上是灵球后面黑暗天空上闪烁的星星。

李古力收拢思绪，想：这灵球到底是什么呢？他下意识地捏了捏枪柄。

禹红看到李古力站在灵球下的身影，心中一动。她爬上了灵球下的平台。

看见禹红走过来，李古力问："禹工，你觉得这东西到底是什么？"

禹红正要回答，突然脑中嗡嗡地鸣响起来，她摇了摇头，鸣响声没有消失，反而变得更大。她的身体突然软软地就要倒下。

李古力赶上一步扶住她："怎么了，禹工？"

握到李古力的手，禹红感觉到一股力量把她支撑住。她喘了口气，坚持着自己的心神："灵球在呼唤我……我感受到它，它像母亲一样在召唤我。”

李古力大惊：“你能感受到它的存在？”

禹红似乎没有听到李古力的问话：“它在召唤我。它的声音是那么的亲切，母亲的声音。”

“它在怎么召唤你？”赶过来的王贵华问。

禹红这时已经显得十分痛苦，在清醒和昏厥间挣扎着。她的声音断断续续：“它……它还在召……召唤其他的人，快，其他的人就要来了。”

李古力意识到这一定是灵球在起作用，他不能再犹豫了。他和关凯几乎同时举起枪，向灵球射去。但是，他们惊悚地看到，子弹冲出枪管之后一下变得缓慢，以至于他们能清晰地看到子弹旋转着飞向灵球，而在连续不断的子弹还没有接触到灵球的时候，它们都直直地掉落到下面平台的地面。

关凯大惊：“队长，子弹不管用！”

李古力也看到刚才的一幕，心中大急。他向禹红看去，但禹红仍然神志不清。

李古力情急之下叫道：“不管用什么办法，必须马上摧毁它！”

王贵华举起手上的步枪，向灵球射去。比冲锋枪子弹爆发力大得多的步枪子弹仍然在灵球面前变得像一个小小的气球颗粒，缓慢地飞向灵球并在最后一刻掉落。

李古力一看，彻底地没辙了：“把子弹全部用上。”

“队长，他们又活了。”高雅妮在平台下喊。

李古力循声看去，只见五个金乌人都缓缓地站了起来，它们身体上的伤口已经复合。李古力大惊：“一定是那个灵球……”话音未落，他已经向那些金乌人开火。

其他的金乌人躲闪着扑过来的子弹，只有离高雅妮最近的金乌人没有避让，他一把抓过高雅妮，一手举着她向着李古力的方向走去。高大的台阶在他脚下如同平地。

高雅妮猛然间被一只巨大的手提起来，心中一阵惊恐，她极力挣扎着，两腿乱蹬，两手奋力向金乌人的脸上抓去，但却远远够不着。

金乌人眼看靠近了李古力，因为高雅妮的身体在前，李古力停止了射击。突然，金乌人手上发力，一下把高雅妮扔向很远的墙上。高雅妮软绵绵地掉落到地上后再也没有动弹。

李古力见状又要开火，却被金乌人赶上前抓住了枪管，连他带枪一起拖了过去。他顺势向前冲去，全部力气用到右肘死命向金乌人的腹部撞去。金乌人一时疼痛难忍，放开了抓住枪管的手。李古力收回身形，立刻冲回去顶着金乌人的腹部一阵射击。这个金乌人捂着腹部终于向前扑倒。

其他人却没有李古力幸运。一个金乌人躲开子弹后，大步向关凯袭来。关凯无奈只能绕着台阶旁的立柱跑，不让他近身。

而禹红此时已经被另一个金乌人抓起，重重地摔向远处的墙壁。禹红还在神志不清之中，撞到墙壁之后，再也没有出声。

王贵华看到一个金乌人向自己扑来，情知敌不过，他向走廊出口方向跑去，却猛然发现里边又有四个金乌人跑了过来。他心中大骇，顿时喊道："队长，里边那四个金乌人也活了！"

打倒一个金乌人的同时，李古力也被赶上来的另一个金乌人从后面一掌打翻在地。他翻身跃起，发现不是对方的对手，只好躲避对方挥舞的长拳。

此刻听到王贵华的呼喊，李古力心中暗暗叫苦，现在这四个金乌人已经难以对付，又来四个金乌人怎么办？虽然心中这么想着，李古力行动上却一点没有迟缓，他成功地避让着金乌人的冲势。

关凯被金乌人逼到了灵球下的平台上。金乌人急追不舍，关凯疲于应付。突然，金乌人上台阶时重心稍微不稳，他抓住机会，一脚飞起踹到金乌人的腰间，把他蹬了下去。

李古力这时也被金乌人追到台阶上，关凯见状，赶上前去，举枪就要射击。金乌人收回长拳便在台阶下向右边躲闪，却被李古力翻身一脚踹到脑袋上，噗的一声趴倒在地。

关凯上前一步，对着地上的金乌人扣动扳机，却发现忘了换弹夹。

李古力和关凯对望一下，关凯把背后的两支长矛抽出，递给李古力一支。两人背靠背，在平台上居高临下，等待金乌人的再次攻击。

王贵华看到走廊中四个金乌人奔出，立刻掉头要跑，却被后面追来的金乌人堵住退路。他左突右闪，要闪避后面的四个金乌人，却被堵住他的金乌人抓到了衣摆。他猛地抽身，而金乌人也一松手，他磕倒在地。他翻身要向李古力求救，却看到李古力和关凯站在灵球下，两人挥舞长矛阻挡着金乌人的进攻。

王贵华感觉到这一幕十分熟悉，立时想到在上海张大明给他们留的那张《推背图》的第四十五项。他忘了自己的处境，下意识地喊道："队长，长矛刺球！"

李古力听到下面王贵华的呼喊，立即明白。他长矛一挥，将面前的金乌人逼退，同时向关凯吼道："大关，《推背图》，刺球！"

关凯瞬间明白了李古力的意思。两人双手把长矛高高举起，奋力一捅，长矛一下刺入灵球，没有任何阻碍。但长矛没入灵球的同时，关凯直感到像是狂风吹来，头发像被人连根死死地后拽，疼痛难忍，而身体却要被缓缓旋转的灵球一点一点地向前拉拽。

李古力也同时感受到身后极大的拉力和灵球旋转通过长矛对手腕的压力。他大吼一声："坚持住，大关！"

吼叫着，他们再次把长矛往上猛地一送。

顷刻间，灵球没有了蠕动，光芒也渐渐消失。忽然，一群金乌呼啦一下飞出灵球。李古力和关凯闭上眼睛，死死地举着长矛顶着灵球，任金乌从他们身旁飞过。

灵球被李古力和关凯刺破，金乌飞出的瞬间，前一刻还在扑袭的金乌人像失去了意识能力，他们脸上刚露出惊恐的表情，便都一个个栽倒在地。

金乌飞向空间各处，并逐渐消失。房间里恢复了平静。

王贵华见到五个金乌人朝自己围拢过来，已经不抱任何幻想，他紧闭眼睛，等待着死亡的到来。

他没有感觉到疼痛，也没有感觉到死亡。一阵嘈杂后，整个世界变得非常安静。他睁开眼，傻傻地看着飞船的天顶。他突然意识到自己没有死。

他抬手摸了摸自己的脸，心里一动，赶紧扭头朝平台上看去，只见李古力和关凯还在高高地举着长矛。

他意识到危险已经过去，禁不住心也狂跳起来。

章九十八

南极地下

控制室里，一名南极人突然看到屏幕上显示出金乌人的鸟形飞船。他心中激动，手忙脚乱地调出数据仔细查看。金乌飞船的保护层真的消失了。他又惊又怕，语无伦次地喊道："金乌飞船的保护层没有了！保护没有了！"

张大明也赶了过来。他确认金乌飞船的保护层真的消失后，赶快说："赶紧向领袖报告！"

有人匆匆就要出门，而摩罗沽已经走了进来。

张大明立刻上前汇报："领袖，金乌飞船的保护层被化解了！"

摩罗沽看着屏幕："是的。地球人呢？"

"还没有消息。"

"赶快查找接应。"

"我看到他们了。"有人喊，"看最上面移动的灰点。"

大家向金乌飞船的顶部仔细看去，是有五个灰点，但只有三个在移动。

“马上把他们接应回来。同时，尽快把金乌飞船彻底炸毁，不能给金乌人留有任何复生的希望。”摩罗沽命令道。

“是，领袖！”张大明大声喊道。

金鸟的扑腾声音没有了，拖拽身体的力量也没有了，李古力还仰着头，他睁开眼，灵球已经没有了光辉，只有它后面的星星仍然在闪烁着。

李古力有些不敢相信，这一切就这样过去了？

他感到肩上有痛感传来。他刚要移动一下肩膀更清楚地感觉这个疼痛，猛然觉得不行，他把握着长矛的手又往上面送了一送，感觉灵球是空空的。

关凯也已然像刚醒过来：“队长，没事了？”

“没事了。”李古力仍然不敢相信。

不远处，王贵华正从地上坐起来。

李古力心里一愣，高雅妮和禹红呢？还没有等他掉头去看，身体的重心一下失去……

待李古力醒来，他已经坐在南极地下控制室的银色金属质地的椅子上。

他睁开眼，一下就看到张大明：“张教授？”他的声音里充满狐疑。

“李队长，欢迎回来。”张大明上前握他的手。

“这是哪里？”

“这是南极地下了。”

“但我们还没有去传送点。”

“你们破坏了金乌人的保护罩，我们就直接把你们接回来了。”

“啊？”李古力不敢相信，“飞船呢？”

“还在，我们正在准备把它炸毁。”

李古力这时才真正觉得回到人间。他转头看周围，发现王贵华正在不远处看墙上的屏幕，关凯则守在他的身边。

“高雅妮，还有禹红呢？”李古力问关凯。

“她们只是暂时的昏迷。”张大明替关凯回答道，“她们很快就会醒过来的。”

听张大明这样说，李古力心中松了口气，但他马上又想起什么：“上海的水，能退吗？”

“刚才金乌飞船的影像出现在我们这里的时候，冰融已经停止。我相信海水已经不再上涨。我们已经开始了凝冰的程序，只需要地球的三四天，海平面将恢复到冰融前的水平。”

李古力听罢正要再问，却听到一个慈祥的声音在耳边响起：“李先生，请过来和我们一起见证金乌人的失败。”

顺着声音，李古力看到摩罗沽在远处屏幕前。摩罗沽的声音清晰地传入他的耳朵，仿佛摩罗沽就在他的身边一样。李古力从椅子上站起来走了过去，心里却想着难道他是在用“腹语”传话？忽然他意识到，这也许不是“腹语”，而是直接将意念传到他的脑袋里。

正想着，有人报告：“一切准备完毕。”

摩罗沽威严地说道：“炸掉它！”

一秒、两秒、三秒，屏幕上的金乌飞船上出现了一团火焰。接着，它的骨架开始碎裂，火焰伴着碎裂开的船壳向四面冲去。紧接着，它们开始向下坠落，漫天的火球像一场火雨在南极上空落下，并在海湾里溅出一片浪花。

章九十九

两个月后，黄海之滨日照市教授花园居民区

海水退去一个多月后，教授花园小区渐渐恢复了往日的生机，孩子们嬉闹的笑声萦绕在小区雨后的空气里。照看着孩子的老人们在一起讲叙着水难过程中自己的故事，低楼层的业主们在阳台上拾掇着家里的东西。

小区超市的阿姨正忙碌着照顾顾客。大家回到小区后，她的生意就一直很红火，而送货的人是她唯一的抱怨的人，因为许多东西还没有送到。

太阳在不远处的海面上已经升起了一会儿，超市阿姨在门口张望着，希望送货人的小卡车尽快出现。

“您好，您这儿有挂面吗？”一个不熟悉的声音在问她。

她猛然回过身来，看到一个个子比她还矮的很有智慧模样的男人在她店里的货架中徘徊着问她。

我怎么没有看到他进来？超市阿姨疑惑道：又搬来新人了？

“啊。有啊，有啊。”她热情地转过身去，“在这里呢，这里。您是刚搬来的吧？怎么称呼啊？”她自来熟地招呼着。

“呵呵，嗯，我叫张大明，上海来的。这个多少钱？”

“三块一卷，两卷六块。”

“啊，这比上海还贵啊？”

“没有啦。原来也就是两块五。这不发水了吗，原来的都泡掉了。这些新货它都涨价啦。”

墨龙系列推荐

《黄金：48小时》

四月，正当缅甸新年，西南山区上吉村村民100多人全部死于SARS病毒，病毒正通过香港机场和中缅边境向中国蔓延。

同时，欧洲发现就在该处有着十万多吨的黄金存储。这个数量超过了世界各国现有黄金的总量。谁拥有这些黄金，谁将主宰世界金融局势。

作为中国神秘组织成员，李古力带着由生物专家高雅妮、特种兵关凯、信息技术专家王贵华组成的四人精英小队秘密前往缅甸调查。

李古力小队一路遭遇受“欧洲之鹈”指使的缅甸毒贩、假中情局雇佣军和缅甸变节军官的伏击。

而几乎同时，在地球另一端的美国马里兰州巴尔的摩市的雷蝶森酒店发生的一起空姐谋杀案又和缅甸形势息息相关。

途中，小队又遇到并从假中情局雇佣军手中营救了来此地调查UFO和外星人的美国中情局科技部情报人员。

系中国经济和国民健康于一线的48小时中，萨斯、黄金和UFO，一切将如何展开和结束？

《上海：最后时刻》

十月。大量的死鱼从深海漂到上海东岸。格陵兰岛的冰盖在急剧消融。海水在以几乎每 24 小时一米的速度迅速上升。

平均海拔只有 5 米的上海危在旦夕。

而同时，世界各国在静止轨道上的卫星受到干扰。李古力奉命到上海请老一辈科学家张大明出马协助，却发现张大明失踪。

海洋学家禹红发现了张大明遗留的应对海水上升的论文批注，参加了搜寻张大明的行动。李古力和“欧洲之鹈”间谍分别在上海和杭州遭遇。

众多迹象显示，张大明去了格陵兰岛，而美国中情局的吉姆也已经在去格陵兰岛途中。大规模剧烈磁暴发生，许多通信卫星消失，大部分通信中断。上海民众开始向西撤离。

渔民的儿子、20 岁的唐强终于决定去上海打工。在抢救女友幼儿园孩子时被压到被水冲垮的房屋中。救援军队把他的女友和其他孩子强行撤离。

载着李古力四人小队和禹红的包机上升到 13000 米高空时，突然出现异常云团，随即他们的飞机信号从地面雷达消失。

南极开始冰融，长江上游暴雨夹裹着奔腾的江水和沿岸汇集的湖水冲向低处的上海，海水倒灌而上。上海的最后一刻已经到来。

《目的地：青海湖》

海水过后的太平洋沿岸满目疮痍，沿岸大量核电站发生泄漏。随之而来的中东地震使得当地的一个储存有400多颗原子弹核弹头的基地发生严重泄漏。地球表面和海水完全被核辐射笼罩。

各国政府和科学家告诉民众，人体所能接受核辐射的程度是原先估计的20倍，而他们自己却在积极努力寻找救治方案。对于一个人口只有不到500人的国家和另一个人口只有600万的国家来说，5年将是他们国家人口自然灭绝的时间。

高雅妮在上海的实验（《上海：最后时刻》）完成后，已经在大动物实验中获得令人非常满意的成功，由于核辐射的原因，实验已经提前用于人类，并取得治疗核辐射疾病的成功效果。

云南的实验基地动物饲养员的离奇死亡，让李古力追踪到产品中试的山东日照。生产工艺文件已经在去西宁的列车上。

追查生产工艺下落的李古力一行4人、追踪李古力的“欧洲之鸦”间谍、不知来历却武功高强的女子严默、追杀严默的中国人、特拉维夫来的游客斯蒂文、喜欢中国文化来研究青海神鳄的美国背包客鲍勃，还有身带众人为之相互猜疑杀戮的生产工艺文件而完全不知情的去西宁兜售日照绿茶的文文，在日照至西宁的列车上，展开了一场你死我活的脑力、技术和体力的斗争。

在蓝色的青海湖边，所有势力云集，拯救人类的蛋白工艺到底会落到谁的手中？